수호지 지도

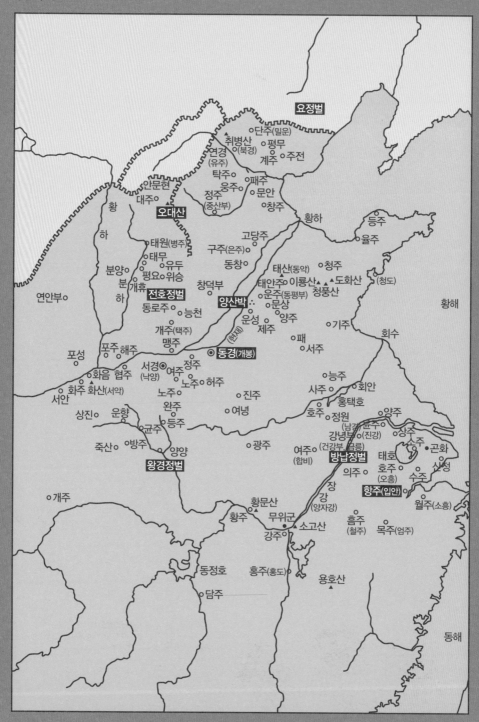

요정벌

단주(밀운)
취병산
연경 평무
(유주) 계주 주전
탁주 웅주 패주
정주 문안
(중산부) 창주

황하 등주
율주

황 오대산 고당주
하 태원(병주) 구주(은주) 태산(동악) 청주
태무 동창 태안주 이룡산 도화산
분양 평요 위승 운주(동평부) (청도)
분 개휴 창덕부 전호정벌 양산박 문상 청풍산
하 동로주 능천 (한세) 운성 양주
연안부 개주(택주) 제주 기주
맹주 패
동경(개봉) 서주

포성 서경 여주 정주 능주
화음 협주 노주 허주 사주 회안
포주 해주 노주 진주 홍택호
서안 화주 화산(서악) 여녕 호주 정원 양주
상진 운향 완주 광주 강녕부 (남경)문주 상주
죽산 방주 등주 여주 (건강부)금릉 곤화
양양 (합비) 의주 호주 삼성
왕경정벌 방납정벌 태호 (오흥) 수주
개주 황문산 항주(입안)
황주 무위군 장 강 흠주 월주(소흥)
강주 소고산 (양자강) (철주) 목주(엄주)

동정호 홍주(홍도) 용호산
담주

동해
황해
회수

수호지 7

용호상박 편

수호지 7
용호상박 편

초판	1쇄 발행 2021년 10월 15일

지은이	시내암
평역	김팔봉
펴낸이	한승수
펴낸곳	문예춘추사

편집	이상실
디자인	이유진, 심지유
마케팅	박건원, 김지윤

등록번호	제300-1994-16
등록일자	1994년 1월 24일
주소	서울시 마포구 동교로27길 53 지남빌딩 309호
전화	02-338-0084
팩스	02-338-0087
블로그	moonchusa.blog.me
E-mail	moonchusa@naver.com

ISBN	978-89-7604-483-9 04820
	978-89-7604-476-1 (세트)

김 팔 봉

수호지

시내암 지음 | 김팔봉 평역

7

용호상박

문예춘추사

수호지
제7권 | 차례

5

일러두기

1. 이 책은 팔봉 김기진 선생이 『성군(星群)』이라는 제목으로 1955년 12월부터 〈동아일보〉에 연재한 작품으로, 1984년 어문각에서 『수호지(水滸誌)』라는 제목으로 바꿔 출간한 초판본을 38년 만에 재출간한 작품이다.

2. 이 책은 수호지의 판본 중 가장 편수가 많은, 164회(전편 124회, 후편 40회)짜리 『수상 오 재자 전후합각 수호전서(繡像 五才子 前後合刻 水滸全書)』라는 작품을 판본으로 했다.

3. 가능한 한 원본에 맞게 편집했으나 최신 표준어 맞춤법에 맞게 고쳤고, 지명이나 인명은 일부 수정하여 독자들이 읽기 편하게 했다.

4. 한자 표기는 정오正誤에 상관없이 원본을 따랐으나 동일 인물이나 지명의 상반된 표기가 있는 경우에는 올바른 한자를 찾아 표기했다.

5. 이 책의 지도는 내용에 맞게 새로 제작한 것이다.

반란군을 굴복시키는 송강군

신(臣) 오리는 전우를 맞아 이 사람을 사위로 정했습니다. 이 사람은 비상히 용맹하여 송병(宋兵)을 무찔러버렸으므로, 송강은 소덕부로 퇴각해버렸습니다. 신 오리는 그날로 신의 여식 군주 경영으로 하여금 전우와 함께 군사를 거느리고 나가서 소덕성을 회복하게 했습니다. 이제 총관 섭청으로 하여금 승첩(勝捷)을 아뢰게 하오며 아울러 여식의 혼사를 고하옵는 터이오니, 이같이 허락 없이 독단해서 처사한 일을 용서하소서.

근시가 이같이 읽기를 마치자, 전호의 얼굴에서는 근심하는 빛이 훨씬 없어지더니, 즉시 전우를 '중흥 평남 선봉 군마(中興平南先鋒郡馬)'의 직에 봉한다는 분부를 내렸다. 그러고서 전호는 또 섭청에게 비단과 돈을 주는 동시에, 두 사람의 지휘사와 함께 전우에게 내리는 사령장을 가지고 양원현으로 가서, 전군마(全郡馬)에게 사령장과 상품을 전하라고 부탁했다.

그런데 이보다 훨씬 전에 신행태보 대종은 송강의 명령으로 각처 고을로 다니면서 군령서를 전달하고, 분양현에 머물러 있는 노준의한테로 갔었다.

각처 고을에는 신관 사또들이 속속 부임하고 있었다. 그리고 각처의 성을 지키고 있던 장령들은 신관한테 사무를 인계하고 모두들 저마다 군사를 이끌고 소덕부로 모여들었는데, 그 제일대(第一隊)는 위주를 지키고 있던 관승과 호연작으로서, 호관을 지키고 있던 손립·주동·연순·마린과 포독산을 지키고 있던 문중용·최야 등이 군사와 함께 입성하여 진안무와 송강에게 인사를 드리고서 보고를 하는 것이었다.

"수군 두령 이준이 우리 군사가 이미 노성을 빼앗은 것을 알고, 장횡·장순·원소이·원소오·원소칠·동위·동맹과 함께 수군의 선박을 끌고 위하에서 황하로 나와 다시 황하로부터 노성원의 동로수(東潞水)에 집합해서, 지금 명령을 기다리고 있습니다."

송강은 곧 술자리를 벌여 그들을 위로한 다음, 이튿날 관승·호연작·문중용·최야 등 네 사람에게 군사를 거느리고 노성으로 가서, 수군 두령 이준 등에게 다음과 같은 명령을 전하도록 했다.

"그대들은 협동해서 삭초 등과 함께 진격하여 유사(楡社)·대곡(大谷) 등의 고을을 함락시키고, 그길로 위승주(威勝州)에 있는 적의 소굴의 후방으로 나오라! 이번에 잘못하다간 적이 금국(金國)에 투항할 염려가 없지 않으니, 조심하여 실수가 없도록 하라."

관승 등은 이 같은 명령을 받고서 곧 출발했다.

그다음에 능천현을 지키고 있던 장수 이응과 시진, 고평현을 지키고 있던 장수 사진과 목홍, 개주성을 지키고 있던 화영·동평·두흥·시은 등이 새로 부임한 관원들과 교대해서 각각 군사를 끌고 와서 인사를 했다.

"화영 등의 여러 장수가 개주를 수비하고 있을 적에, 반란군 장수 산사기가 호관에서 패한 뒤에 패잔병을 규합하고, 부산현(浮山縣)의 군사와 합쳐 개주로 쳐들어왔지만, 화영 등은 양쪽 길에 복병을 두었다가 산사기를 사로잡고 2천여 명의 적병을 전멸시켰더니 산사기는 마침내 귀순하고, 그 외 남은 군사들은 모두 도망해버렸답니다."

그들은 이 같은 보고를 하고, 화영은 산사기를 데리고 들어와서 송강에게 인사를 시키는 것이었다.

송강은 좋은 말로 그들을 위로하고 접풍주를 내어 정을 풀었다.

송강은 그들을 그대로 소덕성 안에 머물러 있게 하고, 자기들이 장청과 경영을 겁내는 것처럼 꾸미어 전호로 하여금 아주 자신만만해지도록 내버려두었다.

한편, 노준의는 이미 분양현을 점령하고 있었다. 그리고 전표는 효의현(孝義縣)까지 도망해 갔었는데, 그곳에서 전표는 마령의 군사와 만났다. 그런데 이 마령이란 사나이는 원래 탁주(涿州) 사람으로서 요술을 부릴 줄 아는 데다가 축지법도 할 줄 알아서 하루에 천리 길을 나는 듯이 걸어가므로 사람들이 그를 '신구자(神駒子)'라고 별명을 지었는데, 그는 또 돌맹이를 던지는 무술의 일종인 금전법(金磚法)도 잘하는 터이었다. 그리고 이 사람이 싸움터에 나갈 때엔 이마에서 또 하나 이상한 눈이 나타나는 까닭에 사람들은 이 사람을 소화광(小華光)이라고도 부르는 터인데, 그의 요술이 교도청보다는 훨씬 하수(下手)였고, 부하로 데리고 있는 무능(武能)과 서근(徐瑾) 두 장수도 그에게서 요술을 배웠기 때문에 제법 흉내를 내는 터이었다.

그런데 그때 마령은 전표와 군사를 합쳐 무능·서근·삭현(索賢)·당세융(黨世隆)·능광(凌光)·단인(段仁)·묘성(苗成)·진선(陣宣) 등과 1만 명의 정병을 거느리고서 분양현 북방의 10리쯤 떨어진 곳에 진을 치고 노준의의 군사를 맞아 싸웠던 것이다.

이렇게 되어 노준의는 날마다 마령과 싸웠지만, 번번이 이롭지 못했기 때문에 군사를 이끌고 분양성 안으로 들어가 있으면서 적이 또 쳐들어올까 보아 겁을 내고 있는 중이었는데, 뜻밖에 동문(東門)을 지키고 있던 군사가 달려와서,

"송선봉께서 공손승·교도청 두 분을 시켜서 군사 2천 명을 데리고

가서 구원하라 하신 까닭에 지금 오신답니다."

이 같은 보고를 올린다.

노준의는 대단히 반갑고 기뻐서 쫓아나가 공손승과 교도청을 맞아들여 공손승을 상좌에 앉히고, 교도청은 그다음 자리에 앉힌 다음, 술을 내오게 하여 먼저 공손승에게 잔을 권하면서 말했다.

"마령이란 놈의 요술 때문에 그동안 뇌횡·정천수·양웅·석수·초정·추연·추윤·공왕·정득손·석용, 이렇게 열 사람이나 모두 부상당했습니다. 속수무책으로 있는 중인데, 마침 두 분 선생이 잘 오셨습니다."

그 말을 듣고 교도청이,

"그럴 것 같아서 제가 공손승과 함께 송선봉에게 청해서, 그놈을 잡으려고 일부러 나왔습니다."

이같이 대답하고 있을 때, 별안간 성을 지키던 군사가 뛰어들어와서 보고를 올리는 게 아닌가.

"마령이 지금 동문으로 쳐들어오고 있습니다. 그리고 무능·서근은 서문으로 쳐들어오고, 전표는 삭현·당세웅·능광·단인 등과 함께 북문으로 쳐들어옵니다."

이 소리를 듣고 공손승은 조금도 당황하는 빛이 없이 말하는 것이었다.

"마침 잘됐습니다. 나는 동문으로 나가서 마령을 상대할 터이니, 교도청 자네는 서문으로 나가서 무능과 서근을 사로잡아버리란 말일세. 노선봉은 북문으로 나가서 전표하고 싸우십시오."

"그렇게 하죠."

노준의와 교도청이 똑같이 대답한 다음에, 노준의는 또 황신·양지·구붕·등비 등 네 사람의 장수로 하여금 일청 선생을 도와드리게 했다. 그럴 때 대종은 마령이 축지법을 쓴다는 것을 알고 있었기 때문에 자기도 공손승과 함께 갔으면 좋겠다고 희망하므로 노선봉은 그것을 허락

한 다음, 다시 진달·양춘·이충·주통 등 네 사람으로 하여금 군사를 이끌고 나가서 교도청 선생을 돕도록 명령했다.

그리고 노준의 자신은 진명·선찬·학사문·한도·팽기 등과 함께 북문으로 나가서 전표와 대적했다.

이렇게 해서 이날 분양성 바깥으로 동서북 삼면에는 깃발이 하늘을 덮고 북소리는 땅을 뒤흔드는 큰 싸움이 벌어졌다.

이때 반란군의 신구자(神駒子) 마령은 욕을 퍼부으면서 싸움을 돋우고 있었는데, 갑자기 성문이 열리더니 송군(宋軍)이 쏟아져 나와 한일자로 장사진(長蛇陣)을 펴놓는다.

이것을 보고 마령은 말을 달려나가 창을 뻗쳐들고 또 호령을 했다.

"이 못생긴 놈들아! 싸움에 번번이 지면서도 어째서 우리의 성을 내놓지 않는 거냐? 꾸물꾸물 날짜만 보낼 작정이면 네놈들 한 놈도 안 남겨놓고 모조리 없애겠다!"

그러자 송군의 진에서 구붕은 철창을 들고, 등비는 철련을 휘젓고 쫓아나오면서,

"네 이놈! 네가 죽을 때가 왔다!"

큰소리로 이렇게 꾸짖고 달려들어 세 사람이 어우러져 네여 합을 싸우는데, 마령이 금전(金磚)을 꺼내 구붕을 향해서 던지려고 했다.

이때 이 모양을 바라본 공손승은 급히 말을 달려 나가면서 칼을 뽑아들고 법술(法術)을 썼다. 그래서 저쪽 마령이 손을 쳐드는 순간, 이쪽 공손승이 칼끝을 그리로 견주었더니 별안간 하늘이 쪼개지는 듯 뇌성 소리가 나면서 사방이 새빨개지고, 공손승의 손에 있는 칼도 전체가 불덩어리가 되고, 마령의 손에 쥐어져 있던 금전이 땅바닥에 떨어지더니, 그냥 없어져버리는 게 아닌가.

공손승의 법술은 참으로 신통하기 짝이 없다.

눈 깜짝하는 사이 송군과 장병과 무기는 전부가 불꽃이 되어버리고,

장사진은 불덩어리의 용(龍)으로 변해버렸다.

마령의 금전법이란 것이 공손승의 신화(神火) 앞에 무슨 효력이 있을 것이랴.

공손승은 즉시 군사를 지휘하여 쳐들어갔다. 그러자 반란군은 미처 대항할 겨를도 없이 참패하여, 모진 바람에 구름이 흩어지듯 전멸되고 말았다.

그러자 마령은 즉시 신행법을 일으켜 동쪽을 향해서 도망질쳤다.

이때 신행태보 대종은 아까부터 갑마(甲馬)를 매고 대기하고 있다가 마령이 도망가는 것을 보고는 그도 박도를 휘두르며 신행법을 써서 그 뒤를 쫓았다.

그러나 신행법은 마령이 대종보다 조금 위였던지 순식간에 마령은 20여 리나 날아갔는데, 대종은 16, 7리밖에 못 나갔기 때문에 마령의 정체가 보이지 않게 되고 말았다.

이렇게 마령은 대종보다 5리나 앞서서 달아나던 도중 한 사람의 살찐 화상(和尙)을 만났는데, 그 화상은 마령을 보더니만 벼락 치는 듯한 소리를 지르면서 철선장으로 후려갈겨 넘어뜨리고는, 발로 꽉 밟고서 호령을 하는 게 아닌가.

"이놈! 네가 어디로 가느냐!"

화상이 이렇게 호령하고 있으려니까, 그때 대종이 쫓아왔다.

대종은 어떤 중이 마령을 붙들어서 발로 밟고 있는 것을 보고 누군가 하고 가까이 가서 보니 다른 사람 아니라 화화상 노지심이었다.

대종은 깜짝 놀랐다.

"스님이 어떻게 여길 오셨소?"

"대체 여기가 어디라는 거요?"

"여기는 분양부의 동쪽 끝이지요. 이놈은 반란군의 장수 마령이란 놈인데, 조금 전에 공손일청 선생의 법술에 패해서 도망치는 것을 내가 이렇게 쫓아오는 거랍니다. 이놈의 걸음이 어찌나 빠른지 놓칠 뻔했는데, 천행으로 스님이 나타나 붙잡아주셨군요. 대관절 형장은 어디서 오셨소? 하늘서 떨어져 내려왔소?"

"나 말이오? 난 하늘에서 떨어진 게 아니라 땅에서 솟아 올라왔소!"

노지심은 이렇게 대답하고 통쾌하게 껄껄 웃는다.

대종은 더 말하지 않고 마령을 묶어 노지심과 함께 분양부를 향해서 걸음을 재촉했다.

"그런데 대관절 어떻게 되어서 여길 왔었던 건가, 내력이나 얘기해주구료."

한참 가다가 대종은 노지심을 보고 또 이같이 물었다.

노지심이 빨리 걸어가면서 이야기하는 것이다.

"며칠 전에 말이야, 전호의 군사와 양원성 밖에서 싸우는데, 나이 어려 보이는 계집아이년이 말을 채쳐 뛰어나오더니 돌멩이를 가지고 팔매치기를 어찌나 귀신같이 잘하는지, 우리 두령들이 그 돌멩이에 맞아 여러 사람이 다쳤단 말야. 그래 내가 그년을 잡으려고 달려가다가 풀이 무성한 풀밭 속에 구덩이가 파여 있는 것을 누가 알았나? 그래 그 구덩이에 두 다리가 풍덩 빠져 한참 동안 떨어졌는데, 밑바닥에 떨어져보니까 다행히 다친 데는 없단 말야. 그래 그 구멍 안을 살펴봤더니, 한쪽 옆에 구멍이 하나 있는데 거기서 환한 빛이 들어온다 말야. 그래 난 그 속으로 들어가봤지. 그랬더니 그거 참 이상한 일이 아녀? 글쎄, 그 속에도 이 땅처럼 하늘이 있고, 해가 있고, 마을이 있고, 집이 있거든. 그리고 사람들이 모두 바쁘게 일들을 하고 있다가 나를 보더니 싱글싱글 웃는단 말야. 그러거나 말거나 나는 모른 체하고 걸어가다가, 인가가 빽빽한 골목 앞을 지나가니까, 그 앞엔 또 인가라곤 하나도 보이지 않는 허허벌판이거든! 그래도 자꾸 걸어 들어갔더니 조그만 초가집이 하나 보이고, 그 안에서 목탁 치는 소리가 똑딱 똑딱 나기에 들어갔지. 그래 그

집 안에 들어가 봤더니 나같이 생긴 중이 혼자 앉아서 경을 읽고 있기에 나는 그 중을 보고 밖으로 나가는 구멍이 어디냐고 물었더니,

'오기는 오는 곳에서 오고, 가기는 가는 곳으로 가느니라!'

이런단 말야. 내가 무슨 뜻인지 알 수가 없어서 화를 냈더니, 그 중이 웃으면서,

'여기가 어딘지 아오?'

하고 묻기에 내가,

'이따위 더러운 곳을 알아선 뭘해?'

이렇게 대답했더니, 그 중은 또 웃으면서,

'위로는 비비상(非非想)에 이르고, 아래로는 무간지(無間地)에 이르고, 삼천대천(三千大千) 세계광원(世界廣遠)을 사람이 알지 못하느니라.'

이런 말을 하더니 또,

'무릇 사람은 모두 마음이 있고, 마음이 있으면 반드시 생각이 있나니, 지옥과 천당이 다 생각에서 나오느니라. 그런 고로 삼계유심(三界惟心) 만법유식(萬法惟識)으로서, 일념(一念)이 생기지 않으면 육도(六道)가 함께 없어지고, 윤회가 끊기느니라.'

이러기에 나는 알아듣고서 크게,

'그렇습니다!'

했더니, 그 중은 소리를 내어 웃으면서,

'그대는 연전정(緣纏井)에 빠졌기 때문에 욕미천(欲迷天)에서 빠져나가기 퍽 어려울 거야. 그러니 내가 길을 가르쳐주지.'

하고서, 나를 데리고 겨우 댓 발자국 걸어가다가 나를 보고,

'그럼 여기서 작별하지! 일후 만나게 되겠지!'

이러더니, 한 손으로 앞을 가리키며,

'여기서 곧장 가면 그대가 신구(神駒)를 잡을 거라고.'

이러기에, 내가 그를 돌아다봤더니, 그 중은 어느새 없어지고 눈앞이

환해지면서 바로 이 사내가 보이기에 선장으로 한번 때려눕혔지. 그런데 내가 어째서 여기 오게 됐는지 그건 모른단 말야. 그리고 여기는 왜 소덕부와는 달라서, 복숭아꽃, 오얏꽃이 아직 안 피고 잎사귀만 있는 거야?"

대종은 껄껄 웃으면서 말했다.

"지금은 3월 말이거든요. 복숭아꽃, 오얏꽃은 벌써 다 떨어지고 없지요!"

그러나 노지심은 대종의 말이 믿어지지 않는 것처럼 역정을 냈다.

"아니야! 지금은 2월 하순이야. 내가 풀밭에서 구멍에 빠졌던 게 불과 조금 전인데, 어째서 그동안에 벌써 한 달이 지났다는 거야!"

대종은 이 말을 듣고 대단히 이상하다는 생각은 들었지만, 더 말하지는 아니하고, 그와 함께 마령을 데리고 분양성으로 걸음을 재촉했다.

이때 공손승은 벌써 반란군을 물리치고 군사를 거두어 입성한 뒤였다.

노준의는 진명·선찬·학사문·한도·팽기 등과 함께 삭현·당세융·능광 세 장수를 베어 죽이고, 전표·단인을 10리 밖에까지 쫓아나가 마구 치는 바람에 전표는 견디다 못해서 단인·진선·묘성 등과 함께 패잔병을 이끌고 북쪽으로 달아났다.

노준의는 더 추격하지 아니하고, 군사를 거두어 성으로 돌아가다가, 교도청이 무능·서근 등을 격파하고서 진달·양춘·이충·주통 등과 함께 적을 추격하는 것과 만나, 노준의는 이에 합류하여 두 갈래 길로 일제히 공격했다. 이래서 반란군은 크게 패해서 죽은 자가 많은데, 무능은 양춘의 칼에 맞아 죽고, 서근은 학사문의 창에 찔려서 죽었다. 그리고 이 추격전에서 노획한 마필·갑옷·금고·안장 등은 수없이 많았다.

노준의는 교도청과 군사를 합쳐 개가를 올리며 입성하는 때인데, 이때 노준의가 부청(府廳)에 도착하니까 노지심과 대종이 마령을 잡아끌고 들어오는 것이었다. 노준의는 노지심을 보고 너무도 반가워서,

"노형이 어떻게 여길 오셨소? 송공명 형님과 오리란 놈과의 접전은 어떻게 결말이 났나요?"

하고 물었다.

노지심은 자기가 풀밭에서 구멍에 빠졌던 이야기와 송강과 오리가 싸우던 이야기를 자세히 했다.

노준의 이하 여러 장수들은 모두 이상한 일도 다 있다고 적이 놀랐다. 그러고서 노준의는 친히 마령의 몸에서 결박진 밧줄을 끌러주었다.

마령은 이곳까지 끌려오던 길에서 노지심의 이상한 이야기를 들은 위에 또 노준의로부터 이같이 후한 대우를 받았는지라 감격하고서 그 자리에 엎드려 귀순할 것을 자원했다.

노준의는 삼군(三軍)에 상을 주고 위로했다.

다음날, 진녕부를 지키고 있던 장령들은 새로 임명된 관원들과 교대해서 모두 분양으로 와서 노준의의 지휘 아래 들었다.

노준의는 대종으로 하여금 마령을 데리고 송선봉한테 가서 전승을 보고하라고 떠나보내고, 부군사(副軍師) 주무와 더불어 앞으로 토벌을 진행할 방침을 의논하고 있었다.

이때 마령은 대종에게 하루에 천리를 내뺄 수 있는 법을 가르쳐주고, 이렇게 해서 두 사람은 하루 만에 송선봉의 진지에 도착하여 지휘소에 들어가 자세한 보고를 했다.

송강은 노지심의 보고를 듣고 놀랍기도 하고 기쁘기도 해서, 친히 진안무가 있는 곳으로 가서 노준의의 승리를 보고했다.

그런데 이때 반란군 전표는 단인·진선·묘성 등과 함께 패잔병을 이끌고 위승에 도착하여 전호한테 들어가서 울면서 저희들이 싸움에 참패한 경과를 보고했다.

전표의 보고가 아직 계속 중인데 괴뢰 추밀원관이 급히 들어오더니 전호한테 아뢰는 것이었다.

"대왕께 아룁니다. 지금 급보가 들어왔는데 다름이 아니라 통군대장 마령이 벌써 적에게 사로잡히고, 관승·호연작의 군사가 유사현을 포위하고 있고, 또 노준의의 군사가 개휴현을 빼앗아갔다 하옵니다. 오직 한 곳 양원현의 오리 국구님이 계시는 곳에서만 그동안 몇 차례 승보(勝報)가 올라와서 송군(宋軍)이 감히 대항하지 못하고 있다 하옵니다."

전호는 대경실색해서 즉시 문무백관을 소집해놓고 의논을 했다.

"잠시 금(金)나라에 항복하고서 위국(危局)을 면하는 것이 좋을까 합니다."

여러 신하가 이렇게 말하자, 우승상 태사 변상(卞祥)이 그들을 꾸짖으며 앞으로 나와 아뢰는 것이었다.

"송군이 삼면으로 쳐들어온다 할지라도 이곳 위승은 중중첩첩 태산준령으로 에워싸였고, 양초(糧草)는 능히 2년간 먹을 것이 있고, 또 어림군이 20만 명 있습니다. 동쪽에 있는 무향(武鄕), 서쪽에 있는 심원(沁源) 두 고을에는 각각 정병 5만 명씩 있고, 후면으로는 태원(太原)·기현(祈縣)·임현(臨縣)·대답현(大答縣) 등 모두 성곽이 견고하고 군량은 충분하여 넉넉히 오랫동안 버틸 수 있습니다. 닭의 입부리가 될지언정 소의 꽁무니는 되지 말라는 격언도 있사오니, 깊이 생각하시기 바랍니다."

전호가 이 말을 듣고 이것도 그럴듯한 말인 고로 어찌했으면 좋을지 몰라서 주저하고 있는데, 궁문을 지키고 있는 군사가 들어와서 보고를 올리는 것이었다.

"총관 섭청이 오셨습니다."

전호가 불러들이자 섭청은 들어와서 배무의 예를 올린 다음, 공손히 아뢰는 것이었다.

"군주(郡主)님과 군마(郡馬)님이 그동안 여러 번 싸움에 이기시어 군의 사기는 대단합니다. 그래 지금이라도 소덕부로 나아가 성을 포위하려고 하오나, 오리 국구님이 감기로 누워 계시기 때문에 대군을 지휘하시지 못하옵니다. 대왕께옵서 훌륭한 장수와 군사를 파견하시와 군주와 군마를 도와서 소덕부를 탈환하도록 근념해주옵소서."

섭청의 말이 끝나자 그 옆에 있던 소위 도독(都督)이라는 범권(范權)이 아뢰는 것이었다.

"군주님과 군마님이 용맹무쌍하시다는 말씀은 저도 자주 들었습니다. 이럴 때 대왕께서 친히 군사를 이끄시고 나가시어 도와주신다면, 반드시 우리나라는 중흥(中興)을 이룩할 것입니다. 그동안 소신은 태자를 모시고 국사를 감독하겠습니다."

"그같이 하는 것이 좋겠소."

전호는 즉시 이 말에 찬성했다. 그도 그럴 것이, 본래 범권의 딸이 일등 가는 미인이었는데, 그는 그 딸을 전호한테 바쳤기 때문에 전호는 이 계집을 사랑해서 범권의 말이라면 안 듣는 것이 없었기 때문이다.

그런데 지금 범권이 이렇게 말하는 것은, 사실인즉 이번에 섭청이 찾아와서 뇌물을 많이 바치고 그를 구워삶았기 때문에 송군의 형세가 너무나 강대한 것을 알고, 이런 판국에는 차라리 전호를 배반하고 나라를 팔아버리는 것이 유리하겠다고 생각한 까닭이었다.

이런 줄을 전혀 모르는 전호는 변상에게 장수 열 명과 정병 3만 명을 주어 노준의·화영 등의 군사를 대항하게 하고, 태위 여학도(戾學度)에게도 장수 열 명과 군사 3만 명을 주어 유사(楡社)로 나아가 관승의 군사를 대적하게 하고, 자기는 상서(尙書) 이천석(李天錫)·정지서(鄭之瑞)·추밀 설시(薛時)·임혼(林昕)·도독 호영(胡英)·당현(唐顯), 그리고 전수(殿帥)·어림어가(御林御駕)의 교두(敎頭)·단련사·지휘사·장군·교위 등을 데리고서 정병 10만 명을 거느리고 나가기로 했다.

전호는 이같이 결정을 내리고서 먼저 소와 말을 잡아 군기(軍旗)에 제사를 지내고, 모든 군사를 배불리 먹인 뒤에 자기 동생 전표(田豹)와 전퓨(田彪) 두 사람은 도독 범권 이하 문무 제관(諸官)과 함께 태자 전정

(田定)을 보좌하여 나라 일을 다스리라고 명령했다.

이 같은 소식을 자세히 알아낸 섭청은 즉시 심복 부하를 시켜 양원으로 가서 장청과 경영에게 보고하도록 했다.

이렇게 섭청의 보고를 받은 장청은 해진·해보 두 사람으로 하여금 밧줄을 성벽 위에 걸어놓고 그 밧줄을 타고서 아래로 내려가게 하여 급히 이 같은 정세를 송선봉에게 전달하도록 했다.

한편, 변상은 군령이 내리기를 기다리면서 사흘 동안이나 군사를 골라 뽑아 겨우 번옥명(樊玉明)·어득원(魚得源)·부상(傅祥)·고개(顧愷)·구침(寇琛)·관염(管琰)·풍익(馮翊)·여진(呂振)·길문병(吉文炳)·안사융(安士隆) 등 외에 부장(副將)들과 군사 3만 명을 거느리고서 위승주(威勝州)의 동문으로 나와 군사를 두 갈래로 나누어 전대(前隊)는 번옥명·어득원·풍익·고개 등이 5천 명 군사를 이끌고 앞서서 나갔다.

전대는 이렇게 해서 심원현 면산(綿山)이라는 곳에 이르렀는데, 그들이 숲을 지나서 조금 나오노라니까 별안간 바라 소리가 요란하게 나더니 한 떼의 군사가 수풀 뒤에서 쫓아나왔다.

이것은 송공명이 장청으로부터 보고를 받고서 비밀히 화영·동평·임충·사진·두흥·목홍 등에게 5천 명의 기병을 주어 미리 이곳에 가서 매복하고 있도록 한 것이었는데, 이때 선두에서 양쪽 손에 두 자루 강창을 들고 말을 달려 나오는 장수가 쌍창장 동평이었다.

"이리 오는 것들이 어디 매인 군사냐? 공연히 수고를 시키지 말고, 빨리 결박당하는 게 이로울 게다!"

동평이 이같이 꾸짖으니까, 번옥명이 내달으며 호령을 했다.

"양산박 좀도둑 놈들아! 네놈들이 어째서 남의 성을 뺏어가느냐?"

"이 역적 놈들아! 천병(天兵)이 왔는데도 그래도 네놈들은 항거할 작정이냐?"

동평은 두 자루의 강창을 휘두르면서 번옥명에게로 달려갔다.

이때 번옥명도 뛰어나와서 동평을 대적하여 20여 합 싸웠는데, 마침내 그는 당하지 못하고 창에 찔려 말 위에서 떨어졌다.

이 광경을 본 풍익이 혼철창을 들고 뛰어나왔다.

송군에게서는 이때 소이광 화영이 뛰어나가 풍익을 대작하여 싸우다가, 화영은 일부러 지는 체하고 본진을 향해서 달아났다. 그러고서 풍익이 그 뒤를 쫓아오는 것을 화영이 활을 쏘아 얼굴을 맞히니까 풍익은 다리를 공중으로 뻗고 나가떨어졌다. 화영은 급히 달려가서 풍익의 목을 찔러 죽여버렸다. 그러자 동평·임충·사진·목홍·두홍 등은 일제히 군사를 몰고 달려들어 마구 치는데, 고개는 임충의 창에 맞아 죽고, 어득원은 말에서 떨어져 인마(人馬)의 발에 밟혀서 죽었다.

이렇게 되어 반란군은 절반이나 죽어 없어졌는데, 나머지 군사들은 금고와 마필을 모두 뺏긴 채 5리 밖에까지 쫓겨가다가 거기서 변상의 대부대와 만나게 되었다.

그런데 이 변상이라는 사나이는 본래 농사꾼이었는데, 기운이 황소같이 센 데다가 무예가 출중해서, 반란군 측 장수 중에선 제일가는 상장(上將)이었다.

이때 양쪽 군사가 서로 맞서 북소리, 나팔 소리 요란하게 울리자 먼저 변상이 마상에 높이 앉아 나오는데, 머리엔 봉의 날개를 장식한 투구를 썼고, 몸에는 은빛 갑옷을 입었으니, 키는 9척이나 되어 보이고 세 갈래로 뻗친 수염에, 얼굴은 넓적하고, 어깨는 떡 벌어지고, 눈썹은 위로 거슬러 올라갔고, 눈은 동그란데, 손에는 커다란 도끼를 들고 있다.

그리고 그 좌우에는 부상·관염·구침·여진 등 네 명의 괴뢰 통제관이 호위해 있고, 그 뒤로는 통군·제할·방어(防禦)·단련 등의 여러 관원들이 호위하고 있으니 그 대오는 만만치 않다.

이것을 보고 송군 측에서 구문룡 사진이 말을 채쳐 진문 앞으로 나왔다.

"이리로 나오는 놈이 뭐라는 놈이냐? 칼에 피를 묻히는 게 귀찮으니, 속히 내려와서 결박을 당해라!"

사진이 이같이 호령하자, 변상은 크게 웃더니 사진을 보고 점잖게 꾸짖는 게 아닌가.

"이놈아, 병이나 항아리도 귀가 달렸다. 너도 귀가 있을 텐데, 변상이란 내 이름을 못 들었느냐?"

"개소리 말아라! 역적 놈아!"

사진은 크게 호령을 하고, 삼첨양인팔환도(三尖兩刃八環刀)를 휘저으며 말을 채쳐 달려들었다. 변상은 큰 도끼를 가지고 마주 싸우니, 칼과 도끼가 불똥을 튀기면서 두 사람이 30여 합을 싸우건만 승부가 나지 아니한다. 이때 송군의 진(陣)에서 화영이 냉전(冷箭)을 쏘려다가 변상의 훌륭한 무술이 아까워서 그만두고, 그 대신 창을 꼬나쥐고 달려나갔다.

변상은 조금도 겁내지 않고 두 사람을 상대하여 또 30여 합 싸우건만 아직도 승부가 나지 아니한다.

이때 반란군 측에서는 변상의 만일을 염려하여 금고를 울려 싸움을 거두게 했다.

화영과 사진도 날이 이미 저물어 사방이 어두워지는 것을 보고, 변상을 추격하는 것을 그만두고서 군사를 이끌고 남쪽으로 10리를 물러나서 진을 쳤다.

이날 밤에 남풍이 세차게 불고 먹장 같은 구름이 하늘을 덮더니, 밤중부터 천둥소리가 요란하면서 큰 비가 쏟아졌다.

그런데 이때 전호는 수많은 관원과 장령을 거느리고 이미 위승에서 백 리나 떨어진 곳에 나와 있었다. 이날 해가 넘어가기 전에 야영을 차리고 쉬는데, 장중에는 수행하는 내시의 희첩(姬妾)들과 범권의 딸 범미인(范美人)도 있고 해서, 전호는 심심치 않았다.

그러나 이날부터 내리기 시작한 비가 닷새 동안이나 계속해서 내리는 까닭에 천막의 지붕은 새고, 땅바닥에 물은 괴어서 밥을 지을 수도 없는데, 활은 줄이 늘어지고 화살도 못쓰게 된 것이 많이 생겼지만, 전호의 대군은 꼼짝 못 하고 비에 갇혀버렸다.

한편, 송군의 삭초·서녕·단정규·위정국·탕융·당빈·경공 등 여러 장수는 관승·호연작·문중용·최야 등의 보병과 수군 두령 이준 등의 수군을 영접한 후 여러 장수가 의논하여 단정규와 위정국은 노성에 남아 있으면서 이곳을 수비하고, 관승 등의 장령들은 수륙(水陸)으로 함께 나아가 수군과 보병이 합력해서 유사현을 깨뜨리고 그곳에 탕융과 삭초를 남겨두어 성을 수비하게 한 후, 관승 등은 승승장구하여 파죽지세로 대곡현을 쳐서 성을 지키던 장수를 죽이고 수많은 사병들의 항복을 받고서 관승은 이 같은 승보를 송선봉한테 보냈는데, 그다음 날부터 이들도 큰 비를 만나 꼼짝 못 하고 말았었다.

그런데 이때 보고가 들어오기를, 노선봉은 선찬·학사문·여방·곽성 등을 분양부에 남겨두고 그곳을 수비하도록 한 후, 자기는 다른 장수들과 함께 개휴·평요 두 고을을 점령하고서 한도와 팽기로 하여금 개휴현을 수비하게 하고, 공명과 공량으로 하여금 평요현을 지키게 해놓고, 자기는 많은 장령과 군사를 거느리고 지금 태원현의 성을 포위하고 있는데, 역시 비 때문에 공격을 못 하고 있다는 것이다.

이때 마침 성내에 있던 수군 두령 이준이 이 소식을 듣고 관승에게 와서 의견을 제출했다.

"노선봉은 연일 장마 때문에 지금 중대 난관에 봉착했습니다. 만일 큰물이 진다면, 군사들은 꼼짝 못 할 게 아닙니까. 그런 데다가 만일에 적이 결사대를 조직해서 공격해온다면 어떻게 하지요? 제가 노선봉한테 가서 의논을 좀 해봐야겠습니다. 꾀를 하나 생각했기에 말씀입니다."

"좋은 꾀가 있거들랑, 곧 가보시오."

관승이 허락하자, 이준은 동위와 동맹에게 수군의 배를 맡겨둔 후 장순·장횡·원가 삼형제와 함께 수군 2천 명을 이끌고 억수같이 퍼붓는 폭우를 맞으면서 노준의의 진을 찾아가, 약시 이만저만하게 했으면 좋겠다고 밀담을 했다.

"그거, 됐소! 그렇게 합시다."

노준의는 대단히 기뻐하면서 즉시 군사들에게 명령을 내려, 폭우 중에 나무를 베어 그것으로 뗏목을 만들게 했다. 그것을 물 위에 띄울 작정인 것이다.

한편, 태원성을 지키고 있던 수장 장웅(張雄)은 전수(殿帥)의 직에 있고, 항충과 서악(徐岳)은 통제(統制)의 직책에 있는 자들인데, 이 세 사람은 반란군 장수들 중에서도 으뜸가는 살인귀들이었고, 그 밑에 있는 부하 군졸들도 모두 흉악망측한 무리들이었기 때문에 성내의 백성들은 이것들한테 견딜 수가 없어서 모두 가산(家産)을 버리고 도망을 치다가 십 중 칠팔 명은 이놈들한테 붙잡혀 죽는 기막힌 형편이었다.

이와 같은 장웅이 지금 노준의의 대부대 군사들에게 포위를 당하고 있건만, 장웅은 저희들의 방비가 튼튼한 것만 믿고 항충·서악과 함께 노준의를 기습할 계략을 짜는 것이었다.

"지금 송군(宋軍)은 폭우 때문에 물속에 갇혀서 양식도 떨어지고, 약탈을 할래야 약탈할 곳도 없고 해서, 무척 곤란한 거야. 이럴 때 들이치면, 놈들이 꼼짝 못 할 거란 말이지!"

이때는 4월 상순이었다.

장웅은 군사를 나누어 사방의 성문으로부터 일시에 나가 송군을 덮치기로 방침을 정했다.

그랬는데, 별안간 바라 소리가 사방에서 요란하게 들린다. 장웅이 급히 망루 위에 올라가 성 밖을 바라다보니 송군은 모두 나막신을 신고비를 맞으면서 산 위로 올라가고 있는 게 아닌가.

'괴상하다! 어찌해서 저럴까?'

장웅이 이같이 의심하고 섰노라니까, 지백거(智伯渠, 냇물을 끌어들여 새로 쌓은 봇도랑) 근방과 동쪽, 서쪽의 세 군데서 천지를 진동시키는 함성이 울리면서, 천만마가 한꺼번에 쏟아져 나오는 듯한 요란한 소리가 난다.

도대체 이게 어떻게 된 일이냐 하면, 수군 두령 이준이 장(張)가 형제와 원(阮)가 삼형제와 함께 수군을 동원하여 태원성 밖에 와서 물이 많이 흐르는 냇물을 끌어당겨 새로 봇도랑을 만들고서 태원성을 물바다로 만들 계획이었던 까닭이다. 그래서 금실금실 넘쳐흐르는 흙탕물이 성내로 쏟아져 흐르니, 성내는 금시에 끓는 가마솥같이 와글와글해졌다.

군사들과 백성들은 모두 지붕 위로 올라가거나 나뭇가지 위로 올라가 물난리를 피하려고 했으나, 삽시간에 집은 무너지고, 나무는 쓰러지고 하는 바람에 그들은 속절없이 물속 귀신이 되는 것이었다.

이럴 때, 이준과 장가 형제와 원가 삼형제는 성벽 위로 올라가서 칼을 빼들고 닥치는 대로 성벽 위의 정병을 죽여버리는데, 군사들은 또 뗏목을 타고 성벽 위로 올라와서 마구 적병들을 찔러 죽였다.

이때 장웅이 성루 위에서 어찌할 바를 몰라 애태우고 있을 참인데, 장횡이 그를 발견하고 달려들더니 한칼에 썽둥 그의 목을 잘라버렸다.

성안에 물이 하나 가득 찼다가, 성벽이 무너지면서 물이 남쪽으로 빠지기 시작하자, 물에 빠져서 죽은 무수한 사람의 시체와 대들보·서까래·문짝·세간살이 따위가 모두 둥실둥실 떠서 흘러가는 것이었다.

이때에 성내의 집이란 집은 모조리 물속에 잠겼고, 오직 하나 북제(北齊) 때 신무제(神武帝)가 세운 피서궁(避署宮) 하나가 남아 있었으므로 헤엄을 치면서 살아날 구멍을 찾던 난민들은 모두 피서궁 언덕 위로 올라가서 물이 빠지기를 기다렸다.

이 같은 물난리에 죽은 자가 2천여 명이고, 살아남은 자는 천여 명밖에 안 되었다. 그러나 성 밖에 사는 백성들은 노선봉이 미리 그곳 이보

(里保)에게 알려서 높은 곳으로 피난을 시켰기 때문에 목숨이 안전했다.

그건 그렇고, 성내의 물이 빠지기 시작하자, 혼강룡 이준은 수군을 이끌고 서문을 점령하고, 선화아 장횡은 낭리백도 장순과 함께 북문을 점령하고, 입지태세 원소이와 단명이랑 원소오는 동문을 점령하고, 활염라 원소칠은 남문을 점령하고서, 각각 네 군데 성문에 송군의 깃발을 꽂았다.

이날 저녁때나 되어서 물이 다 빠지고 땅바닥이 드러난 고로 이준은 성문을 크게 열어붙이고 노준의의 대군을 입성케 했다.

땅바닥엔 개 한 마리, 닭 한 마리가 안 보이고, 사람의 시체만 여기저기에 무더기로 쌓였다. 아무리 흉악한 장응을 없애려고 한 노릇이지만, 이준의 이번 계책은 너무나 참혹한 결과였다.

노준의가 군사를 거느리고 입성하자, 간신히 살아남은 천여 명밖에 안 되는 성내 백성들이 진흙땅에 꿇어앉아서 목숨만 살려달라는 듯이 꾸벅꾸벅 절을 하는 것이었다.

노준의가 그 사람을 조사시켜 보니까 병졸은 겨우 10여 명뿐이요, 나머지는 모두가 백성들이었다.

항충과 서악은 원수부 뒤뜰에 있는 높다란 전나무 위에 올라가 있었지만, 물이 빠지는 것을 보고 아래로 내려오다가 송군에게 붙들리고 말았다.

노준의는 그 두 놈 적장의 목을 베어 군중에게 본을 보였다. 그리고 부고(府庫)에 들어 있는 돈을 꺼내어 수해를 입은 난민들에게 나누어주고, 군사를 시켜서 시체들을 매장하도록 하는 한편, 송강에게는 승전한 보고를 올렸다.

그런데 노준의가 태원을 떨어뜨리고서 백성들을 무마하는 이야기는 잠깐 쉬고, 이야기는 태원성이 함락되지 않았을 동안의 이야기로 거슬러 올라간다.

전호가 10만 대군을 거느리고 나오다가 비 때문에 동제산(銅鞮山) 남쪽에 머물러 있을 적에 척후병 하나가 달려와서 보고를 했다.

"오리 국구님이 병환으로 돌아가셨기 때문에 군주님과 군마님은 군사를 양원까지 퇴각시키고, 국구님의 장례를 모시고 있다 합니다."

전호는 크게 놀라 사람을 양원으로 보내어 명령을 전하게 했다.

"경영은 그대로 성내에 있으면서 성을 지킬 것이요, 전우는 이곳으로 와서 지휘를 받도록 하라. 그런데 양원으로 보냈던 사람은 그동안 한 사람도 돌아와서 보고를 하는 사람이 없으니, 대체 어찌된 셈이냐?"

이 같은 명령을 띄워보낸 다음날, 비는 그치었는데 날이 밝을 무렵, 또 척후병 하나가 달려와서 보고를 올렸다.

"송강이 손안과 마령에게 군사를 주어 지금 달려와서 싸움을 돕고 있습니다."

전호는 이 소리를 듣고 주먹으로 탁자를 치며 호령했다.

"내 녹(祿)을 먹던 놈들이 나를 배반하다니! 오냐! 내가 손으로 그 두 놈을 베어버릴 테니 누구든지 그 두 놈을 잡아오면 상금 천 냥을 주고 만호후(萬戶侯)에 봉하겠다!"

이렇게 호통을 치고서 전호가 친히 군사를 몰고 나와 송군과 마주 서서 바라다보니, 송군의 인기(印旗)는 병울지 손립과 철적선 마린이다.

전호는 백마(白馬) 위에 높이 앉아 진두지휘를 하고 있는데, 송군의 진에서도 후방으로부터 송강이 오용·손신·고대수·왕영·호삼랑·손립·주동·연순 등의 군사를 이끌고 와서 친히 지휘를 하는 것이었다.

전호가 이때 손가락으로 송강을 가리키며 좌우를 보고 물었다.

"저기, 저 키가 작고 얼굴이 시커먼 저놈의 이름이 무엇이지?"

"저게 바로 송강이란 놈이올시다."

"그런 거 같아서 물어봤다. 누가 나가서 저놈을 못 잡아올까?"

전호가 이렇게 말하고 있을 때, 연락병 하나가 달려와서 보고를 올렸다.

"유사·대곡 두 곳을 관승한테 점령당하고, 서쪽에서는 노준의한테 평요·개휴 두 고을을 빼앗긴 위에 그놈들은 또 태원성을 물로 공격해서, 성내의 장병들은 한 사람 남지 않고 모두 죽었답니다. 그리고 우승상 변상님은 면산에 진을 치고서 화영과 대전하셨는데, 노준의가 태원에서 돌아온 길로 배후에서 들이쳤기 때문에 변승상께서는 사로잡혀 갔습니다."

"뭣이 어쩌고 어째? 그래, 정말이냐?"

"그리고 노준의는 지금 관승과 군사를 합쳐서 심원현을 철통같이 에워싸고 있답니다."

이 같은 놀라운 보고를 듣고 가슴이 서늘해진 전호는 급히 영을 내려 군사를 거두어 위승으로 돌아가서 그곳이나 철통같이 수비하고자 했다. 그래서 이천석 등은 뒤에서 그를 보호하고, 설시·임흔·호영·당창 등은 좌우에서 그를 호위하고 가는데, 일행이 동제산 북쪽에 당도하자, 별안간 대포 소리가 진동하면서 송강이 미리 여기다 숨겨두었던 노지심·유당·포욱·항충·이곤 등이 좌우 두 갈래 길로 쏟아져 나오는 게 아닌가.

전호는 급히 어림군을 휘몰아 이들 적군을 막아냈다.

그랬는데, 이때 뜻밖에도 동쪽으로부터 마령과 손안이 군사를 몰고 달려오면서, 마령은 금전(金磚)을 던지며, 손안은 쌍칼을 춤추며 덤벼드니까 전호의 10만 대군은 두 쪽으로 갈라지고, 손안과 마령은 무인지경을 가는 것같이 전호의 부대를 짓밟는 것이다. 그리고 이것은 오용이 미리 획책한 작전으로서, 동제산 북방 세 군데다 복병을 두었다가 전호를 앞과 뒤와 옆에서 들이치게 한 것이니, 전호의 10만 대군인들 무슨 힘을 쓸 수 있으랴.

전호의 군사가 지리멸렬하게 되었을 때, 상서 이천석 등은 전호를 호위해가면서 동쪽으로 도망질쳤다. 그러나 그때 노지심 등이 표창·단패·비도수(飛刀手)의 병력을 이끌고 뛰어나와 들이닥치는 바람에, 이천석·정지서·설시·임흔 등의 군사는 오던 길로 서쪽으로 도망쳐버리고, 전호의 수하에는 어림군밖에 남지 아니했는데, 아무리 훈련이 잘된 군사들로만 조직된 어림군이었지만, 그들은 지금까지 싸워본 어떤 관군보다도 사나운 관군을 만났기 때문에 힘을 못 썼다. 그래, 전호의 좌우에서 도독 오영·당창과 총관 섭창과 임금을 경호하는 금오(金吾)니 교위(較尉)니 하는 장수들이 간신히 패잔병 5천 명을 이끌고 전호를 호위하여 도망치기 시작했다. 전호의 운명은 아주 위급하게 되고야 말았다.

이렇게 위급한 지경인데, 또 동쪽에서 고함 소리와 함께 한 떼의 군사가 뛰어나오는 게 아닌가.

전호는 그것을 보자 그만 하늘을 우러러보면서 장탄식을 했다.

"하느님이시여! 저를 버리시나이까!"

이때 전호의 부하 장수들이 저쪽 군사를 바라보니까, 선두에서 오는 장군은 얼굴이 해말갛게 잘생긴 젊은 사람인데, 머리엔 푸른빛 두건을 썼고, 몸에는 녹색 전포를 입었고, 손에는 한 자루 이화창을 들고, 눈같이 흰 말을 타고 있는데, 그 깃발에는 '중흥 평남선봉 군마 전우(中興平南先鋒郡馬 全羽)'라고 쓰여 있다.

전호의 곁에 서 있던 섭청은 이것을 보고 전호에게 아뢰었다.

"대왕마마… 저건 바로 군마의 전우 장군입니다."

"전우란 말이지? 그럼 어서 나를 구하라고 일러라."

이 같은 전호의 분부를 받고 달려온 전우는 앞에 와서 말에서 내리더니 땅바닥에 꿇어앉았다.

"신이 몸에 갑옷을 입었기 때문에 엎드려 예를 드리지 못하옵니다."

"상관없어! 좋아!"

"지금 사세가 위급하옵니다. 양원성 안으로 들어가셨다가, 신(臣) 전우가 군주와 함께 송군을 격퇴할 때까지 잠시 위험을 피해주시옵기 바라옵니다. 다시 대왕마마를 위승으로 모신 뒤에 계책을 의논한 후 국가의 기초를 회복하시옵소서."

전호는 대단히 기뻐서,

"과연 고마운 말이로다! 속히 그렇게 하라!"

이같이 명령을 내려 일행은 양원을 향해서 출발했다. 그리고 전우는 행렬의 맨 뒤를 호위하는 임무를 자원하여 맡아서 따라갔다.

그런데 전호의 일행이 겨우 양원성 아래에 이르렀을 때 별안간 일행의 후방에서 하늘을 진동시키는 고함 소리가 나면서 관군이 추격해오는 게 아닌가.

이때 양원성 성벽 위에서 아래를 내려다보고 있던 장병들이 뛰어내려와서 성문을 열어놓는다. 이것을 보고 관군의 추격을 당하는 전호의 군사는 앞을 다투어 성안으로 뛰어들어가려고 전호고, 대왕이고, 그런 걸 생각할 여지가 없다. 그래, 맨 앞에서 호영이 성문 안을 들어서니까, 딱딱이 소리가 나더니, 양쪽에서 복병이 뛰어나와 호영 장군과 군사 3천 명을 한 사람 남기지 않고 함정 속에 떨어뜨려 넣고는 기다란 창으로 찔러서 죄다 죽여버렸다.

"전호는 죽이지 말고, 산채로 잡아라."

어디선가 이렇게 외치는 소리가 들렸다.

이 소리를 듣고 전호는 말머리를 돌이켜 북쪽을 향해 도망쳤다.

장청과 섭청이 말을 채쳐 그 뒤를 쫓아갔다.

그런데 전호의 말이 어찌나 빠른지, 장청과 섭청이 아무리 말을 채찍질해도 그를 붙잡을 수가 없다.

전호가 이렇게 달아나는 중인데 별안간 눈앞에서 회오리바람이 일어나더니, 여자 한 사람이 나타나면서,

"이 간적(奸賊) 전호 놈아! 우리 집 구가(仇家) 부부는 네놈의 손에 죽었다마는 오늘은 내가 너를 안 놔준다!"

이렇게 호령을 추상같이 하고는, 또 한 번 음산한 바람이 전호의 얼굴을 휘몰아치더니, 여자의 그림자는 온 데 간 데가 없다.

그럴 때, 전호의 말이 무엇에 놀랐는지 앞발을 공중으로 번쩍 쳐들고 냅다 우는 바람에 전호가 말에서 떨어지자 쫓아오던 장청과 섭청이 달려가서 군졸들과 함께 전호를 밧줄로 단단히 묶어버렸다.

이것을 보고 당창이 창을 휘두르면서 말을 채쳐 달려와 전호를 구하려 했으나, 이때 장청이 던진 돌멩이에 얼굴을 얻어맞고 그는 말 위에서 떨어졌다.

장청은 큰소리로 외쳤다.

"이놈들아, 난 전우가 아니다! 천조(天朝)의 송선봉 밑에 있는 몰우전 장청이라는 양반이시다!"

이때 성안으로부터 흑선풍과 무송이 5백 보병을 데리고 뛰어나와 벼락 치는 듯한 소리를 지르면서 전수장군 금오·교위 등 2천 명도 넘는 적의 장병을 모조리 처치해버리는데, 장청은 당창을 찔러 죽이고, 전호를 묶어 성내로 들어가서 성문을 잠가버렸다. 송강이 반란군을 평정한 뒤에 끌고 갈 작정인 것이다.

이때 노지심은 반란군을 동쪽으로 추격해가다가 이미 전호가 사로잡혀 성안으로 끌려간 것을 알고, 그는 다시 서쪽으로 방향을 돌려 동제산을 향해 달려갔다.

시각은 벌써 저녁때가 다가왔다.

송강의 부하 세 갈래의 군사는 이날 하루 싸움에서 2만여 명의 적군을 무찔렀다.

주인을 잃은 반란군은 사면팔방으로 살 구멍을 찾아서 도망해버렸다.

범미인이나 희첩들은 모두 난병들의 손에 죽어버렸다.

전호의 부하 중에서 겨우 살아남은 이천석·정지서·설시·임흔 등이 3만 명의 군사를 거두어 동제산으로 올라가서 자리를 잡고 있었다.

송강은 이것을 알고 군사들로 하여금 산을 포위하게 했는데, 이때 노지심이 달려오더니 소식을 전하는 것이었다.

"저, 전호는 장청이 사로잡았습니다."

"전호를 잡았나?"

송강은 너무도 고맙고 기뻐서 손을 이마에 대고 감사했다.

그러고서 그는 양원으로 급히 장령(將令)을 전하도록 사람을 보냈다.

'무송 등은 성문을 굳게 닫고서 전호를 간수하고, 장청은 군사를 거느리고 속히 위승으로 가서 경영을 도와주라.'

장령의 내용은 이 같은 것이었다.

그런데 이보다 앞서 경영은 오용의 밀령을 받아 해진·해보·악화·단경주·왕정륙·욱보사·채복·채경 등과 함께 군사 5천 명을 거느리고서 반란군의 기호를 달고 무향현(武鄕縣) 성 밖에 있는 석반산(石盤山) 근처에 가서 숨어 있다가 전호가 송군과 접전하고 있다는 소식을 듣고서 군사를 이끌고 급히 위승의 성 아래로 달려갔었다.

이때 벌써 날은 저물어 안개가 끼고, 하늘엔 초승달이 걸려 있었다.

경영은 성루 밑에 가서 꾀꼬리 같은 목소리로 외쳤다.

"나는 군주(郡主)요. 대왕마마를 모시고 왔으니, 빨리 성문을 열어줘요!"

성을 지키고 있던 수비병이 급히 왕궁에 알렸더니 전표와 전퓨가 달려나와 성루 위로 올라와서 내려다보니까 과연 누런 일산(日傘) 밑에 대왕이 백마를 타고 있고, 그 말 앞에 한 사람의 여장군이 말을 타고 있는데 깃발에는 '군주 경영(郡主 瓊英)'이라 크게 쓰여 있고, 일산 뒤로는 상서·도독 등 모든 관원들이 서 있는 것이었다.

이때 경영은 또 성루 위를 바라보고 외쳤다.

"호도독이 송군에게 패했기 때문에, 내가 대왕마마를 모시고 온 거예요. 빨리 관원이 나와서 어가(御駕)를 모셔들여야 하잖아요!"

전표 등이 보니까, 자기 형님 대왕이 틀림없으므로 그들은 성문을 열고 마중 나갔다.

두 사람이 일산 앞으로 나아갔을 때, 마상에서 대왕이 큰소리로 호령을 했다.

"이 두 놈의 도적을 잡아라!"

호령이 떨어지자, 군사들이 두 사람을 잡으려고 와르르 뛰어나왔다.

"우리가 무슨 죄가 있다고 이러세요!"

전가 두 형제는 이렇게 부르짖으면서 대항해보았지만, 벌써 몸은 밧줄로 꽁꽁 묶이고 말았다.

이게 어떻게 된 일이냐 하면, 이 전호란 사람은 오용이 손안을 시켜서 송군의 군사들 가운데서 전호와 얼굴이 똑같이 생긴 사병을 하나 골라서 전호가 입는 의복과 똑같은 복장을 시켜놓은 사람이었고, 그 뒤에 서 있는 상서니 도독이니 하는 사람은 해진과 해보 등 몇 사람이 가장하고 있던 것이었다.

이같이 해서 전가 형제를 결박해놓은 다음에, 일동은 칼을 뽑아들었다. 그리고 왕정륙·욱보사·채복·채경 등은 5백여 명의 군사를 이끌고 전가 형제를 양원으로 압송했다.

이때 성벽 위에서 전가 형제가 남쪽으로 압송당하는 꼴을 본 사람들은 일제히 성 밖으로 달려나왔으나 이 중에서 경영은 도리어 전정을 잡으려고 해진·해보와 함께 위험을 무릅쓰고 성 안으로 뛰어들어갔는데, 문을 지키던 장병들은 이것을 막으려고 했지만, 경영이 던지는 돌멩이에 얻어맞고서 그들은 모두 피를 흘리고 넘어졌다.

해진과 해보도 경영을 도와가면서 잘 싸웠지만, 성 밖에 있던 악화와 단경주는 반란군의 복장을 입고 있던 군사들에게 도로 송군의 복장을 입게 한 후 일제히 성안으로 뛰어들어가 남문을 빼앗고서,

"먼저 기를 꽂아야 할 거 아니야!"

하고 송군의 기를 꽂았다.

이때 성내의 인심은 물 끓듯 끓었다. 그리하여 성내에 있던 문무 관원들과 왕족·외척들은 급히 군사를 이끌고 달려들면서 사생결단을 지으려 했다.

형세가 이렇게 되고 보니, 불과 4천 명의 군사를 이끌고 너무 깊이 들어간 경영은 잠깐 어려운 형편에 빠졌으나, 다행히 장청이 8천 명의 군사를 데리고 성내에 돌입하더니 경영과 해진, 해보가 고전하고 있는 것을 보고는 돌멩이를 연거푸 던져서 반란군 장수를 네 명이나 한꺼번에 넘어뜨리니까, 반란군들은 겁이 나서 그냥 달아나버린다.

장청은 경영이 서 있는 곳으로 말을 달려왔다.

"너무 적진 속으로 깊이 들어왔소. 더구나 적은 수효가 많은데 위험해요!"

"아버지의 원수를 갚을 생각이니까, 내 몸이 위태한 것은 눈앞에 보이지 않는군요!"

"전호란 놈은 내가 양원에서 잡았어!"

"그랬어요?"

경영은 기쁘기도 하고 분하기도 해서, 잠시 동안 어쩔 줄을 몰라 했다.

그러고 나서 막 군사를 이끌고 성 밖으로 나가려 할 때 심원성을 깨뜨리고 돌아온 노준의의 군사는 남문 위에 꽂힌 송군의 깃발을 보고 성내로 군사를 합쳐 반란군의 잔당을 무찔렀다.

이럴 때, 진명·양지·두천·송만 등은 군사를 이끌고 동문을 빼앗고, 구붕·등비·뇌횡·양림 등은 성문을 빼앗고, 황신·진달·양춘·석수·초정·목춘·정천수·추연·추윤 등은 보병을 이끌고서 칼과 도끼로 왕궁을 정면으로부터 쳐들어가고, 공왕·정득손·이립·석용·도종왕 등은 후재문(後宰門)으로부터 쳐들어가서 왕궁 안에 있던 비빈(妃嬪)·희첩(姬妾)·내시 등을 하나도 남기지 않고 모조리 죽여버렸는데, 이때 전호의 태자 전정은 변이 난 것을 알고 제가 제 손으로 목을 찔러 죽어버렸다.

한편, 장청·경영·손이랑·당빈·문중용·최야·경공·조정·설영·이충·주부·시천·백승 등은 각각 손을 나누어서 소위 상서니, 추밀이니, 전수니 하는 것들과 왕족이니, 외척이니 하는 것들을 여기저기서 베어 죽인 까닭으로 위승성 안에는 발길에 차이는 것이 사람의 시체요, 도랑에 흐르는 것이 피뿐이었다.

이렇게 많은 사람을 죽인 후, 노준의는 곧 영을 내려서 위승성 안에 사는 백성들을 해치지 못하게 하고, 한편으로는 송선봉에게 사람을 보내어 승전 보고를 올리게 했다. 이러느라고 송군은 이날 밤 5경이나 되어서 겨우 눈을 붙였다.

이튿날, 날이 밝은 다음에 노준의는 장령들을 점검했다.

신기군사 주무가 심원성 안에서 수비하고 있으므로 주무만 보이지 않을 뿐, 다른 사람들은 모두 무사하다.

그러나 단 한 사람 애석한 일이 있으니 그것은 반란군에서 항복해온 경공이 위승성 안에서 인마(人馬)에 밟혀서 죽은 사실이다.

모든 장수들은 각각 자기의 공적을 보고했다.

그럴 때 초정이 전정의 시체를 말 위에 눕혀가지고 오자 경영은 이를 갈면서 칼을 뽑아들더니 그놈의 모가지를 끊어버리고서 그놈의 몸뚱어리를 난도질했다.

오리의 아내 예씨는 그때 벌써 죽어 있었다.

그러고 나서 경영은 섭청의 아내 안씨를 찾아내어 노준의에게 가서 하직하고, 장청과 함께 양원으로 갔다가 거기서 전호 등을 송선봉 있는 곳으로 압송해갔다.

그런데 노준의가 진중에서 군무를 처리하고 있으려니까, 군사 하나가 들어와서 보고를 한다.

"전호의 부하 방학도(房學度)가 삭초·탕융을 유사현에서 포위하고 있답니다."

"오냐, 알았다."

노준의는 곧 관승·진명·뇌횡·진달·양춘·양림·주통 등에게 명령을 내려 즉시 군사를 거느리고 나가 삭초를 구원하라 했다.

그다음 날, 송강은 동제산에 있던 이천석 등을 토벌해버리고서 진안무가 있는 곳으로 사람을 보내어 보고를 올리게 했다.

"우리가 적의 본거지를 점령하고, 적의 괴수도 사로잡아버렸으니, 안무 상공께서는 위승으로 오셔서 군무를 처리하시기 바랍니다."

이렇게 진안무에게 보고를 올린 후 송강은 대군을 거느리고 위승성 밖에 도착하니, 노준의가 나와서 영접한다.

성내에 들어온 송강은 맨 먼저 방(榜)을 써서 거리거리에 붙이게 하여 백성들을 안심하게 했다.

노준의가 변상을 끌어오게 했다.

송강이 그 사람의 용모를 보니까 얼굴이 의젓하게 잘생기고 풍채가 늠름해 보이므로, 그는 손수 변상의 몸에서 밧줄을 끌러주고 정중히 대했다. 변상은 송강의 이 같은 의기에 감동하여 그 자리에서 무릎을 꿇고 귀순할 것을 맹세했다.

그다음 날엔 장청·경영·섭청이 전호·전표·전표를 함거에 싣고 들어와서 경영은 장청과 함께 나란히 송선봉 앞에 나와 숙부님을 뵙는 예로써 예를 드리고, 지난번 왕영에게 해를 끼친 죄를 사죄드리는 것이었다.

"그런 말은 이미 지나간 이야긴데 그만두오."

송강은 기뻐하면서 경영에게 이렇게 말하고, 군사들로 하여금 전호·전표 등을 감금해두게 했다. 대군을 거느리고 개선할 때 모두 서울로 호송할 작정인 것이다. 그리고 송강은 그날로 잔치를 열어 장청과 경영의 아름다운 인연을 축하했다.

그날 위승 관할 밑에 있는 무향의 성을 지키는 장수 방순(方順) 등이 군민(軍民)의 호적부와 창고에 있던 전량을 헌납해왔다. 송강은 이들에게 후하게 대접해주고, 방순 등에게는 그전같이 성을 지키고 있으라고 명령했다.

송강은 그날부터 위승에 있은 지 이틀째 되는 날, 연락병이 와서 보고하기를, 유사현으로 구원을 간 관승 등은 삭초·탕융과 협력해서 반란군 장수 방학도를 사로잡았는데, 이 싸움에서 적병 5천 명을 죽이고 그 나머지는 모두 귀순시켰다는 것이었다.

"모두 다 여러분 형제들의 힘으로 이렇게 적을 소탕하게 된 것이오!"

송강은 대단히 기뻐하면서 이같이 말하고, 여러 장수들의 공적은 물론이거니와 장청과 경영이 적의 괴수를 잡고, 적의 본거지를 둘러 뺏은 큰 공훈을 자세히 기록해두도록 했다.

그러고서 다시 4, 5일이 지나니까 관승의 군사가 도착하고, 잠시 후 진안무의 군사가 도착한다는 기별이 들어오므로, 송강은 여러 장수들과 함께 교외에까지 나가서 영접했다.

성내에 들어와서 인사가 끝나자, 진안무는 송강에게 무한히 치하하는 것이었다.

"장군은 5개월 동안에 참으로 놀랄 만한 큰 공을 세웠습니다. 나는 장군들이 적의 괴수를 사로잡았다는 기별을 듣기가 무섭게 서울로 사람을 보내어 싸움에 승리한 것을 보고했지요. 물론 조정에서는 여러분들을 반드시 높게 써주시리라 믿습니다."

송강은 감격해서 두 번이나 진안무에게 예를 올렸다. 그다음 날, 경영이 앞으로 나오더니,

"제가 태원의 석실산(石室山)엘 가서, 어머니의 시체를 찾아 장례를 모시고 돌아왔으면 싶습니다."

이같이 청원하므로 송강은,

"당연한 말씀이오. 그럼 이 사람과 같이 가시오."

하고 장청을 가리켰다. 이리해서 장청과 경영은 태원으로 떠났다.

두 사람을 떠나보낸 뒤에 송강은 진안무의 허락을 받아 전호가 들어 있던 궁궐과 그 궁전에 부속되는 허다한 전각들을 모조리 불 질러 태워 버렸다. 그리고 다시 진안무와 상의한 끝에, 창고 안에 있는 돈과 양식을 전쟁에 피해를 입은 각 지방의 백성들에게 나누어주고, 조정에 올리는 자세한 보고문을 써서 그것을 대종에게 주어 숙태위에게 전하게 했다.

대종은 그 서류를 받아 떠났는데, 도중에서 먼저 진안무가 보낸 사자 와 만나 함께 서울로 들어갔다.

두 사람은 먼저 숙태위의 저택으로 가서 그전같이 양우후를 찾아보 고 서류를 전했다.

숙태위는 대단히 기뻐했다. 이튿날 궐내에 들어가 진안무의 상주문 과 송강의 일을 천하께 아뢰었다.

황제는 용안에 만족한 빛을 띠고서 말씀했다.

"장한 일이로다. 그들의 뒷일을 처리하기 위해서 관원을 내려보낼 터이니 새로 가는 관원들과 교체하여 돌아오게 하라. 그들이 돌아온 후 에, 각각 공에 따라서 관작을 내리겠다."

대종은 이 같은 소식을 듣고서 숙태위에게 하직을 고하고 서울을 떠 나 이튿날 점심때가 조금 지나서 위승성 안에 도착하는 즉시 진안무와 송강에게 나가서 서울 다녀온 보고를 했다.

대종의 보고를 들은 후에 진안무와 송강은 사로잡은 전호·전표·전퓨 등 세 명은 서울로 호송하기로 하고, 그 밖의 괴뢰 관원들은 모두 위승 의 옥에서 처형을 해버렸다. 그래서 아직 함락이 안 된 진령 관하의 포 해(蒲解) 같은 고을에서는 전호가 잡혀간 것을 알고 절반은 도망가고 절 반은 자수를 해왔었는데, 진안무는 자수해온 백성들에게는 좋은 말로 훈시한 후 생업에 종사하게 하고, 군사를 각처에 파견해서 치안을 확보 하게 했다.

풍운아 왕경

그런데 이미 조칙을 내린 도군 황제는 사자를 하북으로 보내어 안무사(安撫使)로 송강에게 보냈던 진관(陳瓘)에게 그 뜻을 전하게 한 후 그 다음 날 무학(武學)으로 거동했다. '무학'이란 도군 황제, 즉 '휘종(徽宗)'의 부친 신종(神宗) 황제가 무성왕(武成王)의 사당에다 설치한 병법(兵法)을 강술하는 장소였다.

문무백관이 먼저 무학에 나와 있고, 채태사 채경이 상좌에 앉아서 병법을 설명하는 판인데, 다른 사람들은 모두 채태사의 이야기를 근청하고 있건만, 오직 한 사람의 관원이 고개를 뒤로 젖히고 천장만 쳐다보면서 듣는 체도 않고 있다.

이야기를 한참 하다가 이 사람을 발견한 채태사는 분개했다.

'저런 괘씸한 놈이 어디 있나!'

그는 입을 다물고 노여운 눈으로 그쪽을 노려보았다. 채태사의 이야기 소리가 뚝 그치고 여러 사람이 긴장했지만, 그 사나이는 이야기 소리가 그쳤거나 말았거나 아랑곳없이 천장만 쳐다보고 있다.

채태사는 흥분한 목소리로 물었다.

"거기서 천장만 쳐다보고 앉아 있는 저 사람이 누구냐?"

그제야 그 사나이는 고개를 바로하고 채태사를 쏘아보더니 대답했다.

"나요? 난 나전(羅戩)이란 사람이오. 운남(雲南)의 달주(達州)가 내 고향이오. 지금은 여기서 무학유(武學諭)를 하고 있소."

채태사는 속으로 저놈이 병법을 강의한대서 나를 이렇게까지 모욕하는가 싶어서 당장에 형벌을 주고 싶었으나 이때 마침 천자가 거동하신다는 기별이 들어온 까닭에 하는 수 없이 꿀꺽 참아버리고 백관을 이끌고 나가서 황제 폐하를 모셔들인 후 배무(拜舞)의 예를 드리고서 만세를 불렀다.

도군 황제가 자리에 좌정한 뒤에 무학(武學) 강의는 시작되었다. 한참 동안 강의를 하던 무학유 나전은 강의를 끝마치더니, 채태사가 입을 벌리기도 전에 황제 앞으로 나가서 아뢰는 것이었다.

"무학유 소신(小臣) 나전은 지금 여기서 죽음을 무릅쓰고 삼가 회서(淮西)의 강적(强賊) 왕경(王慶)이 반란한 사실을 아뢰고자 합니다."

도군 황제뿐 아니라, 모든 신하들이 이 소리에 긴장한 빛을 얼굴에 띠었다.

나전의 말이 계속됐다.

"왕경이 회서에서 반란을 일으킨 지가 벌써 5년이 지났습니다마는, 관군은 그자를 바라보고 있을 뿐입니다. 동관과 채유(蔡攸)는 오래전에 성지(聖旨)를 받들고 회서 지방에 토벌을 갔었습니다만, 군사는 아주 전멸당하고 말았습니다. 그랬건만, 죄를 입을까 겁이 나서 저것들은 폐하의 성총(聖聰)을 가리고, 사졸들이 수토불복(水土不服)으로 견디지 못하는 고로 일단 싸움을 중지한다고 허위 보고해서, 지금 와서는 더욱 큰 환란을 당했습니다."

이때 도군 황제는 용안에 노기를 띠었다.

채태사는 얼굴빛이 창백해졌다. 그도 그럴 것이 채유가 바로 저의 아들이 아닌가.

나전의 말이 또 계속됐다.

"왕경이란 놈의 세력은 더욱 창궐해서 지난달엔 저의 고향 운남을 점령하고서 장정을 잡아가고, 재물을 빼앗고, 여인을 겁탈하고, 그 잔인 무도한 행패는 이루 말할 수 없는 형편입니다. 그놈들은 여덟 개의 군주(軍州)와 86개소의 주·현(州縣)을 점령하고 있습니다. 그런데 채경(蔡京)은 태사의 직책에 있으면서 제 자식 채유가 그같이 군사를 죽여 나라를 욕되게 했건만 조금 전 폐하께서 거동하시기 전엔 상좌에 앉아서 큰소리만 텅텅 하고, 제 자식이 큰 공이나 세운 것같이 지껄였습니다. 폐하께서는 이따위 나라를 해치는 도적놈을 속히 처치하시옵기 원하옵니다."

이렇게 말하고 나전은 채경을 한 번 쏘아보더니, 다시 말을 계속했다.

"폐하께서 저따위 적신(賊臣)을 처치해버리시고 새로 장병을 선발하여 왕경을 토벌하시고, 민생을 도탄에서 구하시고, 사직을 안전하게 하시면 천하가 다행할까 합니다."

도군 황제는 기가 막혀서 두 손을 부들부들 떨면서 크게 호령했다.

"이렇게도 나를 업신여기고 속여왔단 말이냐!"

그러나 구미호같이 생겨먹은 채태사 채경이 황제 하나쯤 구슬려 넘기기란 용이한 일이었다. 그래서 그는 여우처럼, 능구렁이처럼 그럴듯한 말로 황제를 그 자리에서 삶아버리니 황제는 도로 전같이 채태사의 말을 믿고, 벌을 내릴 생각도 않고 그대로 대궐로 돌아갔다.

그런데 그다음 날 박주(亳州)에 있는 태수 후몽(侯蒙)이 조정으로부터 지시를 받으려고 서울로 돌아와서 동관과 채유가 왕경을 토벌하러 갔다가 군사만 죽이고, 나라의 위신을 잃은 죄를 논죄(論罪)하고 나서 앞으로 해야 할 방침을 자세히 적어서 상주했다.

"송강 등은 참으로 비상한 재주와 경륜을 가진 사람으로 누차 큰 공을 세웠사옵니다. 먼젓번에는 요(遼)를 정복했고, 이번에는 또 하북을 평정하고서 지금 서울로 돌아오는 중이오나, 요사이 왕경은 그 형세가 불같이 일어나 함부로 날뛰는 터이오니, 폐하께서는 한시바삐 조칙을 내리셔서 우선 송강 등을 포상하신 후, 그들로 하여금 지체함이 없이 회서 지방을 토벌토록 하시옵소서. 이렇게 하시오면, 그들이 반드시 큰 공을 이룰 것으로 믿사옵나이다."

휘종 황제는 이 같은 상소를 받고 그 말을 옳게 여겨 즉시 송강 등에게 관작을 내리도록 성원(省院)에 분부했다.

그러나 성원에 있는 관원들이라는 것이 모두 채태사 따위의 부하들이니, 황제의 명령이 제대로 시행될 까닭이 있으랴. 그래, 그것들은 채태사와 의논한 후 천자께 이같이 아뢰었다.

"왕경은 완주(宛州)를 점령한 지 얼마 안 되었는데 어제는 또 우주(禹州)·허주(許州)·섭현(葉縣) 세 고을에서 위급을 고하는 상주문이 왔습니다. 이 세 고을이 서울에 소속되는 고을로서 거리가 매우 가까운 곳이오니, 바라옵건대 폐하께옵서는 진관·송강 등에게 서울로 돌아올 것 없이 바로 우주 등 사태가 위급한 곳으로 밤을 새워 달려가 토벌하도록 조칙을 내려주옵소서. 신 등은 후몽을 정토군(征討軍) 참모로 추천하고, 나전은 병법에 밝은 사람이므로 후몽과 함께 진관한테로 가서 그를 돕도록 하옵겠나이다. 그러하온데 지금 송강 등은 토벌 작전을 하는 중이니, 관작을 내리시는 일은 중지하고, 그들이 회서에서 개선해서 돌아온 다음에 다시 의논하여 상을 주시고 관작을 내리심이 좋을까 하옵나이다."

성원관들이 이같이 아뢴 내막에 무엇이 있었느냐 하면, 본래 왕경의 군사가 강하고, 장수들도 용맹한 것을 채태사가 알고 있었으니까, 채태사가 동관·양전·고구 등과 의논해서 일부러 후몽과 나전을 진관이 나가 있는 곳으로 보내어, 미구에 송강이 패전하는 때엔 후몽과 나전이 뒷일이 두려워서 제 스스로 자취를 감추게 될 것을 바라는 속셈이 있었던 것이다. 이렇게 되면 채태사나 동관 등이 희망하는 대로 눈엣가시

같은 인물이 제거되는 까닭이다.

이런 줄도 모르고 도군 황제는 이 같은 건의를 받아들였다. 그래서 그날로 조칙을 만들어 후몽과 나전에게 주고, 금·은·비단·갑옷·말·술 등을 주어 그것을 하북 땅에 있는 송강 등에게 전하도록 명령하고, 그리고 하북 땅 수복 지구의 여러 고을 관원들을 임명, 부임케 하도록 분부를 내렸다.

도군 황제는 이와 같이 정사(政事)를 끝내고 나서 왕포(王黼)·채유 두 사람의 권유를 받아들여, 만수간악(萬壽艮嶽)으로 휴양차 거동을 했다. 이 만수간악은 도교(道敎)를 믿는 황제가 서울 동북방에 사람의 힘으로 쌓아올린 축산(築山)이었다.

후몽은 조칙과 상사품(賞賜品)을 받아서 그것을 서른다섯 채의 수레에 싣고, 하북을 향해서 길을 떠났는데, 도중에 별다른 이야기는 없고, 호관산(壺關山)을 지나 소덕부를 통과해서 위승주로 들어가 성(城)에 이르기 20리쯤 떨어진 곳에서 적의 괴수를 압송해오는 국군과 만났다. 이것은 얼마 전에 송강이 개선해 돌아오라는 조칙을 받았을 때, 마침 경영이 모친의 장례를 모시고 돌아왔기 때문에, 송강은 경영 모녀(母女)와 섭청의 갸륵한 효성과 의리를 칭찬하고, 또 적의 원흉을 잡은 공적과 그리고 교도청·손안 등이 천조(天朝)에 귀순하고서 공적을 세운 일들을 상세히 상주문에 기록하여 조정에 보고하기로 해서, 먼저 장청과 경영과 섭청으로 하여금 군사를 데리고 적의 괴수를 압송케 한 일행이었다.

이렇게 뜻밖에 칙사를 만난 장청은 후참모(侯參謀)와 나전에게 인사를 드리고, 즉시 사람을 시켜 진안무와 송선봉에게 이 소식을 전했다. 그래서 진안무와 송선봉은 모든 장수들을 거느리고 교외까지 나와서 후참모 일행을 영접하여 성내에 들어왔다.

그리고 용정(龍亭)과 향안(香案)을 설비한 후, 진안무와 송강 이하 모든 장수가 열을 지어 섰다가 북쪽을 향해서 꿇어앉으니까 배선이 호령을 불렀다.

"배례(拜禮)!"

일동의 배례가 끝나자, 후몽은 남쪽을 향해서 용정의 왼편에 서서 천자의 조서를 펴들고 읽었다.

제(制)하여 이르노니, 짐이 하늘을 공경하고 조상의 법을 받들어 대업(大業)의 근본을 이어옴은 오로지 고굉(股肱)의 도움에 힘입음이라, 그동안 변경(邊境)이 어지럽고, 나라가 편안치 못하더니 너희 선봉 송강 등은 적을 평정하여 크게 공을 세웠으므로 특히 참모 후몽을 보내어 안무 진관과 송강·노준의 등에게 조서와 함께 금은(金銀)·포단(袍緞)·명마(名馬)·의갑(衣甲)·어주(御酒)로써 상을 내려 공을 표창하노라. 그러나 이번에 강적 왕경이 회서에서 난을 또 일으켜 국가의 성지(城池)를 전복시키고 인민을 살상하며, 서경(西京)을 위태롭게 하므로 이제 진관을 안무(安撫)로 하고, 송강을 평서 도선봉(平西 都先鋒)으로 하고, 노준의를 평서 부선봉(副先鋒)으로 하고, 후몽을 행군 참모로 삼는 터이니, 조서가 이르는 날 즉시 군마를 이끌고 나아가 완주를 구하여 고을을 평온케 하면 상을 중히 내리겠노라. 그리고 삼군(三軍)의 두목에 흠상(欽賞)이 아직 미치지 않는 것은 진관으로 하여금 하북현 내에 있는 창고의 물건으로 쓰게 하고자 함이니, 문서를 작성하여 올릴지어다. 특히 부탁하노라.

선화 오년 사월 일

후몽이 조서를 읽고 나자, 진관·송강 등은 성수만세를 부르고 두 번 절을 하여 성은(聖恩)에 사례했다. 이같이 사례가 끝난 후에 후몽은 서열에 따라 이름을 부르면서 상을 나누어주었는데, 진안무와 송강과 노준의에게는 각각 황금 백 냥, 비단 열 필, 금포 한 벌, 명마 한 필, 어주

두 병씩이요, 오용 등 34명에게는 각각 백금 2백 냥과 비단 네 필, 어주 한 병씩이요, 주무 등 72명에게는 백금 1백 냥, 어주 한 병씩, 그리고 남은 금은은 진안무가 모자라는 것을 채워 모든 사병들에게 골고루 나누어주었다. 송강은 이때 장청·경영·섭청에게 명령하여 전호·전표·전유를 끌고 서울로 가서 포로로서 바치게 했다.

그랬더니 생각난 듯이 공손승이 송강 앞으로 와서 한 가지 의견을 제출했다.

"형님! 오룡산에 있는 용신묘(龍神廟)에 그 다섯 개 용상(龍像)을 다시 만들어놓아야 하겠습니다."

이 말을 듣고 송강도 동감했다.

"그래야겠군요. 장인(匠人)을 데리고 가서 고쳐놓도록 하시지요."

그러고 나서 송강은 또 대종과 마령을 사자(使者)로 하여 각지에서 성을 지키고 있는 장사들에게 그 지방에 새로 부임하는 관원이 도착하거든 지체하지 말고 군사를 이끌고 왕경을 토벌하러 나갈 것을 지시하게 했다.

송강이 이같이 처리하느라고 며칠 더 있는 동안, 새로 부임하는 관원들이 전원 도착하고, 성을 지키고 있던 장사들은 군사를 이끌고 모두들 모여들었다.

송강은 하사받은 금은을 그들에게 골고루 나눠준 다음, 소양과 김대견 두 사람을 시켜서 이번에 전호 반란을 평정했다는 사적을 비석에 새겨 세우도록 했다.

어느덧 5월 5일 천중절(天中節)이 되었는지라, 송강은 자기 아우 송청을 시켜서 크게 잔치를 열고 나라의 태평을 경축하는데, 진안무를 상좌에 좌정케 한 후 새로 부임한 태수와 후몽과 나전과 각 고을 태수의 보좌관들은 그 옆의 자리에 앉고, 서울로 떠난 장청을 제외한 송강 이하 1백 7명과 하북의 항장 교도청, 손안, 변상 이하 열일곱 명은 양쪽으로 갈라서 순서 있게 앉았다.

이렇게 앉아서 술을 마시면서 진관·후몽·나전 세 사람은 이번 송강이 세운 공훈을 극구 칭송했다.

송강과 오용 등 여러 사람은 감격했다. 그래서 그들은 조정에서 하는 일을 논평도 하고, 심중에 있던 극진한 사정을 호소도 하고, 밤이 깊도록 휘황한 촛불 아래서 환담하다가 헤어졌다.

다음 날, 송강과 오용은 의논해서 군사를 점검한 후 고을의 관원들과 인사를 하고, 위승을 떠나 진관과 함께 남쪽을 향해 행군을 시작했는데, 지나가는 곳마다 추호도 백성들에게 폐를 끼치지 아니하는 고로 백성들은 향불을 피우거나 등촉을 밝히면서 송강군을 환영하는 것이었다. 물론, 이번에 송강이 전호를 잡아주었기 때문에 백성들이 다시 하늘의 해를 보게 된 것을 감사하는 것이리라.

그런데 한편 몰우전 장청은 경영·섭청과 함께 전호를 함거에 가둔 채 끌고 서울에 들어가서 바로 숙태위한테 송강의 편지와 예물을 드렸다.

숙태위가 송강의 편지를 보고 그날로 천자에게 사실을 아뢰었더니, 천자는 경영 모녀의 정절과 효의(孝義)를 가상히 여기고서 칙지로써 특히 경영의 모친 송씨에게 개휴정절현군(介休貞節縣君)을 내리고, 그 지방 관원에게는 명령을 내려 송씨의 사당을 지어 모시고서 춘추로 제사를 드리도록 했다.

그리고 경영을 정효의인(貞孝宜人)에 봉하고, 섭청은 정배군(正排軍)으로 승진시키고 백은(白銀) 50냥의 상을 내려 그의 절개와 의리를 표창하고, 장청은 그전대로 본직에 돌아가 있도록 했다.

이렇게 한 후, 세 사람이 송강을 도와 회서에 가서 왕경을 토벌하여 크게 공을 세운 후에는 영진시키겠다고 말했다.

그러고서 황제는 법사(法司)에게 분부하여 반란군의 괴수 전호·전표·전퓨 세 놈을 서울 한복판 네거리에 끌어내다 군중이 보는 앞에서 능지처참하라 했다.

이날 경영은 아버님과 어머님의 초상화를 가지고 와서 감참관(監斬官)의 양해를 얻은 다음, 부모님의 초상화를 형장에 걸어놓고 그 앞에 책상을 놓았다. 원수가 처형당하는 모양을 두 분의 영혼으로 하여금 구경케 하도록 하자는 뜻이었다.

오시 삼각(午時三刻)이 되자, 사형을 집행하는 망나니가 내리치는 칼날에 전호의 모가지는 땅바닥에 떨어졌다.

곁에서 기다리고 있던 경영은 전호의 머리를 집어 책상 위에 놓고서 혈제(血祭)를 드리며 대성통곡을 했다. 경영의 어렸을 때부터의 사적이 벌써부터 서울 장안에 쫙 퍼져 있었던 관계로, 이날 구경꾼들은 경영이 이와 같이 슬피 우는 광경을 보고 눈물을 흘리지 않는 사람이 없었다.

이같이 혈제를 올리고 나서 경영은 장청·섭청과 함께 대궐을 바라보고 절을 하고, 원수를 갚게 한 천자님의 은혜에 감사를 드린 후, 그날로 송강을 도와서 왕경을 토벌하기 위해 완주를 향해 길을 떠났는데, 여기서 송강군이 왕경을 토벌하는 이야기는 잠깐 쉬고, 이제부터는 왕경의 내력을 더듬어보기로 한다.

원래 왕경이란 사나이는 개봉부에 있는 군대의 일개 부배군(副排軍)이었다. 부배군이란 일개 중대의 보좌관을 의미하는 것이다. 그리고 왕경의 부친 왕획(王青)은 서울서도 이름난 큰 부자로서, 관청에 있는 벼슬아치들을 뇌물로 매수하여 애매한 사람을 얽어서 송사(訟事)를 일으켜 재물을 빼앗는 악한이었다.

그런데 왕획이 어느 때 어떤 풍수장이로부터 어느 지방 어느 곳에 묘를 쓰면 반드시 귀자(貴子)를 낳으리라는 말을 듣고 그것을 그대로 믿었다. 그러나 그 토지가 왕획의 친척의 묘지였으므로 왕획은 그 풍수장이와 짜고 토지 임자를 허무한 사실로 얽어 송사를 일으켰다.

이렇게 억울하게 송사를 당한 토지 임자는 여러 해 동안 재판을 치르느라고 필경엔 가산을 탕진하고서 서울서 살지 못하고 멀리 이사를 갔기 때문에 나중에 왕획이 반란을 일으켜 삼족(三族)이 멸망을 당했건만, 이 집만은 멀리 떨어져 있을 뿐 아니라 관가에서도 이 집안이 왕획으로부터 박해를 당한 일을 알고 있었기 때문에 다행히 멸망당하는 화를 면했던 것이다.

하여간 왕획이 그 토지를 빼앗아 그의 양친의 산소를 그 자리에 면례한 뒤에 왕획의 아내는 아기를 뱄다.

열 달이 지나서 왕획의 꿈에, 무서운 범 한 마리가 집안에 들어와서 서쪽 구석에 쭈그리고 앉았는가 했더니, 별안간 사자 한 마리가 뛰어와서 범을 물어가는 것을 보았다.

깜짝 놀라 깨어보니, 아내는 벌써 아기를 순산해놓았다. 그 아기가 왕경이었다.

이 왕경이 어려서부터 떠돌아다니며 놀기만 하더니, 나이 16, 7세 때엔 벌써 기골이 장대해지고 힘이 세었다. 그리고 공부는 안 하고 핀둥핀둥 놀면서 닭싸움이나 붙이고, 말 경주나 시키고, 창이나 막대기를 들고 치고 휘두르는 장난만 하고 다녔다.

이 모양이었건만 왕획 내외는 늦게 본 외아들이었기 때문에 왕경을 꾸짖기는커녕, 놀고 싶은 대로 놀게 내버려두었다. 이렇게 키웠기 때문에 왕경이 다 큰 다음에는 어쩔 도리가 없었다.

이렇게 제멋대로 자라난 왕경은 노름이나 하고, 계집질이나 하고, 술이나 먹고, 개지랄을 하고 다니는 까닭에 부모가 참다못해서 무어라고 잔소리를 할 양이면 왕경은 환장한 놈처럼 부모한테 마구 욕을 퍼붓고 매질하는 바람에 왕획 내외도 꼼짝을 못 했다.

이 모양으로 6, 7년을 지내는 사이에 집안의 재산은 다 없어지고 몸뚱어리만 남았는지라, 왕경은 창봉을 쓸 줄 아는 것을 밑천으로 해서 개봉부 군대에 들어가 부배군이 되었다. 그러나 돈푼이나 손아귀에 들어오는 날이면 동료들과 함께 패를 지어 다니면서 코가 비뚤어지도록 술타령을 하다가 수틀리면 함부로 주먹질을 하는 까닭에 모두들 그를 개고기라고 무서워하지 않는 사람이 없었다.

어느 날, 이 개고기 왕경이 일찍이 아문(衙門)에 출근했다가 그날 사무를 끝내고서 퇴근하는 길에 성 밖 남쪽에 있는 옥진포(玉津圃)로 소풍을 갔었다. 그땐 휘종 황제의 정화 육년(政和 六年) 봄이 무르익은 계절이었기 때문에 교외로 소풍 나온 사람들이 어찌나 많던지 장날 장꾼같이 들끓었다.

꽃은 피어 만발하고, 연못가의 수양버들은 아지랑이 속에서 조는 듯한데, 왕경은 혼자서 봄 경치를 구경하며 이리저리 거닐다가 수양버드나무에 등을 기대고 비스듬히 서서 다리를 쉬었다. 아무라도 좋으니까 아는 사람이 눈에 띄기만 하면 그 사람을 끌고 술집에 들어가서 술이나 댓 잔 마시고 싶은 기분이었다.

이런 생각을 하고 있는 참인데, 문득 연못의 북쪽으로부터 간판(幹辦)·우후(虞侯)·반당(伴當)·시녀 등 십여 명이 가마 한 채를 좌우에서 둘러싸고 이쪽으로 오고 있었다. 왕경이 바라다보니 가마 안에는 꽃같이 어여쁜 아가씨 한 분이 타고 앉았는데, 아가씨가 경치를 구경하려고 그랬는지 가마 앞에 발도 내리지 아니했다.

본시 여색이라면 밤을 새우는 왕경인지라, 이렇게 어여쁜 아가씨를 보았으니 견딜 수 있으랴. 그는 그만 첫눈에 넋을 잃고 바라보다가 가마를 둘러싸고 있는 간판·우후들을 보고 이 사람들이 바로 동관의 추밀부에 있는 사람들인 것을 알아보았다.

가마가 지나가버리자, 왕경은 저도 모르게 그 가마 뒤를 멀찌감치 따라서 간악(艮嶽)까지 가버렸다.

앞서도 말했거니와 이 간악은 도군 황제가 축조한 것으로서 기봉(奇

峰), 괴석(怪石), 고목(古木), 진금(珍禽), 정사(亭榭), 지관(池館)이 수없이 많고, 바깥으로는 삥 둘러서 붉은 담과 붉은 문이 있어서 대궐이나 다름없는데, 문안에는 파수를 보는 금군이 있어서 보통 사람은 한 발자국도 들어가지 못하게 된 곳이다.

가마가 문 앞에서 멈춰지자 시녀들이 가마에서 내리는 아가씨를 모시고 사뿐사뿐 걸어 간악문 안으로 들어가니까 문을 지키던 금군내시(禁軍內侍)들이 일제히 좌우로 길을 비키면서 허리를 굽히는 것이었다.

원래 이 아가씨는 추밀사 동관의 친동생 동세(董貫)의 딸로서, 양전(揚戩)의 외손녀가 되는 터인데, 동관이 양딸로 정하여 데려다가 길러서 채유의 아들한테 출가시키기로 약혼한 터이니까, 말하자면 태사 채경의 손부(孫婦)가 될 아가씨로서 어릴 때의 이름이 교수(嬌秀)요, 나이는 올해 열여섯 살이다. 그런데 오늘은 천자가 2, 3일 동안 이사사(李師師)의 집에 놀러 가시고 없는 틈을 타서 간악 구경을 시켜달라고 아버지한테 청했더니, 동관은 미리 금군들한테 분부를 했기 때문에 이같이 공손히 맞아들이는 것이었다.

동교수 아가씨가 이같이 간악문 안으로 들어간 후 뒤를 밟아오던 왕경은 문밖에서 두어 시각이나 기다렸다.

너무 오랫동안 기다리고 있던 왕경은 배가 고팠기 때문에 동쪽 길거리에 있는 술집으로 들어가서 급한 대로 술을 여닐곱 잔 들이켜고, 고기를 몇 점 집어먹고서는 그 사이에 동교수 아가씨가 가버릴까 봐서, 허둥지둥 계산도 하지 않고 주머니 속에서 손에 잡히는 대로 두 돈쭝이나 되는 은자(銀子)를 집어내어 술집 더부살이한테 주면서,

"내 금방 나갔다 와서 셈을 해줄게!"

하고, 다시 간악문 앞으로 달려갔다.

문밖에서 다시 얼마 동안 기다리고 있으려니까 동교수 아가씨는 시녀들과 함께 밖으로 나오더니, 대령하고 있는 가마에 올라타지 않고 사

방을 둘러보며 천천히 거니는데, 가까이 보니 두 눈은 호수같이 맑고, 입술은 앵두같이 붉고, 걸음을 걸을 때마다 그윽한 향기가 풍기는 게 아닌가.

왕경의 가슴은 금시에 두근두근하고, 몸이 화끈 달았다.

그는 청동화로 앞에서 사지가 엿가락같이 녹아버리기나 한 것처럼 정신을 놓고 바라다보기만 하고 있었다.

이때에 동교수도 사람들 틈으로 이쪽 왕경을 바라보았다. 언뜻 보아도 허여멀끔한 얼굴에, 키가 크고, 봉(鳳)의 눈에 눈썹은 새카만 게 풍류남아로 보였다.

동교수는 다시 한 번 그를 바라다보았다.

이때에 간판·우후들이 사람들을 헤치고, 시녀들이 동교수를 부축해서 가마 위에 태우더니, 교군꾼들은 아가씨를 모시고 동쪽으로 가다가 서쪽으로 꼬부라져 산조문 밖에 있는 악묘(嶽廟)로 들어갔다.

여기도 사람들이 어찌나 많던지 장바닥 같았지만, 사람들은 이 일행이 동추밀 부중(府中)에 있는 우후·간판인 줄을 알고서 모두 길을 비켜 주는 것이었다.

동교수는 가마에서 내리더니 사당 앞에 나아가서 향을 피우고 예를 올린다.

이때 여기까지 가마의 뒤를 따라왔던 왕경은 사람들한테 밀려서 사당까지 오기는 했지만, 동교수 곁에까지는 갈 수가 없었다.

그래서 그는 우후·간판들한테 호령이나 들으면 안 되겠으니까, 꾀를 내어 묘지기와 친한 사람인 체하고, 촛불을 켜들고 향을 피우면서, 쉴 새 없이 동교수를 흘끔흘끔 훔쳐보기만 했다. 그런데 이쪽에서 왕경이만 동교수를 훔쳐보는 것이 아니라, 동교수도 쉴 새 없이 왕경이한테로 추파를 흘리는 게 아닌가.

동교수가 아까 간악문 밖에서 처음 본 왕경이한테 지금 여기서도 쉴 새 없이 추파를 흘리는 데는 까닭이 있다. 무슨 까닭이냐 하면, 원래 그와 약혼했다는 채유의 아들이란 바보·천치·팔삭둥인데, 그런 줄 모르고 있다가 약혼이 성립된 뒤에서야 동교수는 매파들 입에서 그런 사실을 듣고, 하필 그따위한테 시집을 가야 하나 하고, 밤낮 신세 한탄만 하고 있던 참인데, 오늘 우연히도 허여멀쑥한 멋쟁이 왕경이를 보았으니, 어찌 교수의 마음이 동하지 아니했으랴.

동교수 아가씨는 참배를 마치고 돌아서면서 또 한 번 왕경을 건너다보고 두 발자국 떼어놓고서 또 한 번 왕경을 바라다보았다.

이때 동(董)이라는 우후가 재빨리 이 눈치를 보고, 주먹으로 왕경의 볼따구니를 한 번 쥐어지르면서,

"이 자식이, 여기가 뉘댁 아가씨의 행차인 줄 알고 이러느냐? 네까짓 놈 이놈 개봉부의 조무래기 군졸 놈이 어째 여기 들어와서 어물어물하는 거냐? 추밀 상공께 여쭈어서 네놈의 말대가리를 떼어버려 달라는 거냐?"

하고 소리를 질렀다.

왕경은 아무 소리 못 하고 두 손으로 머리를 얼싸안고 사당 밖으로 달음박질 나와서 땅바닥에 침을 퉤퉤 뱉으면서 혼자 씨부렁거렸다.

"이런 제기랄! 더러운 개새끼! 내가 바보지!"

이러고서 그는 집으로 돌아와 부끄럽고 분한 생각을 꾹 참고서 그날 밤을 지냈다.

그런데 세상일이란 묘한 것이어서 이날 동교수는 집으로 돌아가서부터 아까 악묘에서 우후한테 따귀를 얻어맞던 왕경의 생각이 나서 견딜 수 없었다. 후리후리한 키, 허여멀쑥한 얼굴, 넓은 이마, 눈을 감아도 눈앞에 왕경의 풍채가 보이는 듯, 가슴을 졸아붙게 만드는 까닭에 그날부터 교수는 낮이나 밤이나 안절부절 마음을 바로잡지 못했다.

마음이 싱숭생숭해진 동교수는 그 이튿날 시녀한테 뇌물을 많이 주

어 동우후한테 그것을 갖다주고서, 이쪽에서 거꾸로 왕경에 관한 이야기를 자세히 물어보고 오라고 심부름시켰다.

그래서 동우후한테 왕경의 이야기를 자세히 들은 시녀는, 제가 친하게 아는 설(薛)이라는 노파와 둘이 짜고서 왕경을 뒷문으로 몰래 끌어들여 아가씨와 간통하게 했다.

이날부터 왕경은 귀신도 모르게 동교수와 밀회를 거듭하게 되었으니 이야말로 하늘에서 굴러떨어진 복이라 할까, 그의 즐거움은 이루 형언할 수 없었다.

세월은 빨라서 이미 3월이 지났다.

자고로 인생 일생은 홍진비래(興盡悲來)라고 한다. 즐거움이 고비를 넘기면 슬픔이 오기 마련이었다.

왕경은 어느 날 술에 대취해서 저의 상관인 정배군 장빈(張斌) 앞에서 함부로 지껄이다가 그만 본색이 탄로되었다. 그래서 동교수와 관계가 있다는 말이 그의 입에서 새어나온 뒤에, 그 소문은 그냥 세상에 퍼져버렸기 때문에 필경 동추밀 상공의 귀에까지 소문이 들어가고 말았다. 동관은 이 같은 소문을 듣고 기막히게 분해하고서, 왕경이란 놈을 죄에 얽어 소리 없이 처치해버리려고 작정했었다.

이렇게 된 뒤로 왕경은 다시는 동교수를 만나러 갈 수가 없게 되어서 창자가 끊어지고 눈이 뒤집힐 지경이었다.

그런데 어떻게 된 일인지 5월 하순이 되도록 동추밀한테서는 벼락이 떨어지지 아니했다.

어느 날 저녁에 날이 몹시 더운데, 왕경은 오래간만에 집안에 한가롭게 앉아 있다가, 걸상을 마당 가운데 내다놓고서 땀이나 들일까 생각하고, 벌떡 일어나 다락에 가서 부채를 가지고 나오니까 이게 웬일이냐? 나무때기 걸상이 네 개의 다리를 움직이면서 뒤뚱뒤뚱 저 혼자 걸어오는 게 아닌가.

"이런 요망한 것!"

왕경은 소리를 버럭 지르면서 바른 발로 걸상을 냅다 찼는데 그 순간,

"아얏!"

소리와 함께 그는 땅바닥에 거꾸러지고 말았다. 갑자기 너무 힘껏 발길질을 하느라고 옆구리를 다친 까닭이었다.

이때 그의 마누라는 사내의 외마디 소리를 듣고 안에서 나왔다. 바깥마당에는 걸상이 쓰러져 있고, 사내는 땅바닥에 기절해 있으므로 마누라는 사내의 뺨을 한 대 후려갈기고 호통을 쳤다.

"이런 괴물 바가지! 집안에는 붙어 있지 않고 밤낮 싸돌아다니더니, 오늘 저녁엔 겨우 땅바닥에 요 모양으로 자빠져 있는 거야?"

"어구구! 그런 소리 마. 옆구리를 다쳐서 꼼짝 못 하겠어. 어구구….."

이 꼴을 보고 마누라가 왕경을 안아서 일으키니까, 왕경은 마누라의 어깨를 붙들고, 이를 악물면서 신음한다.

"어구구 어구구….."

"이런 못생긴 건달패 같으니라구! 밤낮 발길질, 주먹질이나 하고 살아왔으니까, 벌을 받아도 싸지 뭐야! 밤이슬 맞으면서 오입질만 했으니, 안 그래?"

마누라는 욕을 하고서도 속에서 웃음이 나오는 것을 깨닫고, 소매 끝으로 입을 가렸다.

왕경은 옆구리가 결리고 아픈 데도, 밤이슬 맞으면서 오입질이나 하고 다닌 죄라는 말이 우스워서 허허 웃었다. 그랬더니 마누라는 또 왕경의 따귀를 보기 좋게 때리면서 날카롭게 말하는 것이다.

"이 망나니! 또 그년의 생각을 하고 웃었지?"

"이거 왜 이래? 그러지 마!"

"능구렁이 같은 것! 또 계집애한테 가고 싶어?"

마누라는 이렇게 핀잔을 주고서 왕경이를 끌어다 침대 위에 눕혔다. 그러고는 호도를 한 쟁반 까고, 술을 한 병 데워와서 왕경에게 권했다.

"한잔 마시고, 이거나 자셔봐요."

그러고 나서 마누라는 문을 걸고 모기를 잡더니, 방장을 내리고 사내 곁에 와서 드러누웠다.

"나를 좀 봐요."

마누라는 이렇게 말하고 왕경의 몸을 끌어당겼다.

"아구구… 이러지 마아!"

왕경이 죽는 소리를 하니까, 마누라는 돌아누우면서 또 욕을 했다.

"병신! 바보! 저런 것이 어디 있어! 그래두 제가 제일이라지!"

왕경은 입을 다물고 말았다.

이튿날 아침이 되었는데도 왕경은 옆구리 아픈 것이 가시지 않았다. 드러누워서 아무리 생각해도 관소에 출근할 용기가 생기지 않는다. 시각이 점심때 가까이 되자, 마누라가 나와서 또 야단을 친다.

"아니, 여태까지 드러누워 있어? 어쩔 작정이야?"

"글쎄, 나간댔자 일을 못 하겠는데…."

"그럼 나가서 고약이라도 사다가 붙이고 조리를 해야지, 가만있으면 제일인 줄 아나? 어서 나가서 약을 사와요."

왕경은 하는 수 없이 바깥으로 나와서 부청 앞에 있는 전씨(錢氏) 노인의 약방으로 갔다.

"영감님, 옆구리에 붙일 고약 좀 주시오."

"왜, 어디가 어떻게 되셨나요?"

"발길질을 잘못하다가 옆구리를 삐었나 봐요."

"그럼, 고약도 붙이시고, 탕약도 잡수시지요. 아무래도 결리는 데는 피가 잘 통하지 아니해서 그러는 게니까, 탕약을 두어 첩 쓰셔야 합네다."

"그렇게 하지요."

전씨 노인은 탕약을 두 첩 싸가지고 나와서 고약과 함께 왕경에게 주었다.

왕경은 주머니에서 은전 한 돈 2, 3푼쯤 꺼내서 종이에 쌌다. 이럴 때 전씨 노인은 외면을 하고 안 보는 체했다.

"영감님, 이거 약소하지만, 참외나 몇 개 사다 잡숩쇼."

하고 왕경이 종이에 싼 것을 주니까, 전씨 노인은,

"원 천만의 말씀을. 우리가 서로 친한 사인데, 약값이 무슨 약값이겠소."

이렇게 말하면서도 바른손은 벌써 그 돈을 받아쥐고 있었다.

왕경이 약을 들고서 막 나오려니까, 부청 앞 서쪽으로부터 점쟁이 하나가 이쪽으로 걸어오는데, 머리엔 높다랗고 시커먼 두건을 쓰고, 몸에는 갈포(葛布) 직신(直身)을 입고, 한 손에는 햇볕을 가리는 일산을 들었는데, 일산 밑에 조그만 간판이 매달려 있으니 한가운데다 '선천신수(先天神數)'라 크게 쓰고, 양쪽 가에는,

형남이조(荊南李助)
십문일수(十文一數)
자자유회(字字有淮)
술승관로(術勝管輅)

이렇게 쓰여 있다. 무슨 뜻이냐 하면, 자기는 형남 땅에 있는 이조라는 사람이요, 복채는 한 번 보는 데 10문, 뭐든지 못 알아맞히는 것이 없으니, 그 신통한 술은 옛날 삼국 때 점쟁이로 유명하던 관로란 사람보다 낫다는 뜻이다.

왕경은 이같이 차리고 걸어오는 점쟁이를 보고 동교수 생각이 언뜻

머리에 떠올랐다. 그리고 어제 저녁에 걸상이 괴상하게 움직이는 바람에 제가 허리를 다친 일이 생각나서,

"이선생!"

하고 점쟁이를 불렀다.

"저를 부르셨습니까?"

"네, 이리로 좀 오십시오."

점쟁이 이조(李助)는 가까이 오면서 눈을 동그랗게 뜨고 왕경의 아래를 훑어본다.

"신수를 한번 봐주십시오."

왕경이 이같이 청하니까 이조는 일산을 접어들고 약방으로 가더니 전노인한테 공손히 인사를 하고서 방을 잠깐 빌렸다.

그러고 나서 이조는 갈포 소매 속으로부터 자단(紫檀)으로 만든 산통을 꺼내, 그 속에서 커다란 동전 한 푼을 집어내더니, 그것을 왕경에게 주면서 말했다.

"저쪽으로 가셔서 하늘에 묵도(默禱)를 드리고 오십쇼."

왕경은 그 돈을 받아 밖으로 나와서 뜨겁게 내리쬐는 해님을 바라보고 절을 하려니까 옆구리가 쑤시고 아파 8, 90세 된 노인 모양 허리가 구부러지지 않는다. 그래, 반쯤 구부리고 반쯤 서서 절하는 시늉만 내고 기도를 드리는 동안, 이조는 전씨 노인과 수작을 했다.

"영감님 댁 고약만 붙이면 저런 건 낫겠죠. 아마 몹시 다쳤나 보지요?"

"글쎄 괴상한 일도 다 있죠. 마당에 있는 걸상이 혼자서 걸어오길래 발길로 냅다 찬다는 것이 그만 허리를 삐었다지요. 아까 우리 집에 올 땐 숨도 잘 못 쉬는 것 같더니 고약 두 장 바르고 나선 그래도 저만큼이나마 허리를 쓰는군요."

"그런 것 같아서 하는 말씀입니다."

하늘에 기도를 드린 왕경은 약방으로 들어와서 돈을 이조에게 돌려 줬다.

이조는 왕경의 성명을 물어본 다음, 산통을 흔들면서 속으로 주문을 외우는 것이었다.

"일길진량 천지개장 성인작역 유찬신명 포라만상 도합건곤 여천지 합기덕 여일월합기명 여사시합기서 여귀신합기길흉 금유동경개봉부 왕성군자 대천매괘 갑인순중을묘일 봉청주역 문왕선사 귀곡선사 원천 강선사 지신지성 지복지령 지시의미 명창보응.

(日吉辰良 天地開張 聖人作易 幽贊神明 包羅萬象 道合乾坤 與天地合其德 與日 月合其明 與四時合其序 與鬼神合其吉凶 今有東京開封府王姓君子 對天買卦 甲寅旬 中乙卯日 奉請周易 文王先師 鬼谷先師 袁天綱先師 至神至聖 至福至靈 指示疑迷 明 彰報應)"

이게 무슨 소리냐 하면 오늘 을묘일(乙卯日)에 동경 개봉부에 사는 왕 씨가 괘를 묻사오니 천지신명께옵서 밝게 가르쳐줍소사 하는 뜻인데, 이조는 이렇게 주문을 외우고 나서 산통을 두 번 흔들고 괘(卦) 하나를 빼어들었다.

"음, 이건 수뢰둔괘(水雷屯卦)로군. 육효(六爻)를 풀어봐야지."

혼잣말처럼 이같이 말하고서 이조는 왕경을 보고 물었다.

"그래, 선생께서 알고자 하는 게 무슨 일입니까?"

"그저 집안이 무고할까 하는 거죠."

그러니까 이조는 고개를 흔들었다.

"선생은 내가 바른 말을 한다고 노엽게 생각하지 마십쇼. 둔(屯)이란 건 난(難)을 가리키는 말입니다. 지금 선생한테 재난이 일어나고 있습 니다. 자세히 설명해드릴 터이니 똑똑히 들어두십시오."

이조는 이렇게 말하고서 대나무 살에 유지를 바른 커다란 부채를 부 쳐가면서 글을 외우듯이 설명하기 시작했다.

"가택난종횡 백괴생재가미령 비고묘즉위교 백호충흉관병조 유두무미하증제 견귀흉경송옥교 인구불안조질복 사지무력괴아취 종개환시비소 봉착호룡계견일 허다번뇌화성초.

(家宅亂縱橫 百怪生災家未寧 非古廟卽危橋 白虎冲凶官病遒 有頭無尾何曾濟 見貴凶驚訟獄交 人口不安逍趺蹼 四肢無力拐兒橇 從改換是非消 逢着虎龍鷄犬日 許多煩惱禍星招)"

글이나 외우듯이 이조가 이렇게 지껄이고 나자, 왕경이 말했다.

"그게 다 무슨 소리입니까? 통 못 알아듣겠습니다."

그러니까 이조는 부채질을 훌훌 하면서 천천히 대답하는 것이었다.

"내가 하는 말씀을 곧이들으십쇼. 댁에 별별 괴변이 생길 겝니다. 병도 생기고… 관재(官災)도 생기고… 그러니까 집을 이사나 해보시죠. 그러면 무사할 것 같습니다. 내일이 병진일(丙辰日)이니까, 극히 조심해야 할 날입니다."

아까 이조가 설명한 말에도 있다시피, 내일이 진일(辰日) 즉 용(龍)날이니까 조심하라는 것이니, '호룡계견일'이란 인(寅)·진(辰)·유(酉)·술(戌)의 날을 말한 것이다.

왕경은 기분이 좋지 않아서 더 듣고 싶은 생각도 없으므로 돈을 꺼내서 점쟁이한테 주고 바깥으로 나오니까, 이조는 돈을 받아 넣고 아까처럼 일산을 받쳐 들고 약방에서 나오더니 동쪽으로 가버리는 것이었다.

왕경이 기분을 잡쳐 땅바닥만 내려다보며 집으로 돌아오는 길인데 갑자기 뒤에서,

"이거 웬일이여, 관소(官所)에는 안 나오고 이렇게 한가하게만 돌아다니나?"

이렇게 말하는 소리가 들린다. 돌아다보니, 같이 다니는 동료 5, 6명이 자기 뒤에서 오고 있다.

왕경은 걸음을 멈추고,

"내가 어제 저녁에 괴상한 꼴을 보고, 걸상을 발길로 걷어차다가 허리를 다쳤단 말야. 그래서 지금 약방에 갔다 오는 길이라고."

하고 그는 어젯밤에 허리를 다친 이야기를 자세히 했더니, 동료들은 모두 깔깔거리고 웃는 것이었다.

"웃지만 말고, 부윤(府尹)님께서 내 말을 물으시거들랑, 말이나 좀 잘해줘요."

"염려 마아! 그런 건 우리가 알아서 잘할 테니까!"

이렇게 말하고서 그들은 그곳을 지나가버렸다.

왕경은 집으로 돌아와서 마누라한테 약 두 첩을 한꺼번에 달여달라고 부탁한 후 침대에 드러누워버렸다. 조용한 방에 가만히 드러누웠으니까, 또 아까 점쟁이가 말하던 불길한 예언이 저절로 생각났다.

'집안에 변괴가 생기고 관재까지 생기겠다니… 무슨 일이 일어날까?'

생각을 말자 해도 근심이 자꾸만 가슴을 누르는 것 같았다. 얼마 후에 마누라가 약을 짜가지고 들어왔다.

"왜 넋을 놓고 천장만 바라보고 있을까. 어서 약이나 자시라구."

왕경은 약 두 첩을 한꺼번에 먹어버렸다. 그러고는 조금 있다가 약기운이 속히 온몸에 퍼지라고, 술을 대여섯 잔이나 마셨다.

그런데 누가 알았으랴! 몸에 혈액순환을 잘 시킨다는 이 약이 사실인즉 양기를 도발시키는 약이었다.

그날 밤에 마누라는 밤도 깊기 전에 문을 닫아걸고 사내 곁에 와서 드러눕더니, 조금 있다가 사내를 흔든다.

"이쪽으로 좀 돌아누워요."

가뜩이나 약 기운에 흥분된 터이었건만, 왕경은 옆구리가 결려서 어쩔 도리가 없다.

"왜 이래. 날 가만 놔두어!"

왕경은 이렇게 말하고, 자기 어깨 위에 얹혀 있는 마누라의 포둥포둥한 팔을 내려놓았다.

"그래, 이러긴가? 동교수한테 다닐 적에도 이랬나?"

마누라의 뾰로통한 말소리다.

"쓸데없는 소리 마아!"

왕경이 제법 점잖게 나무랐다.

"왜? 동교수 생각이 나서 못살겠어? 능구렁이 같은 것!"

계집은 이렇게 말하고는 왕경의 가슴을 껴안았다. 그동안 2, 3개월 동안 밤마다 왕경이 집에 들어오지 않았기 때문에 홀로 잠자던 마누라는 사내가 얄밉기도 하거니와 불같이 일어나는 정욕을 어찌할 도리가 없는지라, 왕경의 몸 위로 올라가서 흔번세류영(掀翻細柳營)의 풍운을 일으킨 후 한참 만에 곤하게 잤다.

이튿날, 두 사람은 아침 해가 열 길이나 올라온 뒤에 자리에서 일어났다.

왕경은 세수를 하고 나서 배가 고픈 것을 느끼고, 우선 술을 따끈하게 데워오게 한 후 서너 잔 마셨다. 그런 뒤에 조금 있다가 막 아침밥을 먹으려니까, 밖에서 주인을 찾는 소리가 들렸다.

"댁에 계십니까?"

마누라가 가만히 문틈으로 가서 내다보더니 아주 작은 소리로,

"부청 공인(公人) 두 사람이 와서 당신을 찾네요."

이렇게 알린다.

왕경은 뜻밖이라 생각되어 수저를 얼른 내려놓고 일어나서 밖으로 나갔다.

"어떻게 두 분이 이렇게 오셨나요?"

"네, 명령을 받고 나왔죠. 그런데 아침부터 신색이 불쾌한 게 아주 좋으십니다그려."

"명령이라니요, 무슨 명령인가요?"

"아침에 부윤 영감께서 점검을 하시다가 왕도배(王都排)가 안 나왔다고 하시면서 화를 발끈 내시지 않겠어요."

"그럴 때 말을 좀 잘하시지 않고…."

"왜 말을 안 했을 이치가 있습니까? 변괴를 당하신 그 이야기를 자세히 하고, 그래서 아마 자리에 누워 있을 거라고 말씀을 드렸는데도, 어디 우리말을 곧이 들으셔야죠? 당장 가서 왕도배를 데리고 오라시는군요. 그러시면서 쪽지를 적어주시면서 갖다주라십디다."

공인은 부윤한테서 받아가지고 나온 쪽지를 전하는 것이었다.

왕경은 그 쪽지를 읽어보고 나서 말했다.

"이거 봐요, 지금 내가 얼굴이 이렇게 붉은데 어떻게 부윤 영감 앞에 나갈 수 있어요? 참 큰일 났네! 그럼 잠깐 기다려주시구려. 내 다시 세수를 하고 나올 테니."

"기다리는 건 괜찮지만 안 되겠어요. 빨리 가야 해요. 부윤 영감님이 지금 기다리고 계시니까 만약 늦었다간 우리가 다 함께 걸려들어요. 어서 빨리 갑시다."

두 사람은 이렇게 대답하고 왕경을 재촉하여 그 자리에서 바로 부청으로 떠났다. 왕경의 마누라가 쫓아나왔지만 그때는 벌써 왕경이 저만큼 걸어간 뒤였다.

두 사람이 왕경을 데리고 개봉부 부청으로 들어왔을 때 부윤은 호피(虎皮) 교의에 정좌하고 있었다.

"왕배군(王排軍)을 붙들어왔습니다."

부윤 앞에 가서 공인이 이렇게 복명할 때 왕경은 그 앞에 꿇어앉아서 네 번이나 절을 하고 머리를 수그리었는데, 부윤은 그를 내려다보며 불호령을 하는 것이었다.

"왕경이 너는 일개 군졸로서 그따위로 집무에 태만하니, 도대체 어쩔 작정이냐?"

"죄송합니다. 실상을 말씀드리오면 변괴가 있었사와…."

왕경은 이렇게 말을 시작해, 나무때기 걸상이 뒤뚱뒤뚱 걸어오는 것을 보고 발길로 차다가 허리를 삐어서 온통 몸을 제대로 쓸 수 없게 된 사정을 이야기한 후 용서를 빌었다.

"조금도 거짓이 없습니다. 꾀병도 아니옵고, 태만해서 그런 것도 아니오니, 부디 용서하시기 바랍니다."

부윤은 애초부터 그런 변명을 안 들을 작정이었는데, 더구나 왕경의 얼굴이 술에 취해서 벌게진 것을 보고는 더 한층 큰소리로 호령을 했다.

"이놈아! 군졸 놈이 아침부터 술만 처먹는 놈이 어디 있니? 너한테는 법도 없느냐? 어째서 요언(妖言)을 지어내어 백성들을 선동했느냐? 여봐라, 저놈을 매달고서 때려라!"

이 같은 호령이 떨어지자 사병들이 달려들어 왕경을 묶어서 엎드려 놓고 사정없이 때리기 시작하니, 그는 변명을 할 여유도 없다. 이렇게 한참 매를 맞는 동안, 벌써 왕경의 살가죽은 헤어지고 피가 흐르는데 부윤한테서는 또,

"네 이놈, 허무맹랑한 요언을 만들어 백성을 속이고 선동해서 역적질을 하려고 한 게 아니냐? 바른대로 아뢰어라!"

이 같은 호령이 떨어지는 게 아닌가.

어제 저녁엔 마누라한테 시달렸고, 오늘은 또 상관한테서 경을 치는 판이니, 왕경의 신세야말로 도끼 두 개가 양쪽에서 내리찍는 나무와 같다 하지 않을 수 없다.

왕경은 몇 번이나 까무러쳤다.

기절했다가 깨어나면 또 때리기를 계속하자, 마침내 왕경은 저도 모르게 자백을 했다.

"예, 예, 제가 허무맹랑한 요언을 퍼뜨리고… 예, 예, 역적질을 하려고 음모를 했습니다."

부윤은 왕경의 자백서를 기록하게 하고, 옥졸을 불러 왕경에게 큰 칼을 씌워서 사형수를 가두는 감옥에 가두라 했다.

그런데 왕경이 이 모양이 된 이면에는 까닭이 있으니, 그것은 다른 것이 아니라 추밀사 동관이 비밀히 부윤한테 부탁해서 어떻게든지 핑 곗거리를 장만해 왕경을 처치해버리라 했었는데, 그때 마침 공교롭게 도 왕경은 걸상이 걸어오는 괴변을 보고 발길로 차다가 몸을 다쳐서 결 근을 했기 때문에, 이것이 좋은 핑곗거리가 되고 만 것이었다.

그러나 개봉부에 출근하는 사람들은 누구나 왕경과 동교수와의 관 계를 모르는 사람이 없었으니까, 그들은 모두 이번에 왕경이 틀림없이 사형을 받으리라고 생각하고 있었다.

그런데 이때 이 같은 소문을 들은 태사 채경과 그 아들 채유는 도리 어 걱정을 했다.

그저 이것저것 볼 것 없이 왕경을 죽여버리는 것이 마음엔 시원하지 만, 그렇게 죽여버리면 도리어 소문이 사실로 증명될 것이고, 더러운 소 문은 더구나 널리 퍼질 게 아닌가.

그래서 채경 부자는 의논한 끝에 부윤한테 심복 한 사람을 보내어 왕 경을 죽이지 말고 멀리 떨어진 군주(軍州)로 귀양을 보내서, 아주 세상 사람의 기억에서 자취가 없어지도록 만들게 했다.

그렇게 한 후에 채경과 채유는 길일을 택해 혼례식을 올리고서 동교 수를 며느리로 맞아들였다.

이렇게 하는 것만이 첫째는 동관의 가문에 추문을 덜게 하는 일이요, 둘째는 세상 사람들의 이목을 가리는 길이라고 생각했기 때문이다.

그런데 채경의 아들이란 본래 바보 천치였기 때문에 동교수가 처녀 인지 처녀가 아닌지, 그런 것을 알 만한 대가리도 없었는데, 그 이야기는 그만두기로 한다.

개봉부 부윤은 채태사의 밀령(密令)을 가지고 찾아온 친구로부터 이야기를 듣고서 바로 등청했다.

이날이 마침 신유일(辛酉日)이었다.

부윤은 옥으로부터 왕경을 끌어내다 칼을 벗겨놓고 척장 20대를 때린 후, 문필장(文筆匠)을 불러 왕경의 얼굴에다 자묵(刺墨)을 넣게 했다. 그리고 무게가 열 근 반이나 되는 단두 철엽(團頭 鐵葉)의 큰칼을 씌워서 손림(孫琳)·하길(賀吉) 두 사람의 공인으로 하여금 공문서를 가지고 서경(西京) 관하에 있는 섬주(陝州)의 감옥으로 멀리 귀양을 보냈다.

이렇게 되어서 손림과 하길이 왕경을 끌고 개봉부를 나오니까, 아문 밖에서 기다리고 있던 왕경의 장인 우대호(牛大戶)가 그들을 남쪽에 있는 술집으로 안내하더니, 술을 서너 잔 마시고 나서 우대호는 품속에서 돈주머니 하나를 꺼내 왕경에게 주는 것이었다.

"여기 30냥 돈이 들었다. 가다가 도중에 용돈으로 써라."

"장인! 너무도 감사합니다."

왕경이 고마워서 얼른 손을 내미니까 우대호는 그 손을 탁 쳤다.

"가만있어! 그렇게 쉽게 이걸 네게 줄 줄 아니? 넌 지금 천리도 넘는 섬주로 귀양을 가는 거야. 네가 언제 돌아올지 아무도 모른단 말야. 넌 그동안 남의 집 계집한테로 돌아다니고 네 계집은 돌아다보지도 안했지? 이제는 더구나 네 계집을 누가 돌봐주겠니? 자식새끼라고는 가시내의 반쪽도 없고, 송곳 꽂을 만한 밭 한 쪼가리도 없고, 집안에 재물이라곤 아무것도 없단 말이다! 그러니까 네가 떠난 뒤엔 어디로든지 개가를 가야 할 테니까, 그렇게 되더라도 너는 아무 말 않겠다는 증서를 써라! 그래야 이 돈을 주겠다."

이 소리를 듣고 생각하니 왕경은 기가 막혔다. 계집도 계집이려니와 그보다 걱정인 것은 품속의 것이라곤 한 푼도 없는 사정이니 이대로 섬주까지 어떻게 간단 말인가.

이리 생각, 저리 생각… 아무래도 그 돈이 꼭 필요했다.

그는 한숨을 푸우 내뿜었다.

"할 수 없지! 증서를 쓰죠!"

우대호가 시키는 대로 이혼증서를 써서 주니까, 우대호는 한 손으로 증서를 받으면서 한 손으로 돈을 주고는 술집에 셈을 치르고 그냥 나가 버렸다.

왕경은 공인 두 사람과 함께 자기 집으로 짐을 가지러 갔다. 그러나 마누라는 벌써 장인과 함께 친정으로 가버리고, 문은 자물쇠로 잠겨 있는 게 아닌가.

그가 이웃집에 가서 도끼를 빌려서 문을 부수고 들어가 보니, 계집의 의복과 세간살이는 어느새 다 집어갔고 하나도 남은 것이 없다.

그는 화가 벌컥 솟았지만 화풀이할 상대가 없는지라 하는 수 없이 판자 하나를 격해 살고 있는 이웃집 노파한테 청을 해서 술상을 차려오게 하여 공인들과 함께 술을 몇 잔씩 마시고는 돈 열 냥을 손림과 하길에게 선사했다.

"제가 매를 맞은 자리가 쑤시고 아파서 걸음을 걸을 수가 없으니, 며칠만 더 조리를 하다가 떠나게 해주실 수 없겠습니까?"

손림과 하길은 돈을 받아 넣으면서 고개를 끄덕끄덕했지만, 채유의 집에서 보낸 사람이 들어와서 공인들을 보고 빨리 떠나라고 야단을 치는 통에 왕경은 하는 수 없이 가장집물을 모두 헐값에 팔아넘기고서 호 원외(胡員外)에게 밀린 집세를 갚고 집을 내주었다.

이때 왕경의 부친 왕획은 자식과 뜻이 맞지 않아서 화병으로 눈을 앓다가 두 눈이 멀어 별거하고 있으면서 어쩌다가 자식이 찾아오면 때리고 욕만 했었지만, 오늘은 자식이 죄를 짓고 귀양 간다는 말을 들었기 때문에 끊을 수 없는 것이 부자간 정리라, 가슴이 아파서 아이 하나를

얻어 손을 잡히고서 자식의 집을 찾아와,

"이 자식아, 네가 애비 말을 안 듣더니 끝내 이 모양 되었고나!"

이렇게 한탄하면서 눈물을 주르르 흘렸다.

왕경은 오늘날까지 아비를 보고 '아버지'라고 불러본 일이 없던 자식이었건만, 지금 신세가 요 꼴이 되고서는 핏줄이 켕겼던지 아버지 소리가 저절로 튀어나왔다.

"아버지! 저는 억울하게 귀양을 가기는 합니다만, 그보다도 분한 것은 장인인지 우(牛)간지가 제게다 이혼증서를 쓰게 하고 돈을 주고 간 일입니다!"

"이 자식아, 네 행실은 생각지도 않고 장인만 원망하느냐? 네가 평소에 네 계집을 아껴주고 장인한테 근심을 끼쳐주지 아니했던들 네 장인이 그랬겠느냐!"

앞을 못 보는 늙은 아버지의 입에서 이 같은 말이 떨어지자 왕경은 또 분한 마음이 불끈 솟았지만, 꾹 참고서 두 사람의 공인을 따라 아무 말 없이 그 자리를 떠나버렸다.

"저것을 자식이라고! 에고, 내가 공연히 저놈을 찾아왔지!"

왕획은 자식이 아무 말 없이 떠나간 뒤에 혼자서 이같이 한탄했다.

이때는 6월 초순,

폭양이 내리쬐는 통에 땀을 뻘뻘 흘리면서 하루 온종일 걸어도 4, 50리밖에는 더 걷지 못하는 때였다.

왕경과 그를 압송하는 두 사람 공인은 도중에서 죽은 사람이 누워 자던 침상에서 자기도 하고, 끓이지 않은 물도 먹지 않으면 안 되었다.

이렇게 걷기를 15, 6일 걸어서 그들은 겨우 숭산(嵩山)을 넘어갔다.

어느 날 세 사람이 걸어가다가 손림이 서쪽에 있는 먼 산을 손으로 가리키면서 말했다.

"저 산이 북인산(北印山)인데, 바로 서경 관하로구먼."

아침나절 서늘한 때 세 사람이 걷기를 20여 리 걸어가니까, 북인산 동쪽에 마을이 보이는데, 무슨 구경이 났는지 이집 저집에서 사람들이 나오더니 한군데로 몰려간다. 유심히 살펴보니, 거리의 동쪽에 큰 측백나무 세 그루가 서 있는데 그 밑에서 한 사람을 에워싸고 많은 사람이 둘러섰다. 그런데 가운데 서 있는 사람은 웃통을 벗어붙이고서,

"에익! 에익!"

소리를 지르며 봉술을 하는 게 아닌가.

손림과 하길은 왕경을 데리고 그 나무 그늘 아래로 가서 땀을 들였다.

왕경은 소나기를 맞은 사람처럼 온몸이 땀에 젖어 있었으면서도 모가지에 큰 칼을 쓴 채 발돋움을 해가며 구경꾼들 틈으로 봉술을 구경하다가 저도 모르게 픽 웃으면서 한마디 했다.

"저건 엉터리 화봉(花棒)이로군!"

이때 신이 나서 봉술을 자랑하고 있던 사나이가 이 소리를 듣더니 봉술을 딱 멈추고 이쪽을 바라봤다. 그러고서 자기의 봉술을 엉터리라고 한 놈이 목에 칼을 쓴 귀양 가는 놈인 것을 알고 성이 났다.

"귀양 가는 도둑놈아! 내 창봉은 세상에서 알아주는 창봉인데 네깟 놈이 어따 대고 건방지게 함부로 지껄이는 거야? 이 개새끼!"

그 사나이는 이같이 호통을 치면서 걸어오더니 막대기를 내던지고 주먹으로 왕경의 볼따구니를 치려 했다.

"아니! 잠깐만 참아요!"

이때 두 사람의 젊은이가 구경꾼 틈에서 뛰어나와서 그 사이를 가로막고 말리면서 왕경을 보고 묻는 것이었다.

"노형이 비평을 하시는 것을 보니, 아마 창봉을 잘 쓰시는 모양입니다."

"네, 내가 괜한 소리를 지껄였죠. 창봉은 약간 짐작은 합니다만, 정말 실수했습니다."

왕경이 이같이 대답하자 성이 난 사나이가 또 호통을 치는 게 아닌가.

"이놈아, 귀양 가는 놈아! 나하고 한번 해보겠니?"

그러자 싸움을 말리던 젊은이가 왕경에게 부채질을 했다.

"저 양반하고 한번 시합을 안 해보시겠습니까? 만일 저 양반을 이기시면 저기 쌓아놓은 이 관(二貫)의 돈을 전부 노형한테 드리죠."

왕경은 이 말을 듣고 빙그레 웃으면서 대답했다.

"그럼 어디 한번 해볼까요?"

왕경은 이렇게 말하고서 하길이 갖고 있는 곤봉을 빌려 사람들을 헤치고 가운데로 들어서서 먼저 땀에 젖은 윗저고리를 벗어던지고 바짓가랑이를 걷어올린 후 곤봉을 쥐어들었다.

그러자 구경꾼들이 떠든다.

"저거 안 되겠는데! 칼도 안 벗고 어떻게 봉술을 한다나? 막대기가 돌아가나?"

이 소리를 듣고 왕경은 흰소리를 한번 했다.

"재주가 비상해서 그렇지! 칼을 쓴 채 싸워 이겨야 수단이 일등이란 걸 알 거 아냐?"

그러니까 여러 사람이 일제히 말하는 것이었다.

"당신이 칼을 쓴 채 저 양반을 이긴다면 정말 저 돈 2관을 죄다 주지!"

그러고서 여러 사람이 좌우로 짝 갈라서면서 왕경의 앞에 가로거치는 것이 없게 만들었다.

아까 봉술을 자랑하던 사나이는 이때 곤봉을 집어들더니,

"자, 자, 이리 와!"

하며 왕경을 겨눈다.

왕경은 군중을 한번 휘둘러보고서,

"그러면 여러분, 잠시 여러분께 웃음거리로 재주를 보여드리겠습니다."

하고 허리를 굽혔다.

이때 저쪽 사나이는 왕경이 커다란 칼을 쓰고 있는 것을 업신여기고 뱀이 코끼리를 먹으려는 것처럼 잔뜩 노리는 자세를 취하는 것이었다.

왕경도 기침을 한 번 하고서 잠자리가 물을 차는 듯싶은 날씬한 자세를 취했다.

저쪽 사내가 '으악!' 소리를 지르면서 곤봉을 쳐들고 번개같이 달려들었다.

이때 왕경이 몸을 뒤로 슬쩍 빼니까 저쪽 사나이는 한 발자국 앞으로 나오면서 왕경의 골통을 겨냥대고 힘껏 내리쳤다. 그러나 왕경은 나는 듯이 몸을 왼쪽으로 돌리면서 저쪽 사나이가 헛손질을 하는 순간, 저놈의 바른손 손목을 내리쳐서 곤봉을 땅에 떨어뜨리게 했다. 눈 깜짝하는 순간에 구경꾼들은 저쪽 사나이의 팔목이 부러지는 줄로 착각했다.

그러나 그다음 순간 구경꾼들은 와아! 하고 웃음을 터뜨렸다.

왕경은 친절하게 저쪽 사나이한테로 가서 그 손을 만져주면서 인사했다.

"용서하시오."

이렇게 인사까지 받으면서도 그 사나이는 바른손을 못 쓰겠으니까 왼손으로 그 돈을 움켜쥐는 게 아닌가.

이 모양을 보고 구경꾼들이 떠들었다.

"저게 뭐야! 저런 더러운 행실이 어디 있어! 그 돈은 시합해서 이긴 사람이 갖기로 아까부터 정한 거 아냐?"

사람들이 이같이 떠들어대니까, 좀 전에 나타났던 젊은이 두 사람이 뛰어나와서 그 돈을 빼앗아 왕경에게 주면서,

"이 돈은 형장이 가지시오. 그런데 잠시 우리 집에 가셔서 쉬었다 가

십시다."

하고 청을 하는 것이었다.

이럴 때, 봉술 시합에 참패당한 그 사나이는 왼손으로 곤봉과 보따리를 집어들고 그 자리에서 뺑소니를 쳤다.

군중이 흩어지기 시작할 때 왕경과 손림·하길 두 사람의 공인은 그 젊은이 두 사람을 따라서 남쪽으로 세 군데나 되는 큰 수풀을 지나서 한 마을로 들어갔다.

숲속에 큰 기와집 한 채가 있는데, 삥 둘러 높다란 토담이 쌓였고, 담 밖으로는 2, 3백 주나 되는 아름드리 버드나무가 늘어섰는데, 그 버드나무에서는 매미와 쓰르라미가 요란스럽게 울어댄다.

두 젊은이는 왕경과 공인 두 사람을 초당으로 안내하고 땀에 젖은 옷을 벗게 하고 신을 벗게 한 후, 주객(主客)의 자리에 앉아서 인사를 했다.

먼저 젊은이가 말했다.

"그런데 말씀하시는 것을 들으니까, 세 분이 다 서울서 오신 것 같군요."

"네, 저는 왕경이라고 부릅니다."

왕경은 이렇게 말하고 자기가 부윤한테 얽혀 억울한 죄명을 쓰고 귀양을 가게 된 내력을 죄다 이야기하고 두 젊은이를 보고 성명을 물으니까 맞은편 머리 쪽에 앉은 젊은이가 기뻐하면서 대답하는 것이었다.

"네, 나는 공단(龔端)이라는 사람이올시다. 그리고 이 사람은 내 동생인데, 이름은 정(正)이라 합니다. 우리 집은 조상 때부터 대대로 이곳에 살고 있기 때문에 이곳을 공가촌(龔家村)이라고 부른답니다. 그리고 여기는 서경의 신안현(新安縣) 관하에 들어 있죠."

주인은 이렇게 말하고서 즉시 하인을 불러 세 분 손님으로 하여금 냉수에 목욕을 하도록 하게 한 후 술과 음식을 내다가 대접하도록 하라고 명령했다. 그래서 닭고기·오리고기·삶은 콩·데운 술로 우선 점심을 하게 한 후, 신선한 채소와 생선 고기, 그 밖의 진수성찬을 내왔는데, 왕경은 주인이 억지로 상좌에 앉히는 까닭에 주빈석에 앉기는 했지만, 송구스러워서 견딜 수 없는 모양이었다.

"저는 귀양 가는 죄인인데, 이거 정말 이렇게 분수에 넘치는 후대를 해주시니 송구스럽습니다."

"천만의 말씀! 사람이란 누구든지 언제 어떤 재난을 당할지 아무도 모르는 겝니다. 그러니까 그런 말씀일랑 마십시오."

하고 주인 공단은 또 술을 권하더니 얼마 있다가 술이 거나하게 취해 이렇게 말하는 것이었다.

"그런데요, 우리 동네 전후좌우엔 모두 2백여 호가 사는데요, 사실인즉 우리 형제가 주인 노릇을 하죠. 말하자면 권술과 봉술로 마을 사람들을 눌러온 셈인데, 지난 2월에 동촌(東村)에서 새신회(賽新會) 놀이가 있었을 때 무대를 만들어놓고 연극을 하기에 우리 형제가 구경을 하러 갔었죠. 그랬는데 동촌에 사는 황달(黃達)이란 놈이 노름을 하다가 싸움이 벌어져서 우리 형제가 그놈한테 납작하도록 두들겨 맞았죠. 그래 분해서 죽을 지경인데 그 뒤부터 그놈은 여러 사람이 있는 곳에 나타나기만 하면 안하무인으로 으스대기만 하는데 어쩔 도리가 없습니다. 그래서 오늘까지 꾹 참고 견디어왔는데 아까 잠깐 보았습니다만, 왕선생의 그 봉술은 보통이 아니더군요. 저희 형제가 선생님으로 모시고 교수를 받고 싶은데 어떡하시겠습니까? 사례는 충분히 해드리겠으니 승낙해주십쇼."

왕경은 이 말을 듣고 속으로는 대단히 기뻤으나 거죽으로는 사양하는 체했다.

그러나 공단 형제는 그를 선생님이라 부르고, 즉시 제자로서의 예를 드렸다. 그날 밤 늦도록 술을 마시며 이야기하다가 밤이 깊어서 시원해졌을 때 그들은 각각 침실로 들어갔다.

다음날 아침,

왕경은 아침나절 서늘한 때 공단 형제를 공부시키려고 타작마당으로 데리고 나가서 우선 주먹을 쓰는 법과 발을 쓰는 법부터 가르쳤다.

한참 이같이 봉술의 초보부터 가르치고 있는 중인데, 마당 건너편에서 웬 사람이 뒷짐을 진 채 이쪽으로 걸어오더니 왕경을 보고 호통을 치는 게 아닌가.

"어디서 귀양살이 하는 놈인데, 너 같은 놈이 어째 여길 와서 되잖게 재주를 자랑하는 거냐!"

바라다보니까 기골이 장대한 사나이가 머리엔 두건도 안 쓰고, 몸엔 갈포적삼에 베고이를 입고, 발에는 짚세기를 신었고, 손에는 부채를 들었다.

그런데 이 사나이가 누구냐 하면 동촌에 사는 황달이라는 사람으로서, 어제 망동진(邙東鎭)에서 귀양살이 가는 놈이 봉술하는 사람을 이겼다는 소문을 듣고, 혹시나 공단 형제가 그 사람한테 봉술을 배운다면 안 되겠다 싶어서 일부러 이리로 지나가다가 들여다본 것이다.

쫓기는 왕경

"귀양 가는 놈이 남의 재물이나 걷어먹고 이제는 또 남의 집 자제를 속여먹는구나!"

황달이 또 이같이 꾸짖는 것을 듣고도 왕경은 그가 공단의 친척인 줄만 알고 아무 말 안 했다.

그러나 공단은 황달의 얼굴을 보자마자 분이 머리끝까지 올랐다. 이 놈이 공가촌 서쪽 끝에 살고 있는 유대랑(柳大郞)의 집으로 노름 밑천을 얻으러 가는 길이란 것이 뻔하다.

그래서 공단은 대뜸 욕을 했다.

"이런 제에밀 붙어먹을 자식! 이 새끼야, 요전엔 내 노름 밑천을 털어 가더니 오늘은 또 누구의 돈을 훔쳐갈 작정이냐?"

"이 자식이! 죽고 싶으냐?"

황달은 부채를 내던지고 달려들더니 주먹으로 공단의 머리를 냅다 갈기려 했다.

이때 비로소 이 사나이가 황달인 것을 안 왕경은 두 사람을 말리는 체하고 앞으로 뛰어들면서 목에 쓴 칼머리로 황달의 모가지를 후려쳤다. 그 순간 황달은 두 다리를 번쩍 쳐들고 넘어졌다. 그러자 공단 형제와 하인들이 달려와서 주먹으로 때리고 발길로 차고 해서 얼굴·가슴·

어깨·옆구리·팔·다리 할 것 없이 결딴을 내놓고, 혓바닥 하나만 성하게 나뒀으니, 황달은 초죽음을 당한 꼴이다.

그의 옷은 갈기갈기 찢겨 알몸뚱어리가 그대로 보였는데, 그는 사지를 쭉 뻗은 채 간신히 속으로만,

"이놈들, 어디 보자! 어디 보자!"

중얼거린다. 만일 이때 왕경을 압송하던 공인 두 사람이 그들을 뜯어말리지 않았더라면, 황달은 그냥 죽음을 당했을는지도 모른다.

황달은 땅바닥에서 일어나보려고 버르적거렸지만 일어나지 못했다. 이러는 꼴을 보고 공단이 하인을 시켜서 황달을 떠메어다가 동촌길 한복판에 내다버리고 오게 했다.

이렇게 된 황달이 이글이글 타는 듯한 햇볕 아래서 반나절이나 뻗어 있는 것을 풀을 깎으러 나왔던 마을 사람 하나가 우연히 발견하고, 그를 업어다가 자기 집에 뉘였다.

얼마 후, 침대 위에서 겨우 정신을 차린 황달은 사람을 시켜 고소장을 신안현(新安縣)에 제출했다.

그런데 이때 공단 형제는 황달을 내다버린 뒤 왕경 일행과 아침밥을 먹기 시작했는데, 왕경이 먼저 걱정되는지,

"저 황달이란 놈이 기어코 복수를 하러 올 것이니 어떡허죠?"

이렇게 말하니까 공단이,

"걱정 없습니다. 그 새끼도 이제 운이 다 갔죠. 집안에는 저의 여편네 하나가 있을 뿐이고, 동네 사람들은 평소에 그놈한테 눌려 지냈기 때문에 아무도 그놈을 도와줄 사람이 없습니다. 만일 그 자식이 죽어버린다면 저희 집 하인 한 사람을 대신 희생시키면 그만이죠. 또, 그 자식이 안죽고 송사를 일으킨대도 겁날 게 조금도 없습니다. 하여간 이번에 선생님 덕분으로 그놈한테 실컷 분풀이를 해서 아주 시원합니다. 자, 잔이나 드십시오. 뒷일은 염려 마시고 저희들에게 창봉 쓰는 일이나 가르쳐주

십시오."

이렇게 말하고 무게가 닷 냥쭝이나 되는 은 덩어리 두 개를 가지고 나와서 왕경을 압송하는 두 사람의 공인에게 주는 것이었다. 며칠만 더 자기 집에 머물러 있게 해달라는 뜻이다.

손림과 하길은 돈을 보았는지라 손이 저절로 앞으로 나가며,

"글쎄요, 좀 난처합니다만 그렇게 허지요."

하며 승낙하고 만다. 그래서 이날부터 왕경은 공단·공정 두 형제에게 창봉 쓰는 법을 가르치기 시작하여 십여 일 동안에 모든 방법을 죄다 가르쳤다.

이렇게 십여 일을 지내자니까 하루는 왕경이를 압송하는 공인이 재촉할 뿐 아니라, 황달이 관가에 송사를 일으켰다는 소식이 들리므로 공단은 왕경에게 50냥의 돈을 주면서 약소하나마 섬주까지 가는 동안의 비용으로 쓰라 했다. 그리하여 그날 밤 새벽에 왕경과 공인 두 사람은 공가촌을 떠났다. 이튿날 섬주에 도착한 손림과 하길은 왕경을 주아(州衙)로 데리고 들어가 개봉부의 공문서를 바치니, 주윤(州尹)은 즉시 회답을 써주고 두 사람을 개봉으로 돌아가게 한 후 왕경은 감옥에 내렸는데, 이때 이미 감옥의 책임을 맡은 관영과 옥졸들은 공단이 보낸 뇌물을 받은 뒤였다. 그랬기 때문에 관영의 직책에 있는 장세개(張世開)는 왕경의 목에서 큰 칼을 벗기고, 또 누구든지 감옥에 들어오는 놈은 맞아야 하는 살위봉 매도 때리지 않고, 노역도 안 시키고, 독방에 있게 하고, 출입의 자유까지 허락했다.

세월이 흘러 두 달이 지나니 어느덧 산들바람 부는 가을이 왔다.

하루는 왕경이 멍하니 독방에 앉아 있노라니까 뜻밖에 어떤 군졸 한 명이 감방 문 앞에 와서,

"관영님께서 부르시는데 나와요."

이렇게 말하는 것이었다.

왕경은 의심이 들었다. 무슨 일로 관영이 나를 직접 부를까?

하여간 군졸을 따라 점시청(點視廳)에 나가 보니 장세개가 대청 위에 앉아 그를 내려다보고 있다. 그는 예를 드렸다.

"네가 여기 온 지도 벌써 수삼 개월이나 되었는데, 어쩌다가 내 한 번도 너에게 심부름을 못 시켜봤다. 내가 진주(陳州)에서 만든 좋은 각궁(角弓)을 하나 사고 싶은데, 진주는 동경 관하가 아니냐? 네가 동경 개봉부 출신이니까 물건도 볼 줄 알고 값도 잘 알겠지?"

관영 장세개는 이렇게 말하고 품속으로부터 종이로 싼 뭉치를 한 개 꺼내더니,

"이건 은전 두 냥인데 이걸 가지고 나가서 각궁을 사가지고 와!"

하고 그 종이뭉치를 왕경에게 주었다.

"네, 분부대로 거행합죠."

왕경이 그것을 받아 감방에 돌아와 펴보니 과연 눈빛같이 새하얀 문은(紋銀)이었다. 그는 곧 본영에서 나와 거리 북쪽에 있는 활 파는 상점으로 가서 진주산 각궁 하나를, 한 냥 일곱 돈에 사가지고 돌아왔다.

그러나 관영 장세개는 이미 퇴청하고 점시청에 없는지라 왕경은 사람을 시켜 관영의 사택으로 활을 보내드렸다. 그리고 관영한테서 받았던 돈 두 냥에서 남은 서 돈은 좋아라고 제가 가져버렸다.

이튿날 왕경은 또 관영한테 불려갔다.

"넌 참 눈이 높다! 어제 사온 각궁은 아주 좋은 상품이란 말야."

"활을 두는 방엔 불을 넣어두십시오. 방 안에 습기가 없어야만 활이 상하지 않으니까요."

"응, 알았다."

이런 일이 있은 뒤로 관영 장세개는 매일같이 왕경을 불러 먹을 것을 사오라고 심부름을 시키는 것이었다. 그러나 처음엔 현금도 주고 하더니 나중엔 돈은 주지 않고 장부책 한 권을 주며 거기다 적어두라 하고

서는 날마다 물건을 얻어오라고 말하는 게 아닌가. 그렇지만 장사어치들이야 어디 한 푼어친들 돈 안 받고 물건 줄 까닭이 있으랴.

왕경은 하는 수 없이, 제가 가지고 있던 돈을 선대해가며 물건을 사다바치는 데도 장세개는 공연히 트집을 잡고 잔소리를 하다가는 볼기까지 때리는 것이었다.

이렇게 한 열흘 지내던 왕경이 하루는 장부책을 가지고 가서 관영에게 자기가 돌려댄 돈을 주십사고 했더니,

"글쎄, 회계를 해봐야 알지. 가만있어."

하고는 한 푼의 돈도 안 줄 뿐 아니라 그 뒤로는 걸핏하면 볼기를 때리는데, 어떤 때는 다섯 대, 어떤 때는 열 대, 어떤 때는 20대, 어떤 때는 30대… 이렇게 맞기를 불과 한 달 동안에 3백 대도 더 넘게 맞았기 때문에 볼기짝은 터져 뚱뚱 부풀었고, 공단한테서 받아온 50냥의 돈도 그동안 관영의 심부름을 하느라 죄다 없어졌다.

그런데 하루는 몇 푼 남은 돈을 가지고 성내 무공패방(武功牌坊) 거리에서 환약, 가루약은 물론이요, 여러 종류의 고약도 파는 장의사(張醫師)의 약방을 찾아가 볼기짝을 보이고 약을 구했더니, 장의사가 고약을 발라주며 하는 말이,

"장관영(張管營)의 처남 방대랑(龐大郎)이 요전날 나한테서 고약을 사간 일이 있는데, 제 말로는 망동진서 봉술을 자랑삼아 하다가 팔을 다쳤다고 하더라마는 내 보기엔 그 사람도 누구한테 몹시 맞은 상처 같더라."

하며 혼잣말처럼 지껄이는 소리를 듣고, 왕경은 번뜩 생각나는 일이 있어 급히 물어봤다.

"그런데 내가 감옥 안에 살고 있지만 입때까지 장관영의 처남이란 사람은 못 봤는데요?"

"그 사람은 장관영 첩의 동생인데 이름은 방원(龐元)이구, 그 누이 방부인(龐夫人)은 장관영이 제일 사랑하는 여자죠. 방원이 노름을 좋아하

고 창봉도 쓸 줄 아니까, 장관영이 아주 가까이 지내는 터인데, 어찌해서 못 봤을까?"

왕경은 이 말을 듣고 비로소 제가 지금 어떤 일을 당하고 있는지 깨달았다. 전일 이곳으로 오다가 측백나무 밑에서 자기한테 얻어맞은 놈이 바로 방원이요, 장관영이 걸핏하면 트집을 잡아 자기 볼기를 때리는 것도 그 까닭이 아닌가.

왕경은 더 묻지 않고 장의사의 약방에서 나왔다.

옥으로 돌아온 그는 장관영의 좌우에서 심부름하는 청지기를 끌어내어 술과 고기를 대접하고, 또 돈까지 준 다음 방원에 대한 이야기를 물어봤더니, 그의 이야기도 장의사의 말과 같았다.

"그런데 난 한 번도 그 사람 얼굴을 못 봤는데… 그 사람이 내 말을 관영님한테 좋지 않게 했겠구먼?"

"그야 물론이죠. 망동진에서 당신한테 몹시 맞은 분풀이를 해달라고 그 사람이 관영님한테 청을 하니까, 관영님은 트집 잡을 일만 만들어 당신을 때리는 거 아닙니까?"

왕경은 청지기한테 자세한 이야기를 듣고 그와 작별한 후 감방으로 돌아와 길게 한숨을 쉬었다. 아무리 생각해보아도 팔자 한탄밖에 나오지 않는다. 그놈의 벼슬아치는 개똥같지만 권력은 무섭다.

전일 이곳으로 압송당해 오다가 우연히 쓸데없는 소리를 입에서 나오는 대로 지껄인 것이 누가 알았으랴, 그것이 장관영의 애첩의 오라비일 줄을! 이놈이 기어코 나한테 보복을 할 작정인 모양이니 그렇게 되기 전에 내가 여기서 도망해버리는 게 상책 아닌가.

그는 이렇게 생각하고 다시 일어나 거리로 나가 날이 시퍼런 비수 한 자루를 사서 품속에 감추고서는 돌아왔다. 어느 때 무슨 일을 뜻밖에 당할지 알 수 없으니까, 칼을 몸에 지녀야겠다는 생각이다.

그런데 이날부터 십여 일 동안 다행히 장관영은 그를 부르지 아니했다. 그래서 그의 볼기짝의 흠집도 장의사집 고약 덕분으로 완전히 치료가 되었는데, 하루는 장관영이 또 왕경을 불렀다.

"소인, 대령했습니다."

왕경이 관영 앞에 나가 이렇게 인사를 드리니 관영은 그에게 또 심부름을 시키는 것이다.

"너 지금 가서 비단 두 필만 사갖고 오너라."

"네."

왕경은 이미 마음을 작정하고 있었는지라 지체하지 않고 얼른 상점으로 나가 비단 두 필을 사가지고 돌아와 바쳤다. 관영은 점시청에 앉아 있다가 물건을 받아 모두 펼쳐놓고서 안팎을 살펴보고 자로 재보고 하더니, 또 잔소리를 하는 것이었다.

"빛깔이 덜됐다! 그리고 치수도 사뭇 부족하다… 또, 무늬는 이게 뭐냐? 돼먹잖았단 말야!"

"그럼 어떡하면 좋겠습니까?"

"이놈아! 너 같은 죄수는 애당초 물지게를 지게 했거나 돌짐을 지게 했거나 쇠사슬로 붙들어매둬야 했을 걸 공연히 내가 잘못했단 말이다! 사람대우를 해서 심부름을 시켰더니 아무짝에도 못 쓸 돌대가리다!"

왕경은 이제 더 말도 못 하고 용서만 바라는 듯이 굽실굽실 절만 했다. 그랬더니 관영은 또 호령을 하는 게 아닌가.

"이놈아! 매는 나중에 때리겠지만 먼저 물건부터 바꿔와. 오늘밤 안으로 물건을 바꿔와야지 그렇잖으면 네 모가지는 없다!"

왕경은 호령을 듣고 나와 어쩌는 수 없이 입고 있던 윗저고리를 벗어 전당 잡혀서 돈 2관을 얻은 후, 상점으로 가서 제일 좋은 비단으로 바꿔서 감옥으로 돌아왔다. 그랬는데, 워낙 오랫동안 돌아다녔기 때문인지 벌써 감옥에 들어가는 바깥문이 걸려 있었다.

왕경은 문지기 파수병에게 사정을 했다.

"미안합니다만 문 좀 열어줍시오."

"아니, 캄캄한 밤중에 너 하나 때문에 또 문을 열란 말야?"

"관영님의 심부름으로 나갔다가 이렇게 늦어졌답니다."

이렇게 말하고 왕경은 주머니 속에 남아 있는 돈 몇 푼을 꺼내 파수병한테 주었더니 조금 전까지 딱딱거리던 파수병이 손을 내밀어 슬그머니 돈을 받아 넣고는 문을 열어주는 것이었다.

왕경은 안으로 들어가 관영의 관사 앞까지 비단 두 필을 울러매고 갔더니 여기서 문지기가 내다보고 그에게 일러준다.

"관영님께서 조금 전까지 마나님과 말다툼을 하시고 바로 작은마나님 댁으로 가셨어! 지금 마나님이 화를 잔뜩 내고 계신데 어떻게 네 말을 전갈한단 말이냐?"

이 소리를 듣고 왕경은 속으로 생각해봤다.

'오늘밤 안으로 물건을 바꿔오라 해놓고 어째서 나를 만나지도 못하게 만들었을까? 일부러 계획적으로 나를 해치려는 수작 아닌가? 전날 공정이한테 받아먹은 돈은 고마운 줄 잊어버리고 나한테 볼기를 3백 대나 때린 놈이니 그게 제 처남 놈이 나한테 한 대 얻어맞은 보복이란 말이지? 그러니 내일 저놈한테 얻어맞다가는 내가 죽지 별수 없다… 오냐, 내가 먼저 저놈을 죽여야겠다!'

본래 왕경은 저의 친아버지한테도 아무거나 집어들고 마구 덤벼들던 악독하게 생겨먹은 위인이라, 한번 이렇게 생각이 들자 그의 마음은 악마같이 되어버렸다. 그래서 그는 밤이 깊어 영내에 있는 모든 직원과 죄수들이 전부 잠이 들 때를 기다려 관영의 관사 뒤켠으로 돌아가서, 담을 뛰어넘어 안으로 들어가 뒷문의 빗장을 빼놓고는 얼른 한쪽 구석에 몸을 감추고 살펴보았다. 달은 없지만 별빛이 희미하게 보이는데, 동쪽에 보이는 것은 마구간이고, 서쪽에 따로 있는 조그만 건물은 변소다.

왕경은 마구간으로 가서 마구간 목책의 통나무 하나를 뽑아 안문의 담벼락 밑에다 비스듬히 세우고 그것을 발판으로 딛고 담 위로 올라갔다가, 다시 그 통나무를 집어 안쪽에 걸쳐놓고는 그것을 타고 아래로 내려가 얼른 안문의 빗장도 빼놓고 그 통나무를 보이지 않는 곳에다 감춰버렸다.

그런데 안에는 또 하나의 담벼락이 둘러 있고, 담 안쪽에서는 사람의 웃음소리가 들리는 게 아닌가. 그래, 왕경은 그 담벼락에 몸을 착 붙인 뒤 귀를 기울여봤다. 가만히 들으니, 말소리는 장관영의 목소리인데, 한 여자와 또 한 남자의 목소리도 들린다. 세 사람이 술을 마시고 있는 모양이다.

무슨 이야기를 하는가 좀 더 잘 들릴 곳으로 살금살금 기어서 귀를 담벼락에 붙이고 엿들으니까 장관영의 목소리가,

"자네, 걱정 말게. 그놈이 내일이면 몽둥이찜질에 넓적해질 걸 뭘 그러나."

이렇게 말한다. 그러니까 또 다른 목소리가 들린다.

"제가 요량컨데 그놈도 이제는 돈이 다 떨어졌을 겝니다. 그러니 매부가 이제는 큰맘 먹고 그놈을 처치해버리세요. 그래야 제가 분이 풀리겠습니다."

이건 방원이란 놈의 목소리다.

"걱정 말라니까! 내일모레면 자네가 속이 시원해질 걸세!"

그러자 이번에는 여자의 목소리가 들린다.

"넌 번번이 똑같은 이야기만 하는구나. 이제 그만 해둬라."

"누님은 참, 남의 속도 모르고… 그런 말 마셔요!"

세 사람이 주고받는 소리를 엿듣자니까, 왕경은 부화통이 터져올라와 당장에 담벼락을 떠다밀어 이놈의 집을 쓰러뜨려서 한꺼번에 세 연놈을 치어죽게 해버리고 싶었지만 그럴 만한 기운이 없는 것이 한이었다. 그래 흥분만 하며 어쩔 줄을 모르고 있으려니까 장관영이 하인을

부르는 커다란 목소리가 들렸다.

"여봐라, 등불을 가져오너라. 변소엘 가야겠다."

왕경은 재빨리 매화나무 뒤로 몸을 감추고 품속으로부터 비수를 꺼내 칼집에서 뽑아들었다.

삐걱 하며 문 열리는 소리가 들렸다.

가만히 보니 전날 저한테 방원이에 대한 소식을 알려주던 청지기가 초롱불을 들고 앞서 오는데 그 뒤에 장세개가 천천히 걸어오고 있다. 사방이 캄캄한 데다 매화나무 뒤에 숨어 있으니, 그들은 모르는 모양이었다.

장세개는 문 앞에까지 오더니 문에 빗장이 빠져 있는 것을 본 모양이었다.

"어쩌면 모두들 이 모양인가! 날이 어두우면 문을 걸 줄 알아야지, 모두가 밥만 처먹는 밥통들이냐?"

꾸지람을 듣던 청지기가 앞서서 불을 비추니, 장세개는 그 문에서 나와 변소로 향해 걸어가므로 왕경은 살금살금 그 뒤를 따랐다.

이때 장세개는 뒤에서 나는 발자국 소리를 듣고 획 돌아다봤다. 보니, 왕경이 바른손에 비수를 들고, 왼손으론 자기를 막 붙잡으려는 형상이었다. 그 순간, 장세개는 혼비백산 놀라 소리를 버럭 질렀다.

"도둑이야!"

그러나 목소리가 미처 다 나오기도 전에 벌써 왕경의 칼은 장세개의 모가지를 귀 밑까지 깊숙이 도려버렸다.

청지기는 이 광경을 당하자, 평소에 잘 아는 사이였건만 달아나야만 하겠다 싶어 내빼려 했으나, 두 발이 못으로 박아놓은 듯 땅바닥에서 떨어지지 않고, 소리를 치려 했건만 입속이 바싹 말라붙어서 소리가 나지 않았다.

그럴 때 장세개는 그래도 살아보려고 땅바닥에서 버르적거렸다. 그러나 왕경이 이번엔 그 등어리에다 칼을 깊숙이 찔러 아주 숨을 거두게 하고 말았다.

이때 방원은 누이와 함께 방 안에 앉아 술을 마시다가 바깥에서 사람의 신음 소리가 나므로 불을 켜들 사이도 없이 급히 뛰어나왔다.

왕경은 안에서 사람이 뛰어나오는 것을 알고, 초롱을 들고 있는 청지기의 옆구리를 냅다 찼다. 청지기는 초롱과 함께 땅바닥에 거꾸러지고 불은 꺼져 캄캄해졌다.

방원은 제 매부 장세개가 하인을 발길로 찬 줄만 알고,

"매부! 그 애를 가지고 왜 그러시우?"

이렇게 말하며 가까이 오는 방원의 옆구리를, 왕경은 기다렸다는 듯 어둠 속에서 푹 찔렀다.

"으윽!"

방원이가 외마디 소리를 내고 쿵! 쓰러지자 왕경은 그놈의 머리털을 움켜잡아 일으키면서 한칼로 모가지를 썽둥 베어버렸다.

이때 방씨가 놀라,

"애야! 이게 무슨 소리냐?"

하고 시비에게 등불을 들려 방 안에서 나온다.

왕경은 이 계집년도 죽여버려야겠다 생각하고 달려들다가 주춤했다. 보니 방씨의 뒤에는 십여 명의 하인들이 손에 병장기를 들고 따라오는 게 아닌가.

왕경은 당황하여 급히 바깥으로 뛰어나와 뒷문을 열고 담을 뛰어넘은 후, 숨을 헐떡이면서 피 묻은 옷을 벗어던지고 비수는 깨끗이 닦아서 품속에 도로 집어넣었다.

이때 3경을 알리는 북소리가 들렸다.

왕경은 밤이 깊어 길에 행인이 없는 것을 다행으로 여기면서 성벽 밑으로 바싹 다가갔다.

그런데 원래 이 섬주의 성벽은 흙으로 쌓은 것이고, 또 성지(城池)도 물이 깊지 못해서 성을 넘어서 도망하기엔 그리 힘들지 않았다.

왕경이가 이날 밤 성 밖으로 도망한 이야기는 잠깐 멈추기로 하고 관영 장세개의 첩 방씨가 시비에게 등불을 들려 나온 때에 그의 뒤에서 하인들 십여 명이 병장기를 들고 따라나오더라는 것은, 이것은 왕경이의 완전한 착각이었다. 방씨는 심부름하는 계집아이 둘만 데리고 나왔으니까 말이다.

방씨 부인은 이렇게 등불을 들려 나오다가 먼저 방원이의 모가지와 몸뚱어리가 따로따로 떨어져 있는 것을 보고 너무도 놀라 벙어리처럼 시비들과 얼굴만 서로 바라보는데, 세 사람의 몸은 사시나무 떨 듯이 덜덜 떨기만 했다.

한동안 이렇게 떨고 섰다가 방씨 부인은 간신히 소리를 쳤다.

"사람 살류우!"

이 소리를 듣고 바깥에 있던 군졸들이 횃불을 들고 병장기를 가지고 들어와 보니, 안문 밖에 장관영의 참살당한 시체가 누워 있고, 또 청지기도 땅바닥에 엎드러졌는데 입에서는 선지 같은 피가 흐르고, 아직 숨은 끊어지지 아니했으나 살아날 가망은 없어 보였다.

군졸들은 횃불을 높이 쳐들고 사방을 둘러보다가 뒷문이 열려 있는 것을 발견하고, 도둑놈이 뒷문으로 들어온 것을 알았다.

그리고 그들은 횃불을 가지고 그 문밖으로 나가다가 땅바닥에 비단 두 필이 떨어져 있는 것을 발견했다.

"도둑놈은 왕경이다!"

그들은 이구동성으로 이같이 외쳤다. 그리고 즉시 바깥으로 나가 죄수들을 점검해보니 과연 왕경 한 사람만이 없어진 게 아닌가.

감옥 안에 있는 군졸들은 총출동해서 좌우전후를 샅샅이 뒤졌다. 그러나 왕경은 보이지 않고 감옥 안의 담벼락 밑에서 피 묻은 옷 하나를 발견했을 뿐이다. 그것을 자세히 보니 틀림없이 왕경이가 입고 있던 옷이다.

군졸들은 피 묻은 옷을 가운데 놓고 상의한 끝에, 성문이 아직 열리기 전에 주윤(州尹)한테 보고해서, 포교들을 풀어 왕경을 체포하기로 했다.

이때는 벌써 5경이나 되어서 밤이 샐 무렵이었다.

주윤은 이 보고를 듣고 대경실색하여 즉시 동서남북 사대문을 굳게 닫아둔 채 군졸과 포교들을 총동원시켜 가가호호를 뒤지며 이 잡듯이 범인을 수색시켰고, 계속해서 이틀 동안이나 추적했건만 범인은 나타나지 아니했다.

주윤은 관하 각 고을에 공문서를 돌리고 동네마다 범인을 체포하도록 엄명하는 동시에, 범인 왕경의 화상·고향·연령·복색 같은 것을 자세히 적어 넣은 그림을 거리거리에 붙이게 하고, 현상금 1천 관(貫)까지 걸었다. 그리고 누구든지 왕경이란 놈의 거처를 고발하는 사람에게는 상금을 주겠지마는, 만일 이놈을 집에 숨기거나 이놈한테 밥을 주거나 하는 사람이 있다면 그놈 역시 공범죄로 다스린다고 게시했다.

한편, 그날 밤 섬주성 성벽을 넘어 도망한 왕경은 성 바깥에 둘러 있는 연못의 물이 얕은 곳으로 옷을 걷어올리고 건너가 저쪽 언덕 위로 올라가기는 했지만, 장차 어디로 가야 몸을 숨길 수 있을지 좀처럼 생각이 나지 아니했다.

그러나 생각이 안 난다고 해서 그곳에만 가만히 앉아 있을 수 없는 노릇이다.

'날이 밝기 전에 어디로든지 멀리 내빼야지!'

이렇게 생각하고 사방을 둘러보니, 때는 동짓달이라 나뭇가지의 잎사귀는 벌써 떨어져 땅바닥을 덮었고, 바람은 살을 에는 듯이 춥게 부는데, 마른 풀밭 사이로 오솔길이 보이므로 왕경은 무작정 그 길로 걸어갔다. 이렇게 오솔길을 서너 가닥 바꿔서 걸어가다가 큰길로 나선 뒤에는 그저 달음박질하다시피 빨리 빨리 걸어서 동쪽 하늘에 해가 시뻘겋게 솟아오를 때에는 6, 70리나 걸어왔었다.

왕경은 방향을 바꿔 남쪽을 향해서 부지런히 걸었는데, 한참 가다보니 전면에 인가가 조밀하게 보인다.

'주머니 속에 돈이 일 관 있으니, 우선 아침밥이나 사먹고 나서 어디로 갈까 궁리해야겠다.'

왕경은 이쯤 생각하고 걸음을 재촉해 마을로 들어서니 아직 아침이 일러서인지 주육을 파는 집은 문도 열어놓지 아니했고, 동쪽에 있는 어느 처마 끝에 '여관'이라 쓴 다 찢어진 등이 걸려 있는 게 보인다. 그리고 간밤에 문을 닫는 것을 잊었는지 대문이 반쯤 열려 있다.

"에헴!"

기침을 한번 하고 대문을 살며시 떠밀고 안으로 들어서니,

"누구 왔소?"

하고 안에서 사나이 하나가 세수 안 한 눈을 썩썩 비비면서 나오는데 보니, 이 사람은 바로 왕경의 모친의 사촌으로, 감옥 안에서 원장의 직책을 보는 범전(范全)이다. 이 사람은 어렸을 때 부친을 따라 방주(房州)에 장사를 하러 와 돈을 약간 벌어놓은 것이 있기 때문에 이 고을의 양원압로절급(兩院押牢節級)이 되어 있는 터인데, 금년 봄엔 공용으로 서울에 갔을 때 왕경의 집에 며칠 동안 유숙한 일이 있는 터이었다.

"형님! 그간 안녕하셨어요?"

왕경이 반가이 인사를 하니까,

"응, 난 누구라구. 동생 왕경이구나."

범전은 이렇게 대답하면서 아래위를 훑어본다. 왕경의 행색이 이상할 뿐 아니라, 얼굴에 두 줄로 자청을 한 것이 아무래도 꺼림칙했다.

범전의 이 같은 태도를 본 왕경은 사방을 둘러보고 사람이 없는지라 얼른 땅바닥에 꿇어앉았다.

"형님! 이 동생을 좀 구해주십쇼!"

범전은 왕경을 붙들어 일으키면서 물었다.

"아니, 네가 정말 왕경이냐?"

"쉬!"

왕경은 얼른 손으로 입을 가렸다.

범전은 알아차리고서 왕경의 손을 이끌고 방으로 들어갔다. 간밤에 범전이 이 여관에 들어와 얻어놓은 방이 독방이어서 마침 다행이었다.

"그런데 대체 이게 무슨 꼴이냐? 어째서 이렇게 됐다는 거야?"

자리에 앉으면서 범전이가 다급하게 물으니 왕경은 한숨을 한 번 쉬더니 입을 범전의 귀에 대고,

"형님! 제 이야기를 들어보세요."

하고, 제가 개봉부로부터 섬주까지 귀양을 오게 된 동기와 그리고 섬주 감옥의 관영 장세개가 지독하게 굴기 때문에 어젯밤에 그놈을 죽여버렸다는 이야기를 자세히 했다.

범전은 그 이야기를 듣고 얼마나 놀랐는지 한참 동안 말문이 막혔다. 얼마 후 범전은 세수를 급히 하고 밥을 재촉해 먹은 후 계산을 치르고서, 왕경을 데리고 밖으로 나왔다.

"누가 보든지 죄수를 압송하는 군졸같이만 보이면 그만이다."

이렇게 이르고 범전은 왕경을 앞세우고 방주를 향해 걸음을 재촉했다.

한참 가다가 왕경이 묻는 것이었다.

"그런데 형님은 뭣 때문에 그 여관에 드셨던가요?"

"응, 방주 주윤의 명령으로 섬주의 주윤한테 공문을 전달하고 어제 회답을 받아서 섬주를 떠나오다가 날이 저물었기 때문에 그 여관에 든 거야. 네가 섬주에 있다는 것도 몰랐고, 더구나 네가 그런 큰일을 저질렀다는 건 아주 몰랐지."

범전은 왕경을 데리고 며칠을 걸어 방주에 도착했다.

이틀이 지나니 섬주에서 왕경을 잡으라는 공문이 내려왔다.

범전은 당황하여 급히 집으로 돌아와서 뒷방에 숨어 있는 왕경을 보고 말했다.

"성내에 있다간 도저히 안 되겠다!"

"그럼 어떡하죠?"

"성 밖에 있는 정산보(定山堡) 동쪽에 내가 사놓은 초가집이 하나 있고, 몇 마지기 땅도 있고, 머슴들이 거기서 농사를 짓고 있으니까, 우선 그리로 피신을 해야겠다. 그러고 나서 차차 기회를 봐 달리 도리를 강구해야겠다."

"그럼 그리로 저를 좀 데려다주셔요."

이렇게 주의를 시킨 후 범전은 밤이 캄캄해서 왕경을 데리고 성을 나가 정산보 초가집 속에 왕경을 숨겨두었다.

그러고는 왕경이란 이름도 갈아버리고 이덕(李德)이라 부르기로 했다.

범전은 이렇게 해놓고서도 왕경의 얼굴에 있는 자청 자국이 걱정되었다.

그러나 다행히 여러 해 전에 건강부(建康府)에 갔다가 신의(神醫) 안도전을 알게 되어 그에게 비용을 많이 쓰고 자청 자국을 없애는 비방을 배웠던지라, 그 기억을 떠올려 먼저 왕경의 자청 자국에 독약을 바른 후, 나중에 좋은 약으로 치료하여 딱지를 떨어뜨린 후 금옥(金玉)의 분말을 바르니 두 달 만에 흠집이 감쪽같이 사라져버렸다.

이렇게 왕경이 딴 사람이 되는 동안 백여 일이 지나고 보니 때는 선화원년(宣和元年) 봄이었다.

관가에서는 범인 체포에 대한 관심도 없어지고 아무도 흉악한 살인범 왕경이를 기억해두려고 아니했다. 그런 데다 왕경의 얼굴에는 자청 자국도 없어졌으니, 대낮에 버젓하게 한길에 나다녀도 좋게 되었다. 의복·버선·신발 등 모두 범전이가 마련해주었다.

그런데 하루는 왕경이 집에 들어앉아 있노라니까 멀리서 사람들 떠드는 소리가 들려왔다.

"이거 어디서 이렇게 떠들썩하는 건가?"

그는 머슴을 보고 이렇게 물어봤다.

"네, 저거요? 나으린 아마 모르실 겝니다만 여기서 서쪽으로 한 1리쯤 가면 정산보란 마을에 단가장(段家莊)이 있는데요, 그 단가 형제가 읍내에 가서 기생 하나를 데려다가 무대를 꾸며놓고 창극을 구경시키고 있답니다. 그런데 서경서 온 그 기생이 어찌나 얼굴이 예쁘고 재주가 비상한지 구경꾼이 모여들어 날마다 인산인해를 이루고 있죠. 나으리도 한번 구경하고 오십쇼그려."

"그럼 구경 좀 할까?"

왕경은 듣던 중 반가운 소식이라 신이 나 부리나케 정산보로 가보니, 인가가 5, 6백 호나 있는 꽤 큰 마을인데, 동쪽에 있는 보리밭 가운데 무대를 가설해놓고, 기생은 아직 무대 위에 나와 있지 않았지만 무대 아래 즐비하게 늘어놓은 4, 50개나 되는 탁자 앞에는 사람들이 빽빽이 둘러앉아 주사위를 가지고 돈내기 노름을 하고 있다. 그런데 이 주사위 노름에도 여러 가지 방법이 있어서 육풍아(六風兒), 오요자(五幺子), 화요모(火燎毛), 주와아(朱窩兒) 같은 이상야릇한 명칭이 있었다.

그리고 또 돈 던지기 노름을 하는 패 20여 명이 땅바닥에 쭈그려앉아 돈 던지기를 하는데, 이 노름에도 혼순아(渾純兒)니, 삼배간(三背間)이니, 팔차아(八叉兒)니 하는 따위의 여러 종류가 있다.

그래 이쪽 주사위 노름패에서 '하나다! 여섯이다!' 하고 소리를 지르면, 저쪽 돈 던지기 노름패에서 '글자다! 등이다!' 하고 고함을 치는데, 깔깔거리는 웃음소리… 욕하는 소리… 그런가 하면 멱살을 잡고 때리는 사람도 있어 도무지 시끌덤벙하기 짝이 없다.

가만히 보니 노름에 진 사람들은 웃옷을 벗어 잡히기도 하고, 두건을 벗고 나중엔 버선까지 벗어 잡히고서 본전을 찾겠다고 눈깔이 뒤집혀서 노름을 계속하다가 결국 지고 마는데, 이렇게 되면 이긴 놈이 의기양양해서 우쭐거릴 적마다 그놈의 호주머니, 괴춤, 바짓가랑이에서는 은전 소리가 쩔그렁거리는 것이었다.

그런데 노름패들만이 이렇게 야단스러울 뿐 아니라 밭에서 일하던 동네 아낙네들과 처녀 아이들도 호미를 내던지고, 배추를 씻다 그것도 내버리고 삼삼오오 무대 앞으로 와서는 입을 벌리고 무대만 바라보는 판국이다.

그나 그뿐인가. 가까운 마을에서도 구경꾼들이 장꾼처럼 모여들어 마구 밟아젖히는 바람에, 푸릇푸릇하던 십여 마지기의 보리밭이 아주 형편없이 뭉개졌다.

왕경은 이와 같은 광경을 한 바퀴 둘러 살피고서 무대를 바라보고 있었는데, 어쩌다가 무대 동쪽 사람들이 빽빽하게 앉아 있는 그 가운데에 기골이 아주 장대하게 생긴 사나이의 모양을 보았다.

두 손을 탁자 위에 놓고 있는데, 얼굴이 크고 눈이 동그랗고, 눈썹은 시커먼데, 탁자 위에는 5관의 돈과 주사위와 접시 하나가 놓여 있다. 자기하고 같이 노름할 상대를 기다리는 사람인 것 같았다.

왕경은 그 사람과 그 돈을 보고 갑자기 구미가 동했다.

'가만있자, 내가 그놈 때문에 징역살이 하느라고 1년 가까이 노름도 못 하지 않았나?'

이런 생각이 들자, 그는 손으로 품속을 만져보았다. 품속에는 전일 범전형으로부터 용돈으로 받은 정은(錠銀) 한 덩어리가 있다.

'이것을 밑천 삼아 저놈의 돈을 먹어야겠다!'

그는 이렇게 작정하고 그 사나이가 앉아 있는 탁자 앞으로 가서 자기의 돈을 탁자 위에 놓고 말했다.

"나허구 한번 해볼까요?"

그 사나이는 왕경을 힐끔 쳐다보더니,

"생각이 있거든 해봅시다."

이렇게 대답하는데, 그 말이 채 끝나기도 전에 다른 사나이가 앞에 있는 탁자 곁에서 툭 나선다.

보니 키가 후리후리하게 크고, 얼굴이 기다랗게 생긴 것이 탁자 앞에 앉아 있는 사내와 비슷한데, 이 사나이가 왕경을 보고 수작을 붙인다.

"내기를 하겠거든 그걸 내게서 바꿔 가시오."

왕경이 못 알아듣고서 그 사나이를 보고 물었다.

"어떻게 하라는 말씀이오?"

"그 은덩어리를 돈으로 바꿔주겠단 말이오. 알아들으시겠소? 그 대신 당신이 따면 한 관(貫)에 20문(文)씩 구문을 내야 합니다."

"그럼 그럭합시다."

왕경이 정은을 주고 2관 돈을 바꾸어 세어보니, 그 사나이는 한 관에 대해 20문씩의 구문을 먼저 떼고 주는 게 아닌가.

"제기랄! 내가 따면 20문을 받겠다더니 먼저 떼어가? 그래라, 맘대로 해!"

그는 그자와 승강이를 안 하고, 먼저 앉아 있는 사내와 마주 앉아서 주와아를 시작했다.

단둘이 마주 앉아 서너 판 승부를 내고 있노라니까, 이번엔 다른 사나이가 나타나더니 돈을 내놓으면서 저도 한몫 끼겠다고 달려들었다.

왕경은 서울서도 이름난 노름꾼이었던 만큼 상대방이 도저히 알지 못하는 능란한 솜씨로 재주를 부렸다.

조금 전에 돈을 바꿔주던 사나이는 혼잡한 틈을 타서 저쪽으로 가버렸다. 그리고 두 번째로 달려들었던 사나이는 왕경의 솜씨를 못 당하겠다 싫었던지 중간에 빠져나갔다.

그래서 왕경은 처음의 사나이와 단둘이 앉아 노름을 했는데, 잠시 동안에 2관 돈을 땄기 때문에 그때부터 자기가 물주가 됐다. 그런데 왕경이 주사위를 던지기만 하면 좋은 끝수 삼홍사취(三紅四聚)가 나오는데, 본전을 찾겠다고 애를 쓰는 그 사나이는 연거푸 절탑각소사(絕塌脚小四)라는 망하는 끝수만 나오는 것이었다. 그래, 왕경이 구점(九點)을 내면 그 사나이는 도팔(倒八)을 내곤 하다가 마침내 왕경에게 가졌던 돈 5관을 몽땅 털어바쳤다.

돈을 딴 왕경은 2관만 노끈에 꿰어들고 아까 바쳤던 정은을 도로 찾으려고 돈 바꿔주던 그 사나이를 찾아나서면서 남은 3관은 따로 노끈에 꿰어 어깨에 올러매려 할 때, 돈을 잃은 사나이가 왕경을 꽉 붙들며 큰소리 쳤다.

"너 이놈, 이 돈을 갖고 어디로 가? 손모가질 떼고 싶으냐?"

왕경은 그만 성이 났다.

"이런 자식도 있나! 노름에 진 자식이 무슨 방귀 같은 수작이냐?"

그 사나이는 눈을 동그랗게 뜨고서 대든다.

"이 개놈의 새끼! 네가 나를 어떻게 보는 거냐?"

왕경은 자기를 곧 때릴 것같이 대드는 꼴을 보고서도 손대지 않고 말로 꾸짖었다.

"촌놈이란 할 수 없다! 노름에 지고서도 내가 딴 돈을 가지고 가는 것이 원통하거든, 내 배때기를 주먹으로 쥐어질러 보렴!"

사나이는 이 소리를 듣더니 주먹을 쳐들고 와락 덤볐는데, 이때 왕경은 날쌔게 몸을 젖히면서 사나이의 주먹을 왼손으로 막고, 바른쪽 팔꿈치로 그 사나이의 가슴을 치는 동시에 바른편 발로 사나이의 왼쪽 다리를 걸어찼다. 그 순간, 사나이는 땅바닥에 쿵 하고 넘어지더니 얼음에 자빠진 소처럼 눈깔만 멍하니 뜨고 자빠져 있고, 우르르 몰려왔던 구경꾼들은 소리 내어 깔깔 웃었다.

자빠졌던 사나이가 겨우 정신을 차려 팔꿈치로 땅바닥을 짚고 일어나려 하자, 왕경은 또 한쪽 발로 그자의 배때기를 밟고 꼼짝을 못 하게 했다.

이럴 때, 아까 왕경에게 돈을 바꿔주던 사나이가 오더니 싸움을 말리지도 않고, 자빠진 사나이를 도와줄 생각도 않고, 탁자 위에 놓여 있는 돈을 쓸어담아 내빼는 게 아닌가.

"저 도둑놈 봐라! 이놈의 새끼, 어디로 달아나느냐?"

왕경이 땅바닥에 자빠진 사나이를 내버리고 소리를 지르면서 그쪽으로 쫓아갔다. 그럴 때 사람들 틈에서 어떤 여자 하나가 튀어나오면서 고함을 지른다.

"이놈아! 무례한 놈아! 너, 나허구 이야기 좀 하자!"

왕경이 주춤하며 여자를 바라보니 눈깔이 커다란 게 흉측하게 생겼고, 미간에는 살기가 등등하고, 허리통은 절구통 같은 것이 살가죽은 두껍게 돼먹었고, 팔목에는 팔찌를 끼었으나 손마디가 굵직굵직해서 바느질과는 전혀 담을 쌓은 듯 생긴 것이 완력이나 자랑하는 사내자식같이 생겨먹었다. 그리고 나이는 스물댓 살 되는 듯싶은데, 윗적삼을 벗어 뚤뚤 뭉쳐 탁자 위에 던지더니, 짤막한 속적삼에 아래엔 보랏빛 치마를 입은 채, 왕경의 앞으로 달려들면서 주먹으로 냅다 치려 한다.

이때 왕경은 상대가 여자인 데다 또 쳐드는 주먹을 보니 권법(拳法)에 익숙하지도 못한 것 같으므로, 일부러 두 손을 쳐들어 여자의 주먹을 막는 체하다가 금시에 손을 휙 돌리면서 여자의 허리춤을 움켜잡았다.

이때 벌써 무대 위에는 기생이 나타나 창극을 하고 있었지만, 이쪽에서의 남자와 여자의 싸움이 더욱 흥미진진한지 모두들 이쪽으로 몰려와 싸움 구경을 하는 게 아닌가.

사람들이 저를 에워싸고 구경하는 것을 보자, 여자는 기어코 체면을 세워야겠다고 생각한 모양인데, 왕경이 딱 버티고 가만히 있기만 하니까 여자는 먼저 흑호투심(黑虎偸心)의 수법으로 선수를 써서 왕경의 가슴팍을 냅다 쳤다. 그러나 그녀의 주먹이 가슴에 닿기도 전에 왕경은 몸을 옆으로 빼어, 여자가 허공을 치고 땅바닥에 엎어지는 것을 기다리고 있다가 그녀의 몸이 땅바닥에 닿기 직전에 그녀를 덥석 안아 일으켰다. 이 권법은 호포두(虎抱頭)라는 수법이다.

"미안합니다. 옷을 더럽히지는 않았죠? 용서하시오. 당신이 먼저 나를 치려 했기 때문에 그만…."

왕경이 안아 일으키며 이같이 인사말을 하니, 여자는 부끄러워하거나 성을 내기는커녕 도리어 쌩긋 웃으며,

"참 훌륭한데요! 어쩌면 그렇게 수법이 용하실까!"

하고 칭찬을 하는 것이었다.

이때 돈을 가지고 달아나던 놈과 구문을 먼저 떼고 돈을 바꿔주던 놈이 구경꾼들을 헤치고 들어오더니 왕경을 보고 욕을 퍼붓는다.

"이 당나귀 새끼! 송아지 새끼! 개새끼! 어째서 내 동생을 메다꽂느냐?"

"뭐 어째? 산골 개새끼야. 내 돈을 훔쳐가고 또 게다가 주둥아리까지 더럽게 놀려? 이놈의 새끼!"

왕경이 마주 욕을 퍼붓고 주먹으로 그놈을 막 때리려 할 때, 구경꾼들 틈을 헤치고 한 사람이 나타나면서 크게 소리를 지르는 게 아닌가.

"이대랑(李大郎)아, 무례한 짓 하지 마라! 그리고 단이(段二)형·단오(段伍)형도 손을 가만히 둬요! 모두들 한 고장에 사는 사람들끼리 따질 이야기가 있으면 서로 말로들 할 일이지, 이게 무슨 짓들인가!"

왕경이 바라보니 이 사람은 범전이었다.

뜻밖에 범전이 이 자리에 나타난 까닭에 세 사람이 머쓱해 있으려니까 범전은 이내 그 여자를 보고,

"난 누구시라구! 삼랑(三娘)님이시군요."

하고 예를 하는 것이었다. 그러니까 여자도 범전에게 예를 하면서,

"안녕하셨어요?"

하고 인사를 하더니 왕경을 눈으로 가리키면서 묻는 것이었다.

"이대랑이란 분이 원장님의 친척이신가요?"

"네, 이 사람은 내 사촌동생입니다."

"그러세요? 참, 굉장히 훌륭한 권각(拳脚)이신데요!"

곁에서 왕경은 못 들은 체하고 범전에게 단이와 단오 두 사나이를 가리키며 말했다.

"이놈이 말예요, 제가 노름에 지고서도 그 돈을 제 패더러 훔쳐가라고 시켰답니다."

범전은 웃었다.

"허허, 이게 단이형과 단오형의 장사란 말야. 괜히 알지도 못하고 이런 델 와서 어쩌자고 방해를 하는 거야? 가만있어!"

단이와 단오가 여동생을 원망스러운 낯빛으로 바라다보니, 여자가 두 사람에게 타이르는 게 아닌가.

"범원장님의 체면을 생각해서 싸울 순 없어. 그 정은을 이리 내!"

단오는 누이의 말을 듣고 아까운 듯이 이쪽저쪽을 살피다가 하는 수 없이 정은을 누이에게 내주었다.

삼랑은 그것을 받아 범전에게 주면서,

"옜습니다. 조금 전 그 은이에요. 도루 가져가십시오."

하고는 단이, 단오와 함께 구경꾼들을 헤쳐 나가버렸다.

범전도 왕경을 데리고 집으로 돌아왔다.

방 안에 들어와서 범전은 대단히 불쾌한 얼굴로 왕경을 바라보고 꾸짖었다.

"네가 정신이 있니 없니? 내가 어머니 체면을 봐서 너를 여기다 숨겨

두고 있지, 그렇잖으면 뭣하러 목숨이 달아날 위험한 노릇을 하겠니? 혹시 나라에서 은사가 내리면 구해줄까 생각하고 있는 중인데 그래 그 따위 날강도 같은 놈들허구 노름이나 허구 싸움을 한단 말이냐?"

"누가 그런 줄 알았습니까?"

"단이란 놈, 단오란 놈, 이 형제는 흉악한 놈이야. 그 여동생 단삼랑이란 계집은 너무나 말할 수 없는 개고기구! 오죽해야 그놈의 집을 범의 소굴이란 뜻으로 사람들이 대충와(大蟲窩)라 부를라구. 양가집 자제치고 그년한테 걸려들어 혼나지 않은 사람이 없단 말야."

"인물들 못생기고 주먹도 잘 쓰지 못하던데요?"

"그런 건 문제가 안 돼. 하여간 그 계집이 열다섯 살 적에 어떤 늙은이한테 시집을 갔었는데, 그 놈팽이도 상당한 쌈패였던 모양이지만 필경 그 계집년한테 맞아죽었거든! 그 뒤부터 이년은 오라비 단이·단오와 함께 싸움을 팔고 다니면서 남의 돈을 걷어먹는 게 직업이 됐단 말야. 그러니 인근 촌읍에서 누가 저것들 삼남매를 무서워하지 않겠느냐? 이번에 기생을 데려다 구경판을 벌인 것도 그 계집이 구경꾼을 모으고 노름판을 벌이려고 차려논 거란 말이지. 무대 아래 놓인 그 탁자가 바로 사람 잡는 덫이야. 가까이 가기만 갔다간 덜커덩 치이는 거야. 그런데 넌 그 탁자 앞에 앉아서 늑대 같은 놈들허구 노름을 했지? 그러다가 네 정체가 드러나면 너 죽고 나 죽고 하는 줄 모르겠니?"

이같이 꾸중을 듣고 보니 왕경은 도무지 할 말이 없어져버렸다.

범전은 자리에서 일어서면서 고개를 푹 수그리고 있는 왕경을 보고,

"난 오늘 당직이다. 주아(州衙)에 갔다가 내일 나올 테니, 집안에 꼭 들어앉아 있어!"

이렇게 이르고서 그는 방주성을 향해 나갔다. 그날은 별일 없이 지났다.

다음날 아침, 왕경이 세수를 하고 앉았노라니까 머슴이 들어와서 알

린다.

"나으리, 단태공(段太公)이 찾아오셨습니다."

"단태공이 누구야?"

왕경이 이렇게 중얼거리고 바깥으로 나가 보니, 머리는 백발노인인데, 얼굴엔 주름살투성이인 노인 한 분이 서 있다.

노인을 모시고 들어와서 자리를 권하고 앉으니까, 단태공은 왕경을 머리 위로부터 발끝까지 한번 훑어보고는 속으로,

"과연 잘났군!"

혼잣말을 하더니, 왕경을 바라보고 묻는 것이었다.

"노형이 이대랑이시오?"

"네, 그렇습니다."

"그런데 무슨 일로 이곳에 오셨소? 그리고 범원장하고는 어떻게 되는 친척이시오? 부인이 계시오?"

초면에 너무 지나치게 묻는다 싶었지만, 왕경은 상대가 백발의 노인이라 책망하기도 어려워서 되는 대로 적당히 대답했다.

"네, 저는 본래 서경 사람입니다만 양친은 일찍이 구몰하시고 아내도 죽어 홀몸으로 있습니다. 이곳 범절급하고는 사촌간입니다."

"사촌이라… 홀아비구… 그런데 여기 오신 일은?"

"작년에 범절급 형님이 공사로 서경엘 오셨었는데, 제가 홀아비로 지내는 것을 보시더니 이리로 오라고 부르더군요. 그래 저도 권법과 창봉을 다소 알기에 이것을 밑천으로 여기 와 출세나 해볼까 하고 왔던 것입니다."

이 말을 듣더니 단태공은 대단히 기뻐하면서 왕경의 생년월일과 시(時)까지 묻고서는 다시 만나자 하고 돌아가버렸다.

별일이다…무슨 까닭일까… 의심하고 있노라니까, 한참 후에 또 웬 사람이 바깥문을 열고 들어오면서,

"범원장 계시오? 어허, 노형이 이대랑이시오?"

하고 왕경을 바라보는 게 아닌가.

왕경은 얼른 대답을 못 했다. 두 사람은 각각 상대방의 얼굴만 바라 보았는데, 갑자기 생각은 나지 아니하나 어디선가 서로 대면한 적이 있 는 사이라고 피차에 느끼기 시작했다. 그래, 서로 허리를 굽혀 예를 하 고, 막 통성명을 하려는 참인데, 이때 범전이 들어왔다.

"아니, 이선생 아니시오? 어떻게 예까지 오셨소?"

범전이 그 사람을 보고 이렇게 말하는 소리를 듣고서 왕경은 문득 깨 달았다. 이 사람이 약방에서 사주를 봐주던 점쟁이 이조(李助)로구나!

한편, 이조도 역시 마주 앉은 사나이가 서울에 있던 왕(王)가로, 오래 전에 자기한테 신수를 묻던 사람이라는 것을 깨달았다.

그래, 이조는 범전을 보고 물었다.

"원장님. 제가 원장님한테 자주 가까이 다니지는 못했습니다만, 친척 간에 이대랑이란 분이 있었나요?"

"예, 이 사람이 바로 사촌동생 이대랑이죠."

왕경은 이때 변명 삼아 얼른 한마디 했다.

"제 성은 본래 이(李)씨죠. 그런데 어머니 성씨가 왕(王)씨랍니다."

이렇게 말하는 소리를 듣고, 이조는 손뼉을 치면서 유쾌하게 웃었다.

"그럼 그렇지! 내 기억이 틀림없다니까! 그 왕씨란 사람을 내가 그전 에 서울 개봉부 앞에서 한 번 만나본 기억이 있답니다."

왕경은 이 사람이 너무 자세한 말을 꺼낼까 겁이 나 고개를 수그리고 입을 다물었지만, 이조는 그런 줄도 모르고 수다를 떠는 게 아닌가.

"그때 우리가 서로 헤어진 뒤에 나는 형남(荊南) 땅으로 왔다가, 거기 서 뜻밖의 이인(異人)을 한 사람 만나 검술을 배웠단 말씀야. 그뿐인가, 그 위에 자평(子平)의 묘결(妙訣)까지 전수를 받았기 때문에 세상 사람 들이 나를 금검(金劍) 선생이라고 부르죠."

이 사람이 자랑하는 자평의 묘결이란, 송(宋)나라에 있던 서자평(徐子平)이라는 사람의 성학술(星學術)과 그의 점치는 법을 말하는 것이다.

"그런데 근자에 방주서 듣자니 이곳이 매우 흥성거린다기에 무슨 좋은 수가 생길까 하고 이리로 왔더니, 단씨 형제가 어떻게 내가 검술을 하는 줄 알고서 날더러 검술을 가르쳐달라고 청하더군요. 그래 지금 그 집에 묵고 있단 말씀야."

이조는 이렇게 늘어놓으면서 무슨 요긴한 말이나 하는 것처럼 왕경의 곁으로 다가앉더니 소곤거리는 것이었다.

"그런데 아까 단태공이 돌아와서 당신의 사주를 봐달라고 청하기에 보았더니, 대체 세상에 이렇게도 좋은 팔자가 또 어디 있겠소? 장차 앞으로 부귀가 이만저만이 아니라, 지금 홍란조림(紅鸞照臨)으로 당장에 경사가 있을 운수란 말씀이야!"

홍란조림이란 운수 대길하다는 술어인데 이조는 이렇게 말하고서 왕경의 손목을 덥석 쥐고 말을 이었다.

"그래, 단태공과 단삼랑이 당신 사주를 보고 너무 좋아서 당신을 사위로 삼겠다고, 날더러 제발 중매가 돼달라는구료. 삼랑의 신수도 썩 좋으니 아주 천성배필이구, 그렇게만 되면 구리항아리에 쇠뚜껑이지! 어서 그렇게 돼서 나한테 술 한잔 먹여주시구료."

옆에서 이 사람이 지껄이는 소리를 죄다 듣고서, 범전은 한참 동안 생각했다. 세상에도 드문 악당 단씨네 집에 왕경이 장가를 간다는 것도 나쁘지만, 싫다고 거절했다간 무슨 봉변을 당할지 알 수 없는 노릇이니 이 일을 어찌하면 좋을꼬? 차라리 듣기 좋게 이야기를 끊는 것이 상책 아닐까? 어떻게 생각한 그는 이조를 보고 말했다.

"단태공 어른과 단삼랑 아가씨의 뜻은 고맙지만 원체 이 동생이 빙충맞아서 그런 인물의 짝이 되기엔 어림도 없으니 그만두시오."

"원 천만에, 그런 겸사의 말씀 마십쇼. 저쪽에선 단삼랑이 입에 침이 마르도록 대랑의 칭찬만 하고 있답니다. 히히!"

"아아, 그래요? 그렇다면 내가 주혼(主婚)이 될밖에 없죠."

범전은 하는 수 없이 품속에서 닷 냥쭝 되는 은덩어리 하나를 꺼내어 이조에게 주었다.

"촌구석이라 아무것도 뭐 선사할 게 없군요. 찻값으로만 생각하시고 받아주십시오. 일이 성사되면 그땐 후하게 사례하겠습니다."

이조는 돈을 보자 손을 내저었다.

"이걸 어떻게 제가 받습니까? 도로 넣으십시오."

"황송합니다만 제발 받아주십시오. 그런데 한 가지 부탁 말씀이 있습니다."

"무슨 말씀인데요?"

"저 동생이 성을 두 개 가지고 있다는 이야기는 입 밖에 내지 말아주십쇼. 일이 잘되도록 부탁드립니다."

"예, 예, 염려 마십쇼."

원래 이조는 점쟁이에 불과한지라 돈을 받고서는 무수히 감사를 드린 후 범전과 왕경에게 작별 인사를 하고 단가장으로 돌아갔다.

왕경이가 성이 하나거나 둘이거나, 또 호인이거나 악한이거나 그런 것은 알 것 없고, 다만 혼사만 성취시키면 돈이 생기고 술과 밥이 생기는 게 아닌가.

그런데 더구나 단삼랑은 제가 왕경에게 반했고, 집안 식구들은 이 여자 앞에서 꿈쩍도 못 하고, 아버지 되는 단태공조차 이 딸한테 쩔쩔매는 형편인 까닭에, 혼사 이야기는 거리낌 없이 진행되었다.

그래서 이조는 불과 몇 차례 양쪽 집을 왔다 갔다 하며 혼담을 쉽사리 성립시켰다. 그리고 그는 사례금이나 그저 두둑이 받았으면 하는 희망을 품고 있었다. 그러나 범전은 혼례식을 떠들썩하게 하는 것이 좋지 않을 것 같아 아무쪼록 간략하게 거행하자고 단씨 노인에게 권했다.

단태공은 본래가 구두쇠였기 때문에 그거 좋은 말이라고 기뻐하며 그 즉시 택일하여 식을 올리기로 했다.

택일을 해보니 그 달 22일이 길일이었다.

이날 단가장에서는 양과 돼지를 잡는 정도로 안주를 장만하고, 가까운 식구들만 모여 음식이나 먹기로 하고, 풍악을 잡히거나 동방화촉을 치장하는 따위 사치스러운 일은 폐지하기로 했다.

범전은 왕경에게 새로 만든 의복을 입혀 단가장에 데리고 갔다가 자기는 관가의 사무가 있어 바쁘다 하고 일찍이 돌아갔다.

식을 간략하게 할 작정이었던 터라, 왕경과 단삼랑은 초례청에서 서로 배례한 다음 단태공에게 절을 드리는 것으로 식을 끝내버렸다.

단태공은 초당 위에 주석을 베풀고 친척 20여 명과 자기 아들들과 이번에 중매를 든 이조만을 앉히고, 온종일 술을 마시게 한 후, 저녁때쯤에는 모두 돌아가게 했다. 그래 가까운 곳에 사는 친척들은 모두 돌아가고, 먼 곳에 사는 친척으로 단태공의 숙모서(叔母婿) 되는 방한(方翰) 내외와 종제가 되는 구상(丘翔)의 가족과 단이(段二)의 처형제 되는 시준(施俊) 부부만 남아 자게 되었는데, 남자 세 사람은 바깥채 동쪽 사랑방에 나가 잤지만, 부인네들 세 사람은 나이도 젊었고 이런 구경은 별로 못 했던 까닭에 술과 안주를 들고 신방으로 가서 술을 마시며, 신랑 신부를 상대로 시시덕거리다가 늦게야 제각기 방으로 돌아갔다.

그들이 나간 뒤에 늙은 여자 하인이 신방에 들어가 자리를 보아주고 문을 닫고 나갔다.

하인이 나가자 단삼랑은 조금도 수줍은 태도가 없이 옷을 척척 벗기 시작했다. 그도 그럴 것이, 본래가 선머슴같이 돼먹은 계집인 데다 남자를 다루는 경험도 있는 터이니 무엇이 부끄러우랴. 그는 머리에서 비녀를 뽑고 속적삼까지 벗어버린다.

왕경으로 말해도 둘째가라면 서러워할 난봉꾼인 데다가 관가에 붙들려 고생하기 시작한 뒤로 그동안 십 수 개월이나 여자를 가까이 해보지 못했으니 아무리 단삼랑의 얼굴이 못생기고 절구통 같다 할지라도 등불 앞에서 허연 젖통이가 툭 튀어나오는 것을 보고는 금시에 정욕이 불같이 일어나 더 기다리지 못하고 곁으로 가서 삼랑의 허리를 끌어안았다.

그랬더니 삼랑은 사내의 뺨을 올려붙이면서,

"기다리지 못하고 벌써부터 이 모양이야!"

하고는, 이번엔 되레 사내를 끌어안고 침상 위로 올라가 이불을 뒤집어쓰는 게 아닌가. 하나는 사내를 아는 촌계집이요, 하나는 사람을 죽인 흉한이니 더 말해 무엇하랴.

그런데 이때 신방 바깥에서는 또 해괴한 광경이 벌어졌으니, 그것은 방한·구상·시준 등 세 사람의 아내가 모두 나이가 젊고, 게다가 술에 취했던 까닭으로 방에 들어가 잘 생각은 않고, 그 대신 단이와 단오의 아내까지 끌고 나와 문틈으로 신방을 엿보고 있는 광경이다.

그들은 제각기 문에다 귀를 대고, 눈을 크게 뜨고서 문틈으로 방 안의 동정을 엿보는데, 단삼랑이란 계집도 계집이려니와 왕경이 또한 원래가 부랑자라, 방중술(房中術)의 온갖 짓을 모르는 게 없다. 그래서 방 안의 놀음이 무르익었을 때, 바깥에서 엿보던 여자들은 속옷을 적시고, 서로 꼬집고 킬킬거리고, 어쩔 줄 모르는 판국이었는데, 이때 단이가 나와 큰소리를 지르는 게 아닌가.

"여기서 뭣들 하고 있어? 뭐가 우스워 킬킬거리는 거야? 큰일이 났는데 알지도 못하고 뭐가 좋아 웃는 거야?"

여자들이 꾸지람을 듣고 무안해 양쪽 옆으로 비켜서니까, 단이는 신방에다 대고 큰소리를 질렀다.

"삼랑아! 빨리 일어나거라! 네 옆에 큰 화(禍)덩어리가 누웠단 말야! 빨리 나오너라!"

그러나 삼랑은 한참 좋은 판이라 노한 목소리로 바깥에 대고 핀잔을
했다.

"왜 야단이야? 이 밤중에 자지 않구?"

그러니까 단이가 또 고함을 질렀다.

"야, 이것아! 날개에 불이 붙어 새 몸이 타죽어도 모르겠냐?"

왕경은 이 소리를 듣고 마음에 찔리는 것이 있어 급히 옷을 주워입
고, 삼랑더러도 옷을 입으라 재촉하여 두 사람이 함께 방문을 열고 나
왔다. 문밖에 있던 부인네들은 모두 달아났다.

"무슨 일이야?"

"얼른 와요!"

왕경이 단이에게 손목을 붙잡혀서 초당으로 가보니 거기엔 범전이
가 와 있는 게 아닌가.

"웬일이셔요?"

"뭐가 웬일이야! 이 노릇을 어쩌면 좋으냔 말이다. 응?"

범전의 얼굴을 보니 마치 뜨거운 철판 위에 있는 개미를 연상시킨다.
얼굴은 핼쑥하고, 입술은 타고, 어쩔 줄을 모르는 형상이다. 이때 단태
공과 단오와 단삼랑도 쫓아나왔다.

"대관절 이야기나 좀 하십쇼."

왕경이 물으니 범전은 힘없이 쉰 목소리로 이야기하는데 까닭은 이
러했다.

어떻게 된 일이냐 하면 신안현 공가촌에 사는 황달이 그동안 상처의
치료를 끝내고 왕경의 행방을 탐정하다가 지금 숨어 있는 장소를 알고
는 어젯밤에 방주(房州)의 주윤한테 밀고했더니 주윤 장고행(張顧行)은 공
문을 결재해서 도두와 토병(土兵)들을 출동시켜 흉악한 범인 왕경과 이
범인을 감춰둔 범전과 그리고 단씨의 집 식구들을 모조리 체포하라 했
다는 것이다. 그런데 범전은 이 사건을 담당한 설공목(薛孔目)과 그전부

터 친밀하게 지냈던 관계로 미리 이야기를 듣고, 자기 집으로 갈 새 없이 단가장으로 달려왔는데, 미구에 관병이 닥쳐올 것이라는 이야기였다.

이야기를 듣고 모두가 발을 구르고, 가슴을 두들기고, 한숨을 쉬면서 왕경이를 보고는 욕을 하고, 삼랑을 보고는 원망을 했다.

이렇게 시끌덤벙한데 이때 초당 밖의 동쪽 문이 열리면서 점쟁이 금검 선생이 나타났다.

그는 뚜벅뚜벅 걸어오면서,

"자, 여러분! 여러분이 화를 면하시려거든 제 말씀을 들으십쇼!"

이렇게 말하고는 그 자리에 우뚝 섰다. 여러 사람이 모두 금검 선생 이조 앞으로 갔다.

이조는 여러 사람을 보고 말했다.

"여러분! 일이 이렇게 된 바에야 삼십육계 줄행랑이 제일입니다!"

여러 사람이 물었다.

"달아나다니, 어디로 가란 말씀인가요?"

"여기서 서쪽으로 20리만 가면 방산(房山)이란 산이 있습니다."

"그래도 거기는 강도가 있잖아요?"

이조는 픽 웃었다.

"흥! 그럼, 여러분은 모두 다 당신들이 착한 사람인 줄 아시오?"

"아니, 그럼 어떻게 하라는 거요?"

"내 말 들으시오! 방산의 산채(山寨) 주인 요립(廖立)이란 사람은 전부터 나하고 친한 사이요. 수하에 5,6백 명 부하를 거느리고 있는데, 관군도 감히 손을 못 대지요. 그러니 여러분이 지금 이렇게 어물어물하고 있을 게 아니라 그리로 들어가야 화를 면할 겝니다."

방한 등 남녀 여섯 사람은 거듭 생각해봐도 자기들 모두 연루자로 붙잡히고야 말 것 같아 하릴없이 그 집안에 있는 것으로 가볍고 돈냥이나 나갈 물건을 추려 챙겨서는 짐을 쌌다.

그리고 그들은 각기 몸을 무기로 무장한 후 3, 40개의 횃불을 들고서 도망길을 떠나는데 왕경·단삼랑·단이·단오·방한·구상·시준·이조·범전 등 아홉 사람이 하인들을 불러모으고서 자기들과 함께 떠날 사람은 나오라고 했더니, 하인들은 모두 따라가겠다고 나서는 것이었다. 그러하니 일행이 4, 50명이나 됐다.

왕경·이조·범전이 앞장을 서고, 방한·구상·시준은 부인네들을 보호하느라고 중간에 끼어서 걸었는데, 이들 여자 다섯 사람은 다리 힘이 어떻게 좋은지 남자들보다도 걸음을 잘 걷는다. 그리고 단삼랑과 단오는 맨 뒤에서 걸어오는데, 일행 40여 명이 이렇게 대낮같이 횃불을 밝히고 떠들면서 지나가건만, 평소에 단씨네 일족을 호랑이같이 알던 동네 사람들은 겁을 집어먹고 대문을 닫아 걸을 뿐 누구 한 사람 어떻게 된 일이냐고 물어보는 사람이 없었다.

왕경 일행이 이같이 정산보 마을을 떠나 4, 5리쯤 갔을 때, 그들을 잡으러 오는 도두와 토병들과 마주쳤다. 그 가운데에는 황달이도 물론 끼어 있었다.

왕경은 이것들이 저를 잡으러 오는 것인 줄 알고 번개같이 덤벼들어 먼저 도두를 한칼에 두 동강이를 냈다.

이조와 단삼랑도 칼을 빼어들고 토병들을 마구 베어버리니 순식간에 토병의 시체는 땅바닥에 즐비했는데, 급기야 황달이도 왕경의 손에 죽었다.

이같이 관군을 처치해버리고서 왕경 일행이 방산의 산채 아래에 닿은 것은 새벽 5경 때였다.

이조는 혼자서 먼저 산 위에 올라가 요립과 의논하여 승낙을 얻은 후 무사히 일행을 산채로 안내하려 했다.

그러나 사정을 모르는 산채의 두목 요립은 산 밑에 횃불이 많은 것을 보고 관군이 습격하러 온 것인 줄로만 알고 부하들을 데리고 산 위에서 내려왔다.

이러하니 산 밑의 왕경이는 산 위로부터 이같이 많은 사람들이 불을 켜가지고 내려오는 것을 보고 무슨 일이 생길지 몰라 긴장했다.

미구에 산 밑에까지 내려온 요립은 창을 짚고 우뚝 서더니, 큰소리로 외쳤다.

"너희들 올챙이 같은 연놈들은 어찌하여 우리 산채에 와 소동을 일으키느냐?"

이조가 얼른 앞으로 뛰어나가 허리를 굽신하며 소리를 쳤다.

"대왕님! 저 동생 이조올시다."

인사를 마친 이조는, 왕경이 죄를 짓고 귀양 와서 관영을 죽인 이야기를 대강 했다.

그랬으나 요립은 생각하기를, 이들의 식구도 많거니와 왕경이 또한 흉한인 데다 단가 형제가 그를 도와줄 텐데 자기는 혼자 몸이니, 이것들을 들였다가 나중에 무슨 변을 당할지 알 수 없다.

그는 찡그리는 표정이 되어 이조를 보고 말했다.

"여기는 워낙 좁아 모두 같이는 있기 어려운데!"

왕경은 이 소리를 듣고 저놈이 우리를 들여놓기 싫으니까 저러는 것이라 생각했다. 그 순간 그는 또 저놈 하나만 없애버리면 졸개들이야 그까짓 거 문제도 안 되는 것 아닌가? 이렇게 생각하고는 박도를 뽑아 들고 달려들었다.

요립은 노해 창으로 왕경을 막았는데, 이때 단삼랑은 왕경이 실수할까봐 박도를 꼬나들고 달려들었다.

이렇게 되어 세 사람이 싸우기를 10여 합 했을 때, 한 사람이 썩은 나무처럼 땅바닥에 뒹굴었다. 두말할 것도 없이 바늘 끝만한 빈틈으로 왕경의 칼날이 번개같이 들어와 요립의 무르팍을 그어버린 까닭인데, 요립이 넘어지자 단삼랑은 날쌔게 한칼로 그의 목을 잘라버렸다.

왕경의 반란

왕경은 이같이 요립을 처치해버리고 칼을 번쩍 쳐들어 호통을 쳤다.

"너 이놈들 똑똑히 보았지? 내 말을 안 듣는다면 너희들도 모두 이놈 요립처럼 해줄 테다. 어쩔 테냐?"

졸개들은 지금 저희들의 두목이 죽는 꼴을 보았는지라, 어느 놈 한 놈도 반항을 못 하고, 일제히 땅바닥에 꿇어앉아서 두 손을 싹싹 빌었다.

"오냐! 그럼 일어나서 길을 인도해라!"

이리해서 왕경이 졸개들의 뒤를 따라 산채로 올라가니 이때 날이 훤히 밝았다.

그런데 이 산은 온통 바윗돌로 된 산이었고, 사방에 저절로 석실(石室)이 뚫려 있어 사람이 일부러 만들어놓은 것 같기 때문에 그래서 산이름도 방산(房山)이라 된 것인데, 행정 구역으론 방주 관하에 들어 있는 터이었다.

왕경은 우선 여러 사람 가족들을 안돈시킨 다음, 졸개들을 점검하고 창고 속에 있는 양식·금은·보물·피륙 등을 정밀히 조사한 후, 소와 말을 잡게 하여 잔치를 크게 열고서 일동을 배불리 먹였다.

이렇게 되고 보니 졸개들은 왕경을 받들어서 산채의 주인으로 모셨다. 그러고서 무기를 제조하는 한편 훈련을 맹렬히 하면서 어느 때 관군이 토벌을 오든지 그에 대항할 실력을 기르기에 힘썼다.

한편, 왕경이 단삼랑에게 장가들던 날 밤, 그를 잡으러 왔던 도두와 토병 일행은 거의가 다 그들의 손에 죽었지만, 그 중에서 살아서 도망친 몇 놈만이 고을에 돌아가 주윤(州尹) 장고행에게 그 내막을 자세히 보고했다.

"관군이 저를 잡으러 가는 줄을 왕경이 미리 알고 있다가 도중에 불시에 대항했기 때문에 도두님과 황달이 모두 그놈 손에 죽었습니다. 그놈은 서쪽으로 도망갔구요!"

"뭣이 어쩌고 어째? 예라, 이 못생긴 놈들!"

주윤 장고행은 대경실색하고 살아서 돌아온 놈을 이같이 꾸짖었지만, 속으로는 은근히 겁을 집어먹었다.

이튿날 토병들을 점검해보니, 죽은 자가 30여 명이요, 부상자가 40여 명이었다.

장고행은 그날로 그 고을의 군관(軍官)들과 협의하여 토벌군을 급히 파견했건만, 관병은 도둑을 잡아오기는커녕 큰 손해만 입고 쫓겨왔다.

방산 산채에는 날마다 새로 입주하는 졸개의 수효가 늘어 번창했기 때문에 왕경은 자주 산 아래 내려가 부락민들의 양식을 털어와야만 했다.

장고행은 도둑놈들의 형세가 이같이 점점 창궐해지는 것을 보고 관하 각 고을에 공문을 내려 각기 경계선을 엄중히 수비하는 동시에, 토병들을 풀어 도둑을 잡기에 힘쓰라 했다. 그러고는 그 고을의 병마도감인 호유위(胡有爲)와 협의하여 도둑떼를 토벌할 계책을 세웠다. 그래서 호유위는 영내에 있는 군졸을 점검한 뒤에 택일하여 며칠 안에 출동하기로 했다.

그런데 출동할 날이 임박했는데도 군졸들은 조금도 긴장한 빛이 없이 와글와글 떠들기만 했다. 떠드는 이유인즉 두 달 동안이나 월급을 안 주었기 때문에 모두들 뱃가죽이 등에 붙어 있는 형편인데 어떻게 도둑을 치러 갈 수가 있느냐는 것이었다.

장고행은 군사들이 동요되고 있다는 소식을 듣고 즉시 한 달 치 월급을 내주었다.

그랬으나 한 달 치를 준 것이 도리어 군사들의 감정을 폭발시켰다. 평소에는 아주 모른 체하고 있다가 불평을 하니까 그제야 월급을 준다는 것이 가소로울 뿐 아니라, 이제 와서 저희 놈들이 다급한 일이 생기니 마지못해 한 달 치를 주는 것인데, 그나마 이번에도 그전이나 다름없이 중간에서 돈이 많이 잘라먹혔기 때문이다.

이래서 군심은 흉흉해져,

"호(胡)가 놈을 죽여라!"

"그놈을 잡아죽이자!"

일시에 이같이 부르짖고, 마침내 병마도감 호유위를 잡아죽였다.

군사들의 형세가 이렇게 불온하게 전개되자 신변의 위험을 느낀 주윤 장고행은 관인(官印) 하나만을 데리고 피신해버렸다.

고을에 주윤이 없어지고 보니 그나마 유지해오던 질서는 일시에 무너져서, 깡패와 건달들이 일어나 폭동을 일으킨 반란군한테 부화뇌동해 양민의 집에 불을 지르고 재물을 훔쳐내는 등 그야말로 벌집을 쑤셔놓은 형상이 되고 말았다.

성내 정세가 이렇게 뒤죽박죽되었다는 소식을 들은 왕경은 즉시 부하들을 데리고 내려와서 방주를 공격했다.

그러자 반란군과 오합지졸의 무리배는 거꾸로 도적놈들과 한편이 돼버리는 게 아닌가.

이렇게 되고 보니 잘된 놈은 왕경뿐이라, 그는 힘을 그다지 안 들이고 방주성을 점령한 후 그 고을을 놈들의 소굴로 만들기에 안성맞춤이었다.

그런데 이렇게 된 도적의 소굴 속에서 장고행이 어떻게 오래 몸을 숨길 수 있으랴. 그는 마침내 도적놈 손에 잡혀 죽었다.

왕경은 방주의 창고 안에 있는 양식과 돈을 털어낸 후, 이조·단이·단오를 각각 방산의 산채와 그 밖의 다른 곳에 파견시켜 군사를 모집하고, 말과 군량을 준비하기 위해서 인근 각처의 동네를 털도록 했다. 이렇게 되고 보니 펀둥펀둥 놀고 다니며 나쁜 짓이나 하던 악한들과 극악한 죄를 짓고 숨어 다니던 죄인들이 모두 이 패에 가담해 들어왔다.

이럴 때 공단과 공정도 이미 황달로부터 고소를 당해 가산을 탕진한 뒤인지라, 왕경이 군사를 모집한다는 소리를 듣고 찾아와 한패가 되어 버렸다.

강도 왕경의 세력이 이렇게 창궐해지니 인근 각 고을에서는 자기네 성지만 지키고 있을 뿐, 아무도 감히 군사를 동원하여 왕경을 토벌하려고는 생각도 못 했다.

이런 까닭으로 강도 왕경은 불과 두 달 동안에 2만여 명의 부하를 모아 가까운 고을 상진현(上津縣)·죽산현(竹山縣)·운향현(鄖鄉縣) 등 세 고을을 점령하게 됐다.

그때 조정에서는 인근 주현에서 올라오는 이 같은 보고를 받고 군사를 파견하여 도적을 토벌하도록 했건만, 조정에서 평소에 군사들을 잘 먹여오지 못했고, 훈련도 제대로 시키지 아니했던 까닭으로 사병들은 장수를 같잖게 보고, 장수라는 것들은 사병을 안중에 두지 않아, 적이 왔다는 소리만 들어도 싸우기는커녕 모가지를 움츠리고 달아나기에 바쁜 관군이었다.

이처럼 장수는 겁쟁이들이고 사병은 허약해빠졌던 터라 왕경의 세력은 날이 갈수록 커지기만 해서 이번에는 또 그 인근에 있는 남풍부(南豊府)를 점령했다.

그러자 서울서는 또 장수들이 파견되었지만 이것들 모두가 채경·동관한테가 아니면 양전·고구한테 뇌물을 먹이고 장수가 된 자들인지라, 그전이나 마찬가지였다. 도리어 이것들은 뇌물을 바치고서 장군이 된 것들인지라, 어떻게든지 밑천을 뽑으려고 군량을 벗겨먹고, 국고금을 횡령하고, 양민을 죽여 도적을 잡았다는 공(功)을 사기하고, 군사를 풀어 인가를 약탈하는 등 지방을 소란하게 하여 양민들을 도적패에 가담케 하는 형편이었다.

나라의 형편이 이러했으니, 이익을 보는 놈은 도적떼뿐이라, 왕경의 일당은 군사를 이끌고 남쪽으로 침범하기 시작했다.

이때 이조는 그가 형남 출신이니 이런 때 공을 세워 출세를 해보려고 그전같이 점쟁이 복색으로 성내에 들어가서 건달패와 깡패 족속을 모아 내외 호응하여 형남성을 점령하려는 데 성공했다. 그리하여 이 같은 공로로써 그는 당장에 왕경의 군사(軍師)가 되고 왕경은 제 스스로 초왕(楚王)이라 자칭하고 대왕이 되었다.

이렇게 되고 보니 바다와 강물에 떠돌아다니던 해적들이나 산속에 숨어 있던 강도들이 모두 왕경에게 붙어버려 이것들의 세력은 더욱 팽창해가고 하여 불과 4년 동안에 송(宋)나라 조정의 여섯 개 군주를 점령해버렸다.

왕경은 자기의 행운에 스스로 도취하여 남풍 성내에다 보전(寶殿), 내원(內苑), 궁궐을 세우고, 왕호(王號)를 자칭할 뿐만 아니라, 연호(年號)를 고치고, 송나라 조정의 제도를 본떠 문무(文武) 직관(職官)과 성원(省院) 관료와 내상(內相)·외장(外將)을 임명하는 동시에, 방한을 추밀에, 단이를 호국통군 대장에, 단오는 보국호군 도독에, 범전은 전수(殿帥)에, 금단은 선무사(宣撫使)에, 공정은 전운사(轉運使)에 임명해서 순전히 금전출납과 조세에 관한 일만 보게 하고, 구상을 어영사(御營使)로 임명하고, 단삼랑을 왕비로 삼았으니 선화 원단에 난을 일으켜 지금 선화 5년이 되기까지 무릇 다섯 해가 되었다.

그 당시 송강 등은 하북 지방으로 전호를 토벌하러 가 호관에서 싸움을 하고 있었고, 회서 지방에서 왕경은 다시 운안과 완주를 들이쳐 모두 여덟 개의 군주를 점령했다. 즉 남풍·형남·산남·운안·안덕·동천·완주·서경인데, 이 여덟 곳 군주 밑에는 86처의 작은 주현(州縣)이 소속되어 있는 것이다.

그리고 왕경은 운안(雲安)에다 행궁을 짓고, 시준을 그곳의 유수관(留守官)으로 임명하여 운안군(軍)을 통솔 지휘하게 했다.

이것은 처음에 왕경이 유민(劉敏) 등을 시켜서 완주를 침략했을 때의 일인데, 완주는 서울서 가까운 곳이기 때문에 간신 채경 등도 통째로 천자를 속일 수는 없어서 사실을 황제에게 아뢰어 채유와 동관으로 하여금 왕경을 토벌하도록 조칙을 내리었다. 그랬으나 채유와 동관은 군사를 통솔하고 지휘할 만한 능력이 없는 주제에 부하들한테 포악하게만 대했던 까닭으로 군사들은 싸움에 뜻이 없어서 마침내 유민 등 반란군한테 참패를 당하고 완주를 빼앗겼었다. 그리하여 서울이 온통 발끈 뒤집혀지도록 인심이 동요되니까, 채유와 동관은 어떻게든지 황제 폐하 한 사람만 속여버리기에 온갖 재주를 부렸었다.

그러나 반란군의 장수 유민과 노성(魯成)은 완주를 점령한 다음에도 계속해서 노주(魯州)와 양주(襄州)를 포위했었다.

이때가 바로 송강이 하북을 평정하고 군사를 돌이켜 개선하는 도중에 천자로부터 조칙이 내려 회서 지방으로 또다시 토벌을 나오게 된 그때였으니, 자리에 궁둥이를 붙일 사이도 없다는 말은 이런 때를 가리키는 말이라, 송강은 20만 대군을 이끌고 남쪽을 향해서 행군하여 막 황하(黃河)를 건너갔었는데, 그때 성원(省院)으로부터 또 공문이 내려와 진안무와 송강으로 하여금 급히 노주와 양주로 달려가 그 두 곳을 구하라는 독촉을 내렸다. 그리하여 일기는 숨이 막힐 만큼 더운 때, 사람도 말도 땀을 철철 흘리면서 속현(粟縣)·사수(汜水)를 지나 줄곧 행군을 계속했다.

이렇게 행군을 하면서도 연도의 주민들한테는 추호도 해를 끼치지 않고 양적주(陽翟州)의 경계선에 당도했다.

이때 반란군들은 송강군이 왔다는 소식을 듣고 노주와 양주를 포기해버리고 내빼버렸다.

그런데 이때는 서울서 장청·경영·섭청이 전호가 사형당하는 것을 보고 난 다음 조정으로부터 송강을 도와서 왕경을 토벌하라는 조칙을 받은 때였다. 그래서 그들은 즉시 서울을 떠나 영창주(穎昌州)로 와 보름 동안이나 기다리고 있다가 송선봉의 군사가 도착했다는 소식을 듣고, 세 사람이 함께 나아가 송강에게 인사를 드린 다음 조정으로부터 벼슬을 받았다는 이야기를 했더니 송강 이하 여러 사람이 모두 칭찬을 한 후, 세 사람더러 군중에 머물러 있으라 했다.

송강은 진안무·후참모·나무유(羅武諭) 등에게 양적 성중에 주둔해 있도록 청한 후, 자기가 거느리고 있는 대군은 성내에 들어가기가 어려우므로 전부 방성산(方城山) 깊은 수풀 속에서 쉬면서 더위를 피하게 했다. 그리고 찌는 듯한 더위에 천리길을 달려왔기 때문인지라 군사들 가운데는 환자도 많이 생겼었다. 송강은 신의(神醫) 안도전으로 하여금 환자들을 치료해주도록 하고, 또 군사들로 하여금 서늘하게 마구간을 만들게 하여 마필을 편안하게 만들어주는 한편, 수의(獸醫) 황보단으로 하여금 말의 병을 치료하도록 했다.

이같이 한참 지시를 내리고 앉았을 때, 오용이 송강 앞으로 왔다.

"대군을 산림 속에 주둔시켰으니 적이 질러올 염려가 있습니다."

"그럴 염려가 있겠군!"

송강은 즉시 군사들로 하여금 그 산꼭대기에 있는 나무 그늘 밑에다가 엉성하게 대나무로 집을 얽어놓고 그 위에 풀을 덮어 얼른 보기에 군막(軍幕) 같은 것을 만들어놓게 했다.

이럴 때 하북에서 항복해온 교도청이 그 뜻을 짐작하고 송강 앞에 나와 청했다.

"제가 선봉 장군의 은혜를 입고 왔습니다. 오늘 저에게 그 은혜에 보답할 기회를 주시기 바랍니다."

"참, 고맙소! 그럼 그렇게 해주시오."

송강은 기뻐하면서 자세히 계책을 일러주고는 교도청을 먼저 군막으로 보내고, 그다음에 군사들 가운데 가장 강건한 병정 3만 명을 뽑아 그 중에서 1만 명을 장청과 경영에게 주어 동쪽 산모퉁이로 가서 매복해 있도록 하고, 손안과 변상에게도 각각 1만 명을 주어 서쪽 산모퉁이로 가서 매복해 있으라 한 후,

"중군(中軍)에서 꽹천포 소리가 나거든 그것을 군호로 일제히 돌격하란 말야!"

이렇게 명령했다.

그러고 나서 남쪽 산모퉁이 평평한 곳에다 양곡과 마초를 전부 쌓아두고 그곳을 이응과 시진에게 군사 5천 명을 데리고 감시하도록 명령했다.

송강이 지휘하기를 끝내니 공손승이 벌떡 일어섰다.

"형님, 과연 모두 훌륭한 계책이올시다. 그런데 다만 한 가지 걱정이 있군요. 다름 아니라, 이렇게 더운 날 먼 길을 걸어오느라 군사들이 모두 파김치가 됐습니다. 이런 때에 만일 적의 날쌘 군사가 돌격해온다면 비록 우리가 적의 10배나 되는 병력이라 할지라도 이겨내기는 어렵겠습니다. 그러니 이런 때 제가 약간의 술법을 써서 모든 더위를 씻어주고 피로를 풀어주고 싶습니다."

공손승은 이렇게 말하더니, 즉시 두 발을 괴(魁)·강(罡) 두 글자에다 디디고, 왼손으로 뇌인(雷印)을 쥐고, 바른손으로 검결(劍訣)을 행하면서 정신을 집중하여 풍신(風神) 있다는 동남간 손방(巽方)을 향해 생기

를 들이마시고는 주문을 외우니, 금시에 산들바람이 일더니 검은 구름이 하늘에 가득해지면서 바위 틈바구니에서 바람이 쏟아져 나와 방성산 전체를 휩쓸었기 때문에 20만 대군은 모두 선선한 별천지 속에 들게 되었다.

그러나 이같이 시원한 바람은 송강군이 있는 산속에 있을 뿐이지, 산 바깥은 아까나 조금도 다름없이 뜨거운 햇볕이 내리쬐어 무쇠라도 녹을 것 같은데, 나뭇가지 위 매미들은 요란스럽게 떼 지어 울기만 했다. 송강 이하 여러 사람은 모두 기뻐하면서 공손승에게 고맙다고 치하를 했다.

이렇게 6, 7일을 지내는 동안, 장병들은 피로를 회복하고, 안도전은 환자들을 치료하고, 황보단은 마필을 모두 아무 탈 없이 튼튼하게 치료해놓았다.

그런데 이때 완주를 지키는 적장 유민은, 저희들 가운데서 가장 뛰어나게 지식 있고 꾀가 많대서 유지백(劉智伯)이라는 별명을 듣는 자였다. 지백이라 함은 춘추시대 진(晉)나라의 애공(哀公) 밑에 있었던 꾀가 많은 장수의 이름이다.

유민은 송강의 군사가 산림 속에서 더위를 피해 휴양하고 있다는 정보를 듣고 속으로 혼자 웃었다.

'송강이란 자식, 필경 갯물가의 좀도둑이로군! 병법(兵法)을 모르니 제가 무슨 큰일을 할 수 있나? 가만있자, 내가 한번 계략을 써서 저놈의 20만 군사를 그을려 죽여버리리라.'

유민은 이렇게 생각하고 즉시 영을 내려 몸이 날쌘 5천 명을 뽑아 각기 화전(火箭)·화포(火砲)·화거(火炬)를 준비시키고, 또 전차(戰車) 2천 개를 준비시켜서 마른 풀과 유황과 열초 같은 화약을 쌓은 수레 한 개를 군사 네 명이 밀면서 쳐들어가게 했다.

이때는 7월 중순 늦더위가 심한 때인데, 유민은 노성(魯成)·정첩(鄭

捷)·구맹(寇猛)·고잠(顧岑) 등 네 사람의 부장(副將)과 날쌘 기병 1만 명을 이끌고, 사람은 모두 가볍게 무장을 시키고, 말은 모두 방울을 떼고서 전차부대 뒤를 원호해 들어가기로 하면서, 편장(偏將) 한철(韓喆)·반택(班澤) 등을 보고는 성을 지키라 한 후, 해가 넘어갈 무렵 성을 나섰다.

때마침 남풍이 대단히 불었다.

유민은 너무도 좋아서 입이 딱 벌어졌다.

"이거 봐라, 남풍이 분다. 송강이란 놈 이제는 망했다!"

신이 나서 전진을 하여 그날 밤 자정 때쯤 해서는 유민의 군사가 방성산 남방 2리쯤 되는 곳에 당도했는데, 별안간 안개가 산골짜기를 뒤덮어버리는 것이었다.

"잘됐다. 하늘이 우리를 도우시는 모양이다!"

유민은 안개가 끼는 것을 보고 더욱 기뻐하며 군사들로 하여금 뒤에서 북을 두드리며 아우성을 치게 하고, 5천 명 군사는 산림 속으로 화전·화포·화거를 들이쏘아 산림을 불바다로 만들라 하고, 구맹·필승 두 장수는 수레를 밀고 들어가는 군사들을 독려해서 화차에 불을 붙여 산 아래 쌓아둔 양곡과 마초더미로 마구 들어가서 죄다 태워버리라고 명령했다.

명령대로 모두들 용감하게 돌진했다. 하늘에는 불덩어리 화살이 벌떼같이 날고, 땅땅 터지는 화포 소리가 천지를 흔들고, 온 들판이 불바다로 변해버리자, 유민은 싸움이 제 뜻대로 이루어지는 것을 보고 무한히 기뻐했다.

그런데 용감히 돌진하던 군사들이 별안간 '어이구!' '어이구!' 비명을 지르면서 자빠지는 게 아닌가. 무슨 까닭이냐 하면, 이때까지 불던 남풍이 갑자기 북풍으로 바뀌었기 때문에 불길이 사정없이 반란군의 얼굴로 쏠려오고, 산꼭대기에서는 벼락 치는 듯한 굉장한 소리가 들렸기 때문이다. 알고 보니, 교도청이 산꼭대기에서 남풍을 북풍으로 바꾸는 술법을 써서 화전과 화거를 모두 남쪽 방향에 있는 적에게로 쏟아지게 한 까닭이었다.

이런 까닭으로 반란군들은 피할 사이도 없이 불바다를 맞아 얼굴은 데어 벗겨지고, 머리는 그을어서 군 참새같이 되었다.

이때 송강군의 진영으로부터는 장단을 치면서 여러 사람이 나직한 목소리로 노래라기보다도 유민을 조롱하는 소리가 들려오는 게 아닌가.

싸움이 어려움을
알지도 못하는 게
되잖은 꾀를 써서
제 군사 화장하네.
제 꾀에 제가 죽은
못난이 유지백 장군.

이 같은 노랫소리가 끝나자마자 별안간 호포 소리가 탕 터졌다. 이것은 송강이 능진을 시켜 호포를 터뜨리게 한 것이었는데, 이 호포 소리를 군호로 동쪽에서는 장청과 경영이, 서쪽에서는 손안과 변상이 각각 군사를 휘몰고 뛰어나왔다.

이렇게 형세가 뒤집혀지자 반란군은 꼼짝 못 하고 참패를 당하는데, 노성은 손안의 한칼에 두 동강이 나고, 정첩은 경영이 팔매치는 돌멩이에 맞아서 말 아래 떨어지는 것을 장청이가 창으로 찔러 숨통을 끊어버리고, 고잠은 변상의 칼에 죽고, 구맹은 백병전이 벌어지는 가운데 누구의 손에 죽었는지도 모르는 사이에 죽고 말았다. 그리하여 2만 3천 명이나 되는 군사가 불에 타 죽고, 칼에 죽고 하여 절반이나 꺾어졌는데, 그 나머지는 뿔뿔이 사방으로 도망해버렸고, 2천이나 되는 그 많은 전차는 불에 타서 죄다 없어졌다. 다만 유민만은 3, 4백 명의 패잔병을 이끌고 간신히 도망해서 완주로 내려왔다.

송강군은 이 싸움에서 털끝만한 손해도 안 보고 수많은 마필·군복·금고를 얻었다. 즉, 장청과 손안이 송강 앞으로 와서 그 공을 바치었는데, 손안은 노성의 머리를 바치고, 장청과 경영은 정첩의 머리를 바치고, 변상은 고잠의 머리를 바쳤다.

송강은 각각 그들의 공을 칭찬하고 먼저 교도청의 공을 첫째로 올리고, 그다음에 장청·경영·손안·변상의 공을 공적부에 올리도록 했다. 이때 오용이 입을 열었다.

"이번에 형님이 묘한 계책을 쓰셨기 때문에 적은 간담이 서늘해졌을 겝니다. 그렇지만 완주란 곳은 산과 물이 겹겹으로 둘러싸고 있는 곳이요, 땅은 기름지기 때문에 별명이 '육해(陸海)'라고 하는 곳입니다. 만일 저놈들이 장병을 더 증원해서 대군으로써 이곳을 지킨다면 우리가 쉽사리 점령하지 못할 겝니다. 다행히 지금부터 생량하기 시작하는 때이고 인마(人馬)가 강건한 터이니 이때를 놓치지 말고 적의 수비하는 힘이 부족한 이 틈을 타서 들이치면 반드시 이길 것입니다. 그런데 아무래도 군사는 남북으로 나누어 배치해야 적의 원군이 오는 것을 막을 수 있겠습니다."

"좋은 말씀! 그렇게 합시다."

송강은 즉시 영을 내려, 관승·진명·양지·황신·손립·선찬·학사문·진달·양춘·주통 등으로 하여금 3만 명의 군사를 거느리고 완주 동쪽에 진을 치고서 남쪽으로부터 오는 적의 구원병을 막도록 하고, 임충·호연작·동평·삭초·한도·팽기·단정규·위정국·구붕·등비 등으로 하여금 3만 명의 군사를 거느리고 완주 서쪽에 진을 치고서 북쪽으로부터 오는 적의 구원병을 막도록 했다. 명령을 받은 모든 장수들이 군마를 점검하고는 일제히 출동하는데, 이때 하북에서 항복해온 장수 손안 등 열일곱 명이 송강 앞으로 나와서 진언을 하는 것이었다.

"저희들은 선봉께서 저희들을 거두어주시고 후대하시는 데 감사합니다. 그래서 저희들은 이번에 우리가 전군(前軍)이 되어 먼저 적의 성을 쳐 약간이나마 은혜에 보답할까 생각하오니 허락해주십시오. 소원입니다."

"그럭하시오. 그게 소원이라면 어려울 것 없소!"

송강은 승낙하고서 즉시 장청과 경영 두 사람으로 하여금 손안 등 열일곱 명의 장수와 함께 군사 5만 명을 데리고 전군이 되도록 명령했으니, 그들 열일곱 명이란 손안·마령·변상·산사기·당빈·문중용·최야·김정·황월·매옥·김정·필승·반신·양방·풍승·호피·섭청 등이다.

장청은 명령을 받고 장수들과 군사를 이끌고 완주를 향해 진군을 했다. 그리고 이와 동시에 송강도 노준의·오용 등 여러 장수들과 함께 대군을 통솔하여 방성산을 떠나 남쪽으로 진군하여 완주성으로부터 10리쯤 떨어진 지점에 이르러 그곳에 진을 치고 이운·탕용·도종왕 세 사람으로 하여금 전군(前軍)으로 보내줄 무기를 만들게 했다.

하루 이틀, 날이 지날수록 송강군의 준비 태세는 완전해지고, 장청 등 전군의 여러 장수는 군사들과 함께 물샐틈없이 완주성을 포위하고 있었다.

이때 성내에 있는 반란군의 수장 유민은 이미 송강의 계략에 빠졌다가 겨우 목숨을 부지해서 완주로 도망해온 후, 급히 사자(使者)를 남풍에 있는 왕경에게 보내어 보고를 올리게 하는 일방, 완주서 가까운 여러 고을에 공문을 보내어 원군을 청했었는데, 어느새 송강군이 쫓아와 성을 포위했으므로 그는 군사들에게 성을 단단히 지키고만 있다가 원군이 오거든 내외 호응을 하여 송강군을 쳐부수라는 엄명을 내렸다.

송강군은 준비를 끝낸 다음 6, 7일 동안 계속해서 성을 공격했다. 그러나 성이 워낙 견고했기 때문에 좀처럼 떨어뜨리지 못했다.

이럴 때, 완주성 북쪽에 있는 임여주(臨汝州)의 적장 장수(張壽)가 구원병 2만 명을 데리고 달려왔지만, 송강군 임충의 칼에 장수가 죽어버리자 나머지 편장과 아장(牙將)과 군졸들은 풍비박산 도망질치고 말았다.

그리고 같은 날, 완주성 남쪽에 있는 남창(南昌)·의양(義陽) 등 몇몇 고을에서도 구원병이 왔었지만 관승 등에 의해 참패를 당했을 뿐 아니라, 그들의 장수 백인(柏仁)·장이(張怡) 두 사람이 포로가 되어 송강의 본진으로 끌려가 처형을 당했다. 이같이 반란군은 완주성 남북 두 방면에서 큰 손해를 입었던 것이다.

이때 이운 등은 공성(攻城)기구 제작을 완료했고, 손안·마령 등은 군졸들로 하여금 토낭(土囊)을 성벽 가장자리에 쌓아놓게 한 후, 날쌔고 용감한 군사를 뽑아 그들로 하여금 비교(飛橋)를 걸어놓고서 성벽 위로 올라가게 하여 순식간에 성을 빼앗고, 유민을 사로잡았다. 이리하여 이날 사로잡은 장수가 편장·아장 합해서 20여 명이요, 찔러 죽인 적병은 5천여 명인데, 항복한 적병은 만 명도 넘었다.

송강 이하 장수들은 대군을 인솔하고 성안에 들어가 즉시 유민의 목을 베어 매달고, 방을 붙여 백성들을 안심시키고, 관승·임충·장청과 손안 등 여러 장수들의 공훈을 공적부에 올리고, 사자를 양적주에 있는 진안무에게 보내어 승리를 보고케 하는 동시에, 진안무로 하여금 완주로 와서 지키고 있기를 청했다.

이 같은 연락을 받은 진안무는 만족해하며 즉시 후참모·나무유와 함께 완주로 달려왔다.

송강이 성 밖에 나가 진안무를 영접해 들인 후 군무(軍務)를 정리하느라고 10여 일을 바쁘게 지냈더니 그 사이에 때는 벌써 8월 초순이 되었고 더위도 물러갔다.

어느 날 송강이 잔무 처리를 마치고 오용을 보고 의논했다.

"이제 어느 성을 공략하는 것이 좋을까요?"

그러니까 오용이 말했다.

"여기서부터 남쪽으로 가면 산남군(山南郡)이죠. 남으론 동정호(洞庭湖)와 상수(湘水)가 경계를 지었고, 북으론 함곡관(函谷關)과 낙수(洛水)가 막고 있어 가히 '초촉인후지회(楚蜀咽喉之會)'라, 초나라와 촉나라가 경계를 맞대고 있는 요해지올시다. 우선 성부터 우리가 뺏어놓아야 적의 세력을 쪼개놓게 된다고 생각합니다."

"내 생각도 그렇습니다."

의논이 이같이 되어 화영·임충·선찬·학사문·여방·곽성은 군사 5만 명을 데리고 진안무를 모시고 완주를 지키게 했는데, 진안무는 다시 성수서생 소양을 머물러 있게 하고, 수군 두령 이준 등 여덟 명에게 수군의 배를 끌고 필수(泌水)로부터 산남성 북쪽으로 올라가 한강(漢江)에 집결하도록 영을 내렸다. 송강은 육군을 삼대(三隊)로 나누어 진안무에게 작별 인사를 드린 후, 여러 장수들과 함께 15만 대군을 거느리고 완주성을 떠나 산남군을 바라보고 행군을 시작했다.

이같이 3대로 나뉘어 행군하는 전대(前隊)의 효장(驍將) 열두 명은 군사 2만 명을 이끌고 가는데 그 열두 명은, 동평·진명·서녕·삭초·장청·경영·손안·변상·마령·당빈·문중용·최야 등이요,

그리고 후대(後隊)의 표장(彪將) 열네 명은 군사 5만 명을 이끌고 가는데 그 열네 명은,

황신·송립·형도·팽기·단정규·위정국·구붕·등비·연순·마린·진달·양춘·주통·양림 등이다.

그리고 중대(中隊)의 송강·노준의는 장령 90여 명과 군사 만 명을 통솔하여 삼남군을 향해 진군을 하는 터이었는데, 벌써 전대의 동평 등 장수들은 군사를 끌고 융중산(隆中山) 북방 5리 밖에 이르러 진을 쳤다.

그러자 척후병이 달려와 보고를 올린다.

"왕경은 우리 군사가 왔다는 말을 듣고 특히 이곳 융중산 북쪽 산 밑에다 군사 2만 명을 증원하고, 하길·미생(糜眭)·곽안(郭矸)·진반(陳斌) 등

용맹한 장수들이 진을 지키고 있답니다."

동평 등 장수들은 즉시 협의하여 손안과 변상으로 하여금 군사 5천 명을 이끌고 왼쪽에 가서 복병을 하고, 마령과 당빈은 5천 명 군사를 이끌고 오른쪽에 가서 복병을 하도록 한 후, 진중에서 포(砲) 소리가 나거든 그것을 신호로 돌격하라는 작전 계획을 끝냈다.

그런데 저쪽 반란군은 벌써부터 기를 흔들고, 북을 울리고, 바라를 치고, 고함을 지르면서 싸움을 돋우기 시작했다. 그래서 양쪽 군사는 서로 바라보면서 쉴 새 없이 화살을 쏘았다.

그럴 때 반란군 진에서 문기(門旗)가 좌우로 열리더니 적장 미생이 나오는데, 머리엔 강철 투구를 썼고, 몸에는 쇠갑옷을 입었고, 손에는 자루가 기다란 도끼를 들고서 방울 같은 눈알을 굴리며, 누런 말을 타고 나오더니 큰소리로 욕을 하는 게 아닌가.

"이놈들, 양산박의 좀도둑 놈들아! 송나라의 무도하고 바보 천치 같은 임금을 뭣 때문에 위하겠다고 여기까지 목숨을 내버리러 왔단 말이냐!"

송강군의 진에서 하늘을 흔드는 듯 북소리, 바라 소리 울리는 가운데 급선봉 삭초가 말을 달려나와 꾸짖었다.

"무단히 박역한 도둑놈들아! 더러운 소리 말고 이 도끼나 받아라!"

삭초가 금잠부(金蘸斧)를 휘두르며 뛰어들자 미생도 도끼를 휘두르며 삭초를 대항했다.

양쪽 군사가 일제히 함성을 올릴 때 두 장수는 중앙에 나와 도끼를 휘두르며 싸우기를 50여 합 했건만 승부가 나지 아니한다. 적장 미생이도 과연 비상한 솜씨였다.

이 모양을 바라보던 송강군의 벽력화 진명은 삭초가 얼른 이기지 못하므로 조급한 마음에 낭아곤을 꼬나쥐고 말을 채쳐 나갔다. 그러자 저쪽에서도 진빈이 창을 휘두르며 쫓아나왔다.

이렇게 되어 네 사람의 장수가 한데 어우러져 먼지를 뽀얗게 일으키며 백열전을 하는데 별안간 탕 탕 대포 소리가 터지더니 왼쪽으로부터 손안과 변상이 군사를 이끌고 나타났다.

적장 하길은 급히 군사를 쪼개어 그 앞을 막았다.

그러자 또 오른편으로부터 마령과 당빈이 돌격해왔다.

적장 곽안은 황급히 군사를 나누어 그 앞을 막았다.

이럴 때, 송강군의 진중에서 경영이 말을 달려 진 앞으로 나와 가만히 돌멩이 하나를 꺼내 진빈의 코밑을 겨냥대고 냅다 던지니까, 진빈은 그만 땅바닥에 떨어지는 것을 진명이 번개같이 달려와서 낭아곤으로 머리를 내리쳤다. 이래서 진빈의 머리는 투구와 함께 썬 수박처럼 깨어져버렸다.

그런데 저쪽 왼쪽에서는 손안과 하길이 30여 합이나 싸우다가 손안이 하길을 한칼에 베어 말 아래 떨어뜨렸다.

그리고 거의 동시각에 오른쪽에서는 당빈이 곽안을 창으로 찔러 죽였다.

이때 미생은 여러 동료들이 모두 전사하는 것을 보고 삭초의 금잠부를 받아 넘기고는 말머리를 돌려 그냥 내뺐다.

삭초·손안·마령 등은 군사를 휘몰아 그 뒤를 추격하면서 마구 베어버리는 바람에 반란군은 여지없이 참패했는데, 그들이 이렇게 미생을 추격하여 산모퉁이를 막 돌아서려 할 때에, 그 산 뒤 숲속에 숨어 있던 적장 경문과 설찬이 군사 1만 명을 이끌고 나와 미생의 군사와 합력하여 도리어 역습을 하는 게 아닌가.

그런데 그 선두에 있는 것이 미생이었다.

이때 송강군의 문중용이 공을 한번 세워보겠다는 마음이 급해서 창을 꼬나잡고 뛰어나갔다.

그러나 그는 미생과 싸우기 불과 10여 합에 미생의 도끼에 몸이 두

쪽이 나고 말았다.

　문중용이 그렇게 전사하는 것을 본 최야는 이를 악물고 눈을 부릅뜨고서 말을 채쳐 달려들었다.

　이렇게 되어 최야와 미생이 6, 7합 싸우는 때, 당빈이 최야를 도와주려고 말을 채쳐 달려나갔다.

　미생은 이같이 응원 나오는 것을 보고,

　"에익! 죽일 놈들!"

　벽력같은 소리를 지르면서 최야를 찍어 말 아래 떨어뜨리고 다시 당빈을 찍으려고 덤벼들었다.

　이때 장청과 경영은 문중용과 최야 두 장수의 원수를 갚으려고 부부가 나란히 말을 달려 나오다가 이 모양을 보고 먼저 장청이 돌멩이 한 개를 집어 미생을 향해 냅다 던졌다.

　그러나 미생은 눈이 밝고 손이 빨라서 날아드는 돌멩이를 도끼로 때려 땅바닥에 떨어뜨려버린다.

　경영은 남편이 던진 돌멩이가 맞히지 못하는 것을 보자 급히 자기가 돌멩이를 또 하나 던졌다.

　그랬으나 미생은 두 번째 날아오는 그 돌멩이를 보고 머리를 얼른 수그린 까닭에 돌멩이는 그의 투구를 땅 하고 맞히었을 뿐이다. 이렇게 장청과 경영이 그를 맞히지 못하는 것을 본 서녕과 동평은 일시에 말을 달려 뛰어나가 미생을 에워쌌다.

　미생은 한꺼번에 이렇게 여러 장수한테 포위당하여 배겨낼 수 없으니까 당빈의 창을 막으면서 말머리를 돌려 그냥 내뺐다. 당빈은 이놈을 놓치지 않으려고 그 뒤를 바싹 쫓았는데, 뜻밖에 적장 경문과 설찬이 튀어나오는 바람에 미생을 놓쳤다. 그러나 장수들이 합력하여 경문과 설찬을 베어버리는 동시에, 적병을 수없이 많이 베어 죽이고, 수많은 마필과 갑옷과 금고(金鼓)를 빼앗았다.

동평은 전사한 문중용과 최야 두 사람의 시체를 군사들로 하여금 매장하게 했다. 그랬더니 절친한 동지 두 사람을 잃은 당빈이 방성대곡하며 군사들과 함께 두 사람의 시체를 염하고 입관까지 손수 모셨다.

이렇게 두 사람의 시체를 매장한 뒤에 동평 등 아홉 명의 장수는 융중산 남쪽 기슭에 군사를 주둔시켰다.

다음날, 송강 등 두 부대의 대군이 도착하여 동평 등의 군사와 합쳤는데 송강은 문중용·최야 두 사람의 장수를 잃은 것을 알고 슬피 울고 정성을 다해 제사를 지낸 후에, 오용과 더불어 성을 공격할 계책을 의논했다.

"잠깐 기다려주십쇼. 먼저 우리가 한번 보고 오렵니다."

오용과 주무는 송강을 기다리게 하고 구름사다리 위에 올라가서 성의 형세를 정찰하고 내려왔다.

"성지가 대단히 견고해서 도무지 성과가 날 것 같지 않습니다. 그냥 공격하는 체 허세만 보이고 있다가 다시 기회를 봐야 하겠습니다."

두 사람의 말이 이와 같으므로 송강은 명령을 내려 성을 칠 기구를 수리하는 동시에, 한편으론 군사를 사방에 파견하여 정보를 수집해오도록 했다.

그런데 이때 미생은 겨우 2, 3백 기(騎)의 기병을 데리고 산남주 성중으로 도망했었는데, 이 성을 지키는 주장(主將)은 왕경의 처남 되는 단이였다. 이때 왕경은, 송조(宋朝)에서 송강군을 보내어 저를 토벌한다는 말을 듣고, 단이에게 평동 대원수(平東大元帥)라는 직함을 주어 이곳에 파견시켰던 것이다.

미생은 우선 단이에게 인사를 드리고, 싸움에 참패한 까닭을 호소했다.

"송강의 군사가 너무도 강해 우리 쪽이 힘써 싸웠습니다만, 다섯 사람이나 장수가 꺾이고 군사가 아주 전멸했습니다. 그러하오니 원수께서는 특별히 생각하시고 군사를 빌려주시어 원수를 갚도록 해주십시오."

미생이 이렇게 말했는데, 본래 미생은 왕경이 파견해서 온 사람이었던 만큼, 이렇게 말하는 것을 염치없는 놈이라 생각한 단이는 성을 왈칵 냈다.

"뭐 어째? 뻔뻔스런 자식! 네가 내 소속은 아니다만 군사를 전멸시키고 장수를 잃은 죄는 내가 처단을 해도 상관없다!"

단이는 이렇게 호령하고서 군졸을 불러 명령을 했다.

"이놈을 끌고 나가서 목을 잘라오너라!"

이때 장막 밖에서 한 사람이 성큼 들어서며 말한다.

"원수님, 노여움을 잠시 참으시고 이 사람을 한번 용서해주십시오."

이렇게 말하는 사람을 보니, 이는 왕경이가 보내온 참군(參軍)의 좌모(左謀)였다.

"어째서 용서하라는 거냐?"

"제가 알기에 미생은 대단히 용맹한 장수입니다. 송군의 장수를 두 놈이나 한꺼번에 베어 죽인 것만 보더라도 아실 것 아닙니까? 그런데 사실 저 사람 말대로 지금 송강의 군사는 강하고 장수들이 모두 용맹합니다. 그러니 우리는 꾀로써 송강군을 잡아야겠습니다. 기운으로 이겨보려고 애쓸 때가 아닙니다."

"꾀를 써서 잡는다니 어떻게 하란 말인가?"

"송강의 군량과 모든 물자는 완주에서 날아오고 있는 것입니다. 그런데 정보를 들으니 완주를 지키는 송강의 병력은 보잘것없답니다.

원수님께서는 심복 밀사(密使)를 균(均)·공(鞏) 두 고을의 수성장(守城將)에게 보내시어 시일을 약속하고 그들로 하여금 군사를 양로(兩路)로 몰고 와 완주의 남쪽을 치게 하십시오. 그러고서 이쪽에서는 저 미장군(麋將軍)으로 하여금 정병을 이끌고 나가 공을 세우도록 완주의 북쪽을 공격하게 합니다. 이렇게 되면 송강이 완주를 잃을까봐 군사를 후퇴시켜 완주를 구원하려 들 겁니다. 우리가 이 틈을 타서 정병을 양로로 몰고 나가 들이치면, 반드시 송강을 잡을 수 있을 겁니다."

"딴은 그게 된 수야!"

원래 단이는 보잘것없는 일개 촌뜨기였으니, 병법(兵法)이 어떤 것인지 알 까닭이 없었다. 좌모가 지껄이는 소리를 그럴싸하게 생각하고 그 즉시 균·공 두 고을에 밀사를 파견하여 완주를 공격하는 시일을 상약하도록 명령했다. 그러한 다음 그는 또 미생·궐저(闕瀦)·옹비(翁飛) 등에게 군사 2만 명을 주어 캄캄한 밤중에 기(旗)도 감추고 북소리도 내지 않고 가만히 서문(西門)으로 나가 완주 공략의 길을 떠나게 했다.

한편, 이때 송강은 본영에 앉아 산남주 성을 칠 계책을 짜고 있었는데, 뜻밖에 수군 두령 이준이 들어왔다.

"수군의 배는 모두 성의 서북방에 있는 한강·양수 두 곳에 집결시켜 놓았습니다. 저는 지금 명령을 받으러 왔습니다."

"잘했소. 술이나 한잔 하시오."

송강은 이준을 자리에 앉히고 술을 내다가 몇 잔씩 마시고 있었는데, 이때 첩보병 한 명이 달려와 성내에 있는 적이 군사를 끌고 완주를 치러 나오고 있다는 보고를 올리는 것이었다.

송강은 놀라면서 급히 오용을 청해 상의했다.

"이 일을 어찌하면 좋지요?"

"걱정할 것 없습니다. 진안무나 화영 장군도 다 담략이 있는 분이니, 완주는 걱정 없습니다. 차라리 이런 기회를 이용하여 이 성이나 빼앗지요!"

오용은 이렇게 대답하더니, 송강의 귀에다 대고 무어라 무어라 소곤소곤했다.

송강은 듣고 대단히 기뻐하면서 즉시 이준과 보병의 두령 포욱 등 20

명에게 보병 2천 명을 주어 가만히 이준의 뒤를 따라가게 했다.

그런데 이때 적장 미생의 일행은 군사를 이끌고 완주에 가까이 이르렀었는데, 길가에 숨어 있던 첩보병은 완주성 안으로 뛰어들어가서 적이 완주를 치러 온다는 사실을 급히 보고했다.

진안무는 화영·임충 두 장수에게 군사 2만 명을 주고 성 밖에 나아가 적을 맞아 싸우라 했다.

두 장수가 군사를 이끌고 성 밖으로 나가니 또 척후병 한 사람이 말을 타고 급히 달려와 보고를 했다.

"미생이 균주(均州)의 적과 벌써 연락을 하여, 균주의 군사 3만 명이 성의 북방 10리 되는 곳까지 닥쳐왔습니다."

진관은 다시 여방·곽성 두 사람에게 군사 2만 명을 주고, 북문 밖으로 나가 적을 맞아 싸우라 했다.

이렇게 한 지 한 시각도 못 되어서 또 급보가 들어왔다.

"공주(鞏州)의 적 계삼사(季三思)와 예습(倪慴) 일당이 군사 3만 명을 이끌고 지금 서문을 향해 쳐들어오고 있습니다."

이 소리를 듣고 모든 사람이 깜짝 놀라면서,

"성내에는 지금 선찬·학사문 두 장수밖에 없고, 군사가 만 명은 되지만 태반이 늙은이 아니면 약해빠진 사람들이니 이걸 가지고 어떻게 대항한단 말인가?"

여러 사람이 이렇게 걱정을 하니 성수서생 소양이 일어나 입을 열었다.

"안무님께선 그다지 걱정하실 것 없습니다. 제게 한 가지 계책이 있습니다."

그는 이렇게 말하고는 손가락 두 개를 포개어 보이면서,

"…이렇게 이렇게 하면, 적병을 물리쳐버릴 수 있습니다."

하고 꾀를 말하는 것이었다.

진안무 이하 모든 사람이 그의 계책을 듣고는 탄복했다.

"좋소! 속히 그대로 합시다."

진안무는 즉시 영을 내려 선찬과 학사문으로 하여금 건장한 군사로 5천 명을 선발하여 서문 안에 복병해 있다가 적병이 철퇴하려 들 때 뛰어나가 이놈들을 들이치게 했다.

두 장수가 명령을 받고 나간 뒤, 진안무는 늙고 약한 병정들에게 다음과 같이 당부했다.

"성을 반드시 지키고 있을 필요가 없으니 기를 맡은 군사는 모두들 기를 감추고 있다가 서문의 성루에서 방포 소리가 나거든 그때 일제히 기를 세우고서 꼭 성내에서만 행동을 하고 절대로 성 밖으로 나가지는 말라!"

이같이 분별한 뒤에 진안무는 병정들로 하여금 서문의 성루 위에 술자리를 벌이게 한 후 그곳으로 가서 후몽·나전과 함께 웃고 떠들면서 술을 마시기 시작했다. 그리고 그는 병정들로 하여금 성문을 열어젖히게 하고는 적병이 오기만 기다렸다.

얼마 있다가 과연 예상했던 대로 적장 계삼사와 예습이 10여 명의 편장을 데리고 성 아래로 달려와, 성문은 활짝 열려 있는데 세 사람의 관원과 선비 같은 사람이 성루 위에 비단옷을 입고 태연히 앉아서 풍악을 잡히면서 술을 마시고 있는 모양을 바라보았다. 그뿐만 아니라, 사방의 성벽 위에 기라고는 한 개도 보이지 않으므로 이 같은 상황을 바라본 계삼사는 의심이 덜컥 일어났다.

"수상한데? 섣불리 더 들어갈 수 없구먼!"

계삼사가 이렇게 말하니, 예습도 이에 동감이었던 모양이다.

"그래, 아무래도 성내엔 단단히 무슨 준비가 있는 모양이야. 저놈들 간계에 빠져서야 되겠소? 속히 후퇴합시다."

계삼사는 급히 퇴각 명령을 내렸다.

그랬더니 별안간 성루 위에서 방포 소리가 탕 터지더니, 하늘을 흔드는 고함 소리와 땅을 휩쓰는 북소리가 요란히 울리면서 무수히 많은 기가 성벽 안쪽에서 분주히 왔다 갔다 하는 게 아닌가.

반란군들은 주장의 퇴각 명령을 듣고 이미 겁을 집어먹었는 데다 지금 이 같은 광경을 보았으니 어찌 정신을 제대로 차릴 수 있으랴. 하여 싸워보기도 전에 반란군은 제물로 망가지기 시작했는데, 이때 성안에서는 선찬과 학사문이 군사를 이끌고 휘몰아쳐 나왔기 때문에 반란군들은 대패하여 기·창·칼·말·갑옷 따위를 내버리고 살아남은 놈들은 달아나기에 바빴는데, 죽어 넘어진 시체가 만 명도 넘었다. 그리고 계삼사와 예습도 혼전(混戰) 틈에 뉘 칼에 죽었는지 전사했다.

선찬과 학사문이 이같이 크게 승리한 후 군사를 거두어 성안으로 돌아가니 진안무는 이미 성루 위에 있지 아니하고 원수부에 나와 있었다.

이때 북쪽 길로 나갔던 화영과 임충은 궐저·옹비 두 장수를 죽이고 적병을 물리쳤는데, 미생만은 놓치고 말았다. 그래서 군사를 거두어 성내로 들어가려 할 때, 또 적이 두 갈래의 길로 쳐들어오기 때문에 서쪽 군사는 이미 소양의 비상한 계책으로 전멸시켰지만, 남쪽으로 내려간 여방과 곽성은 지금 어찌되었는지 도무지 승패를 알 수 없다는 기별이 왔다.

화영은 이 같은 기별을 듣고 즉시 방향을 남쪽으로 돌려 급히 진군했는데, 이때 마침 여방과 곽성이 적장과 한창 싸우고 있는 판이었으므로 임충과 화영이 응원하여 순식간에 적병을 무찔러 수없이 많이 죽이고 산지사방 흩어지게 했다. 이렇게 해서 그날 세 갈래 길로 쳐들어온 적군은 죽은 자가 4만 명, 부상자는 그 수를 헤아릴 수 없는 형편이어서 넓고 넓은 들판에 깔려 있는 것이 송장이요, 밭고랑에 피가 흘러 내를 이룰 지경이었다.

임충·화영·여방·곽성은 군사를 거두어 성안으로 돌아가 선찬·학사문과 함께 원수부에 나아가 각기 전적을 보고했다.

"수고들 했소. 이번 여러분들의 훌륭한 공훈은 참으로 불멸의 기록이 될 것이오."

진안무와 후몽·나전 세 사람은 이같이 말하고 기뻐하면서 소양의 묘책과 화영 등 여러 사람의 전공을 대단히 칭찬했다. 그러고서 진안무는 잔치를 크게 벌이고 장령들에게 상을 주고, 또 전군을 위로하여 성을 굳게 지키게 했다.

한편, 단이는 산남주 성안에서 미생 등의 군사를 출동시킨 후, 그다음 날 밤에 성루 위에 올라가 멀리 송군의 진지 쪽을 바라보았다.

때는 8월 중순. 중추의 밝은 달이 대낮같이 환하게 비치고 있었다.

단이는 이때 이같이 밝은 달빛 아래 송군의 깃발이 바람에 나부끼면서 천천히 북쪽으로 옮겨가는 것을 보았다.

그는 같이 올라왔던 좌모를 보고 말했다.

"아마 송강이 완주가 위급하게 된 것을 알고 지금 저렇게 퇴각하는 모양이지?"

"물론입니다! 얼른 철기(鐵騎)로 습격해야죠."

단이는 즉시 전빈(錢償)·전의(錢儀) 두 장수를 불러 군사 2만 명을 거느리고 급히 송군을 추격하라고 명령했다.

두 장수가 명령을 받고 내려간 다음에 단이는 또 서쪽을 바라다보았다.

성 바깥으로 흘러가는 양수(襄水)에는 달빛이 눈부실 만큼 번쩍이는데, 4, 5백 척이나 되어 보이는 송군의 양곡을 실은 배들이 역시 북쪽을 향해 천천히 떠가고 있는 광경이 보였다.

어릴 적부터 남의 것을 약탈하는 것으로 업을 삼아온 단이는 지금 5백 척이나 되는 양곡선을 바라보고 입안에 침이 생겼다. 배에 수군이 타고 있는 것이 아니고 겨우 6, 7명의 수부(水夫)가 노를 젓고 있을 것이니, 이야말로 턱 아래에까지 갖다바치는 진상품이 아니고 무엇인가.

단이는 이렇게 생각하고서 곧 서쪽 수문을 열게 하고 수군 총관인 제능(諸能)으로 하여금 5백 척의 전선(戰船)을 끌고 나가 송군의 양곡선을 빼앗으라고 명령했다.

이때 송군은 이같이 반란군의 배가 떠오는 것을 보고는 급히 배들을 기슭에 대놓더니 수부들 모두를 언덕 위로 올라가게 하여 피하게 하는 게 아닌가.

이 모양을 본 제능은 더욱 기운을 얻어 전선을 몰아 노 저어 가까이 갔는데 별안간 송군의 배들은 뱃바닥에서 징소리를 한 번 내더니, 뜻밖에도 그 속에서 백 척도 더 되는 조그만 배가 쏟아져 나오는 것이었다.

그리고 그 조그만 배에는 어느 배에나 두 사람이 삿대를 잡고 있는데, 그 외에 3, 4명의 사나이가 단패·표창·박도 따위 무기를 들고 쏜살같이 달려오는 것이었다.

제능은 수군(水軍)에게 명령하여 화포·화전을 쏘게 했다.

반란군이 이같이 불덩어리를 퍼부으니 조그만 배 위에 있던 송군은 모두들 '으악!' '으악!' 소리를 지르면서 물속으로 텀벙텀벙 뛰어들어가 버린다.

반란군은 싸움에 이긴 것을 통쾌히 생각하고 송군의 양곡선을 빼앗아 성안으로 끌어들이는데, 지휘관 제능은 조심성 있게 명령을 내렸다.

"여봐라! 적이 무슨 간계를 꾸몄을지 모르니, 배를 한 척 한 척 엄중히 검사해보고 나서 들여보내거라!"

명령을 받은 병정들이 배 안으로 뛰어내려가 뱃바닥에 깔려 있는 판자를 젖혀보려 하니 마치 뱃바닥이 나무판자 한 장으로 된 것처럼 떼어지지 않는다.

제능이 이 모양을 보고 놀란 듯이 소리를 질렀다.

"이놈들이 무슨 간계를 꾸민 것이로구나! 도끼로 판자를 쪼개봐라!

그리고 저 성 밖에 있는 배는 모두 못 들어오게 해!"

그런데 이 말이 끝나기도 전에 성 바깥에 있던 3, 4척의 양곡선이 아무도 노를 젓지 않건만, 마치 조수에 밀려오는 것처럼, 혹은 바람에 불려오는 것처럼 저절로 움직여 이쪽으로 오고 있다.

제능은 이때 비로소 송군의 꾀에 빠진 것을 깨닫고 급히 언덕 위로 올라가려 했는데, 미처 몸을 움직이기도 전에 물속으로부터 저마다 입에 얇다란 단도 하나씩을 문 사나이 여러 명이 개구리처럼 불쑥 올라왔으니, 이들은 다른 사람 아니라 물속을 저의 집 안방처럼 드나드는 이준·장횡·장순·원소이·원소오·원소칠·동위·동맹 등 여덟 명의 호걸이었다.

제능과 그 부하들이 급히 무기를 가지고 사람들에게 대항하려 하자, 이준이 손가락 두 개를 입술에 대고 휘파람을 휘익 불었는데, 이것을 뉘 알았으랴. 그 순간 4, 5척 양곡선 안에 숨어 있던 보병 두령들이 널빤지 밑에 있던 쐐기를 뽑고 선판을 열어주니까 그 속에서 많은 이들이 뛰어나왔으니, 이들은 포욱·항충·이곤·이규·노지심·무송·양웅·석수·해진·해보·공왕·정득손·추연·추윤·왕정륙·백승·단경주·시천·석용·능진 등 20명의 호걸과 천여 명의 보병들이다. 이들은 일제히 고함을 지르며 비호같이 언덕 위로 뛰어올라 닥치는 대로 칼로 그어버린다.

반란군은 대항하고 어쩌고 할 겨를도 없어 그저 도망가기에 바빴는데, 이 북새통에 적장 제능은 동위의 칼에 목이 부러지고, 성 안팎의 전선에 타고 있던 적의 수병들은 이준 등의 칼에 그 태반이 결딴나니 순식간에 강물은 시뻘겋게 됐다.

그리고 이준 등이 때를 놓치지 않고 수문을 점령하니까, 포욱 등 범 장달이 같은 장수들은 능진을 호위하면서 굉천자모(轟天子母)의 호포를 터뜨리게 하여 불덩어리를 빗발처럼 성중으로 떨어뜨렸다.

이렇게 되어 성중은 물 끓는 가마솥같이 되고 말았다. 순식간에 불바다가 된 성중에서는 형아! 아우야! 애기야! 애비야! 하고 울부짖는 참경이 지옥에서 일어나는 형상 같았다.

이 같은 변을 당한 단이는 급히 군사를 몰고 쫓아나왔으나 그가 나오자마자 무송·유당·양웅·석수·왕정륙 등 맹장들이 덤벼들어, 그는 싸움도 싸움답게 해보지 못하고 왕정륙의 칼에 허벅다리를 찔리어 땅바닥에 떨어지기가 무섭게 사로잡히고 말았다.

이렇게 되었을 때 노지심·흑선풍 등 10여 명의 두령들은 북문으로 달려가 성문을 파수 보던 장병들을 모조리 죽이고 혹은 달아나게 하여 그곳을 점령한 후, 성문을 열어젖히고 조교(吊橋)를 걸어놓았는데, 이때 송강의 군사는 성내에서 호포 소리가 나는 것을 듣고 몰아쳐오다가 전빈과 전의의 군사와 맞부딪쳐 일대 혼전을 벌인 끝에 변상은 전빈을 베어 죽이고, 마령은 전의를 베어 쓰러뜨렸기 때문에, 2만 명이나 되는 저들 반란군의 철기도 그 절반이나 허물어지고 말았다.

그래서 손안·변상·마령 등은 군사를 거느리고 선두에서 북문으로 입성했고, 다른 모든 장수들은 성안에 남아 있는 패잔병을 소탕한 후, 송선봉에게 대군(大軍)을 거느리고 입성하기를 청했다.

이때가 새벽 5경 때였다.

송강은 먼저 병정들로 하여금 인가에 연소되는 화재를 끄게 하고, 백성들을 살상하는 일이 없도록 엄중한 명령을 내리는 한편, 날이 밝기를 기다려 여러 곳에 방을 써붙이고 백성들의 마음을 안정케 했다.

그리고 나자, 여러 장수들이 저마다 적의 머리를 들고 들어와서 자기의 전과를 보고하는데, 왕정륙은 단이를 묶어 끌고 들어왔다.

송강은 병정들로 하여금 그의 몸에서 결박한 끈을 풀어주게 한 후 그를 진안무가 있는 곳으로 보내어 진안무로 하여금 처단토록 했다.

단이를 사로잡은 전과 말고도, 좌모는 난전(亂戰) 중에 죽었으며, 그 외에 편장, 아장 따위가 수없이 많이 죽은 것은 말할 것도 없고, 항복한 군사만도 만 명이 넘는다.

송강은 소와 말을 잡아 전군을 위로하게 한 후 이준 등 여러 장수의 공훈을 공적부에 기록하게 하고, 마령을 진안무 있는 곳으로 보내어 승리를 보고케 하는 동시에 적의 동태도 조사해오도록 명령했다.

그랬는데 명령을 받은 마령이 간 뒤 불과 세 시간도 못 되어 돌아와 보고를 하는 것이었다.

"진안무께서는 퍽 기뻐하시면서 곧 상주문을 만들어 조정에 사람을 보내시겠다 하십니다."

그는 또 계속하여 소양이 적을 물리친 경위도 자세히 보고했다.

그랬더니 송강은 깜짝 놀라면서,

"그러다가 만일 적에게 됩데 역이용당했더라면 어떻게 하려고 그런 위태한 계교를 썼던가? 큰일 날 뻔했네!"

이렇게 말하고는 즉시 곳간에 있는 곡식을 끌어내어 난리통에 화재로 집을 잃은 백성들을 구제하라고 했다. 그러고서 군무를 정리했다.

군무 정리를 끝낸 송강이 오용과 더불어 형남군을 칠 계획을 의논하고 있으려니, 진안무로부터 추밀원에서 내려온 공문을 보내왔는데, 그것은 지금 서경(西京)의 반란 군대가 서울의 속현(屬縣)을 빈번히 침노하고 있으니 송강 등은 먼저 서경의 적들을 소탕해놓고, 그다음에 왕경의 소굴을 뽑아버리라는 명령이었다. 그리고 이 같은 공문 외에 따로 진안무의 사사 편지가 동봉되었는데, 거기에는 추밀원의 처사가 정당하지 못하다는 진안무의 의견이 적혀 있었다.

그러나 송강은 오용과 의논한 끝에 군사를 쪼개어 형남과 서경을 각각 동시에 공격하기로 했다. 이같이 방침을 정하니까, 부선봉 노준의와 하북에서 항복해 들어온 장수들이 모두 함께 군사를 이끌고 자기들이 서경을 토벌하겠다고 자원을 하는 것이었다.

송강은 기쁜 낯으로 그들의 의견을 받아들여 노준의에게 장령 24명과 군사 5만 명을 인솔하여 떠나도록 지시했다.

24명의 장령이란, 부선봉 노준의를 빼놓고 부군사(副軍師) 주무·양지·삭초·서녕·손립·단정규·위정국·진달·양춘·연청·해진·해보·추연·추윤·설영·이충·목춘·시은 이상 열여덟 명과 하북 항장 교도청·마령·손안·변상·산사기·당빈 이상 여섯 명으로서, 도합 24명이다.

노준의는 명령을 받은 즉시 준비를 서둘러 그날로 송선봉에게 고별인사를 한 후 장령들과 함께 서경을 향해 출동했다. 송강은 노준의의 군사를 이같이 먼저 출동시킨 후 사진·목홍·구붕·등비 등 네 사람에게 군사 2만 명을 주어 산남성을 지키라 하고,

"만일 적군이 와서 공격하더라도 꼭 성안에서 지키고 있기만 해야지 밖으로 나가지는 마시오."

특별히 사진에게 주의를 준 다음 여러 장수들과 함께 군사 8만 명을 거느리고 형남 땅을 향해 행군을 시작했다.

이같이 송강이 대군을 거느리고 매일 60리만 행군하고는 천막을 치고 군사를 휴식시키는데, 통과하는 지방마다 백성들한테는 조금도 폐를 끼치지 아니했다.

며칠 후에 대군은 기산(紀山) 아래에 이르러 진을 쳤는데, 이 기산은 형남성 북쪽에 있는 요해지로서 이곳은 적장 이회(李懷)가 군사 3만 명을 거느리고서 지키고 있는 곳이다. 그리고 이회란 자는 첨쟁이 이조의 생질로서 왕경이 그를 선무사로 임명한 터이었는데, 이회는 송강군이 산남군을 깨뜨리고 단이를 사로잡은 것을 알자, 즉시 사자를 남풍으로 보내어 왕경과 이조에게 사실을 보고했다.

"송군의 형세는 실로 강대해서 큰 고을을 두 곳이나 벌써 점령했을 뿐 아니라, 지금은 형남 지방을 공략하기 시작했고, 또 노준의의 군사는 서경을 들이치려고 출동 중이랍니다."

이조는 이 소식을 듣고 크게 놀라 왕경을 만나보려고 소위 대궐로 들

어갔다.

내시가 내전(內殿)에 들어갔다 나오더니 왕경의 뜻을 전해주었다.

"대왕께서는 지금 곧 나오시겠다 하십니다. 잠시 기다려주십시오."

그래서 이조는 두 식경이나 기다리고 있었는데, 어쩐 까닭인지 왕경은 내전에서 나오지 아니했다.

짜증이 난 이조는 전부터 잘 아는 다른 내시를 보고 가만히 물어봤다.

"대왕께서 곧 나오시겠다더니 이렇게 오래 기다렸는데 안 나오시니 대체 무얼 하고 계십니까?"

그랬더니 내시가 가만히 귓속말로 일러주는 것이었다.

"대왕께선 지금 단랑랑 마마하고 싸움을 하고 계셔요."

"아니, 왜 싸움을 하신다는 거요?"

"그야 단랑랑 마마의 얼굴이 그 모양이니 대왕께서 그 양반의 방에 안 들어가신 지가 오래죠. 그러니까 낭랑마마가 심술이 나서 화풀이를 하는 거죠."

이조는 그런 줄 알고 다시 한참 동안 기다리고 있었다. 그랬더니 안에서 내시가 나와 묻는 것이었다.

"대왕님께선 군사님이 아직도 계신가 알아보라 하십니다."

이조는 내시를 보고,

"기다리고 있다고 말씀 올려주시오."

이렇게 대답하고 또 얼마를 기다렸더니, 그제야 내시와 궁녀들의 호위를 받으면서 왕경이 전전(前殿)에 나와 자리에 좌정한다.

격전

 이때 이조는 허리를 굽혀 배무(拜舞)의 예를 드린 후 아뢰었다.

 "소신의 생질 이회로부터 보고가 오기를, 송강의 군사는 완주·산남 두 곳 성지를 점령하고, 지금은 군사를 두 갈래 길로 나누어 한 갈래는 서경을 치러 가고, 한 갈래는 형남을 치러 나오는 중이라 합니다. 대왕 께서는 속히 군사를 파견하시옵기 바랍니다."

 왕경은 이 말을 듣고 성을 내면서 소리를 버럭 질렀다.

 "송강이란 놈! 양산박의 좀도둑 놈이 어쩌면 이렇게도 함부로 덤벼 드는 거냐!"

 그러고서 왕경은 도독 두학(杜壆)에게는 장령 12명과 군사 2만 명을 거느리고 서경을 구원하러 가라는 영을 내리고, 통군대장 사저(謝宁)에 게는 장령 12명과 군사 2만 명을 거느리고 형남을 구원하러 가라는 영 을 내렸다. 그리하여 두 장수는 병부(兵符)와 영지(令旨)를 받고 각각 군 사와 무기를 정돈한 후, 괴뢰 추밀원에 장령들의 수속을 밟고, 괴뢰 전 운사(轉運使) 공정(龔正)으로 하여금 모든 군수품의 수송을 책임지게 하 고서, 다시 왕경에게 가 인사를 드리고는 군사를 이끌고 각각 서경과 형남을 향해 출발했다.

 그런데 이때 송강의 군사는 기산(紀山)의 북쪽 10리 되는 곳에 진을 치고 공격할 준비를 하고 있었는데, 적의 형세를 정탐하고 돌아온 군사의 보고를 받은 송강은 오용과 상의한 후 여러 장수들을 보고 말했다.

"듣자니 이회의 배하에는 용맹무쌍한 장수들이 있다 하고, 또 기산은 형남의 요해지이니 아군의 병력이 비록 적의 2배가 되기는 하지만 적은 험준한 곳에 처해 있고 우리는 산 밑에 있기 때문에 대단히 불리하단 말이오. 뿐만 아니라, 이회란 자는 교활하고 꾀가 많은 자이니 여러분은 섣불리 보지 말고 힘을 다해 싸워야 하오."

송강은 이렇게 말하고 나서 엄중한 군령을 내렸다. 즉, 장수와 병정들이 진영 안에 있을 때는 진문을 닫아두고 길을 말끔하게 청소해야 하며, 감히 바깥으로 나다니는 자는 죽이고, 큰소리로 떠드는 자도 죽이고, 군령을 어기는 자와 복종하지 않는 자도 사형에 처한다는 것이었다.

군령이 내리자 전군은 숨소리도 안 들릴 만큼 엄숙해졌다.

이렇게 된 후에 송강은 대종을 수군 두령 이준에게 보내어, 병량선(兵糧船)을 엄중히 경계하면서 군량미 수송을 연락부절케 하라는 명령을 전했다. 그리고 한편으론 이회에게 사자를 보내어 내일 결전을 하자는 도전장을 전하게 한 후, 진명·동평·호연작·서녕·장청·경영·김정·황월 등에게 군사 2만 명을 주어 앞서 나아가 싸우도록 하고, 초정·욱보사·단경주·석용 등에게는 보병 2천 명을 주고 수풀의 나무를 베어버리고서 길을 넓히도록 명령했다.

이와 같이 분별하기를 끝내고 나서 송강은 다른 장수들과 같이 각각진을 지켰는데, 이튿날 새벽 5경엔 군사들을 모두 일어나게 하여 밥을지어 배부르게 먹게 한 후 날이 환히 밝아진 후 일제히 진에서 나갔다.

이때 적장 이회도 부하 장수 마강(馬强)·마경(馬勁)·원랑(袁朗)·등규(滕戣)·등감(滕戡)과 함께 군사 2만 명을 휘몰고 나왔다. 이들 다섯 명의 장수는 적군 중에서 가장 뛰어나게 용맹한 장수로서 왕경은 이들에게 호위장군이라는 직함을 주고 있는 터였다.

이렇게 다섯 명의 호위장군과 군사 2만 명을 거느리고 산 위에서 내려오던 적장 이회는 진명 등 여덟 명의 장수가 앞장서 오고 있는 송강군과 마주쳤다. 그런데 가만히 보니 그들은 북쪽 산기슭 남으로 향한 평탄한 장에다 진을 쳤고 산 위에도 허다한 병력을 대기시키고 있었다.

마침내 송강군과 적장 이회의 진에서는 바라를 치는 소리와 북소리가 땅을 뒤흔들듯 울리고, 양쪽 진에서 쏘아대는 화살이 빗발같이 날기 시작했다.

그러더니 적진의 문기(門旗)가 좌우로 열리면서 적장 원랑이 말을 달려 뛰어나오는데, 머리엔 구리로 만든 투구를 쓰고, 몸엔 화수라포(花繡羅抱)를 입고, 눈썹은 붉고, 수염은 누렇고, 키는 9척이나 되며, 양쪽 손에 연강창(煉鋼鎗)을 꼬나쥐고 있으니, 왼손의 창은 무게가 열다섯 근, 바른손의 창은 무게가 열여섯 근이다.

이렇게 생긴 원랑이 뛰어나오더니 큰소리를 지르는 것이었다.

"이놈들! 양산박에서 굴러먹던 도둑놈들아! 어느 놈이 먼저 나와 나한테 목숨을 바치겠느냐?"

이때 송강군의 진에서는 하북에서 항복해온 김정과 황월이 누구보다 먼저 공을 세우려고 한꺼번에 말을 달려 뛰어나갔다.

"이 역적 놈아! 무슨 개소리를 지껄이느냐!"

김정은 한 자루 발풍대도(潑風大刀)를 휘두르고, 황월은 혼철점강창을 꼬나쥐고 이같이 소리를 지르면서 원랑에게 달려들었다.

원랑도 두 자루의 창으로 두 사람을 대적한다. 그래서 세 마리의 말과 세 장수가 한데 어우러져 싸우기를 30여 합 했을 때 원랑은 창으로 한 번 받아내고는 말머리를 돌려 내빼기 시작했다.

김정과 황월은 이것을 놓칠세라 말을 채쳐 추격했다. 그러자 원랑은 별안간 말의 고삐를 잡고 홱 돌아서는 게 아닌가.

이때 김정의 말이 황월의 말보다 앞에 서 있었다.

김정은 칼을 휘두르며 원랑의 모가지를 노렸다. 그러자 원랑이 왼손에 잡고 있던 창으로 그 칼을 막으니까 쨍그렁 하는 소리가 나면서 칼날이 칼자루에서 빠져 떨어지는데, 김정은 칼을 다시 집을 새도 없이 원랑의 오른쪽 손의 창을 맞고서 투구와 함께 머리가 깨어져 말 아래로 떨어졌다.

이럴 때 황월이 달려들면서 원랑의 가슴팍을 찌르려 했다. 그러나 눈이 밝고 손이 빠른 원랑은 몸을 한 번 뒤치는가 했더니 황월의 창은 허공을 찌르고서 원랑의 오른쪽 겨드랑이를 지나갔는데, 이 순간 원랑은 왼손으로 두 자루의 창을 한꺼번에 쥐고서 오른쪽 손으로 황월의 허리를 움켜잡더니 땅바닥에다 냅다 던지는 게 아닌가.

군사들이 일제히 '와아!' 하고 소리를 질렀다.

그런데 벌써 적병들이 달려와 황월을 사로잡아 저희 진중으로 끌어가버렸다. 그리고 주인을 잃은 황월의 말은 어슬렁어슬렁 송강군 진으로 돌아갔다.

이러한 광경을 바라보고 있던 벽력화 진명은 낭아곤을 꼬나쥐고 말을 채쳐 원랑을 향해 달려나왔다. 두 장수를 잃었기 때문에 진명은 눈이 뒤집힐 지경으로 화가 올랐던 것이다.

그러나 원랑은 조금도 당황하는 빛이 없이 진명을 상대해서 싸우기를 50여 합 했는데, 이때 송강군의 진에서 여장군 경영이 은빛같이 하얀 말을 타고 손에 방천화극 창을 들고, 머리엔 금과 비취를 장식한 봉관(鳳冠)을 쓰고, 몸에는 홍라도수(紅羅桃繡) 전포를 입고 뛰어나왔다.

이때 적장 등규는 이 장수가 여자인 것을 보고 급히 말을 채쳐 뛰어나와 큰소리로 웃으며 고함치는 게 아닌가.

"얘, 이놈들아! 송강이란 놈이 참말 못생긴 놈이로구나! 어째서 아무리 사람이 없기로 계집년을 싸움터에 내보낸단 말이냐!"

등규는 이렇게 고함을 치고 말을 달려 나오더니 삼첨양인도로 경영을 내리치는 게 아닌가.

이때 경영은 등규의 칼을 받아내리면서 싸우기를 10여 합 하다가 못 당하겠다는 듯이 말머리를 돌려 본진으로 내빼기 시작했다.

등규는 그 뒤를 쫓아가며 고함을 질렀다.

"이년아! 어디로 내빼느냐?"

그러나 경영은 대꾸도 하지 않고 몰래 주머니 속에서 돌멩이 한 개를 집어 몸을 휙 돌리면서 등규의 얼굴을 겨냥하고 냅다 던졌다.

그랬더니 돌멩이는 등규의 코를 맞혔고, 등규는 코가 터져 피를 쏟으면서 말 아래 나가떨어지는 게 아닌가.

이때 경영은 비호같이 달려와서 창으로 등규의 목을 찔러 죽여버렸다.

이 순간, 저의 형이 일개 여자의 손에 참혹하게 죽는 모양을 바라다보던 등감은 전신의 피가 끓었다.

"저런 죽일 년!"

그는 이렇게 한마디 소리를 지르고 이를 악물고서 한 가닥 호안죽절강편(虎眼竹節鋼鞭)을 휘저으면서 경영을 향해 달려나왔다.

등감이 이같이 경영을 노리고 달려나오자, 송강군에서는 쌍편장 호연작이 경영을 도우려고 뛰어나가 등감을 상대해서 싸우는데, 두 사람이 똑같이 무예가 출중한 까닭에, 50여 합이나 싸움을 계속하건만 승부가 나지 않는다.

그런데 아까부터 한쪽에서는 진명과 원랑의 싸움이 이때까지 계속되어 1백 50합도 더 싸우고 있는 게 아닌가.

이때 적장의 우두머리 되는 이회가 언덕 위에서 싸움을 보다가 조금 전 여장군의 돌팔매에 등규가 맞아서 죽는 것을 보았는지라, 급히 징을 쳐서 싸움을 중지시키고 군사를 거두었다.

진명과 호연작도 적장들이 용맹무쌍한 것을 알고서는 쫓아갈 생각도 없었다.

이렇게 되어 양쪽 장수는 각각 본진으로 돌아오고, 적군은 산 위로 올라갔다.

진명 등은 본진에 돌아와 적장들의 무예를 칭찬하면서,

"참말 탄복할 만한 솜씨야! 그런 솜씨니까 우리가 김정과 황월 두 장수를 잃었지 뭐야! 만일 장(張)장군의 부인이 없었더라면, 우리 쪽 사기는 아주 형편없이 됐을 거야!"

이렇게 말하는 것이었다.

송강은 이런 소리를 듣고 한참 번민하다가 오용을 보고 의견을 물었다.

"형세가 이렇다면 형남을 어떻게 치겠소?"

오용은 이 말을 듣고 잠시 생각하더니 손가락 두 개를 포개면서 꾀를 하나 생각했다.

그러고서 그는 송강의 귀에다 입을 대고,

"이렇게 이렇게 하면 됩니다."

이같이 소곤거렸다.

송강은 설명을 듣고서 고개를 끄덕거린 다음에 즉시 노지심·무송·초정·이규·번서·포욱·항충·이곤·정천수·송만·두천·공왕·정득손·석용 등 열네 명의 두령을 불러 능진과 함께 용감하고 민첩한 보병 5천 명을 거느리고서 오늘밤 달이 없는 동안에 각각 가벼운 옷차림을 하고, 칼과 단패·표창·비도를 갖고 오솔길로 산 뒤를 돌아가서 일을 일으키라고 명령했다. 모든 장수들이 명령을 받고 물러갔다.

그런데 이튿날 아침 이회로부터 결전을 하자는 도전장이 왔다.

"어떻게 할까요?"

송강이 오용을 보고 이같이 물으니까 오용은 대답했다.

"적이 반드시 간계를 꾸미고 있을 것입니다. 그렇지만 노지심 등이 벌써 적의 뒤로 깊숙이 들어가 숨어 있는 터이니까, 속히 싸움을 시작하는 것이 좋겠지요."

송강도 옳게 여기고 '즉일교전(卽日交戰)'이라고 회답을 써서 도전장을 가져온 적군에게 주어 돌려보냈다.

송강은 이렇게 회답을 보낸 후 즉시 진명·동평·호연작·서녕·장청·경영 등을 선봉대로 해서 군사 2만 명을 거느리고 활 쏘는 군사를 앞세우고, 방패와 창을 든 군사는 뒤에 세우고, 전차는 앞에서 나가고, 기병은 양쪽에 갈라서서 보병을 보호하며 진격하게 하고, 황신·손립·왕영·호삼랑 등은 군사 1만 명을 거느리고 진의 후방에 대기해 있게 하고, 이응·시진·한도·팽기 등은 군사 1만 명을 거느리고서 진중에 대기해 있도록 명령을 내렸다. 그러고서 송강은 또 명령을 했다.

"전군(前軍)에서 호포 소리가 나거든 모두들 동서 두 길로부터 군전(軍前)으로 뛰어오란 말야!"

이같이 이른 후에 송강은 다시 관승·주동·뇌횡·손신·고대수·장청·손이랑 등에게 보병 2만 명을 거느리고 본진의 후방에 진을 치고 있다가 적군의 구원병이 오는 것을 기다리고 있으라 명령했다. 그리고 이같이 각 부대의 배치를 끝낸 후에 송강은 오용·공손승과 함께 친히 싸움을 지휘하기로 하고, 그 밖의 장령들은 본진만 수비하고 있도록 명령했다.

이날 아침에 오용은 구름사다리 위에 높이 올라가 산의 험준한 형세를 살피고 내려와서는 급히 명령을 내려 2리쯤 뒤로 물러가서 다시 진을 치도록 했다. 양쪽 길에서 기습대가 행동하기에 편하도록 하려는 속셈이었다.

송강군이 이같이 만반 준비를 끝내고 있을 때, 기산에 있는 반란군 적장 이회는 원랑·등감·마강·마경 등 네 명의 호장(虎將)과 5만 2천 명의 군사를 거느리고 나왔는데, 어제 전투에서 형을 잃은 등감은 황월의 머리를 매단 기다란 장대를 병정한테 들려 5천 명의 돌격대를 인솔하고 나오는 것이었다.

그리고 이것들의 군사는 모두 눈만 내놓은 투구를 쓰고, 쇠로 만든 갑옷을 입었으며, 타고 앉은 말한테도 쇠갑옷을 둘렀기 때문에 노출된 것이라고는 땅을 밟는 네 개의 발굽뿐이었다. 이것은 적장 이회가 어제 여장군이 돌팔매로 장수 한 사람을 때려 떨어뜨리는 것을 보았기 때문에 돌멩이나 화살을 막아내기 위해서 창안한 무장술이었다.

그리고 이 5천 명의 돌격대는 두 대의 활을 가진 군사와 긴 창을 가진 군사 한 대의 호위를 받으며 들어오는데, 그 뒤에 있는 군사는 좌우 두 갈래로 갈라져 협공해왔다.

송강군은 당해낼 수가 없어 급히 후퇴하기로 작정하고 호포를 탕 터뜨리게 했건만 그때는 벌써 전차를 밀고 나가던 군사 수백 명이 적의 화살을 맞고 있었다. 그러면서도 한편 다행한 것은 전차가 길을 막고 있었기 때문에 적의 철기(鐵騎)가 나오지 못하는 것인데, 그러나 이쪽도 마찬가지로 그것 때문에 기병이 공격해나갈 수가 없었다.

이렇게 형세가 위급해졌을 때 별안간 산 너머에서 연주포 터지는 소리가 들리더니, 노지심 등 한 떼의 장수들이 산등성이를 타고 올라가 산 꼭대기에 있는 적의 산채를 습격하는 것이었다. 그런데 이 산채에서는 나이 많은 병정 5천 명과 겨우 한 사람의 편장(偏將)이 있을 뿐이었다.

노지심 등 사나운 장수들 앞에서 이런 것들이야 있으나 마나여서 순식간에 이것들을 전부 처치해버린 노지심 등은 손쉽게 산채를 점령하고 말았다.

이때 이회는 산꼭대기에 있는 저의 산채에서 변괴가 생긴 것을 알고 즉시 군사를 뒤로 돌렸다. 그랬으나 이때 숲속에 매복하고 있던 황신 등 네 명의 장수와 이응 등 네 명의 장수가 좌우 양쪽에서 기습을 해오고, 또 송강은 총포수(銃砲手)를 시켜서 철기를 쏘아대는 까닭에 적군은 어찌할 바를 몰라서 갈팡질팡하게 되었다.

적군이 이같이 대혼란을 일으키고 있을 때, 산꼭대기의 산채를 점령하고 있던 노지심·흑선풍 등 열네 명의 두령들은 보병을 이끌고 산 위로부터 비호같이 내려와 닥치는 대로 베어넘기는 바람에 적군의 병정들은 낙엽 떨어지듯 모조리 죽든지, 그러지 않으면 무기를 내던지고 쥐구멍을 찾아 도망가든지 하는 판이었다.

이렇게 혼란한 판에 적의 맹장 원랑은 송군의 화포에 죽고, 후방에 있던 이회는 노지심의 선장에 맞아 죽고, 마경과 등감도 난군 중에 죽어버리고, 오직 마강 한 사람만이 목숨을 보존하여 달아났다.

그리고 보니 송강군이 뺏어 얻은 갑옷, 투구, 마필, 금고는 도무지 그 수를 헤아릴 수 없고, 3만 명이나 되던 적군은 절반 이상이나 죽어 넘어졌기 때문에 산 위나 산 아래는 적군의 시체로 발을 디딜 틈이 없었다.

송강이 군사를 거두어 점고해보니, 이쪽에서도 없어진 군사가 천여 명이나 되었다.

그래서 그날은 이미 해가 넘어갔기 때문에 기산 북쪽에 진을 벌이고 쉬었다.

이튿날, 송강은 장병을 이끌고 산채에 올라가 금은과 양곡을 모조리 끌어낸 다음 산채에 불을 질러 태워버리고, 그 후에 전군 장병들에게 상을 주고, 노지심 등 열네 명의 두령과 여장군 경영의 공을 공적부에 기록한 뒤 대군을 인솔하여 기산을 떠나 형남 못미처 시오리 되는 곳에 이르러 진영을 차렸다. 이렇게 해놓고 송강은 오용과 상의하여 부대를 편성한 다음 형남성을 공격하는 것이지만, 그 이야기는 여기서 잠시 멈추고, 노준의의 이야기로 돌아간다.

노준의가 인솔하는 군사는 서경을 향해 진군하다가 산에 부닥뜨리면 길을 개척하고, 물을 만나면 다리를 놓고 해가면서 진군했는데, 도중에 보풍(寶豊) 지방에서는 적장 무순 등이 향화등촉(香花燈燭)을 들고 나와 천조(天朝)에 귀순하겠다고 맹세를 하고 성을 바치는 것이었다. 그래서 노준의는 이들을 위로해주고 그전같이 그곳을 지키고 있으라고 허락했다. 그랬더니 귀순을 맹세했던 적장들은 노준의의 관대한 처사에 모두 감격하여 조정을 배반하려던 마음을 버리고 모두 바른길로 돌아와 충성을 다하기 시작했다.

이런 까닭에 노준의 일행은 남쪽 여러 고을에 대해서는 염려할 것이 없어졌으므로 그냥 곧장 행군하여 불과 이틀 후에 서경의 성남 30리쯤 되는 이관산(伊關山)이란 곳에 이르러 진영을 차렸다.

이렇게 진영을 설치한 뒤 적의 형세를 염탐해보니, 성내의 주장(主將)은 소위 저희들끼리 선무사(宣撫使)라 칭하여 부르는 공단(龔端)이란 자로서, 통군 직책에 있는 해승(奚勝)과 그 외 몇 명의 장수를 데리고 성을 지키고 있는데, 이 해통군(奚統軍)이란 사람은 일찍이 진법(陣法)을 배운 게 있어 그 방면에 매우 뛰어난 지식을 가지고 있는 사람이었다.

노준의는 적의 이와 같은 상황을 듣고 군사 주무와 상의했다.

"적을 어떤 계책으로 치면 좋을 것 같습니까?"

"해승이 진법에 꽤 유식한 모양이니 필시 적측이 먼저 싸움을 걸어올 겝니다. 우리는 진이나 먼저 벌여놓고 기다리고 있다가 저쪽에서 나오는 모양을 보아 서서히 작전을 하도록 하지요."

"과연 옳은 말씀입니다."

노준의는 찬동하고 곧 군사를 이관산 남쪽에 있는 평지에 이끌고 나아가 순환팔괘진(循環八卦陣)을 벌여놓고 기다렸다.

조금 있다가 과연 적군이 삼대로 나뉘어 공격해오는데, 중앙의 일대는 황기(黃旗), 왼쪽의 일대는 청기(靑旗), 오른쪽의 일대는 홍기(紅旗)로서 삼군(三軍)이 일시에 달려든다.

이렇게 쳐들어온 적장 해승은 송강군의 진형을 한번 살펴보고는 즉시 푸른 기, 붉은 기 두 부대로 하여금 좌우 양쪽에 진을 치게 한 후 구름사다리 위에 올라가서 송강군이 순환팔괘진을 쳐놓고 있는 것을 보고 내려와 픽 웃었다.

"그까짓 진형을 누가 모를라구! 내가 꾸미는 진형을 너희들이 아는지 한번 놀래줘야겠다."

그는 이렇게 혼잣말하고 군사들로 하여금 북을 세 번 울리게 한 후 장대를 세우고 그 위에 올라서서 신호기를 좌우로 흔들어 진영을 꾸민 다음, 장대로부터 내려와 말을 타고는 수장(首將)으로 하여금 진중의 길을 인도시키며 진전(陣前)으로 나가는데, 머리엔 금빛 투구를 썼고, 은빛으로 번쩍이는 갑옷 위에다 수놓은 전포(戰袍)를 입고, 진주로 장식한 누런 혁대를 띠고 한 손에 길이 3자나 되는 칼을 들었다.

이같이 어마어마하게 차린 해승은 진전으로 말을 걸려 나오면서 관승을 보고 큰소리로,

"네가 그따위 순환팔괘진 같은 것을 펴놓고 누구를 감히 속이려 드느냐! 그렇지만 내가 쳐놓은 진을 네가 알아보겠느냐?"

이같이 호령을 하는 것이었다.

노준의는 해승이 진법을 가지고 싸워보자는 소리를 듣고, 주무와 함께 구름사다리 위에 올라가 적의 진형을 내려다보았다. 세 사람씩 한 개의 소대(小隊)를 만들고 세 소대를 합쳐 한 개의 중대(中隊)로 삼고, 다섯 중대를 합쳐 한 개의 대대(大隊)로 삼았는데, 그 바깥쪽은 방형(方形)이요, 안쪽은 원형으로서 대진(大陣)이 소진(小陣)을 싸가지고 서로 연결되어 있다.

이것을 보고 주무가 노준의에게 말했다.

"저것은 이약사(李藥師)라 부르는 이정(李靖)의 육화진법(六花陣法)입니다. 약사가 무후(武侯)의 팔괘진(八卦陣)을 본떠 육화진을 만든 거지요. 저놈이 우리가 저걸 몰라볼 줄 알고 저렇게 한 모양인데, 우리의 팔괘진은 팔팔육십사(八八六十四) 그대로의 변화를 하는 것으로서, 이것이 바로 제갈무후의 팔진도법(八陣道法)이니 그까짓 육화진을 쳐부수는 건

문제도 안 됩니다."

이 소리를 듣고 노준의는 진전으로 나가 적장을 향해 꾸짖었다.

"그까짓 육화진이 뭐가 신통하다고 그러느냐?"

이 말을 듣고 해승이 한번 버티어보는 것이었다.

"이놈아! 잔소리 말고 자신이 있거든 쳐보려무나!"

노준의는 껄껄 웃었다.

"이 등신아! 그까짓 진을 가지고 무슨 큰소리냐!"

이렇게 대구하고 노준의가 진중으로 돌아오니, 주무는 장대 위에서 신호기를 좌로 우로 흔들어 진형을 팔진도법으로 바꿨다. 그러고서 노준의에게 양지·손안·변상 등으로 하여금 기병 1천 명을 이끌고 적진을 들이치게 하라고 청했다.

"오늘은 금(金)의 날이니, 우리들 진 정남(正南)의 이(離)의 방위에 있는 군사로 일제히 들이쳐야 합니다."

명령을 받은 양지는 북을 세 번 울리고서 여러 장수들과 함께 일제히 달려나가 적장의 서쪽에 있는 문기(門旗)를 뽑아 젖히고는 마구 베어던지며 쳐들어갔다. 그리고 노준의도 마령 이하 여러 장수들과 함께 들이쳤기 때문에 적은 정신을 못 차리고 대패해버렸다.

그런데 양지 등 몇몇 장수는 적진으로 돌격하다가, 적장 해승이 부하 장수 몇 명의 호위를 받으며 달아나는 것을 보고, 손안과 변상은 남보다 먼저 공을 세워보려고 해승의 뒤를 쫓는 바람에 양지도 그 두 사람과 함께 해승을 쫓아 이관산 밑에까지 갔었는데, 뜻밖에 산모퉁이 뒤에 숨어 있던 적장이 1만 명의 기병을 끌고 달려나와 양지 등을 들이치는 통에, 그 사이 해승은 성안으로 도망해 들어갔다.

이때 손안은 용맹을 다해 싸워 적장 두 명을 찔러 죽였으나 원체 적병의 수가 많기 때문에 당해내지 못하고 1천 명의 기병이 깊은 골짜기 속으로 쫓겨 들어가지 않을 수 없게 되었다.

그런데 그 골짜기는 사방이 깎아세운 듯한 절벽이어서 아무 데도 빠져나갈 틈바구니가 없었다.

적군은 송강군이 골짜기로 피해 들어가자 즉시 나무와 돌을 운반해다가 그 골짜기 어귀를 막아버리고 성내로 돌아가서 공단에게 보고했다. 그리고 공단은 즉시 2천 명의 군사를 보내어 그 골짜기를 완전히 봉쇄하도록 한 고로 양지·손안 등은 비록 날개가 있다 할지라도 빠져나오기 어렵게 되었다.

한편, 노준의 등이 해승의 육화진을 이번에 깨뜨릴 수 있었던 것은 태반은 마령이 금전술(金磚術)을 써 적병을 많이 쓰러뜨린 동시에 장수들이 용감히 싸웠던 때문이다. 그리고 이렇게 싸워 적의 맹장 세 명을 베어 죽이고 승리하여 용문관(龍門關)을 점령하고, 적병을 만 명이나 죽였으며, 말·갑옷·금고 등 전리품은 이루 헤아릴 수 없을 만큼 많이 얻었는데, 살아남은 적군들은 모두 성내로 도망쳤다.

싸움이 끝난 후 노준의가 장병을 점검해보니 다른 사람들은 죄다 있는데, 선발 부대로 나갔던 양지·손안·변상 이하 1천 명의 군사가 보이지 않으므로 즉시 해진·해보·추연·추윤에게 각각 군사 1천 명씩을 주어 사방으로 찾아보라고 내보냈다. 그러나 날이 저물도록 기쁜 결과가 없었다.

이튿날 노준의는 군사를 그대로 머물러둔 채, 다시 해진 등에게 명령하여 수색을 계속하라 했다.

그래서 해보는 한 떼의 군사를 거느리고 칡덩굴을 타고 산봉우리를 넘어 이관산의 동쪽 제일 높은 산마루에 올라가 산의 서쪽을 내려다보았다. 그랬더니 산 밑의 깊은 골짜기에서 한 떼의 군사가 웅성거리는 소리가 들리기는 하는데 나무가 무성해서 잘 보이지 않고, 또 불러보고 싶지만 너무도 거리가 멀어 소리가 들리지도 않을 지점이었다.

해보는 군사들과 함께 산을 내려가기 시작했다. 칡덩굴과 나무뿌리와 풀뿌리 같은 것을 붙잡고 조심조심 절벽을 기어 내려가니, 집이 몇 채 띄엄띄엄 보이기는 하는데 사람의 그림자는 안 보인다. 아마 모두 난리 통에 피난 간 모양이다.

그러나 좀 더 아래로 내려가노라니 움푹 들어간 산허리에 인가가 몇 집 보이는데, 말이 인가지 돼지 움막 같은 가난한 농가들이었다.

이때 그 마을 사람들은 산 위에서 병정들이 내려오는 것을 보고 어쩔 줄을 몰라 했다.

"여보시오! 우리는 조정의 군사요. 도적놈들을 소탕하러 왔으니까 겁내지들 마시오!"

해보가 이렇게 말하니까 그들은 이 소리를 듣더니 더욱 당황한 표정을 했다.

"겁내지 마십시오! 우리는 송선봉의 부하 장병들이란 말야!"

해보가 부드러운 음성으로 또 이렇게 말하니까, 그제야 한 사람이 가까이 와서 말을 붙인다.

"저 요국(遼國)을 평정하고 전호를 사로잡고, 그리고 백성을 안 괴롭히는 송선봉 송강, 그 어른의 군사란 말씀이죠?"

"그렇소."

송선봉 송강의 군사라는 말을 듣더니, 거기 섰던 마을 사람들은 모두 땅바닥에 꿇어앉아 절을 하고서 말하는 것이었다.

"저희들이 잘 알고 있습니다. 장군들께선 백성들 집에서 닭이나 개를 잡아가시지도 않는 줄 잘 압니다. 연전에도 관병이 도적놈들을 치러 왔었습니다만, 그때 관병들은 백성들 집에 와서 마치 강도나 다름없이 닥치는 대로 물건을 집어갔죠. 그래서 저희들은 하는 수 없이 이 산골로 피난을 왔댔습니다. 이제는 장군님들 같으신 인자한 분들이 오셨으니까, 저희들은 마음 놨습니다."

이 말을 듣고 해보는 그들을 위로한 후 양지 등 1천 명 군사가 어느 골짜기에 있는지 행방이 묘연하다는 것과 이 산의 서쪽 골짜기로 가려면 어떻게 가야 하겠느냐고 물어봤다.

그랬더니 그들 중 한 사람이,

"거기 말씀이죠? 거기는 요흥곡(謬谿谷)이라는 골짜긴데요, 그리로 들어가는 길이라곤 한 곳밖에 없죠."

하고 일어서더니, 해보 등 일행을 그 골짜기 어귀까지 인도해주는 것이었다.

이때 마침 추연과 추윤이 인솔하는 두 대의 군사도 어떻게 이곳을 잘 찾아왔기 때문에 그들은 서로 힘을 합쳐 골짜기 입구를 봉쇄하고 있는 적병을 무찔러버린 후, 나무와 돌로 가로막았던 길을 열고 골짜기 안으로 뛰어들어갔다.

시절은 어느덧 가을도 깊어진 때여서 골짜기는 문자 그대로 천자만홍(千紫萬紅)이었다.

양지·손안·변상과 1천 명의 군사는 사람이건 말이건 모두가 지칠 대로 지쳐 기진맥진해서 나무 밑에 앉아 죽을 때만 기다리고 있는 것 같았는데, 뜻밖에도 해보·추연·추윤이 군사들과 함께 몰려오는 것을 보더니, 그들은 지옥에서 살아난 것처럼 소리를 지르며 기뻐했다.

해보는 먼저 자기가 가지고 온 마른 식량을 양지 등 배를 주린 군사들에게 나누어주었다.

우선 이같이 주린 배를 채우게 한 후 일동이 일제히 골짜기에서 나와 여기까지 길을 인도해준 마을의 농군을 데리고 본영으로 돌아가서 노선봉 앞으로 나갔다.

노준의는 대단히 기뻐했다.

"고맙소! 참으로 고맙소!"

그는 마을의 농군한테 이렇게 감사의 뜻을 표하고 나서 돌아가 곤궁한 이웃 사람들에게 나누어주라고 많은 돈과 곡식을 주어 돌려보냈다.

그 농군이 이같이 상을 받아 돌아간 뒤에 해진의 일대도 본영으로 돌아왔는데, 때는 벌써 날이 어두운 뒤였기 때문에 곤히 쉬었다.

이튿날,

아침 일찍이 노준의와 주무가 함께 성을 치려고 군사를 점검하고 있으려니, 염탐하러 나갔던 병정 한 명이 나는 듯이 뛰어와 보고를 했다.

"왕경이 괴뢰군 도독이라는 두학에게 열두 명의 장령과 2만 명 군사를 주어 이곳을 구원하라고 보냈기 때문에, 그것들이 벌써 30리 밖까지 다가왔습니다."

이 보고를 들은 노준의는 곧 주무·양지·손립·단정규·위정국으로 하여금 교도청·마령과 함께 2만 명의 병력을 가지고 본영의 정면 앞에 진을 치고 있다가 성내로부터 뛰어나오는 적군을 막으라 하고, 해진·해보·목춘·설영은 군사 5천 명을 데리고 산채를 지키라 하고, 노준의 자신은 친히 나머지 장령들과 군사 3만 5천 명을 거느려 적장 두학을 맞이해 싸우기로 했다.

이렇게 명령을 내리니, 뜻밖에 낭자 연청이 노준의 앞으로 나오더니 걱정스러운 듯이 말하는 것이었다.

"주인님께선 오늘만은 친히 싸움에 나가시지 않는 것이 좋겠어요."

"왜? 무슨 까닭으로 그런 말을 하는 거냐?"

노준의는 전에 자기가 집에 데리고 있던 연청이니, 그전같이 덮어놓고 '해라'를 한 것이다.

"제가 어젯밤에 참으로 불길한 꿈을 봐서 그래요."

"허허, 별소릴 다 하는구나! 꿈같은 것을 믿고 이랬다저랬다 할 수 있니? 나야 이미 나라에 몸을 바쳤는데, 이해득실이 안중에 있겠느냐!"

연청은 노준의가 이같이 말하는 것을 듣고 고개를 숙이더니 다시 생각하고 입을 열었다.

"주인님! 정말 기어코 싸우러 나가시겠거든 저한테 보병을 5백 명만 주시고서 저는 저대로 행동하게 허락해주십쇼."

그러니까 노준의는 껄껄 웃으며,

"얘, 너 또 무슨 장난을 하려고 그런 소릴 하니?"

"글쎄, 제가 무슨 짓을 하든지 상관 마시고 제가 하고 싶은 대로 하게 내버려두세요."

"그래라, 5백 명을 맡길 테니 그런 줄 알고, 어디 네가 무얼 하든지 구경이나 하겠다."

노준의는 이렇게 말하고 그 자리에서 연청으로 하여금 군사 5백 명을 이끌고 나가도록 명령을 내렸다.

그러고서 조금 있다가 연청이 군사를 거느리고 나가는 것을 보고 노준의는 못내 웃음을 참지 못했다.

얼마 후 노준의는 여러 장수들과 군사를 이끌고 본영을 출발하여 평천교(平泉橋)를 지나가는데, 이 평천이란 땅은 기암괴석이 많은 곳으로, 당나라 때의 유명하던 재상 이덕유(李德裕)의 별장이 있는 곳이다.

노준의가 이곳을 지나가면서 보니까, 연청이 그곳에서 부하를 지휘해가며 나무를 베어버리느라고 바쁘게 움직이고 있으므로, 이것을 본 노준의는 속으로는 우스워 못 견디겠기에 몇 마디 말을 물어보고 싶었지만, 그러고 있을 겨를이 없어 행군하여 용문관(龍門關) 서쪽 10리쯤 떨어진 곳에 서쪽을 향해서 진영을 설비하고 그곳에서 기다렸다.

한 시각쯤 기다리고 있으니까 적군이 몰려왔다. 양쪽 군사가 서로 마주보고 북을 두드리며 고함을 지르는 사이에 서쪽 진에서 적의 편장 위학(衛鶴)이 대한도(大捍刀)로 춤을 추며 달려나왔다.

송군의 진에서는 산사기가 창을 높이 쳐들고 달려나가 아무 말도 하지 않고 맞붙어 싸우기를 30여 합, 이렇게 싸우다가 산사기가 창으로 위학이 탄 말의 뒷다리를 찌르니 말이 펄쩍 뛰는 바람에 위학은 땅바닥에 떨어졌다. 이때 산사기가 달려들어 일어나려고 하는 위학의 목을 찔러 죽여버렸다.

이 모양을 본 적군의 진에서는 풍태(酆泰)가 이를 악물고 두 자루의 철간(鐵簡)으로 춤을 추며 뛰어나와 곧장 산사기한테 덤벼들었다.

이리하여 두 장수가 싸우기를 10여 합 했을 때, 변상은 산사기가 풍태를 못 당할 것 같아 창을 꼬나쥐고 말을 채쳐 뛰어나가 산사기를 도우려 했다. 그랬더니 이때 풍태는 큰소리를 한 번 지르면서 철간으로 산사기를 후려쳐 그를 말 아래 떨어뜨리고는 또 한 번 철간으로 때려 숨을 거두게 해버리고, 이번엔 칼을 가지고 춤추면서 변상한테로 달려드는 게 아닌가.

그러나 용맹무쌍한 변상은 풍태의 말머리가 가까이 오자 벼락같은 소리를 지르면서 창으로 풍태의 가슴팍을 찔러 땅바닥에 떨어져 죽게 했다. 이 순간 양쪽 군사들의 고함 소리는 천지를 진동시켰다.

이때 적군의 우두머리 되는 장수 두학은 제 편의 장수가 두 사람이나 죽는 것을 보고 속에서 화가 치밀었다. 그래서 그는 기다란 창을 꼬나쥐고 말을 채쳐 뛰어나갔다.

그러자 송군의 진에서도 우두머리 되는 노준의가 친히 말을 채쳐 뛰어나가 두학을 상대하여 싸우기를 50여 합 하건만 승부가 나지 않는다. 두학의 창을 쓰는 법은 정말 신출귀몰한 솜씨였다.

노선봉이 이같이 두학을 이겨내지 못하는 형세를 본 손안이 이때 칼을 휘저으며 달려나갔다.

이것을 보고 적진에서도 탁무(卓茂)가 낭아곤을 휘두르며 달려나와서 손안을 가로막고 싸우기를 4, 5합, 그러다가 손안의 칼이 번개같이 탁무의 목을 쳐서 말 아래 떨어뜨리더니 그는 즉시 말머리를 돌이켜서 두학에게로 달려든다.

이때 두학은 손안이 탁무를 베어버리는 것을 보고 기가 약간 질렸던 판인데, 그가 손을 빨리 쓸 겨를도 없이 어느새 손안의 칼이 번개같이 그의 오른쪽 팔을 치는 바람에 그는 팔이 끊어지는 동시에 몸이 땅바닥에 떨어졌다.

노준의는 때를 놓치지 않고 두학의 목을 창으로 찔러 죽인 후 군사를 휘몰고 적진으로 쳐들어갔다.

적군은 여지없이 대패했다.

이럴 때, 갑자기 적진의 서남방 작은 길로부터 기병 한 떼가 뛰어나오는데, 선두에 말 타고 앉은 장수는 얼굴이 못생긴 데다가 살빛은 새카맣고, 머리는 불에 그은 것처럼 오글쪼글한 데다 쇠로 만든 도관(道冠)을 썼고, 몸엔 붉은빛 전포를 입고, 적탄마(赤炭馬)에 앉아서 칼로 지휘해가며 군사를 몰며 날쌔게 쳐들어오는 것이었다.

노준의는 이것들이 적군의 복색을 입은 것을 보고 급히 달려들어가 마구 쳤다. 그랬건만, 그 추악하게 생겨먹은 장수는 노준의와 싸우려고는 하지 않고 입속으로 웅얼웅얼 무어라고 주문을 외우면서 칼을 번쩍 들고 정남쪽 이(離)의 방위를 가리킨다.

그 순간 이것이 웬일인가? 그 못생긴 장수의 입에서 불이 뿜겨 나오더니 아무것도 불에 탈 것이 없는 땅바닥 위에 불이 일어나 연기를 올리면서 무서운 기세로 노준의의 군사를 향해 불길이 쏠려오는 것이었다.

순식간에 이 모양을 당한 노준의의 군사는 어쩔 줄을 몰라 금고·마필·장비를 모두 내던지고 앞을 다투어 내빼는데, 미처 내빼지 못한 병정들은 불에 타 5천 명이나 죽어버렸다.

이럴 때 노준의는 여러 장수들의 보호를 받으면서 평천교까지 도망해왔다.

그랬는데 병정들이 서로 앞을 다투어 먼저 건너가겠다고 한꺼번에 너무 많이 올라섰기 때문에 다리가 덜컹 무너졌다.

이렇게 되니 하마터면 모두 물에 빠져 죽거나 적에 붙잡혀 죽을 것인데, 다행하게도 연청이 나무를 베어다가 미리 부교(浮橋)를 다리 양쪽에다 놓아두었던 까닭으로 2만 명이나 되는 군사는 겨우 목숨을 건질 수 있었다.

이때 노준의와 변상은 뒤늦게 부교까지 말을 타고 달려왔었는데, 그 흉악한 적장도 어느새 여기까지 돌격해와서는 변상을 향해 입으로 불을 뿜어대는 바람에 변상은 온몸이 불꽃에 싸여 말 아래로 떨어졌다. 그 순간 적병이 달려오더니 칼로 목을 자르는 게 아닌가.

그러나 불행 중 다행이랄까, 노준의만은 불꽃에 싸이지 않고 부교로 건너갔기 때문에 목숨을 살렸다.

이때 적장은 군사를 휘동하여 노준의를 추격해왔었는데, 먼저 도망 갔던 군사가 교도청에게 이 사실을 알렸기 때문에, 교도청은 혼자서 말을 몰아 여기까지 마중 나왔다가 적장을 보더니 칼을 휘두르며 급히 그쪽으로 달려들었다.

교도청이 이렇게 달려들 때, 적장은 또 전과 같이 칼을 들어 정남방을 가리키며 무어라고 중얼거렸다. 그러자 이번에는 전보다 더 무서운 불길이 맹렬히 일어나면서 이쪽으로 쏠려오는 게 아닌가.

그러나 교도청도 이따위 수단은 있는 사람이라, 결(訣)을 짓고 주문을 외우면서 칼로 정북방 감(坎)의 방위를 향해 삼매신수(三昧神水)의 법을 쓰니까 삽시간에 공중에서 천 가닥 만 가닥의 검은 기운이 일어나더니 그것이 물로 변해서 폭포수처럼 적을 향해 쏟아져 불을 꺼버렸다.

"이거, 안 되겠다!"

적장은 저의 요술이 이같이 깨져버리자 크게 낭패해 말머리를 돌려 내빼는데, 물에 흠씬 젖은 돌멩이를 밟은 말이 미끄러지면서 앞으로 수그리니, 적장은 저절로 땅바닥에 거꾸러졌다. 이때 교도청이 비호같이 달려들어 칼로 적장의 몸을 두 동강 냈다. 그뿐만 아니라 적장이 데리고 왔던 5천여 명의 기병도 미끄러지고 자빠져 부상자는 5백여 명이나 생겼다.

교도청은 적병들을 향해 소리쳤다.

"이놈들! 항복하면 살려주마!"

적병들은 교도청의 기막힌 요술을 눈으로 본 터이니, 이 소리를 듣고 모두들 말에서 내려와 창을 내던지고 땅바닥에 엎드려서 빌었다.

"오냐, 너희들은 용서해주겠다!"

교도청은 그들의 항복을 받은 후 적장의 머리를 베어 창끝에 높이 매달고서 항복한 군사를 이끌고 노준의 앞으로 돌아왔다.

노준의는 교도청에게 진심으로 감사의 뜻을 표하고, 또 연청의 공적도 칭찬했다.

그럴 때 여러 장수들은 항복해온 적군에게 물어서 그 못생긴 요술쟁이 적장이 누구인 것을 알았으니, 그 요인(妖人)은 이름을 구혈이라 부르는 자로서 요화(妖火)의 전술로 적을 태워 죽이는 비상한 재주가 있는 사나이인데, 화상이 추악하게 생겼기 때문에 사람들이 그를 독염귀왕(毒焰鬼王)이라는 별명으로 부른다는 것이었다. 그리고 이 사람이 바로 몇 해 전에 왕경을 도와 반란을 일으키게 한 사나이인데, 그 후 그는 어디로 갔는지 2, 3년 동안 도무지 보이지 않다가 최근에 다시 남풍에 나타나서 왕경을 보고 말하기를 송강의 군사는 그 형세가 매우 강하기 때문에 내가 아니고는 대적할 사람이 없다고 장담을 했던 까닭으로 왕경은 기뻐하며 특별히 이 사람을 딸려 내보냈다는 것이다.

이때 공단과 해승은 구원 왔던 부대가 패전한 것을 보고 감히 나와서 싸울 생각도 못 하고 다만 성안의 병력만 증강시키면서 수비하고 있었다.

이럴 때 교도청이 노준의에게 자기 의견을 말했다.

"제가 보아하니 이 성은 대단히 견고해서 보통 전법으로는 도저히 깨칠 수가 없을 것 같습니다. 그래 제가 오늘밤엔 약간 술법을 베풀어 두 분 선봉님의 은혜에 보답할까 생각합니다."

노준의는 기뻐했다.

"좋은 말씀이외다. 대체 어떤 술법을 베푸시려오? 좀 들려주시오."

교도청은 노준의 곁으로 가서 귀에다 입을 대고 소곤소곤했다.

노준의는 그 말을 듣고 대단히 기뻐하면서 즉시 장병들로 하여금 행동을 개시하여 성을 칠 준비에 착수하라 하는 동시에 병정들로 하여금 산사기와 변상의 장례를 모시게 하고, 노준의는 친히 분상 앞에 나아가서 제사를 올렸다.

그런데 이날 밤 2경 때쯤 해서 교도청이 칼을 들고 바깥으로 나가 주문을 외우고 칼끝으로 하늘을 가리키니, 이때까지 멀쩡하던 하늘에 거무스름한 안개가 일어나 서경 전체를 뒤덮어버린 까닭에 성문을 지키던 적의 수비병들은 저희들끼리 서로 상대방의 얼굴도 보이지 않는다고 떠들어대는 것이었다.

그러나 노준의 부하 군사들은 이같이 어두운 가운데서도 사다리가 달린 수레를 성벽에 바싹 붙여놓고 성 위로 기어 올라가는데, 이같이 한참 동안 수많은 군사들이 다 올라가자, 별안간 한 방의 포 소리가 쾅 들리더니 이때까지 지척을 분간할 수 없을 만큼 두껍게 끼었던 안개가 봄눈 녹듯 사라져버리고, 성벽 위에 사방으로 삥 둘러서 있던 송군(宋軍)들은 제각기 부싯돌을 꺼내서 일제히 횃불을 켜는 것이었다.

이렇게 되니까 성 위와 아래가 대낮같이 밝다.

이때 성문을 지키던 수비병들은 얼이 빠져 사지가 굳어진 것처럼 멍하니 있는 것을 송군은 일제히 칼을 휘둘러 베어 던졌기 때문에 수비병들은 몸이 두 동강이 나거나, 성 아래 떨어져 죽거나 했다. 이렇게 되니 삽시간에 전사한 자의 수효는 부지기수였다.

창졸간에 이 같은 변을 당한 공단과 해승은 급히 군사를 휘동하여 뛰어나왔건만, 그때는 이미 네 군데 있는 성문이 점령당하고 만 뒤였다.

노준의는 이때 대군을 몰고 성안으로 쳐들어오면서 천지가 요란하게 함성을 질렀다. 이렇게 된 순간, 공단과 해승은 누구의 손에 죽었는지 큰소리도 한 번 못 지르고서 죽어버렸고, 나머지 편장·아장들은 모조리 항복하고, 3만 명의 병정들도 모두 항복했다.

송군은 입성하여 추호도 백성들에게 해를 끼치지 아니했건만, 그래도 노준의는 만일을 염려해서 날이 밝은 다음, 방을 써붙여 백성들을 안심시키고, 교도청의 공훈을 공적부에 기록하고, 전군의 장병들에게 상을 내리고 마령을 사자로 송선봉에게 승리를 보고하기 위해 급히 파견했다.

명령을 받은 마령은 비호같이 형남 지방으로 달려가 송강에게 보고하고, 그날 밤에 돌아와서 복명(復命)을 했다.

"송선봉께선 형남을 들이치시다가 남풍에서 온 구원병을 쳐부수고, 주사(主師) 되는 사저(謝寧)를 사로잡았습니다. 그런데 송선봉께선 너무 과로하여 병환이 나서 진중에 누워 계시고, 군무(軍務)는 요새 오군사(嗚軍師)께서 처리하고 계신답니다."

노준의는 이 소리를 듣고 가슴이 울울하니 답답했다. 그는 하루 동안 송강을 생각하다가, 이튿날은 교도청과 마령에게 서경성을 지키도록 책임을 맡긴 후 주무 등 20명의 장령을 데리고 형남을 향해 출발했다.

하루 만에 일행은 형남성 북방에 있는 송선봉의 본영에 도착하여 송강이 누워 있는 방에 들어가 위문을 했다.

"무엇하러 예까지 오셨소? 내 병세는 이제 거의 나았소."

송강은 신의(神醫) 안도전의 치료로 며칠만 더 지나면 완쾌될 상태인 것을 그들에게 이야기했다.

"천만 다행입니다. 저희들은 어찌나 걱정이 되었던지 이루 말할 수 없었습니다."

노준의 등은 이렇게 말하고 그동안 지내온 이야기를 하는 중이었는데, 별안간 도망쳐온 병정 한 명이 뛰어들어와 보고를 올리는 것이었다.

"당빈이 소양 두령님을 호위해가는 도중, 본영에서 30리쯤 떨어진 곳에서 별안간 형남의 적장 미생과 마강이 1만 명의 병력을 인솔하고 옆길에서 뛰어나와 습격했습니다. 선봉님께서 병환으로 누워 계신 틈을 타 본영의 후방을 공격하려다가 우리 군사를 만나게 된 셈이죠. 당빈 두령님은 적장 두 명을 대적해서 분투하셨지만 중과부적으로 그만 미생의 칼에 희생되셨습니다. 그리고 소양·배선·김대견 등 여러 두령님은 모두 사로잡혀 가셨습니다. 저놈들이 처음엔 우리의 본영을 치려고 왔다가 노선봉께서 굉장히 큰 병력을 가지고 계신 줄 알고는 소양 두령님들만 끌고 달아난 것입니다."

송강은 그 같은 보고를 듣고 자기가 병중인 것도 잊고 가슴을 치며 울었다.

"소양 등 세 사람은 속절없이 죽겠구나!"

그가 이렇게 흥분하여 울기 때문에 갑자기 병세는 나빠져서 열이 오르고 쉴 새 없이 기침을 하게 되었다. 그래서 한참 동안은 본영에 있던 장수들이 놀라 허둥지둥했다.

한참 후에 병세가 조금 진정되었을 때 노준의가 송강에게 물어봤다.

"그런데 소양은 어디로 가던 길입니까?"

그랬더니 송강은 눈물을 흘리면서 말하는 것이었다.

"내가 병으로 앓아 드러누웠다는 소식을 듣고 소양은 진안무의 허락을 받고 일부러 나를 보러 왔다가, 또 진안무의 명령으로 김대견과 배선을 데리고 완주로 가서 두 사람을 시켜 비석을 깎고 비문을 새기게 하려던 것이죠. 그래 난 오늘 당빈에게 군사 1천 명을 주고 그들 세 사람을 보호해가도록 했던 것인데 누가 이런 변을 당할 줄 알았나! 아마도 세 사람은 필시 죽었을 게야!"

이렇게 말하고 한숨을 길게 쉬더니 송강은 노준의더러 오용과 협력하여 기어코 성을 깨뜨리고, 미생과 마강을 잡아 원수를 갚아달라고 말하는 것이었다.

"형님! 염려 마시고 몸조리나 잘하십쇼."

노준의 등 여러 장수들은 이같이 말하고 즉시 밖으로 나와 성의 북쪽에 있는 진영으로 들어갔다.

일행이 안으로 들어가 오용과 인사를 한 후, 노준의가 먼저 소양의 일행 세 사람이 적에게 사로잡혀 갔다는 이야기를 했더니 오용이 깜짝 놀라면서 부르짖었다.

"아아, 저런! 저 사람들을 아주 보내버렸군!"

그러고서 오용은 곧 여러 장수들로 하여금 성을 포위하고 힘을 다해 싸우게 했다.

명령을 받은 장수들이 사방에서 공격을 시작했다.

이때 오용은 구름사다리 위에 병정을 올려보내고 그로 하여금 성안에다 대고,

"적장은 듣거라! 네놈들한테 잡혀간 소양·배선·김대견 세 분 장군을 속히 돌려보내거라. 만일 얼른 안 보내면 당장에 성을 깨치고 들어가서 군민(軍民) 모두 모조리 도륙할 테니까 그런 줄 알아라!"

이렇게 외치게 했다.

한편, 이때 성안에서는 적의 수장 양영이 유수관(留守官)이라는 직함을 가지고 있으면서 정장(正將), 편장(偏將)들과 함께 성을 지키고 있었는데, 저 미생과 마강이 송군과 싸우다 패해 이곳으로 왔었다.

그런데 이날 소양 등 세 사람을 잡은 미생과 마강은 송군이 아직은 성을 포위하기 전이었으므로 성문 앞에 와서 크게 소리를 쳤다.

"성문을 열어라! 소양 등 세 사람의 포로를 잡았다. 수장께 바치러 왔다!"

이래서 미생과 마강은 양영 앞에 소양 등 세 사람의 포로를 끌고 들어갔다.

그랬는데 양영은 그전부터 성수서생의 이름을 익히 들어 알고 있기

때문에 그는 군사를 시켜 포로들의 몸에서 포승을 풀어주게 한 다음, 그들에게 항복하기를 권했다. 그랬더니 소양·배선·김대견 세 사람은 눈을 부릅뜨고 호령을 추상같이 하는 것이었다.

"무지하기 짝이 없는 역적 놈들아! 네놈들이 우리를 무얼로 알고 그러느냐? 네놈들이 용기 있거든 우리 세 사람을 여섯 동강이 내봐라! 어림도 없는 놈들! 장난으로도 네놈 앞에 무릎을 안 꿇겠다. 지금 송선봉께서 이 성을 들이치시니까 쥐새끼 같은 네까짓 놈들은 죽여 가루를 만들 것이다!"

양영은 이 소리를 듣고 얼굴이 시뻘게지면서 호통을 쳤다.

"저 개새끼 같은 놈들을 어서 꿇어앉혀라!"

호령이 떨어지니 병정 놈들은 몽둥이로 세 사람의 앞정강이를 세게 후려갈겼지만, 세 사람은 넘어져 다리를 뻗은 채 쉴 새 없이 욕을 퍼붓기만 하고 절대로 무릎을 꿇지 않는다.

양영은 또 호통을 쳤다.

"네 이놈들, 네놈들은 일도양단해 죽기를 원하는 모양이다마는 어림도 없다! 난 두고두고 네놈들한테 골탕을 먹이겠다."

이렇게 호통을 치고 양영은 또 병정들에게 명령을 내렸다.

"얘들아, 이놈들 개새끼 같은 세 놈에게 큰 칼을 씌워 바깥문에 붙들어매고 두 다리가 부러지도록 때려봐라. 다리가 부러지면 저절로 꿇어앉을 게다."

병정들은 명령대로 세 사람한테 달려들어 옷을 벗기고, 칼을 씌운 다음 바깥문으로 끌고 나와 기둥에다 붙들어매고는 때리기 시작했다. 이때 원수부 앞에는 병정들과 백성들이 이 광경을 구경하려고 수천 명이나 모여들었다.

그런데 이렇게 모여든 구경꾼 중에 이 광경을 보고 몹시 분개한 대장부 사나이가 하나 있었으니, 그는 소가수(蕭嘉穗)라는 사나이로서 원수부 남쪽에 있는 지물포 옆집에 살고 있는 사람이었다. 그리고 이 사람의 선조 소담(蕭憺)은 자(字)를 승달(僧達)이라 부르던 남북조 때의 인물로서, 이 고을 형남의 자사(刺史)였었다.

옛날 양자강이 터졌을 때의 이야기다.

소담이 친히 군인들과 함께 비를 맞으면서 수축(修築) 작업을 하고 있었는데 비는 더욱 퍼부어오고 강물은 불기만 하므로 군인들은 그를 보고 잠시 피신하도록 권했었다. 그랬으나 소담은 그 말을 듣지 않고,

"그전에 왕존(王尊)은 자기 몸으로써 황하의 물을 막으려 했다. 난들 어찌 그렇게 하지 못하랴!"

이렇게 말했었다. 그가 말한 왕존이란 한(漢)나라 무제(武帝) 때의 인물로 그가 천동군(遷東郡) 태수로 있었을 때 황하가 터졌으므로 그는 자기 몸으로 물구멍을 막으려 했던 사람이다.

지금 소담이 옛날의 왕존같이 백성을 위해 정성을 가졌던 까닭이었든지, 하여간 그 말이 끝난 뒤에 얼마 지나지 아니해서 물이 빠지고 방축은 완성되었다.

그리고 이 해 가을에 한 줄기에 여섯 개씩 이삭이 달린 벼가 거두어졌다. 소가수라는 이름은 이때 지은 이름이었다.

이 소가수가 여러 해 전부터 가끔 형남 땅에 와서 지내는 일이 있었는데, 형남 사람들은 그의 선조 소담의 은덕을 추모하는 마음으로 소가수를 존경했다.

그리고 소가수 자신도 성질이 쾌활하고, 뜻이 높고, 도량이 넓고, 기운이 세고, 무예가 출중하고, 담이 커서 의기가 상통할 만한 사람을 만나기만 하면 귀천을 막론하고 사귀기를 잘했다.

몇 해 전에 왕경이 반란을 일으키고 성을 뺏으려고 했을 때 소가수는 적을 방어할 계책을 당국자한테 말했었건만, 그때 성주는 그의 꾀를 채용하지 아니했기 때문에 필경 도적놈들한테 성을 점령당하고 만 것이

었다.

 그 후 도적놈들은 영을 내려, 누구든지 성안에 들어오는 것을 허락하나 성 밖으로 나가는 것은 절대로 못 하게 했기 때문에 소가수도 꼼짝 못하고 성내에 있으면서 날마다 이 도적놈들을 물리칠 궁리를 해보았지만, 자기 혼자의 힘으로는 도저히 어떻게 할 도리가 없었다. 그러던 중이었는데 오늘 이 도적놈들이 소양 등 세 사람을 붙들어매고 때리는 것을 보고 불현듯 결심을 했다. 더구나 그는 조금 전에 송군이 성을 칠 준비를 하고 있다는 소문을 들었던 판이라, 때는 왔다고 생각했던 것이다.

 "오냐, 이제 기회가 왔다. 성내에 있는 허다한 생령(生靈)을 구할 기회가 왔다!"

 소가수는 속으로 이같이 부르짖고, 급히 자기가 거처하고 있는 처소로 돌아갔다.

 이때 시각은 벌써 점심때가 훨씬 지난 때였다.

 그는 심부름하는 아이를 불러 먹물을 한 그릇 만들어오게 한 후, 이웃집 지물포에 가서 두꺼운 종이 몇 장을 사다놓고 방안이 벌써 어두웠기 때문에 등불을 켜고 대서특서(大書特書)하기 시작했다.

 성중 백성은 모두가 송조(宋朝)의 양민들이다. 모두가 진심으로 적을 돕는 것이 아닌 줄 안다. 송선봉은 조정의 양장(良將)이다. 요국(遼國)을 평정하고 전호를 사로잡았기 때문에 그가 가는 곳마다 그를 대항할 자가 없다. 그의 수하에 있는 장수는 1백 8명, 이 사람들이 모두 이신동체(異身同體)다. 지금 원문 앞에 붙잡혀 매인 세 사람은 의(義)를 위하여 무릎을 꿇지 않으니, 송선봉의 영웅충의를 이로써 가히 알 것이로다. 만일 오늘 적인(賊人)이 이 세 사람을 해친다면, 성중엔 군사가 약하고 장수가 적다. 조만간 성이 깨지고 보면 옥석(玉石)이 함께 부서질 것이 아닌가. 성중의 군민이여! 그대들이 목숨을 보전하려 할진댄 모두들 나를 따라서 적을 무찌르라!

소가수는 이 같은 격문을 여러 장 써놓고 가만히 동정을 살폈다. 그러나 들리는 것은 오직 백성들이 집안에서 우는 울음소리뿐이다.

'민심이 이러하니 내가 계획한 대로 뜻을 이룰 것이다.'

소가수는 마음속으로 이같이 생각했다.

그러고서 그는 신새벽도 되기 전에 가만히 집을 나와 그 격문을 원수부 근처로 가지고 가서 좌우 여러 군데에다 뿌려놓았다.

얼마 있다가 날이 훤히 밝으니 지나가던 병정이나 백성이 이쪽에서도 격문을 주워서 읽어보고, 저쪽에서도 들고서 읽어본다.

이렇게 여러 사람들이 격문을 읽어보고 있을 때, 순찰하던 병정 한 사람이 그것을 주워 읽어보더니 그것을 가지고 급히 양영에게로 달려갔다.

양영이 이것을 알고 놀라지 않을 수 없다.

그는 급히 선령관(宣令官)을 불러 세 사람을 붙잡아맨 원문과 각처 진영을 엄중히 경계하게 하는 한편, 간첩에 대해서도 엄중히 사찰을 하도록 명령했다.

이때 소가수는 품속에 한 자루의 칼을 품고 사람들이 많이 모인 장소로 가서, 자기도 격문을 한 장 집어들었다. 그런 다음 그는 종이에 쓰여 있는 글을 큰소리로 두세 번 읽었다. 병정들과 백성들은 모두 놀라며 서로 얼굴을 바라볼 뿐이다.

이럴 때 양영의 명령을 받은 선령관이 말을 타고 5, 6명의 부하 병정과 함께 각 진영에 포고(布告)를 전하러 이곳으로 지나가는 판인데, 이들이 가까이 오자 소가수는 벼락 치는 듯한 소리를 지르고 비호같이 뛰어가 한칼로 말의 다리를 배어버리고, 말 위에서 선령관이 땅바닥에 떨어지는 것을 다시 한칼로 그의 목을 선뜻 잘라버렸다. 그러고는 왼손으

로 선령관의 머리를 집어들고, 오른손에 피 묻은 칼을 쳐들고 큰소리를
질렀다.

"자, 목숨을 보전하고 싶은 사람은 모두 나를 따라서 적을 죽이는 데
협력하시오!"

원수부 앞에 있는 병정들은 평소부터 소가수를 잘 알고 있었을 뿐 아
니라, 또 그가 강철같이 꼿꼿한 사람인 것을 잘 알고 있었기 때문에 삽
시간에 5, 6백 명이나 소가수 앞으로 모여 한덩어리가 되었다.

소가수는 병정들이 이같이 모여든 것을 보고 또 한 번 소리를 질렀다.

"백성들도 용기가 있는 사람은 모두들 나를 따라 힘을 내시오!"

이같이 소리를 치자, 백성들은 금시에 제각기 몽둥이를 들고 오는 사
람, 장작개비를 들고 오는 사람… 이렇게 삽시간에 5, 6천 명의 군중이
모여들어 와글와글 떠드는데, 소가수는 앞에 서서,

"원수부를 들이치자!"

이같이 고함을 지르고 달렸다. 그러자 군중이 그를 따라서 함성을 올
리며 원수부로 향해 조수같이 밀려갔다.

그런데 본래 양영은 군사들을 평소에 학대하고 함부로 때리기만 했
기 때문에 그를 호위하는 장병들도 속으로는 그를 미워하고 있는 터였
다. 그래서 이 같은 변란이 일어나니까 그들도 군중과 한패가 되어 안
으로 뛰어들어가서 양영의 온 집안 식구를 모조리 죽여버렸다. 그리고
군중은 원수부 이쪽저쪽의 문을 와지끈 뚝딱 모두 부숴버린 후 소가수
를 따라 밖으로 나왔다. 이때 군중에 참가한 군민은 모두 2만 명도 더
넘었다.

바깥으로 나온 소가수 일당은 먼저 소양·배선·김대견 세 사람을 끌
러놓고, 힘센 장정을 뽑아 그들로 하여금 세 사람을 업게 한 후, 소가수
가 양영의 머리를 꿰어들고 친히 선두에 서서 북문으로 달려가서 그곳
을 지키던 장수 마강을 베어 죽이고 성문을 활짝 열었다.

그때 오용은 북문에 가까이 이르러 장병을 독려해가며 성을 공격하려 하던 참이었는데, 성안에서 함성이 들리고 성문이 열리는 것을 보고는 필시 적병이 공격해 나오는 줄만 여기고 급히 군사를 멀찌감치 후퇴시키고 적을 맞아 싸울 준비를 했다.

그러고 나서 보니까, 소가수가 사람의 대가리를 한 개 꿰어들고 앞장섰고, 그 뒤에는 장정 세 사람이 소양 등 세 사람을 업고 조교(吊橋)를 건너 부리나케 이쪽으로 달려오는 게 아닌가.

오용이 너무도 뜻밖이라 놀라서 바라보고만 있노라니까 소양 등이 먼저 큰소리로 외치는 것이다.

"오군사, 이 장수가 민중을 봉기시키고 적장을 죽이고 우리를 구원했습니다!"

오용은 놀랍기도 하고 기쁘기도 해서 미처 대답을 못 하는데, 소가수가 먼저 큰소리로 말했다.

"인사를 드릴 새도 없습니다. 빨리 군사를 끌고 입성하십쇼."

이럴 때, 성문 가에는 수십 명의 백성들과 약간의 병정들이 나와 서서,

"송선봉님, 어서 입성하십쇼!"

하고 큰소리로 외치는 것이다.

오용은 일반 주민들이 이같이 환영하는 것을 보고, 장병들에게 입성할 것을 명령했다.

"규율을 지키고 무고한 양민을 해치는 자는 사형에 처할 터이니 그런 줄 알라!"

이 같은 훈령을 받고 입성하는 송군을 성벽 위에서 내려다보던 수비병들은 형세가 이미 기울어진 것을 깨닫고 모두 무기를 내던지고 성 아래로 내려왔다. 그리고 이때 동쪽, 서쪽, 남쪽 세 군데 성벽을 지키고 있던 수비병들도 서로 전후해서 성내의 소식을 듣고는 각기 성을 지키는 우두머리 장수를 잡아 묶어놓고, 성문을 열어붙이고서 송군의 입성을

환영했다. 그런데 다만 미생 한 사람만은 너무도 사나워서 손을 대지 못했기 때문에, 그만은 서문으로 빠져나가 사람을 닥치는 대로 베어 죽이면서 아주 도망치고 말았다.

한편, 오용은 급히 사람을 송강에게 보내어 승리를 알리고 입성하기를 권했다.

송강은 오용으로부터의 보고를 받고서 이때까지 앓던 병이 일시에 완쾌된 것같이 상쾌해졌다. 그래서 그는 즉시 진영을 거두어버리고 대군을 이끌고서 형남으로 입성했다.

원수부에 좌정하고서 그는 장수들을 위로하고, 국민을 선무(宣撫)시킨 다음 소가수를 청해 들여서 상좌에 앉히고 그 앞에 엎드려 절을 하면서 말했다.

"오늘 장사의 덕분으로 역적을 없애버리고 생령을 보전했으니 감사합니다. 더욱이 칼날에 피를 묻히지 않고 성을 수복했고 그리고 이 사람과 형제가 되는 세 사람의 목숨을 구해주셨으니 그 은혜 감사합니다."

소가수도 엎드려 절을 하며 대답했다.

"천만의 말씀입니다. 그것은 제 힘이 아니고 군민 일동의 힘입니다."

이같이 겸손하게 대답하는 소리를 듣고 송강은 더욱 그를 존경하고 싶었다. 그래서 모든 장수들로 하여금 그와 인사를 나누게 했는데, 이때 군사들이 사로잡은 적장들을 끌고 들어왔기 때문에,

"그래, 모두들 진심으로 항복한다면 모든 죄를 용서해주겠다."

하며, 송강은 끌려온 적장들에게 이같이 관대하게 처분을 내렸다. 죽는 줄만 알고 끌려왔던 장수들이 이렇게 너그러운 처분을 받았는지라, 그들은 모두들 기뻐하며 송조(宋朝)를 향한 만세를 불렀다. 그러자 성내에서는 도처에서 환성이 일어나고, 계속해서 항복해오는 적군의 수는 수만 명이나 되었다.

마침 이때, 수군 두령 이준 등이 배를 끌고 한강에 들어와서 모두들

송강에게 인사를 하러 왔다.

　송강은 그들에게 술을 내다가 친히 술을 따라주고, 소가수에게 잔을 권하면서 말했다.

　"노형의 뛰어난 재주와 인자한 마음을 이 사람이 조정에 돌아가서 반드시 상주하여 기필코 위에서 발탁하시도록 진력하겠습니다."

　"당치 않은 말씀입니다. 저는 부귀공명을 생각해서 일을 일으키지 않았습니다. 저는 어려서부터 지금까지 한 번도 고향을 위해 이렇다 할 아무 일도 못 해본 무식꾼입니다. 다만 간사한 무리들이 높은 자리에 앉아 세상을 주무르고, 어진 선비들은 이름도 없이 파묻혀 있기로 저는 그것을 보고 견딜 수 없어 한번 일어났을 뿐입니다. 관수지책(官守之責)은 저에게 당치도 않고, 한운야학(閑雲野鶴)이 오직 저의 벗입니다."

　소가수가 이렇게 대답하는 소리를 듣고 송강 이하 모든 장수들은 모두들 탄복했다. 더욱이 좌중에 있던 공손승·노지심·무송·연청·이준·동위·동맹·대종·시진·번서·주무·장경 등 십여 명은 소가수의 말에 일일이 고개를 끄덕이며 감탄했다.

　이날, 날이 저문 뒤에 연회는 파하고, 소가수는 집으로 돌아갔다.

　다음날 아침 송강은 대종을 진안무에게 보내어 승전을 보고케 했다.

　그러고서 송강은 친히 소가수의 처소를 찾아갔다. 그러나 그가 거처하던 방은 벌써 텅 빈 방이었다.

　이웃집 지물포에 물어봤더니, 소가수는 오늘 아침 날이 채 밝기도 전에 거문고와 칼과 책을 한 보퉁이 싸가지고, 자기한테 한마디 작별 인사만 남기고는 어디론지 가버렸다는 이야기였다.

　송강이 원수부로 돌아와 여러 두령들을 보고 소가수가 표연히 자취를 감췄다는 이야기를 했더니 감탄하지 않는 사람이 없었다.

　이날 저녁 때 진안무한테 사자로 파견되었던 대종이 돌아와 보고를 하는 것이었다.

"완주·산남 두 곳 관하의 아직 평정되지 못한 고을들도 진안무와 후참모가 나전과 임충·화영을 시켜 죄다 평정하고 조정에서는 이미 많은 관원을 파견해서 사무를 보고 있더군요. 그리고 진안무께서는 장수들을 데리고 출발하셨으니까 곧 도착하실 겝니다."

송강은 오용과 상의한 후, 진안무가 이곳에 도착해서 수비를 맡게 되면 자기들은 대군을 거느리고 적의 괴수를 토벌하러 나갈 준비를 했다.

이러노라고 5, 6일 동안 형남에서 더 정양을 했기 때문에 송강의 병은 완전히 쾌차되었다.

그럴 때 진안무가 도착했다는 보고가 올라온 고로 송강은 성 밖에 나아가 그를 영접해 들인 후 모든 장수들과 함께 예를 올렸다. 그리고 진안무는 삼군(三軍)에 상을 내렸다.

이어서 산남을 지키고 있던 사진 등도 새로 부임한 관원에게 사무를 인계하고 이곳에 왔으므로, 송강은 진안무에게 형남 땅을 다스리고 계십사고 청한 후, 대군을 통솔하여 수륙 두 길로 적의 본거지 남풍을 향해 진격을 개시했다. 이때, 1백 8명의 영웅호걸이 모두 한 곳에 모였는데, 이 밖에 하북에서 항복한 장수 손안 등 10명을 합해서 총 병력은 20여 만으로 연전연승, 가는 곳마다 위풍을 떨치니 적병은 연달아 항복해 왔다. 그래서 이렇게 수복한 고을들을 송강은 진안무에게 보고하고, 진안무는 나전에게 군사를 주어 그로 하여금 수복 지구에 나아가 지키도록 지시했다.

송강의 수륙 20만 대군은 마침내 남풍의 경계까지 도달했다.

이때 첩보병이 달려와서 보고를 올렸다.

"적의 동정을 염탐하니까, 왕경은 이조를 통군대원수에 임명해 남풍에서 수륙병마(水陸兵馬) 5만 명을 모으고 다시 운안·동천·안덕 세 군데서도 군사 2만 명을 모아 그들을 병마도감이라는 유이경(劉以敬)·상관의(上官義) 등으로 하여금 인솔케 하여 수십 명의 맹장들과 함께 10만 명의 병력을 이끌고 나와 방어하도록 하는데, 왕경이 친히 독전(督戰)을 하고 있다 합니다."

송강이 이 보고를 들은 뒤 오용을 보고 말했다.

"적이 총력을 다해 나오는 모양이니, 아마 죽기를 한하고 저항할 겝니다. 우리가 꼭 이겨내려면 어떤 계책을 써야 할까요?"

"별로 걱정할 것 없습니다. 병법에 이르기를 '다방이오지(多方以誤之)'라 했습니다. 그러니까 우리 군사가 지금은 한 곳에 모여 있지만, 이것을 여러 갈래로 나누어 친다면, 적은 반드시 정신을 못 차리게 될 것입니다."

오용이 이같이 말하므로 송강은 그의 의견을 쫓아 군사를 여러 갈래로 나누었다.

그런데 이보다 하루 전날, 박천조 이응과 소선풍 시진은 송선봉의 명령으로 보병 두령 단정규·위정국·시은·설영·목춘·이충 등과 함께 군사 5천 명을 거느리고 양곡을 실은 수레와 견포(絹布)와 화포를 실은 차량들을 호송하느라 본대 후방에서 따라오다가 용문산 아래를 지나게 되었는데, 이 용문산 남쪽 기슭엔 마을이 하나 있고, 그 마을 주위엔 나무나 풀이 없는 발가숭이 산이 토성같이 둘러 있고, 길은 세 군데로 뻗어 있어 사람들이 내왕하게 된 곳이었다. 그리고 마을에는 초가집, 기와집이 수백 채 있기는 하건만 주민들이 난리를 피해 달아났기 때문에 모두 빈집들이었다.

그런데 마침 이날 밤 동북풍이 억세게 불고 먹장 같은 구름이 하늘을 덮고 했기 때문에 비가 쏟아지면 안 되겠다 싶어 박천조 이응과 소선풍 시진은 병정들을 시켜 빈집의 대문을 뽀개젖히고, 군량과 마초를 실은 차량을 모조리 집안에 밀어넣게 했다. 그리고 나서 군사들이 밥을 지어 놓고 잠깐 쉬고 있으려니까, 병정을 데리고 순찰을 나갔던 병대충 설영이 간첩 한 명을 잡아가지고 돌아와 시진에게 보고를 하는 것이었다.

"지금 이 간첩을 심문해보니까, 적장 미생이가 정병 1만 명을 거느리고 오늘밤 2경쯤 우리의 군량을 불사르려고 지금 용문산 속에 숨어 있답니다."

원래 이 용문산이란 산은 두 개의 절벽이 대문짝처럼 마주 서 있고, 그 사이로 배가 다닐 수 있는 곳인데, 강물 양쪽 언덕에 나무가 무성했다.

이응은 설영의 보고를 듣고 시진에게 말했다.

"아무래도 제가 마을 앞으로 나가서 저놈들을 한 놈 남기지 않고 모조리 때려잡아야겠습니다."

이응이 이렇게 말하는 소리를 듣더니 시진은 고개를 좌우로 흔들었다.

"안 될 말이지! 미생이란 자는 대단히 용맹스러운 장수니까 우리가 힘으로 싸워서는 안 될 거야. 더구나 우리의 병력은 적지 않은가? 내가 계교를 하나 쓸 테니 두고 보시오. 화포 5, 6차(車)와 불쏘시개 백여 차(車)를 던져서, 그걸로 당빈의 원수를 갚을 테니 두고 보시오."

그러고서 시진은 간첩의 목을 당장 베어 던지고, 군사들에게 명령하여 군량과 화포의 수레를 꺼내게 한 후, 이응으로 하여금 군사 3천 명을 거느리고 궁노(弓弩)와 화전(火箭)을 준비해서 군량차를 호위하도록 하고, 날이 어두워질 무렵 남쪽을 향해 출발시켰다.

이렇게 먼저 군량차를 떠나보낸 다음 1백여 개의 불쏘시개를 실은 차를 처마 밑에 뿌려놓고, 또 백여 개도 넘는 빈 수레를 5, 6개소에 열을 지어 나누어두고, 각처에 화포를 감춰둔 후에 유황과 염초를 뿌린 마른 나무와 풀을 여기저기에 흩어놓고 시은·설영·목춘·이충 등으로 하여금 2천 명의 군사를 이끌고 입구의 언덕 아래 숨어 있게 했다. 또, 단정규에게는 군사 1천 명을 인솔하여 마을의 남쪽 입구에 숨어서 적병이 습격해오는 것을 기다리게 했다. 그러고 나서 시진은 신화장군 위정국과 함께 보병 3백 명에게 불씨와 화기(火器)를 지니게 하고 산으로 올라가

숲속에 숨어버렸다.

시각이 지나 2경 때쯤 되니까 과연 적장 미생이 두 명의 편장과 만여 명의 군사를 거느리고 습격을 해오는데, 말은 방울을 떼고, 기와 북은 감추고는 마을의 남쪽 입구로부터 몰려오는 것이었다.

이때 남쪽 입구에 숨어 있던 단정규는 병정들로 하여금 일제히 횃불을 들고 쫓아나가 싸우게 했다.

단정규는 미생과 맞붙어 싸웠다.

그러나 그는 불과 4, 5합 싸우다가 말머리를 돌려 군사를 이끌고 도망쳤다.

원래 미생은 용맹하기는 하나 슬기가 부족한 사나인지라, 군사를 휘몰고 그 뒤를 추격해 들어갔다.

이럴 때 설영과 시은은 남쪽 입구에서 불길이 오르는 것을 보고 즉시 이충과 목춘에게 군사 1천 명을 주어 마을의 남쪽으로 달려가서 그 입구를 막아버리도록 했다.

이때 적병들은 일제히 함성을 지르며 쏜살같이 마을 안으로 쳐들어 갔으나 모두 빈집뿐이고 군량은 하나도 없다.

미생이 병정들을 데리고 마을 안을 뒤져보니 겨우 1, 2백 개의 군량차가 있는데, 5, 6백 명의 병정들이 그것을 지키고 있다가 적군을 보고는 모두들 비명을 지르면서 도망하는 것이었다.

미생은 그들이 버리고 간 군량차를 보고 혼잣말했다.

"흥, 군량이 겨우 요것뿐야?"

그는 병정들에게 횃불을 켜 군량차를 비춰보라 했다. 그래서 군사들이 횃불에 비춰보니, 수레의 대열에는 어느 대열이고 두 차씩의 견포를 실은 수레가 있는 게 아닌가.

적병들은 그 견포를 보더니 갑자기 서로 가지려고 야단이 났다.

"야, 이놈들아, 무슨 짓들이야!"

미생이 병정들을 이렇게 꾸짖는데, 별안간 산 위에서 화전과 횃불이 빗발처럼 날아와 초가집과 불쏘시개를 가득 실은 수레에 불을 붙였다. 삽시에 사방으로 큰 불이 번져나가자,

"달아나자!"

"빨리! 오던 길로 달아나거라!"

적장 미생은 고함을 지르면서 달아나려고 앞장을 섰는데, 어느새 화포의 약선(藥線)에도 불이 댕겨져 천둥 치는 듯한 소리와 함께 포탄이 터지는 바람에, 미생의 군사는 달아날 새도 없이 포탄에 맞아 죽는 놈이 부지기수요, 포성이 천지를 뒤흔드는 가운데 사방에서는 화염이 충천해져서 삽시간에 수백 채의 집이 모조리 불덩어리로 변해버리고, 미생도 포탄에 맞아 죽어버렸는데 단정규와 시은 등 세 군데에 있던 송군이 또 습격해 나왔기 때문에 미생의 부하 장수 두 명도 칼에 맞아 죽고, 1만여 명의 군사 중 겨우 천여 명이 목숨을 부지해서 달아났다.

이윽고 날이 밝은 뒤, 시진과 이응은 서로 만나 군사를 합쳐 군량과 마초를 운송하여 송강이 주둔하고 있는 본영으로 왔다.

송강은 마침 이날 모든 장수를 본영에 모으고 적을 공격할 준비를 하고 있었다.

본영 후방에서 방포 소리가 터지자, 북소리가 둥 둥 둥 울리더니, 무수히 많은 깃발이 올라갔다. 그리고 각 영(營)의 두목들은 정숙히 서 있다가 나팔 소리와 북소리가 울리면서 선령관의 명령이 내리면 순차로 열을 지어 양쪽에 늘어서서 명령을 받는 것이었다.

그러나 그들의 함성이 고르지 않거나, 대오가 바르지 않거나, 공연히 떠들거나, 명령대로 복종하지 않거나, 진(陣) 앞에서 뒤로 물러나거나 하는 자에게는 군법으로 엄중히 처단한다는 명령이 내렸다.

그리고 기패관(旗牌官) 20명이 좌우로 서 있는데, 송강은 앞으로 나와 간단히 훈시를 했다.

"모든 장수는 듣거라! 무릇 군사가 적을 만나고서 전진하지 않거나, 뒤로 물러나면서 명령에 복종하지 않는 자는 군법으로 처단하렷다!"

이 같은 훈령이 내린 후 각 영 부대가 모두 즉시로 출발할 태세를 갖추었을 때, 송강은 명령을 내려 수륙 양군의 부대 편성을 각각 끝내게 했다. 그러고서 취고수(吹鼓手)가 나팔을 불고 북을 울리는 대로 각 부대는 대오를 단정히 해서 기를 쳐들고, 북을 울리고, 대포를 터뜨리면서 출동을 하는 것이었다.

한편, 이때 적 왕경도 군사를 내어 송강군과 싸울 준비를 끝내고, 이미 수군장(水軍將) 문인세숭(聞人世崇)을 보내었을 뿐 아니라, 그 외에도 운안주 병마도감이라는 유이경을 정선봉(正先鋒)에 임명하고, 동천의 병마도감이라는 상관의를 부선봉(副先鋒)에 임명하고, 남풍의 통군이라는 이웅(李雄)과 필선(畢先)은 좌측 초계군(哨戒軍)에, 안덕의 통군이라는 유원(柳元)과 반충(潘忠)은 우측 초계군에 임명하고, 통군대장 단오를 정전군(正殿軍), 어영사 구상을 부전군(副殿軍), 추밀 방한(方翰)을 중군우익(中軍羽翼)으로 각각 임명했던 것이다. 그러고서 왕경은 중군을 장악하고 소위 상서니, 어영금오니, 위가 장군이니, 교위니 하는 따위 다수와 그들의 부하로 있는 편장·아장 따위를 합친 수십 명을 따르게 하고, 이조를 원수(元帥)로 삼아 제법 질서정연하게 출동 준비를 한 후, 전고(戰鼓)를 세 번 둥 둥 둥 울리고서 일제히 행군을 개시했다.

그들이 이같이 행군하여 10리쯤 나왔을 때, 벌써 송군(宋軍)의 척후대가 나타나는데, 먼지가 뿌연 속에서 살펴보니 모두 30여 기(騎)쯤 되어 보이는데, 그들은 모두 푸른 두건을 쓰고 푸른 갑옷을 입고 기다란 창과 또 활을 가지고 있다.

왕경은 사로잡히고

　그리고 이 척후병의 두목 되는 장수는 도군 황제의 칙명으로 그전대로 부서에 돌아온 호기장군 몰우전 장청이니, 그는 머리에 금박으로 장식한 푸른빛 두건을 쓰고, 몸에는 수놓은 푸른빛 전포를 입고, 허리에 붉은 띠를 띠고서 은안마(銀鞍馬)를 타고 앉았는데, 그의 왼편에는 역시 칙명으로 정효의인(貞孝宜人)에 봉해진 경시족 경영이 머리에 구슬을 박은 금으로 만든 봉관(鳳冠)을 쓰고, 몸에는 수놓은 보랏빛 전포를 입고, 허리엔 오색 띠를 매고, 발에는 수놓은 봉두화를 신고서 은빛 준마를 타고 앉았으며, 또 장청의 바른편에 깃대를 들고 있는 사람은 이 역시 칙명으로 정배군(正排軍)의 직위를 받은 충복 섭청으로서, 이들은 지금 이조의 군사들이 있는 백 보 앞까지 가까이 와서 정찰을 하고 막 돌아가는 판이었다.

　이것을 본 반란군의 선봉 유이경과 상관의가 말을 채쳐 군사와 함께 그들을 향해 돌진하니, 장청은 이화창(梨花鎗)으로 두 장수를 대항해 싸운다.

　이때 경영도 말을 채쳐 달려와 장청을 도왔다.

　네 사람의 장수가 이같이 한데 어우러져 싸우기 십 수 합 했을 때 장청과 경영은 적장의 칼을 받아내고는 말머리를 돌려 그냥 내빼버렸다.

"요런 못생긴 것들!"

유이경과 상관의는 고함을 지르면서 군사를 휘몰아 장청과 경영의 뒤를 추격했다.

그러자 좌우에서 큰소리가 들렸다.

"선봉은 저것들을 쫓아가지 마십시오! 저것들의 안장 뒤에는 돌멩이가 들어 있는 주머니가 있고, 돌멩이를 던지기만 하면 백발백중 얻어터집니다!"

이 소리를 듣고 유이경과 상관의는 말고삐를 잡아당겨 말을 멈췄다. 그때 용문산 뒤에서 북소리가 나면서 5, 6백 명의 보병부대가 뛰어나왔다.

자세히 보니 선두에서 오는 네 사람의 두령은 흑선풍 이규·혼세마왕 번서·팔비나타 항충·비천대성 이곤이었다.

이들은 쏜살같이 나오더니 5백 명의 군사를 한일자로 벌려 세우고 좌우에 단패를 늘어놓는다.

유이경과 상관의가 '으악' 소리를 지르면서 군사를 몰고 쳐들어가니까 별안간 겁이 났던지 흑선풍과 번서는 군사를 두 갈래로 나누어 단패를 거꾸로 끌면서 언덕을 넘어 도망질치는 게 아닌가.

이때 왕경과 이조의 대군이 몰려와 일제히 도망가는 송군을 추격했지만, 흑선풍과 번서는 이미 산등성을 넘고 밀림을 빠져나가 형적을 감췄다.

이조는 명령을 내려 그곳 평평한 들판에다 진을 치게 했다.

그랬는데 별안간 산등성이 넘어 뒤컨에서 쿵 하고 포 터지는 소리가 들리더니, 산의 남쪽 길로부터 한 떼의 군사가 세 사람의 장수를 앞세우고 쏜살같이 달려오는데, 한가운데 장수는 왜각호 왕영이요, 왼편 장수는 소울지 손신이요, 바른편 장수는 채원자 장청으로서 지금 이들은 천 명의 병력으로 덮쳐오는 것이다.

왕경이 조금 당황하여 장수를 내보내 송군을 대적하려 하자, 또 산 뒤켠에서 한 방의 포 소리가 울리면서 산의 북쪽 길로부터 한 떼의 군사가 나타나는데, 한가운데 장수는 일장청 호삼랑이요, 왼편의 장수는 모대충 고대수요, 바른편 장수는 모야차 손이랑으로서, 그들도 보병·기병 합쳐 도합 5천 명의 군사를 휘몰아 덮쳐오는 것이었다. 그런데 이 여장군들의 부대는 반란군의 우익초계군 유원과 반충의 군사와 맞부딪쳐 싸우게 되고, 이와 같은 때에 왕영 등의 군사는 반란군의 좌익초계군 이웅, 필선의 군사와 싸우게 되었다.

이렇게 양쪽 군사가 서로 싸우기를 10여 합 했을 때, 남쪽에서 싸우던 왕영·손신·장청이 군사를 돌려 동쪽으로 달아나자, 약속이나 한 것처럼 북쪽에서 싸우고 있던 호삼랑·고대수·손이랑 등도 군사를 돌이켜 동쪽을 바라보고 내빼는 것이었다.

이 광경을 바라보고 왕경은 허허허 크게 웃었다.

"송강의 부하란 것들 이제 보니 모조리 병신이로구나! 그런데 어째서 저렇게 못생긴 것들한테 그동안 우리 군사가 번번이 지기만 했다는 거냐?"

왕경은 이렇게 한마디 뱉고서, 즉시 군사를 휘몰아 송군의 뒤를 추격했다.

그랬더니 불과 5리쯤 추격했을 때 별안간 쩽 쩽 울리는 바라 소리가 들리면서, 조금 전에 달아나던 흑선풍·번서·항충·이곤의 보병 두령이 산의 좌측 숲속으로부터 뛰어나오는데, 게다가 화화상 노지심·행자 무송·몰면목 초정·적발귀 유당이 보병 5백 명을 휘몰아 그들과 합세하여 치고 나오는 게 아닌가.

반란군의 부선봉 상관의는 급히 보병 2천 명을 휘몰고 나가 싸웠다.

그랬더니 불과 3, 4합 싸우다 말고 도저히 대적할 수 없다는 듯이 흑선풍과 노지심 등은 군사를 두 갈래로 나누어 단패를 거꾸로 끌면서 숲속으로 도망질친다. 왕경은 그 뒤를 쫓아갔다.

그런데 송군이 걸음이 빠른 데다 모두 사방으로 뿔뿔이 흩어져버렸기 때문에, 대관절 어느 쪽으로 누구를 추격해야 할 것인지 알 수가 없게 되고 말았다.

이때 이조가 황망히 달려와 왕경을 보고 간했다.

"대왕께서 이거 너무 추격해오셨습니다. 저것들이 내빼는 것은 우리를 유인하려는 계책입니다. 우리는 진을 치고 기다리고 있다가 오는 적이나 맞아 싸우는 게 좋습니다."

이렇게 말하고 이조는 장대를 세우고, 그 위에 올라가서 진을 치는 것을 지휘하는데, 아직 작업이 끝나기도 전에 산 너머 저쪽에서 굉천포와 자모포 소리가 요란하게 들리더니, 대부대의 송군이 산 뒤로부터 조수같이 밀려와 중앙쯤 되는 곳에 진을 벌이는 것이었다.

왕경이 친히 장대에 올라가 바라보니 정남방에 진을 치고 있는 송군은 모두가 붉은 기에 붉은 갑옷·붉은 갑포·붉은 말들인데, 앞에는 한 개의 붉은빛 인군기(引軍旗)가 세워 있고, 그 뒤로부터 한 사람의 장수가 나타나고 있어 좌우에 두 사람의 장수가 나타나니, 가운데는 벽력화 진명이요, 왼편은 성수장군 단정규요, 바른편은 신화장군 위정국으로서 세 사람이 모두 붉은빛 말 위에 앉아 있다.

그리고 동쪽에 있는 한 떼의 군사는 모두 푸른 기에 푸른 갑옷·푸른 전포·푸른 말을 타고 있으며, 앞에다 푸른빛 인군기를 세우고, 그 뒤에서 한 사람의 대장이 나타나니, 이는 다른 사람 아닌 대도 관승으로서, 왼편에는 추군마 선찬, 바른편엔 정목안 학사문을 대동하고 있다.

또, 서쪽에 있는 한 떼의 군사는 모두가 흰 기에 흰 갑옷·흰 전포·흰 말에 인군기도 흰빛인데, 그 뒤로부터 한 사람의 대장이 나타나니, 이는 표자두 임충으로서, 왼편엔 진삼산 황신, 바른편엔 병울지 손립이 있다.

그리고 그 뒤켠에 있는 한 떼의 군사는 모두 검은 기에 검은 갑옷·검은 전포·검은 말을 타고, 앞에다 검은빛 인군기를 세웠는데, 그 뒤로부

터 나타나는 대장은 가운데가 쌍창장 호연작이요, 왼편은 백승장 한도
요, 바른편은 천목장 팽기다.

그리고 동남방 문기(門旗) 뒤에 있는 한 떼의 군사는 푸른 기에 붉은
갑옷, 전면에다 수를 놓은 인군기를 세우고, 그 뒤로부터 나오는 장수는
쌍창장 동평이요, 그 왼편엔 마운금시 구붕이요, 바른편엔 화안산예 등
비로서 각기 손에 창과 칼을 들고 말 위에 앉아 있다.

그다음 서남방 문기 뒤에 있는 한 떼의 군사는 붉은 기에 흰 갑옷, 정
면에 있는 인군기 뒤로부터 나오는 장수는 급선봉 삭초와 왼편에 금모
호 연순, 바른편에 철적선 마린이다.

그리고 동북방 문기 뒤에 있는 군사는 검은 기에 푸른 갑옷, 전면에
세운 인군기 뒤로부터 나오는 장수는 구문룡 사진과 왼편에 도간호 진
달, 바른편에 백화사 양춘으로서 그들은 무기를 들고 말 위에 앉아 있다.

그다음에 서북방 문기 뒤에 있는 한 떼의 군사는 흰 기에 검은 갑옷,
전면의 인군기 뒤로부터 나오는 장수는 청면수 양지요, 왼편엔 금표자
양림, 바른편엔 소패왕 주통으로서 각각 무기를 들고 말을 타고 진두에
나와 선다.

이렇게 팔방으로 벌여 세운 진은 마치 철통과 같은데, 각 진문의 안
쪽에 있는 기병은 기병대에, 보병은 보병대에 붙어서 모두 손에 손에
칼, 도끼, 창 같은 것을 들고 대오를 정연히 하고 있고, 팔진(八陣)의 중
앙은 전부 행황기(杏黃旗)로서 사이사이에 육십사괘를 그린 장각기(長脚
旗)를 달고 모두 네 개의 문을 냈는데, 전부 기병으로서, 정남방의 황기
(黃旗) 뒤에는 상장(上將) 두 사람이 있으니, 위편은 미염공 주동이요, 아
래편은 삽시호 뇌횡으로서 군사들은 모두 누른 기에 누른 전포·누른 갑
옷·누른 말을 타고 있고, 동문은 금안표 시은, 서문은 백면낭군 정천수,
남문은 운리금강 송만, 북문은 병대충 설영이다. 그리고 황기 뒤컨에는
포가(砲架)가 수십 개 설치되었는데, 굉천뢰 능진이 부수(副手) 20여 명

을 거느리고 포가를 둘러섰으며, 포가 뒤에는 장수를 사로잡는 데 사용하는 요구(撓鉤)와 투삭(套索)이 수없이 많고, 그 뒤에는 잡색 아롱진 기들이 세워 있는데, 그 사방엔 이십팔수의 금박수기(金箔繡旗)가 늘어섰고, 그 중앙에는 가장자리를 진주로 두르고, 네 귀에 금방울을 달고, 꼭대기에 정의 꼬리를 꽂은 수자기(帥字旗)가 서 있는데, 그 기를 지키고 서 있는 장수는 어미(魚尾)의 관을 쓰고, 용린(龍鱗)의 갑옷을 입은, 키가 열 자나 되고 위풍이 늠름한 험도신 욱보사다.

그리고 그 수자기 좌우에는 두 사람의 호위장이 말을 타고 있는데, 똑같은 복장을 차리고 손에 강창을 들고 있으니, 한 사람은 모두성 공명이요, 한 사람은 독화성 공량이다. 그리고 이 두 장수의 앞뒤에는 스물네 명의 철갑을 입은 병정이 낭아곤을 들고 느런히 서 있으며, 또 그 뒤에는 두 개의 전수기(戰繡旗)가 서 있는데, 그 양편에 있는 스물네 개의 방천화극 가운데에 두 사람의 효장(驍將)이 서 있으니, 왼편이 소온후 여방이요, 바른편이 새인귀 곽성으로서 두 사람이 각기 화극을 들고 말을 세워놓고 있다. 그리고 화극과 화극 사이에는 강차(鋼叉)의 한 떼가 있고, 그것을 보병의 날쌘 장수 두 사람이 똑같은 복장을 차리고 지키고 있으니, 한 사람은 양두사 해진이요, 한 사람은 쌍미갈 해보로서 두 사람은 각기 세 뿔 난 연화차(連花叉)를 손에 들고 중군(中軍)을 지키고 있는데, 바로 그 뒤에 있는 두 필의 마상에는 왼편에 성수서생 소양이 앉아 있고, 바른편에 철면공목 배선이 앉아 있으며, 두 사람 뒤에는 붉은 옷을 입고 황제의 칙명을 받드는 절(節)을 가진 사람과 마찰도(麻扎刀)를 가진 병장들이 쭉 늘어서 있다.

그런데 마찰도가 이렇게 빽빽하게 들어선 그 가운데에 사형수의 사형을 집행하는 행형회자(行刑劊子)가 서 있으니, 한 사람은 철비박 채복이요, 한 사람은 일지화 채경이다. 그리고 그 뒤 양쪽에는 금창수·은창수가 늘어서 있는데, 양쪽에 각각 대장이 서 있으니, 금창대에는 금창수

서녕이요, 은창대에는 소이광 화영이다. 그리고 그 뒤에는 금의(錦衣)·화모(花帽)·비포(緋袍)·금오(錦襖)가 쌍쌍이 늘어섰고, 양쪽 가에는 벽당(碧幢)·취막(翠幙)·주번(朱旛)·조개(皁蓋)·황월(黃鉞)·백모(白旄)·청평(靑萍)·청전(靑電)과 월(鉞)·부(斧)·편(鞭)·과(撾)가 늘어서 있는 사이에 세 개의 금박으로 장식한 일산 밑에 세 사람의 영웅이 준마를 타고 앉았으니, 바른편에 성관(星冠)을 쓰고 학의 털로 만든 도의(道衣)를 입은 사람은 바람과 비를 마음대로 일으키는 입운룡 공손승이요, 왼편에 검은 두건을 쓰고 우선(羽扇)을 손에 들고 있는 사람은 문무겸전한 지다성 오용이요, 한가운데 희고 흰 조야옥사자를 타고 앉아 있는 사람은 인(仁)과 의(義)가 놀라워서 원수를 물리치고 오랑캐를 평정하는 정서정선봉(征西正先鋒)의 산동 급시우 호보의 송공명으로서, 손에 곤오보검(錕鋙寶劍)을 들고 전군을 지휘하며 중군을 장악하고 있다.

그리고 그의 좌측에는 신행태보 대종이 있어 그는 오로지 군사정보에 관한 일과 장병의 동정에 관한 일을 맡아보고, 우측에는 낭자 연청이 있어 그는 오로지 중군의 호위와 기밀에 관한 일만 처리하고 있는 것이다. 그리고 송강이 타고 있는 말 뒤에는 대극(大戟)·장과(長戈)·금안(錦鞍)의 준마가 질서정연하게 늘어섰는데, 그것을 35명의 아장이 타고 앉았고, 손에는 긴 창을 쥐고, 어깨엔 활을 걸쳤다. 그리고 또 그 뒤에는 군악을 맡은 화각(畵角)이 취주악을 하고 있는데, 진의 뒤켠에는 또 두 대의 유격군이 중군을 지키는 보익(輔翼)이 되고 있으니, 왼편에는 석장군 석용과 구미귀 도종왕이 보기병(步騎兵) 3천 명을 이끌고, 바른편에는 몰차란 목홍과 그의 아우 소차란 목춘이 보기병 5천 명을 거느리고 양옆에 각각 복병을 하고 있는 것이다.

그런데 역적 괴수 자칭 천자 왕경이 이조와 함께 장대 위에 올라와 이상과 같은 송강의 군사를 바라보고 있노라니까, 어느 사이에 송강군은 구궁팔괘진으로 진형이 변해버리는데, 군사들은 모두 용맹해 보이고, 장수들은 모두 영웅 같아 보인다.

왕경은 한참 동안 살펴보고 있다가, 너무도 송강의 군용이 놀라워 간 담이 서늘해지고, 혼이 나간 사람같이 되어 저도 모르게 한탄하는 소리가 입 밖에 새어나왔다.

"우리 군사가 번번이 진 것이 까닭이 있구나!"

이렇게 뇌까린 후, 정신을 가다듬은 왕경은 이조와 함께 장대에서 내려와 말 위에 올라앉았다. 장차 어찌되든 간에 싸움은 하지 않을 수 없다고 생각했던 모양인데, 왕경의 좌우에서는 금오(金吳)·호가(護駕) 등의 관원들과 수많은 내시들이 그를 호위한다.

이때 왕경은 전군의 선봉에게, 즉시 진을 나가 송강군을 치라는 명령을 내렸다.

마침내 양쪽 진에서는 함성이 요란하게 일어나고 동서에서 서로 대진했다.

그런데 이날의 간지(干支)는 목(木)에 해당하는 날이었다.

송강군의 진에서 이때 정서 쪽 문기가 좌우로 열리더니, 표자두 임충이 말을 달려 뛰어나왔다.

양쪽 군사가 또 일제히 함성을 지르는 가운데 임충은 말을 세우더니 기다란 팔사모(八蛇矛)를 꼬나쥐고 큰소리로 호통을 친다.

"이 무지막지한 미치광이 역적 놈아! 네 눈앞에 천병(天兵)이 왔는데도 항복을 하지 않느냐? 몸뚱어리가 개떡같이 되고 나서 후회해도 소용없다!"

이때 적의 진중에 있는 이조는 본시 점쟁이 출신인지라 수화금목토(水火金木土) 오행의 상생 상극하는 이치를 잘 알고 있으므로, 그는 급히 명령을 내려 우익초계군 유원과 반충에게 붉은 기의 군사를 이끌고 쳐들어가게 했다. 이것이 무슨 뜻이냐 하면, 서쪽 금(金)의 방향에서 나온 송강군을 이기려면 금을 이기는 화(火)라야 하고, '화'는 붉은 기의 군사를 뜻하는 것이라 함이었다.

유원과 반충은 명령대로 붉은 기의 군사를 이끌고 말을 채쳐 뛰어나갔다.

이렇게 해서 양쪽 군사가 일제히 함성을 올리며 북소리를 요란하게 울리는 가운데 임충은 유원을 상대해서 싸우기 시작했다.

두 장수가 살기충천해서 싸우기를 50여 합 하는 데도 승부는 나지 않는다.

이때 적장 중에서도 가장 용맹한 장수 유원이 이렇게 오래도록 싸움을 이겨내지 못하는 것을 본 반충이 칼을 휘두르며 말을 채쳐 들어가 유원을 도우니, 임충은 두 장수를 대적해 용감히 싸우다가 별안간 귀청이 떨어질 만큼 '으악' 소리를 지르면서 유원을 창으로 찔러 말 아래 떨어뜨렸다.

그럴 때 임충의 부장(副將) 황신과 손립이 말을 채쳐 나왔는데, 황신은 상문검(喪門劍)으로 대번에 반충을 쳐서 피를 내뿜으며 말 아래 떨어져 죽게 했다.

두 사람의 대장이 이같이 죽어버리니, 그 밑에 딸린 병정들의 정신은 성할 이치가 없다.

적의 진용은 흔들려버렸다. 그리고 적병은 중군에 급보를 올렸다.

왕경은 중군에 앉았다가 두 사람의 대장을 잃었다는 보고를 듣고 너무도 놀라워 급히 군사를 후퇴시키라는 명령을 내렸다.

이럴 때 송강군의 진에서 한 방의 포 소리가 들리더니, 군사들의 대열이 헝클어지면서 백군 다음에 흑군, 흑군 다음에 청군, 청군 다음에 홍군, 이렇게 서로 꼬리를 물고 장사진(長蛇陣)으로 변하면서 맷돌 모양으로 빙빙 돌기 시작했다.

이 모양을 본 왕경과 이조는 각 부대장에게 후퇴하지 말고 적을 공격하라는 명령을 내렸다. 그랬으나 송강군의 진은 철벽같아서 아무리 쳐도 뚫고 들어갈 도리가 없다.

마침내 왕경의 반란군과 송강의 관군은 처참한 백병전을 벌여 잠깐 동안에 시산혈해(屍山血海)를 이루어 마침내 반란군은 대패하고 관군이 대승하자, 왕경은 큰소리로 부하들에게 외쳤다.

"이 이상 어쩔 도리가 없다. 일단 남풍의 대궐로 돌아가 다시 대책을 마련하자!"

그러나 그가 이렇게 명령하고 있을 때, 후군 쪽에서 포 소리가 들리더니, 연락병이 달려와서 급보를 올린다.

"대왕님, 저 뒤쪽에서도 송군이 습격해옵니다!"

왕경이 이 말을 듣고 바라보니 과연 한 떼의 군사가 몰려오는데, 이는 하북의 옥기린 노준의로서 그는 한 자루의 점강창을 비껴들고 있는데, 왼편엔 병관삭 양웅이 박도를 들고 있고, 바른편엔 반명삼랑 석수가 역시 박도를 들고 1만 명의 정예한 군사를 휘몰아 왕경의 진 뒤를 지키고 있는 정부(正副)의 적진을 덮치는 판인데, 벌써 양웅은 단오를 거꾸러뜨리고, 석수는 구상을 죽여버리고서 조수같이 무서운 형세로 밀고 들어오는 것이었다.

왕경은 너무도 사세가 급하게 되어 어찌할 바를 모르고 있는데, 또 송강군의 진에서 한 방의 포 소리가 나더니, 왼편으로부터 노지심·무송·이규·초정·항충·이곤·번서·유당 등 여덟 명의 용맹한 두령이 1천 명의 보병을 거느리고 선장·계도·판부(板斧)·박도·상문검·비도·표창·단패를 휘두르면서 이웅과 필선을 오이나 호박처럼 베어 던지고 마구 쳐들어온다. 그리고 바른편으로부터는 장청·왕영·손신·장청·경영·호삼랑·고대수·손이랑 등 네 쌍의 영웅 같은 부부가 기병 1천의 병력을 휘몰고 이화창·편(鞭)·강창·방천화극·일월쌍도·강창단도 같은 것을 휘두르면서 적의 좌측 초계군을 마른나무의 썩은 가지 베어버리듯이 마구 쳐들어오니, 왕경의 중군은 문자 그대로 사분오열·칠단팔속 죄다 도망쳐버렸다. 이때 노준의·양웅·석수는 중군으로 쳐들어가던 중 뜻밖에 방한과 맞부딪쳐 노준의는 방한을 대번에 찔러 죽이고, 중군의 우익을 분쇄해 버리면서 왕경을 잡으려 돌진해 들어가다가 금검선생 이조를 만났다.

이조는 육효(六爻)에 만능할 뿐 아니라 검술에도 재주가 있었기 때문에 번개같이 칼로 춤추며 노준의에게로 달려들었다.

노준의가 적이 당황해할 때, 마침 송강의 중군(中軍) 한 떼가 이리로 들어오다가 선두에 있는 입운룡 공손승이 노준의의 모양을 보고 주문을 외우더니,

"빨리!"

소리를 지르니 이조의 손에 있던 칼이 저절로 쨍그랑 소리를 내면서 땅바닥에 떨어지는 게 아닌가.

이때를 놓칠세라 노준의는 말을 채쳐 들어가 이조의 허리를 거머쥐고 번쩍 쳐들었다가 땅바닥에 동댕이쳤다. 그러자 병정들이 와아 달려들어 이조를 꽁꽁 묶어버렸다.

노준의는 다시 창을 꼬나잡고 말을 채쳐 들어가며 왕경을 찾는데, 그의 위풍이 어찌나 사납던지 소리개가 제비를 쫓는 형국이요, 호랑이가 양을 쫓는 형국인지라, 적병들은 창을 내던지고 금고를 내버리고 형아, 아우야 부르면서 뒤죽박죽 달아나는 것이었다.

이와 같이 되어서 10만 명이 넘는 적군은 그 반수 이상 죽어서 시체는 들에 가득 차고, 피는 흘러서 강을 이루는 형편이었다. 그리고 항복해온 군사가 3만 명이요, 적장 유이경과 상관의 등 두 사람의 맹장은 초정이 내두르는 칼에 다 같이 말이 맞고 땅바닥에 굴러 떨어지자 한꺼번에 죽음을 당했고, 이응은 경영이 던진 돌멩이에 맞아 말 아래 떨어지자 화극(畵戟)에 찔려 죽어버렸다. 그리고 필선도 가까스로 도망쳐가다가 활섬과 왕정륙을 만나 박도에 맞아 죽고, 소위 상서·추밀·전수·금오장군이란 것들도 죄다 달아나지 못하고 죽은 자가 많은데, 오직 역적의

괴수 왕경의 그림자만은 어디로 내뺐는지 보이지 아니했다.

하여간 송군은 크게 승리했기 때문에 송강은 금고를 울리며 군사를 거둔 다음 남풍성을 향해서 진격하기로 했는데, 먼저 장청과 경영에게 5천 명 기병을 주어 정찰을 보낸 후, 다시 신행태보 대종으로 하여금 속히 가서 손안의 남풍공략 정보를 알아오라 명했다.

대종은 명령을 받고 즉시 신행법을 써 장청과 경영보다 앞서서 가더니, 얼마 지나지 아니해서 돌아와 보고를 하는 것이었다.

"큰일 났습니다. 손안 형이 아주 궁지에 빠져 있습니다."

"아니, 대관절 어떻게 됐다는 거요?"

송강은 눈이 둥그레졌다.

"손안 형이 적군을 가장하고 성내로 몰래 들어가려 했지만, 적군이 그 눈치를 채고 미리 성안에다 함정을 파놓고 성의 동문을 열고 손안의 군사를 들어오게 했더라나요. 그래 손안의 배하에 있는 매옥·김정·필첩·반신·양방·풍승·호매 등 일곱 명의 부장은 서로 앞을 다투어 동문 안으로 뛰어들다가, 백 명의 군사와 함께 모두 함정에 떨어졌답니다."

"그래서?"

"그래, 양쪽에 숨어 있던 적의 복병이 튀어나와 창으로 매옥 등 5백 명을 죄다 찔러 죽였다는군요. 다행히 손안은 뒤에 있다가 이 꼴을 면했는데, 다시 용기를 내어 성문을 치고 들어가 함정을 메우고, 친히 선두에 서서 군사를 끌고 성내로 쳐들어갔더니, 적군이 대항을 못 하고 물러났기 때문에 동문을 빼앗기는 했지만, 또 금시에 적병이 사방에서 에워싸는 바람에 손안의 군사는 동문에 갇히어 꼼짝을 못 하게 됐다는군요! 그래서 저는 그렇게 된 것만 알아 급히 돌아오다가 도중에 장(張) 장군과 장의인(張宜人)을 만나 그 이야기를 했더니, 두 분은 군사를 몰고 그리로 달려갔습니다."

송강은 그 말을 듣고, 대군을 재촉하여 급히 달려가서 남풍성을 포위했다.

이때 장청과 경영은 이미 동문에 들어가 손안으로 하여금 동문을 지키고 있게 해놓고, 두 사람은 적군과 맹렬히 싸우고 있는 중이었다.

송강 이하 여러 장수들은 동문으로 조수같이 몰고 들어가 성지를 점령하고, 네 개의 성문에 기를 꽂았다.

이렇게 되어 적병이 전멸되는 사이에 성중에 있던 괴뢰관원들이 범전과 함께 몰살당했다.

그런데 소위 왕비 노릇을 하던 단삼랑은 송군이 입성했다는 소식을 듣고, 원래 기운이 있는 데다 말 타는 재주까지 있는 터라, 급히 기운꼴이나 쓰는 내시 백여 명을 무장시켜 왕궁의 후문으로 빠져 서문으로 나가 운안군(雲安軍)으로 내빼려 했다.

그랬는데 그때 벌써 경영이 군사를 끌고 왕궁의 후원으로 쳐들어왔다.

단삼랑은 칼을 뽑아들고 내시들을 돌아보며,

"모두들 죽기를 맹세하고 싸워라!"

이렇게 소리를 질렀다. 그러고는 송군을 향해 돌진하려 했는데, 어느새 경영의 손에서 날아온 돌멩이는 단삼랑의 얼굴을 정통으로 때렸다.

단삼랑은 '앗' 소리와 함께 피를 흘리며 말 아래로 굴러떨어졌다.

이때 송군이 와아 달려들더니 단삼랑을 꽁꽁 묶어버렸다. 이러는 동안 단삼랑을 호위하던 백여 명의 내시들은 죄다 송군의 칼에 맞아 죽었다.

경영은 단삼랑을 사로잡은 뒤 군사를 몰고 후원에 있는 내궁으로 쳐들어갔다.

내궁에 있던 궁녀들은 송군이 쳐들어오는 것을 보고, '아이고 아이고' 울부짖으며 우물에 뛰어들어 죽는 것에, 칼로 목을 찌르는 것에, 섬돌 아래로 거꾸로 떨어져 죽는 것에, 태반이나 이렇게 자결해버리는 것이었지만, 나머지 반수는 모두 경영이 군사를 시켜 묶어서는 송강 앞으로 끌고 가게 했다.

송강은 대단히 만족해하고 단삼랑 등 일동을 전부 감금해놓고, 왕경을 붙잡기만 하면 이것들을 모두 서울로 압송할 작정으로 다시 장병들로 하여금 사면팔방으로 왕경의 행방을 찾아보라 했다.

그런데 왕경은 조금 전에 기병 수백 명을 거느리고 송군의 포위망을 벗어나 남풍성의 동쪽까지 도망해갔었는데, 이때 성내를 내려다보니 송군이 벌써 성내를 짓밟고 있을 뿐 아니라, 또 대부대가 쫓아오고 있는 게 아닌가. 그는 간담이 서늘하여 북쪽을 향해 도망질치며 좌우를 살펴보니 겨우 백여 기(騎)가 따라올 뿐, 그 외엔 평소에 신뢰하던 부하들도 죄다 도망가고 없었다.

왕경은 저를 따라오는 백여 명과 함께 운안을 바라보고 도망가다가 도중에서 근시 한 사람을 보고 말했다.

"내게는 아직도 운안, 동천, 안덕의 세 곳 성이 있다. 강동이 비록 작은 지방이기는 하지만, 왕으로 지내기는 족하다. 다만 오늘날 이렇게 된 나를 버리고 달아나버린 관원들이 괘씸할 뿐이다. 평소에 내가 녹(祿)을 후하게 주었건만, 그래 이렇게들 달아나버려야 옳단 말이냐? 내가 다시 군사를 일으켜 송군을 무찌른 담엔 나를 버리고 달아난 놈들을 모조리 잡아다가 잘게 썰어 소금에 절여버리겠다!"

왕경은 이같이 분해하면서 백여 명 부하를 끌고 밤새도록 조금도 쉬지 않고 달려, 날이 훤히 밝을 무렵에는 운안성이 멀리 바라다 보이는 곳까지 왔다.

그때 왕경은 말 위에서 운안성을 바라다보고 기뻐했다.

"성내의 장병들은 제각기 모두 규율을 지키고 있구나. 기표(旗標)가 정연하니 말이다!"

왕경은 감탄하면서 성을 향해 말을 몰았다. 그럴 때 부하들 가운데

글을 아는 자가 돌연 큰소리로 외쳤다.

"대왕님, 큰일 났습니다. 저 성벽 위에 있는 것이 모두 송군의 깃발입니다!"

이 소리를 듣고 왕경이 바라보니, 과연 동문 성벽 위에 펄럭거리고 있는 깃발에 금박으로 쓰인 커다란 글자가,

'정서 송선봉 휘하 수군정장 혼강(征西 宋先鋒 麾下 水軍正將 混江)'

이렇게 열석 자만 보이고, 그 밑에도 무슨 자인지 석 자가 있기는 한데, 바람에 깃발이 나부껴 분명히 보이질 않았다.

하여간 왕경은 그것을 보고 너무 놀란 까닭에 사지가 별안간 굳어버리고 입이 다물어지지 아니했다. 대관절 송군이 하늘로부터 내려왔단 말인가?

왕경이 넋을 잃고 있을 때, 지혜 있는 근시 한 사람이 왕경의 앞으로 다가와 말했다.

"대왕님, 이러고 계실 때가 아니올습니다. 입으신 옷을 빨리 갈아입으시고, 동천으로 가셔야 하겠습니다. 만일 성내에서 대왕님이 여기 오신 것을 보기만 한다면 또 변이 생길 겁니다."

"옳은 말이야!"

왕경은 즉시 금박으로 장식한 두건을 벗고, 해와 달을 수놓은 망포(蟒袍)를 벗고, 푸른 구슬로 장식한 띠도 끄르고, 금실로 얽은 조화(朝靴)도 벗고, 편복에 가죽신으로 복장을 바꿨다.

그리고 시종들도 모두 옷을 갈아입고서 운안성을 옆으로 지나, 상갓집 강아지처럼, 그물에서 벗어난 물고기처럼, 오솔길로 동천을 향해 도망쳤다.

이같이 얼마를 달아나려니 사람이나 말이나 모두가 다리는 아프고 배는 고파서 견딜 수 없는데, 길가에는 집들이 있기는 하지만 백성들은 여러 해 동안 도둑들한테 들볶이다가 이번엔 또 전쟁이 터졌대서 모두

피난 가고 없기 때문에 개소리, 닭소리조차 들리지 않고, 물 한 모금 얻을 수 없는 형편이니, 어디 가서 주식(酒食)을 구할 수 있을까 보냐.

이럴 때 왕경을 따라오던 군사들 중에 또 6, 70명의 부하가 배탈이 나 변소에 간다 핑계 대고는 죄다 도망해버렸다.

왕경은 기 막히는 심정으로 남아 있는 30여 기를 거느리고 도망길을 재촉하여, 날이 어둑어둑할 때 간신히 운안 관하의 개주(開州) 땅에 닿기는 했지만, 강물이 길을 막고 흐르고 있는 것이었다. 이 강물 이름은 청강(淸江)으로, 멀리 달주에 있는 만경지(萬傾池)에서부터 흘러내리는 물이라, 냇물이 맑고 깨끗하다고 해서 그렇게 부르는 것이다.

왕경은 강물 가에 서서 좌우를 둘러보며 말했다.

"어디서든지 배를 구해다가 이 강을 건너가야 하지 않겠느냐?"

그러자 왕경의 뒤에서 근시 한 사람이 손으로 한쪽을 가리키면서,

"예, 저기 갈대밭 위에 기러기 떼가 앉아 있는 게 보이죠? 거기 어선(漁船)이 여러 척 보이는군요."

이렇게 말하는 고로 왕경이 바라보니, 과연 남쪽 언덕 아래 갈대밭이 있고, 어선이 여러 척 보인다.

그들은 일제히 남쪽 강변으로 내려갔다.

때는 초겨울, 날씨는 청명해서 하늘엔 구름이 한 점도 없는데, 가까이 가서 보니, 수십 척의 어선이 고기를 잡기도 하고, 그물을 넣어놓고서 말리기도 하고, 그중 두어 척은 배를 중류에 띄워놓고 몇 사람이 둘러앉아 커다란 사발로 술을 마시며 떠들고 있다.

이 광경을 보고 왕경은 탄식했다.

"저 사람들은 걱정이 없어 저렇게 즐겁게 지내는데, 나는 저 사람들만도 못하구나. 저 사람들도 내가 다스리고 있던 백성일 테지만 지금 이렇게 괴로운 내 사정은 몰라주겠지!"

왕경의 곁에서 근시가 이 말을 듣고 어선을 향해 큰소리로 불렀다.

"여보 어부들, 배를 대여섯 척 가지고 와서 우리를 좀 건네주게. 돈은 두둑이 줄 테니까."

이 소리를 듣고 어부 두 사람이 술 사발을 내려놓더니 삐걱삐걱 소리를 내며 노를 저어 배를 언덕으로 끌고 오다가 배가 강변에 닿으니까, 고물 쪽에 있던 어부가 삿대로 강바닥을 밀어 배를 강변에 바싹 붙이고 나서 왕경의 모양을 아래위로 훑어보고는,

"재수 좋구나. 술값이 또 생겼네. 어서 빨리 타. 타."

이렇게 한마디 하는 것이었다.

근시 한 사람이 왕경을 말 위에서 내려놓았다.

왕경이 배 앞에 와서 그 어부를 보니, 키가 9척이나 되고, 눈썹은 시꺼멓고, 눈은 크고, 얼굴빛은 붉고, 수염은 철사같이 빳빳하게 생겼는데, 말소리는 종소리같이 우렁우렁 울린다.

이렇게 생겨먹은 어부가 왕경을 보더니, 한 손으로 왕경을 끌어당겨 배 위에 올려놓는 동시에, 한 손으로는 삿대로 강바닥을 떠다미니, 한숨에 배는 강변에서 열 간 이상 물 가운데로 나와버렸다.

이렇게 되니, 강변에 남아 있게 된 왕경의 수행인들은 당황하여 일제히 소리를 지르는 게 아닌가.

"야, 빨리 배를 돌려대라! 우리도 타고 건너가야 하잖아?"

그러나 어부는 배를 돌려대기는커녕, 눈을 부라리면서 왕경을 보고 호령을 하는 것이었다.

"잘 왔다. 그래, 어디로 가자는 거냐?"

이렇게 한마디 하고서 어부는 삿대를 놓더니, 두 손으로 왕경의 멱살을 움켜잡고 뱃바닥에다 메어꽂는 게 아닌가.

창졸간에 당한 일이라 왕경이 어쩌지를 못하고 다시 일어나려 버르적거릴 때, 노 젓는 쪽에 앉아 있던 어부가 또 달려들어 왕경을 못 일어나게 잡아누른다.

이럴 때 저편에서 그물을 말리고 있던 어부들은 이쪽에서 왕경을 잡아놓는 것을 보고 일제히 강변으로 뛰어올라 가더니, 왕경의 일행 30여 명을 한 사람도 놓치지 않고 죄다 잡아버렸다.

대관절 이 사람들이 어떻게 된 어부들이냐 하면, 이 삿대질을 하던 사나이는 혼강룡 이준이요, 노를 젓고 있던 사나이는 출동교 동위요, 그리고 그 밖의 어부들은 모두 송강의 수군(水軍)들인데, 이번에 이준은 송강의 명령을 받고 적의 수군을 치러 나왔다가 구당협(瞿塘峽)에서 적의 수군과 충돌하게 되어 적의 수군도독 문인세승을 죽이고, 부장(副將)으로 있는 호준(胡俊)을 사로잡은 후 적군을 아주 섬멸시켰다. 그런데 이준은 그때 호준의 비범한 외양을 보고 차마 해치기 아까워서 그를 용서했다.

그랬더니 호준은 그 은혜에 감복하여 이준을 위해 운안을 지키고 있는 동료들을 감쪽같이 속여 수문을 열게 하고 들어가 성을 빼앗은 후, 소위 유수랍시고 그곳에 앉아 있던 시준(施俊)을 잡아 죽였다.

이렇게 해서 운안을 점령한 후 이준은 역적의 괴수 왕경이가 이번에 아군과 싸워 지기만 하면 반드시 본거지로 돌아오리라 짐작하고, 장횡과 장순에게 성을 수비하는 책임을 맡기고 자기는 동위·동맹과 함께 수군을 이끌고 어선으로 가장하여 이곳에 와서 기회를 기다리는 한편, 원소이네 삼형제도 어부로 가장시켜 염여퇴(灩澦堆)·민강(岷江)·어복포(魚復浦) 등지에 가 몸을 숨기고 정탐을 하도록 했던 것이다.

그랬는데 마침 조금 전에 왕경이가 말을 타고 선두에서 오고, 그 뒤에 부하들이 호위해오는 것을 보고, 이놈이 반란군 측의 어떤 두목인 줄로 짐작했었지만, 이놈이 바로 원흉인 줄은 몰랐었다.

그래 이놈들을 죄다 잡아놓고 나서 심문을 해본 결과 비로소 이놈이 왕경임을 알고, 이준은 너무도 좋아 손뼉을 치고 웃으며, 밧줄로 왕경을 꽁꽁 묶어 운안성으로 끌고 갔다. 그러고서 이준은 사람을 보내 원소이

네 삼형제를 불러오게 한 후, 장횡 두 형제와 함께 운안성을 수비하도록 부탁하고, 이준 자신은 항복해온 장수 호준과 함께 왕경 등 일행을 송선봉의 군전으로 압송해갔다.

이렇게 압송해가다가 도중에서 송강이 이미 남풍을 점령했다는 사실을 알고서, 이준 일행은 곧장 남풍성 안으로 들어가 왕경을 원수부에 인계했다.

마침 이때 송강은 모든 장수들이 왕경을 놓쳤기 때문에 속으로 무한히 근심하고 있던 판이라, 이준이 왕경을 붙들어왔다는 보고를 받고 여간 기뻐하지 아니했다.

"참, 훌륭한 공적이오! 큰 공을 세워줘 참 고맙소!"

이준은 송강으로부터 이렇게 칭찬을 받고 나서 항장(降將) 호준을 송강의 앞으로 데리고 와서 말했다.

"공적은 사실상 이 사람이 세운 것이랍니다."

송강은 이 사람의 성명을 묻고, 또 이준으로부터 이 사람이 속임수를 써 운안을 빼앗은 경과 이야기를 듣고는 기뻐하기를 마지않으면서 그에게 상을 후하게 내리고, 또 위로를 하고 난 다음, 여러 장수들과 함께 동천과 안덕 두 곳의 성을 칠 방침을 토의하기 시작했다.

그러자 이 좌석 말단에 새로 참석한 항장 호준이가 자리에서 일어나 의견을 말하는 것이었다.

"선봉님! 그 일은 걱정 안 하셔도 좋습니다. 제게 한 가지 계교가 있습니다. 제 말씀대로 하시면 그 두 곳 성은 힘 안 들이고 그냥 뺏을 수 있습니다."

이 말을 듣고 송강은 자리에서 일어나 그에게 예를 하고 나서,

"어떤 좋은 계책인지, 원컨대 자세히 말씀 좀 하시지요."

이렇게 겸손하게 물었다.

"네, 말씀드리겠습니다. 동천성을 지키고 있는 수장은 바로 저의 동

생 호현(胡顯)이라는 사람이올시다. 저는 이준 장군으로부터 목숨을 건져주신 은혜를 받았으므로, 이 은혜에 보답하기 위해 동천의 제 동생 호현을 찾아가서 타일러 데리고 오렵니다. 제 동생이 항복하고 난 뒤엔, 외톨이로 남아 있게 될 안덕성은 선봉님이 싸움을 하지 아니해도 저절로 항복해 들어오게 될 것입니다.”

"좋습니다! 그럼, 말씀대로 그렇게 하십시다.”

송강은 대단히 만족한 표정을 짓고, 곧 이준과 함께 호준을 동천으로 보내기로 했다.

방납의 반란

그러고 나서 송강은 아직까지 완전히 수복되지 아니한 작은 고을들을 수복하기 위해 여러 군데로 장수들을 파견하는 동시에, 대종에게 상주문(上奏文)을 주어 서울로 가서 금후의 방침에 대한 지시를 조정에 청하도록 하고, 진안무와 숙태위에게는 보고문을 전하게 했다.

이렇게 대종을 서울로 보낸 뒤에 송강은 왕경이 거처하던 소위 대궐 안에 장수를 파견하여, 금은주옥과 그 외 귀중한 재물은 모조리 꺼내고서 용루(龍樓)니, 봉각(鳳閣)이니, 취옥(翠屋)이니, 주헌(珠軒)이니 하는 전각들과 나라에서 금하는 기장(器杖)과 의복 등속을 모조리 불사르게 하고, 운안에도 사람을 보내어 장횡 등으로 하여금 소위 행궁(行宮)과 그 외 모든 기구를 불살라버리게 했다.

한편, 서울을 향해 길을 떠난 대종은 먼저 형남으로 가서 진안무에게 보고문을 전했더니, 진안무는 자기도 보고문을 한 통 써가지고 대종에게 주면서 함께 조정에 제출해달라고 부탁하는 것이었다.

대종은 그것을 받아 서울로 올라와 숙태위에게 전하고, 송강의 예물을 바쳤다.

이렇게 되어 올라온 송강의 상주문을 받아본 휘종 황제는 용안에 희색이 가득하여 즉시 성지를 내리고, 회서로 사람을 보내 여러 가지 일을 처결하도록 명령했다.

첫째, 역적의 괴수 왕경은 서울로 압송해온 후 명령을 기다려 처형하고, 그 밖의 단삼랑과 소위 비빈(妃嬪)이니 관원이니 하는 따위는 모두 회서의 저잣거리에서 목을 베어 높이 달도록 할 것.

둘째, 왕경의 포악한 정치에 시달리던 백성들에게는 군량미만 남겨놓고 있는 대로 집집마다 골고루 나누어줄 것.

셋째, 진중에서 싸우다가 죽은 공이 있는 항장(降將)들에게는 각각 후하게 관위(官位)를 추증(追贈)할 것.

넷째, 회서 지방에서 정·부(正副) 관원이 결원되어 있는 각 고을에 대해서는 조속히 관원을 임명하여 장령들과 교체할 것.

다섯째, 각 고을에 있던 관원들로서 위협에 이기지 못해 역적 놈에게 부역을 했지만 다시 바른 길로 돌아온 사람에 대해서는 진관(陳瓘)이 사정을 잘 알아보고 적당히 처리할 것.

여섯째, 이번 토벌 작전에서 공을 세운 모든 장령들에 대해서는 서울로 돌아온 뒤에 각각 논공행상을 할 것.

이상과 같은 칙명이 내리자 대종은 급히 이것을 보고하러 송강에게 돌아갔는데, 이때 벌써 진안무는 남풍성 안에 들어와 있었다.

그리고 저 호준도 그 사이 저의 동생 호현을 항복시켰던 고로, 호현은 동천에 있는 군인과 민간인의 호적부와 조세대장을 바치고, 성문을 열어놓고서 처분만 기다리고 있는 형편이요, 안덕 고을의 역적도 동천을 따라 귀순하고 말았다. 이렇게 되어 운안·동천·안덕 세 곳 지방에서는 이제 농부가 마음놓고 농사를 짓게 되었고, 상인도 마음놓고 장사를 하게 되었으니, 이것이 모두 이준의 공이다.

이제 왕경에게 빼앗겼던 8군 86주현(州縣)이 모두 수복되었다.

그런데 대종이 서울로부터 남풍으로 돌아온 지 십여 일 되니까, 조서를 받든 칙사가 도착했다.

진안무는 여러 관원들과 함께 나아가 칙사를 맞아들인 후, 성지를 받들었다.

다음날 아침 일찍이 칙사가 서울로 돌아간 뒤에 진안무 진관은 단삼랑·이조, 그리고 이것들과 함께 역적질을 하던 무리들을 옥으로부터 끌어내어 참수의 형(刑)을 언도하고, 남풍의 저잣거리에 내다가 목을 벤후, 그 목들을 성문 위에 매달아두게 했다.

단삼랑은 어렸을 때부터 여자의 길을 밟지 않고 말괄량이 짓만 하다가 나중엔 제 맘대로 사내를 골라 서방을 삼고, 하늘에 거슬리는 큰 죄를 범한 끝에 필경엔 그 모가지가 몸뚱어리에서 떨어져버렸을 뿐 아니라 저의 집 가족들까지도 모두 이같이 희생시키고 말았다. 다만 그의 부친 단태공만이 이보다 먼저 방산의 산채에서 죽었던 것이다.

그 이야기는 지면 관계로 여기서는 그만두기로 한다. 진안무와 송선봉은 이준·호준·경영·손안 등의 공을 공적부에 기록해놓고, 또 각처에 방을 써붙여 백성들을 안심시킨 까닭에 86개 주현이 다시 햇빛을 보게 되었고, 모든 백성들은 양민이 되었으며, 그 밖에 일시 역적 놈들한테 부역했던 사람 가운데서도 남을 해친 일이 없는 사람들에게는 죄를 주지 않고 다시 생업을 붙잡고 선량한 백성으로 살아가게 해주었다.

그런데 서경을 지키고 있던 교도청과 마령은 새로 임명된 신관(新官)이 도착했으므로 남풍으로 돌아왔고, 그 밖의 각 처 주현에도 신관이 부임하여, 이준을 위시해서 장씨 형제·원씨 삼형제·동씨 형제 등 아홉 명도 신관과 교대되어 모두 남풍으로 모여 왔다.

이렇게 되어서 진안무와 그 밑에 있는 여러 관원들과 송강 이하 1백 8명의 두령들과 하북의 항장들이 모두 남풍에 모이게 되었으므로, 진안무는 크게 태평연(太平宴)을 열게 한 후, 서로 경사를 축하하고, 장병들의 노고를 위로해주었다.

이때 송강은 공손승과 교도청에게 부탁하여 주야 7일 동안 전몰한 장병들과 회서에서 죄도 없이 원통하게 죽은 사람들의 원혼을 위로해 주었다.

그런데 이 제사가 막 끝났을 때, 손안이 급한 병으로 진중에서 죽었다는 슬픈 보고가 올라왔다.

송강은 못내 슬퍼하고, 그 유해를 예로써 용문산 기슭에다 안장하게 했는데, 이때 교도청은 누구보다도 지극히 슬퍼하면서 눈물을 흘리며 송강에게 탄원하는 것이었다.

"손안은 저와 한 고향 사람이요, 또 친구들 중에서도 가장 친한 친구였습니다. 그 사람은 부친의 원수를 갚은 게 죄가 되어 그만 도적의 무리 속에 몸을 던졌던 것입니다만, 다행히 선봉께서 건져주셨기에 앞날에 희망을 걸고 지내던 터인데, 이렇게 뜻밖에 일찍이 죽을 줄 누가 알았겠습니까. 제가 선봉님의 휘하에 들게 된 것도 말하자면 손안 형이 지도해준 덕택입니다. 지금 그 사람이 죽어 없어지고 나니, 저는 이 세상에 정이 떨어지고 말았습니다. 제가 두 분 선봉님의 은혜를 어찌 한시인들 잊을 리가 있겠습니까마는, 저의 소원이오니 제발 저를 촌으로 돌려보내 주십시오. 밭이나 일궈가며 여생을 보내다가 해골을 그곳에 묻게 해주십시오."

이때 마령도 교도청이 이같이 송강에게 탄원하는 것을 보고 자기도 탄원을 하는 것이었다.

"저도 교도청 형님과 같이 가도록 허락해주십시오. 소원입니다!"

송강은 두 사람이 이같이 탄원하는 소리를 듣고 얼굴빛이 어두워지면서 머리를 떨어뜨리고는 말을 못 했다. 두 사람의 결심이 너무도 강해 아무리 붙든다 해도 소용이 없을 것이라 생각되었던 까닭이다.

한참 생각한 끝에 송강은 두 사람과 작별키로 작정하고 송별연을 열었다. 그리하여 술과 안주를 내다놓고 진안무 이하 모두가 둘러앉아 술을 마시기는 하지만, 별로 이야기를 하는 사람이 없는데, 그 중에서도 공손승은 더욱 말이 없었다.

조금 있다가 교도청과 마령은 송강과 공손승에게 작별 인사를 하고, 다시 진안무에게도 인사를 드리고 표연히 떠나버리고 말았다.

후일 두 사람은 함께 나진인한테로 가서 도(道)를 배우는 것으로 여생을 보냈다. 두 사람을 떠나보낸 뒤에 진안무는 회서 지방의 여러 고을 백성들에 대한 구제와 선무(宣撫)를 끝내고 선봉과 두령들에게 서울로 개선할 준비를 하라고 명령했다. 그런데 이 '회서'라는 이름은 회하(淮河)와 독수(瀆水)의 서쪽을 통틀어서 부르는 이름으로 송(宋)나라 사람들은 완주·남풍까지 모두 회서라고 하는 터였다.

진안무의 명령을 받은 송강은 우선 중군으로 하여금 진안무·후참모·나무유 등 세 분을 호위해서 출발하도록 하고, 수군 두령들은 배를 끌고 먼저 서울로 돌아가 성 밖에 주둔해 있으라 이른 다음, 소양으로 하여금 이번 사적의 글을 짓게 하고, 김대견으로 하여금 비(碑)를 새기게 하여, 남풍성 동쪽에 있는 용문산 기슭에 그 비를 세우게 했다. 그런데 이 고적은 지금도 남아 있다.

회서에서 항복한 호준·호현 두 장수가 이때 송강을 위해 송별연을 열었다. 그리고 이것은 물론 후일의 이야기지만 송강이 서울에 돌아가 대궐에 들어갔을 때, 호준과 호현 형제가 마음을 바로 잡고 두 개의 성을 조정에 바친 공이 있음을 휘종 황제께 아뢰었던 까닭으로 천자는 특히 그들에게 동천수군단련(東川水軍團練)의 직함을 내렸다.

하여간 송강은 호준 형제의 송별연을 받은 후 군사를 다섯 대로 나누어 일제히 출발하기로 했는데, 각 고을의 수비를 담당하는 군사를 남겨놓고, 또 자기 고향으로 돌아가겠다는 군사를 빼내고서도 십 수만 명이나 되었다. 그래서 송강은 이 군사들만 거느리고 남풍을 떠나 며칠 만에 추림도(秋林渡)라는 곳에 다다랐다. 그런데 이 추림도는 완주 관하에 있는 내향현(內鄕縣) 추림산 남쪽에 있는 아주 경치가 좋은 곳이다.

송강이 마상에서 좌우의 산천과 수석(水石)을 보며 가다가 문득 머리 위를 바라보니, 하늘 높이 두 줄로 열을 지어 날아가던 기러기떼가 갑자기 열을 헝클고 어떤 놈은 높이, 어떤 놈은 낮게, 무질서하게 나는 것이 아마도 무엇엔가 놀란 모양 같았다.

'괴상한 일이다. 무엇이 있나 보다.'

송강이 이상히 생각하고 신경을 날카롭게 돋우고 있노라니까, 전군에서 '와아' 하고 갈채하는 소리가 들리는 게 아닌가.

"왜들 저러느냐? 가보고 오너라!"

송강은 좌우를 보고 이렇게 명령했다. 그랬더니 군사 하나가 앞으로 달려갔다 돌아와 보고하는 것이다.

"낭자 연청이 활쏘기를 연습한다고 공중에 나는 기러기를 보고 쏘는데 화살이 하나도 빗나가지 않고 벌써 십여 마리를 맞혀 떨어뜨렸습니다. 그래, 여러 장수들이 놀라서 저렇게들 떠들고 있습니다."

"알았다. 그럼, 연두령을 이리 불러오너라."

조금 있다가 연청이 말을 타고 달려와 송강 앞에 내리며,

"부르셨습니까?"

하고 옆에 와 선다.

말의 안장 뒤에는 죽은 기러기 몇 마리가 매달렸다. 송강은 그것을 본 후 연청에게 묻는 것이었다.

"조금 전에 자네가 기러기를 쏘았나?"

"네, 제가 활을 배운 지 얼마 안 돼서 활 공부를 하느라 마침 공중에 기러기떼가 날아가기에 우연히 쏘아봤지요. 그랬더니 뜻밖에도 화살이 하나도 빗나가지 않고 맞혀 떨어뜨리는군요."

송강은 연청의 대답을 듣고 천천히 말했다.

"우연히 활을 쏘아봤다니, 그게 무슨 말인가? 군인이 활 쏘는 것을 배우는 일은 당연한 일이고, 그 위에 모조리 맞혔다면 그건 솜씨가 훌

룽한 증거겠지. 하지만 기러기라는 새는 추위를 피해 천산(天山)을 떠나 갈을 물고 장성(長城)을 넘어 강남의 따뜻한 지방으로 찾아가서 벼나 수수 같은 곡식을 먹다가 이른 봄이 되면 돌아가는 새들일세. 그런데 기러기만큼 인의(仁義)를 지키는 새가 없느니! 기러기가 날 적엔 10여 마리씩, 혹은 3, 40마리씩 떼를 지어 날지만, 서로 사양을 하여 손위 것은 앞에서 날고 손아래 것은 뒤에서 날고… 이렇게 차례차례 순서 있게 날아가지 결코 질서를 깨치지 않는단 말이야. 밤이 되어 잘 때에는 교대로 잠을 자면서 적을 경계할 줄 알고, 수컷이 암컷을 잃거나 암컷이 수컷을 잃었을 때엔 제가 죽을 때까지 새로 짝을 구하지 않는 영물이란 말일세. 그런 까닭으로 기러기는 인의예지신의 오상(五常)을 구비한 새라네.

아까도 공중에서 죽은 기러기를 보고 모두 슬피 울기만 하고 어디 다른 짝에 덤벼들기나 하던가? 이게 인(仁)이거든! 그리고 한 번 배필을 잃었으면 죽을 때까지 다시는 짝을 구하지 아니하니 이게 의(義)가 아니고 무엇인가? 차례에 따라 앞뒤로 순서를 어지럽게 하지 않는 것, 이것은 예(禮)라는 거야. 독수리나 매를 미리 피하기 위해 입에다 갈을 물고 장성을 넘어가는 것, 이것은 지(智)야. 가을엔 남쪽으로 갔다가 봄이면 북쪽으로 가기를 어기지 아니하니 이것은 신(信)이 아니고 무언가? 이렇게 오상을 구비한 새를 쏘아 죽이다니, 어찌 그렇게 잔인한 짓을 하나? 하늘에서 떼를 지어 서로 불러가며 나는 것이 꼭 우리들 형제와 같지 않은가? 자네가 그 중에서 몇 마리를 쏘아 떨어뜨렸다는 것은 마치 우리들 형제 중 몇 사람을 잃은 거나 한가지이니, 생각해보게! 그렇게 됐다면 우리들의 마음은 어떻겠나? 이다음엔 이런 새를 결코 해치지 말란 말이야."

"형님! 제가 모르고 잘못했습니다. 다시는 그러지 않겠습니다."

연청은 송강의 말에 자기 잘못을 깊이 깨닫고 진심으로 사과를 하는 것이었다. 송강은 그때 하늘을 바라보며 시를 한 수 읊는다.

산마루 기구하고

냇물은 아득한데

열 지어 날아가던

기러기떼 짝을 잃고

이 밤에 슬피 우누나.

남의 애를 끊누나.

山嶺崎嶇水渺茫

橫空雁陣兩三行

忽然失脚雙飛伴

月冷風淸也斷腸

이같이 시를 읊고 나니 송강의 마음은 한층 더 비창해졌다. 눈에 보이는 것이 모두 쓸쓸하기 짝이 없다.

그날 밤 부대는 추림도에서 숙영(宿營)하게 되었는데, 송강은 막사 안에서도 아까 연청이가 기러기를 쏘아 죽인 일이 자꾸만 생각되어 마음을 괴롭히는 까닭에 오랫동안 잠을 이루지 못하다가, 종이를 내놓고 붓을 들어 가슴속에 들어 있는 회포를 노래로 적어 이것을 오용과 공손승에게 보였다.

두 사람이 받아 그 노래를 읽어보니 송강의 마음이 대단히 언짢은 모양이라, 그들은 술을 내다 송강에게 권하며 밤이 늦도록 이야기를 하다가 잔뜩 취한 후 잠자리에 들어갔다.

이튿날, 날이 밝은 뒤 그들은 말을 타고 다시 남쪽으로 길을 재촉하는데, 때는 깊은 겨울이라, 천지 만물이 벌거벗고 있어 보이는 것이 쓸쓸한 풍경뿐이라 송강의 마음은 무어라 말할 수 없을 만큼 적적했다.

이윽고 부대가 서울에 당도하자 송강은 군사를 진교역(陳橋驛)에 주둔시키고 천자(天子)의 성지를 기다리기로 했다.

그런데 이보다 앞서 진안무와 후참모의 중군은 성내에 들어가 송강 등의 공로를 천자께 아뢰었는데, 지금 송선봉 이하 장병들이 개선해 돌아와 관소(關所) 바깥에 도착했다는 소식이 들리므로, 진안무는 다시 천자 앞에 나아가 송강 등 여러 장수의 노고를 자세히 아뢰었다.

　　휘종 황제는 진안무의 말을 듣고 그들을 칭찬한 뒤에 진관·후몽·나전의 관직을 각각 승진시키고, 은과 비단을 상품으로 하사하고, 또 성지를 내려 황문시랑(黃門侍郞)으로 하여금 송강 등에 그대로 무장을 한 채 입성하여 배알하도록 했다.

　　이렇게 되어 송강 등 1백 8명의 장수는 성지를 받들어 전장에 올 때나 마찬가지로 전포를 입고, 혁대를 띠고, 투구를 쓰고, 갑옷을 입고, 위에 금오(錦襖)를 걸치고, 금과 은의 패면(牌面)을 걸고, 동화문으로 들어가 문덕진 앞에 이르러 휘종 황제께 배무의 예를 올리고, 성수(聖壽)의 만세를 높이 불렀다.

　　휘종 황제가 장수들의 모양을 보니 송강 이하 모든 장수가 죄다 군복을 입었는데, 오용·공손승·노지심·무송만은 도복(道服) 또는 승복(僧服)을 입고 있다.

　　황제는 그들의 모양을 한 번 보고 기분이 매우 좋았다.

　　"오랫동안 수고들 많이 했소. 경들이 역적 놈들을 무찌르느라고 몸이 많이 상하지나 아니했을까 염려했더니, 다행한 일이오."

　　이에 송강은 머리를 조아려 아뢰었다.

　　"하늘과 같으신 폐하의 홍복으로 인하여 신 등 일동이 무사히 돌아왔사옵니다. 역적의 원흉을 사로잡고 회서를 평정한 것 모두가 폐하의 위덕 소치이옵니다."

　　송강은 다시 두 번 절을 드리고 말을 계속했다.

　　"신 등은 성지를 받들어 지금 왕경을 궐하(闕下)에 바치는 터이오니 성지를 내려주시옵소서."

황제는 이 말을 듣고 즉시 성지를 내려 법을 맡은 장수로 하여금 왕경을 능지의 형에 처하도록 했다.

송강은 다시 계속해서 소가수가 기묘한 계책으로 성을 빼앗고 백성들을 구해낸 다음 초연히 부귀공명을 피해 자취를 감추었다는 사실을 보고했더니 황제는,

"그것도 다 그대들의 충성에 감동한 까닭이겠지."

하고 성원관에 명령을 내려, 속히 소가수를 찾아 좋은 자리에 벼슬시키라 했다.

송강은 머리를 조아려 천자께 감사를 드렸다. 그러나 성원관들은 단 한 사람도 조정을 위해 공을 세운 사람을 찾아보려는 사람이 없었다. 본시 성원(省院)뿐 아니라, 조정에 모인 벼슬아치들이 모두가 제 이익밖에 모르는 간신들뿐이었으니, 말해 무엇하랴.

이날 황제는 특히 성원의 여러 관원들에게 송강 등 여러 사람에게 어떤 벼슬을 주면 좋겠느냐고 의견을 물었다.

이때 태사 채경과 추밀 동관이 서로 상의하더니, 천자 앞으로 나와서 아뢰는 것이었다.

"신 등은 생각하옵기를 아직 천하가 완전히 평정되었다고는 못 하겠사오므로 그들에게 벼슬을 주시는 것은 불가하다 생각하옵니다. 우선 송강에겐 보의랑(保義郎)에 대어기계 정수황성사(帶御器械 正受皇城使)의 관직을 내리시고, 부선봉 노준의에게는 선무랑(宣武郎)에 대어기계 행궁단련사(行宮團練使)의 관직을 내리시고, 오용 이하 34명에게는 정장군(正將軍), 주무 등 72명에게는 편장군(偏將軍)의 관직을 가봉(加封)하시고, 금은을 하사하시어 삼군(三軍)을 상 주시면 좋을까 합니다."

휘종 황제는 그들의 말대로 성원관에게 송강과 노준의한테 작록을 가봉하고 포상하라는 칙명을 내렸다. '보의랑'이란 무임소(無任所)의 명예직이요, '대어기계 정수황성사'란 황궁에 소속된 무임소 무관의 직함

이며, '대어기계 행궁단련사'란 행궁 소속의 민병사령관 같은 직함인데, 휘종 황제는 지금 채태사와 동추밀의 뜻대로 좇아간 것이다.

그러고서 황제는 대궐 안의 연회를 맡아보는 광록사(光祿寺)에 명령하여 성대한 잔치를 열고, 송강에게는 금포와 갑옷 한 벌과 명마 한 필을 하사하고, 노준의 이하 여러 장수들에게도 은상을 내리고서 현품은 내부에서 찾도록 했다.

잔치가 끝날 무렵, 송강 등은 천자께 은혜에 감사하고 궁중을 물러나와 서화문(西華門) 밖에서 말을 타고 진교역에 있는 행영(行營)으로 돌아왔는데, 이날 칙명을 받은 법사(法司)들은 역적 놈의 죄상을 기록한 범유패(犯由牌)를 작성한 뒤에 왕경을 죄수차에서 끌어내 저잣거리로 끌고 나갔다. 그러자 어느새 구경꾼이 모여들어 뒤를 따라오면서 등을 비비고 발등을 밟고 야단들인데, 어떤 사람은 침을 뱉으며 욕지거리도 하고, 어떤 사람은 크게 한숨짓고 탄식도 한다.

그런데 왕경의 부친 왕획과 또 왕경의 선처(先妻)와 그의 장인과 친척들은 왕경이가 모반하던 그 당시 벌써 붙잡혀 죽었기 때문에 지금 사형을 당하는 것은 왕경 한 사람뿐이다.

서울 한복판 십자로에는 형장이 설치되었고, 그 주위에는 칼과 창을 든 무사들이 둘러섰는데, 왕경은 지금 형장 한복판에 끌려와 꿇어앉았다. 그리고 그 옆에는 범유패가 높다랗게 세워졌다.

그러자 무겁게 울리는 북소리가 두 번 나고, 이어서 깨어진 바라 소리가 났다.

이때까지 겹겹으로 형장을 둘러싸고 와글와글 떠들던 구경꾼들은 이 소리를 듣고 모두들 긴장하여 입을 다물고 조용해졌다.

이때 시각은 바로 오시 삼각(午時三刻).

형관이 큰 목소리로 범유패에 기록된 죄상을 읽고 나니, 왕경이의 뒤에 섰던 회자수(劊子手)는 볼이 넓적한 칼을 머리 위로 높이 쳐들더니 괴상한 소리를 끼익 지르면서 칼을 내리쳤다. 그 순간 왕경의 모가지가 땅바닥에 떨어지자 구경꾼들은 모두 저도 모르게 으악 소리를 냈다.

그다음 순간, 왕경의 머리는 기다란 장대 끝에 매달려 높이 세워졌다. 이로써 사형 집행은 끝난 것이다.

다음날,

송강이 중군의 장중(帳中)에 앉았노라니까, 공손승이 들어오더니 공손히 절을 하고 나서 말하는 것이었다.

"오늘은 형님께 특별한 청이 있어 들어왔습니다. 전날 나진인 스승님으로부터 저한테 형님을 서울까지 보내드린 담엔 빨리 산으로 들어오라는 부탁이 있었습니다. 지금 형님은 공을 세우시고 이름을 빛내시었으니, 저는 이제부터 산으로 들어가 다시 계속하여 도를 배우고 노모를 봉양하면서 여생을 마칠까 생각합니다. 그래서 형님과 또 여러 형제들과 작별하러 왔습니다."

송강이 이 말을 듣고 공손승의 얼굴을 바라보니, 전날 그가 공손승을 산에서 데리고 나올 때 나진인이 공손승에게 적어주던 '유(幽)를 만나거든 그치고, 변(汴)을 만나거든 돌아오라(逢幽而止, 遇汴而還)', 이 같은 글귀가 생각났다. '유'라 함은 유주, 즉 요(遼)를 말한 것이요, '변'은 변주, 즉 서울인 개봉 땅을 말한 것이다. 그리고 그때 자기도 나진인에게 확실히 약속을 했을 뿐 아니라, 지금 공손승을 못 간다고 붙든대도 그가 도저히 들어줄 것 같지 않다 생각되니 저절로 눈물이 주르르 흘렀다.

"참으로 인생이란 이런 것인가! 전날 우리 형제가 여러 군데서 서로 모여들 적엔 마치 꽃이 만발하는 것같이 화려했었는데 이제는 우리가 헤어져야 한다니, 꽃이 다 피고 져버리는 것 같지 않은가. 전일 약속을 내가 어길 수야 없지만, 생각하니 차마 헤어지기 어렵구려!"

송강이 이렇게 말하고 길게 한숨을 지으니 공손승이 또 말했다.

"만일에 제가 중도에서 형님을 버리고 떠난다면 박정한 인간이라 하셔도 할 말이 없습니다만, 지금 형님은 공성명수(功成名邃)하실 일을 다 하셨으니, 제발 저를 보내주십시오.”

이 말을 듣고도 송강은 두 번 세 번 공손승의 마음을 돌려보려 권해보았으나 듣지 아니하므로 하는 수 없이 송강은 형제들 일동을 모이게 하여 송별연을 열었다.

1백 8명이 모두들 친형제같이 자별하게 지내다가 이제 공손승과 작별하는 자리인지라, 처음에는 모두들 말없이 술도 잘 마시지 않더니, 한 잔씩 술을 마신 뒤부터는 모두들 눈물을 뿌리며 목 메인 소리를 하는 것이었다. 그리고 형제들은 저마다 돈과 비단과 또는 보물 같은 것을 갖다주면서 정표로 받아달라고 했다. 이럴 때 공손승은 누구한테나 굳게 거절하고 사양했건만, 형제들도 지지 않고 억지로 그의 짐 속에 꾸려 넣어주는 것이었다.

이튿날,

공손승은 마혜를 신고, 배낭을 짊어지고 나와 형제들과 일일이 작별했다.

“부디 편안히들 계십시오!”

“이제 가시면 언제 다시 만날 수 있을까요?”

“어디로 간들 우리가 서로 잊겠습니까?”

“편안히 가시오!”

이같이 서로 작별한 후 공손승은 돌아서서 북쪽을 바라보고 길을 걸었는데, 일동은 그가 보이지 아니할 때까지 그의 뒷모양을 바라보며 전송했다.

공손승이 이렇게 작별한 뒤로 송강은 날마다 침울하게 지냈는데, 어느덧 정월 초하룻날이 다가왔다.

이때 채태사는 정월 초하룻날 송강 등 일동이 모두 조하(朝賀)에 참내(參內)하게 된다면 천자는 그들의 모양을 보고 반드시 중용하게 될 것이라 생각하고, 즉시 대궐에 들어가 그들 일동이 참내하지 못하도록 이유를 붙여 아뢰었다.

즉, 송강과 노준의는 관위(官位)가 있는 신분이니 반(班)에 따라 조하에 낄 수 있지만, 다른 사람들은 일시 토벌에 참가했을 뿐이요, 본래부터 벼슬을 하던 사람이 아니니 조하의 예를 올리기 어렵다는 구실이었다.

원단(元旦)이 되어 조정의 문무백관이 하례를 드리러 나왔다.

송강과 노준의는 관복을 입고 이른 아침부터 대루원(待漏院)에 들어가 반열에 낄 준비를 하고 있었다.

조금 있다가 천자는 자신전(紫宸殿)으로 거동해 나와 신하들의 하례를 받았다.

그런데 송강과 노준의는 반열에 참가해 배례는 했지만, 이열(二列)로 계하(階下)에 늘어선 채 전상(殿上)에 올라갈 수는 없었다.

전상을 쳐다보니, 옥잠주리(玉簪珠履), 자수금장(紫綬金章)의 화려한 관복을 입은 채태사 이하 중신들만이 잔을 올리며 성수무궁을 빌고 있다.

이른 아침부터 이같이 계하에서 기다리고 있다가 겨우 오정 때가 되어서야 송강 등은 천자가 내려보낸 어주를 맛보았을 뿐이다.

그리고서 백관이 배례하는 가운데 천자는 옥좌에서 일어났다.

송강과 노준의는 궁중에서 물러나오면서 오늘 고관 놈들의 가증스러운 처사에 분개하고, 치욕을 느꼈다. 두 사람은 관복과 관을 벗어버린 채 말을 타고 행영(行營)으로 돌아왔다.

이때 오용 이하 여러 형제들은 마중을 나와 송강과 노준의의 얼굴이 뻘겋게 상기되었을 뿐만 아니라 수심까지 서리어 있는 것을 보고, 두 사람의 마음속이 대단히 좋지 못한 것을 바로 짐작했다.

일동은 송강과 노준의를 따라 큰 방으로 들어가 새해 세배를 드리고 좌우로 갈라 늘어섰건만, 송강은 고개를 수그린 채 수심이 가득한 얼굴로 묵묵히 앉아 있는 게 아닌가.

오용이 보기 딱해서 송강 곁으로 가까이 가서 말했다.

"형님, 오늘 천자님께 하례를 드리고 오셔서 왜 이다지 심기가 불편하십니까?"

송강은 한숨을 후우 쉬더니, 탄식하는 것이었다.

"모두 내 팔자가 천박하고 운이 막힌 까닭인가 보지! 요국을 정복하고, 역적 떼를 평정하느라 동정서토(東征西討)에 허다한 고생을 다 겪었는데, 모두들 함께 고생하던 형제들은 이렇게 명색이 없으니, 내 마음이 좋을 이치가 있소?"

"형님, 그렇게 생각 마십쇼. 우리가 아직 운이 트이지 않아 이런 것이지, 어디 형님 잘못입니까? 만사가 다 분수가 있는 것이니 걱정 마십쇼."

오용이 이렇게 좋은 말로 송강을 위로하는데, 옆에서 흑선풍 이규가 퉁명스럽게 한마디 뱉는다.

"형님은 뭘 그리 곰곰이 생각하고 근심걱정하는 거요? 전날 양산박에 있을 적엔 우리가 아무한테서도 모욕은 당하지 않았는데, 오늘도 초안, 내일도 초안 하고 초안만 기다리더니만, 그래 초안을 받은 결과가 오늘날 요 꼴 아닙니까? 여기 이렇게 음지에 명색 없이 쭈그리고 있을 게 아니라, 지금이라도 다시 양산박으로 돌아갑시다! 그래야 속이 시원하지, 뭐예요!"

송강은 대뜸 고개를 들면서 큰소리로 호령했다.

"이놈! 깜둥이 짐승 같은 놈! 네 어찌 그런 무례한 소릴 하느냐? 국가의 신하가 되어 있는 지금, 누구나 모두 조정의 양신(良臣)인데, 네가 아직도 도리를 깨닫지 못하고 반심(反心)을 버리질 못한단 말이냐?"

그래도 흑선풍은 입을 삐죽하고 한마디 했다.

"형님, 괜스레 내 말 안 들으시다간, 내일 아침에 또 모욕을 당한다니깐!"

이 소리에 모두들 웃음을 터뜨리고 말았다. 그러고서 일동은 술잔을 집어들고 나와 송강에게 축배를 올리고, 서로 즐겁게 이야기하며 술을 나누다가 2경 때나 되어서 각각 헤어졌다.

다음날, 송강은 십 수 기(騎)를 이끌고 성내로 들어가 숙태위·조추밀, 그리고 성원의 여러 관원한테 새해 인사를 드리러 돌아다녔는데, 길거리에서 그를 본 사람이 많았고, 그중 어떤 사람이 채경에게 이 말을 했다.

채경은 이 말을 듣고 이튿날 대궐에 들어가 천자께 그럴듯한 말로 아뢰어 성지를 얻어 성원에 주고 다음과 같이 금지하는 방문을 동서남북 성문에다 붙이게 했다. 즉,

지난번 출정했던 관원·장군·두목들 전원은 성 밖에 진영을 차리고 주둔하고 있으면서 명령을 기다릴 것.

그리고 상사(上司)로부터 소환하는 공문을 받은 일이 없고서는 맘대로 성내에 들어오지 말 것.

만일, 이에 위반하는 자가 있을 때엔 용서 없이 군령에 의해 죄를 다스린다.

이 같은 방문이었는데, 이것을 붙이라는 명령을 받은 자가 사대문에 붙이고 나서 또 진교역 문에 이것을 붙였다. 그랬더니 맨 먼저 이 방문을 본 사람이 이 사실을 송강에게 알렸다.

송강은 그 소리를 듣고 더욱 한심해했다. 뿐만 아니라 모든 장수들도 이 소리를 듣고 모두들 반감이 생겼다.

이럴 때 수군 두령들로부터 상의할 일이 있으니 와달라고 오용 군사를 청하는 사람이 왔기 때문에 오용은 급히 배들이 모여 있는 곳으로 가서 이준·장횡·장순·원가 삼형제를 만났다. 그랬더니 그들은 오용을 보고 호소하는 것이었다.

"조정에서는 실신(失信)을 하고, 간신들은 권세를 쥐고서 농간만 부

리고, 인재가 나오지 못하도록 하고 있지 않습니까? 우리 형님은 대요국을 깨뜨리고, 전호를 섬멸시키고, 이번엔 또 왕경을 잡아 없애버렸건만, 겨우 빛 좋은 개살구 같은 황성사란 이름만 주고, 우리한테는 아무런 승진이 없으니 이게 될 말입니까? 게다가 이번엔 그것도 부족해서, 들어오라고 부르는 공문을 받지 않고서는 성내에 들어오지 못한다고 우리들을 금하고 있지 않아요? 아무래도 저 간신 놈들은 우리 형제들을 조각조각 분열시켜 사방으로 흩어지게 할 계획인 모양입니다. 그래서 우리들이 의논한 끝에 군사님을 모셔온 것인데, 군사께서는 결심을 좀 단단히 해주십쇼! 형님하고 의논해봐서 정녕코 형님이 안 들어주시면, 여기서 한바탕 일을 일으켜 서울을 뿌리채 뽑아버리고 다시 양산박으로 돌아가십시다. 이렇게 여기서 천대만 받느니보다, 숫제 양산박에 들어가 강도질하고 지내는 게 좋겠습니다.”

오용은 이 말을 다 듣고 나서 말했다.

“알아들었네. 그러나 송공명 형님은 절대로 안 들으실 걸세! 그러니 자네들 공연히 쓸데없는 생각은 하지 말란 말이야. 옛말에도 머리 없는 뱀은 가지 못한다는 말이 있지 않은가? 나는 감히 앞장 나서서 그렇게 하자고 주장 못 하겠네. 형님도 그렇게 생각하신다면 우리가 일을 할 수 있지만, 만일 자네들 주장에 반대하신다면, 그때엔 자네들이 모반한 댔자 되지도 않을 게니, 아예 그만두게!”

오용이 이같이 그들의 주장에 적극적으로 찬동하지 않는 것을 보자, 수군 두령 여섯 사람은 그만 입을 다물어버렸다.

조금 앉았다가 오용은 중군으로 돌아와 송강과 마주 앉아 한담을 하다가 군정(軍情) 이야기 끝에 슬며시 송강의 마음속을 떠보았다.

“전날엔 형님이나 우리나 모두가 천 가지 백 가지가 자유로웠고, 형제들이 모두 쾌활했었는데, 초안을 받고서 나라를 위해 몸을 바치는 신하가 된 뒤부터 도리어 구속을 받고, 등용도 안 해주고 하니, 누가 이럴 줄 알았겠어요? 형제들이 모두 원망하는 모양입니다."

송강은 눈을 둥그렇게 뜨고 놀라면서 묻는 것이었다.

"누가 와서 그런 말을 합디까?"

"누구한테 들은 말이 아닙니다. 옛날부터 부귀는 누구나 원하는 거고, 빈천은 누구나 싫어하는 거라고 하지 않습니까? 형제들의 얼굴 표정을 보고 그렇게 짐작한다는 얘기죠."

"군사(軍師)! 만일 형제들이 그런 딴 마음을 품고 있다 할지라도, 나는 구천에 죽을지언정 나라를 위하는 충심에 변함이 없소!"

송강의 마음은 철석같이 단단한 것이었다.

다음날 아침 송강은 일찍이 일어나서 군사에 관해 상의할 일이 있다 하고 모든 장수를 한방에 모아놓고서 입을 열었다.

"나는 본시 운성현의 아전 출신으로 큰 죄를 짓고 목숨을 도망하여 피신해 다니다가 여러분 형제들을 만나 두목이 되었고, 지금은 이렇게 국가에 몸을 바친 신하가 되었습니다. 옛날부터 이르기를, 일이 맘대로 안 될수록 그 사람을 큰 인물로 만든다고 했습니다. 이번에 조정에서 우리들한테 마음대로 성내에 출입을 못 하도록 금한 것이 바로 이런 뜻을 가진 것입니다."

여러 사람은 이 말이 무슨 말인지 몰라 송강의 얼굴을 바라보았다.

송강은 말을 계속했다.

"내가 지금 여러분에게 간절히 부탁할 일이 있습니다. 그것은 다른 것이 아니라 함부로 성내에 들어가는 일이 없게 해달라는 것입니다. 까놓고 말해 우리들 중에는 깊은 산속 수풀 그늘에서 험상궂게 놀던 사람이 많습니다. 그런 까닭에 사고를 내기도 쉬운데, 만일 그랬다가는 법에 의해 처단을 받게 될 것은 물론이려니와 우리들이 애써 얻어놓은 명성도 일조에 무너지고 말 것이 뻔한 일입니다. 오늘부터 우리가 성내에 함부로 들어가지 못하게 된 것을 나는 오히려 다행스러운 일이라고 생각합니다. 만일 우리가 이 같은 구속을 받게 되었대서 형제들 가운데 딴 맘을 일으키고, 조정에 대해 모반할 사람이 있거든, 먼저 내 목을 베어버리고 나서 그다음에 맘대로 하시오! 그래주지 않는다면 나는 얼굴을 쳐들고 살 수 없으니 내가 내 손으로 내 목을 끊어버릴 수밖에 없습니다. 형제들은 그런 줄 아시고 맘대로들 하시오!"

송강이 이같이 비장한 결심을 보이는 까닭에 여러 사람들은 모두 눈물을 머금고 머리를 수그린 채 아무 말도 못 했다. 그 중에는 너무 감격해서 주먹으로 눈물을 씻는 사람도 있었다.

이런 일이 있은 뒤 얼마 동안 아무도 성안에 들어갈 생각을 안 했다.

그랬는데, 정월 대보름 상원절(上元節)이 가까워지자 서울 성내에서는 해마다 하는 풍속대로 거리거리 집집마다 등롱을 달고 원소(元宵)를 경축하게 되어 관청이나 민가나 온통 등롱으로 꽃바다를 이루게 되었다.

이때 낭자 연청이 영내에 있다가 악화를 보고 말했다.

"이거 봐. 지금 성내에선 등불놀이로 풍년을 치하하고, 금상폐하께서도 여민동락(與民同樂)하시는 판인데, 우리도 의복을 갈아입고 몰래 살짝 들어가서 구경 좀 하고 올까?"

연청의 말이 끝나기가 무섭게 뒤에서,

"자네들만 갈 테야? 나두 함께 가자구!"

이런 소리가 들렸다. 연청이 돌아다보니, 바로 흑선풍 이규였다.

"자넨 날 따돌리고 말했지만, 난 죄다 들었어."

흑선풍이 또 이렇게 볼먹은 소리를 하는 고로 연청이 바른대로 대답했다.

"따돌리는 게 아니야. 같이 가도 좋겠지만, 형님은 성미가 좋잖아서 반드시 무슨 일을 저지를 게란 말요! 지금 성원에서는 우리들더러 성안에 들어오지 말라고 방을 붙여 금하고 있는데, 만일 형님이 우리하고 같이 들어갔다가 무슨 사고나 저질러놓는다면, 바로 성원에서 파놓은 함정에 우리가 빠지는 거니까요!"

"아따, 그런 걱정 말아요. 이번엔 정말 사고를 안 일으킬 테니, 나를 데리고 같이 가줘!"

"정말 그렇게 약속을 지키겠거든 내일 의관을 갈아입고 나그네 모양으로 분장한 다음 같이 들어갑시다."

"어이, 좋아라!"

흑선풍은 어린애 모양으로 좋아했다.

이튿날 흑선풍은 진짜 나그네 모양으로 차리고서 연청에게로 왔다.

그런데 악화는 흑선풍과 함께 행동하기가 싫어 그들보다 먼저 시천을 데리고 가만히 성내로 들어가버렸던 것이다. 그래 연청도 속으로는 흑선풍을 떼버리고 싶었지만 어쩌는 수 없이 그를 데리고 가는데, 감히 진교문으로 들어가지 못하고 멀리 돌아서 봉구문(封丘門)으로 해서 들어갔다.

두 사람은 어깨를 나란히 하고 등불을 구경하며 상가와(桑家瓦)를 향해 걸었다. 상가와는 극장이 있고 상점과 술집들이 즐비하게 있는 번화한 거리였다.

두 사람이 극장 앞에 가까이 왔을 때 마침 극장 안에서는 극이 시작된다는 징소리가 꽹 꽹 두어 번 울리는 것이었다.

이 소리를 듣고 흑선풍은 연청을 돌아다봤다.

"동생, 들어가 보세."

연청은 마음이 내키지 않아 고개를 저었다.

"그만두고 다른 데로 갑시다."

"그러지 말구, 잠깐만 들여다보자구!"

흑선풍이 끄는 바람에 연청도 아주 흥미가 없는 구경은 아니라서 그를 따라 구경꾼들을 헤치고 안으로 들어가 무대를 바라보았다. 배우는 지금 한창 신이 나서 대사를 외우고 있는데, 잠깐 들으니 그것은 '삼국

지'의 관운장이 뼈를 깎아내고 독을 뽑아내는 장면이었다.

배우의 대사에 귀를 기울였다.

"이때에 관운장은 왼쪽 팔뚝에 화살을 맞아 화살촉에 바른 약독이 뼛속까지 스며들어갔습니다. 천하명의 화타(華陀)가 하는 말이, 구리 기둥을 세워놓고 거기다 쇠고리를 달고 팔을 그 고리에 걸쳐놓은 다음에 끈으로 동여맵니다. 이렇게 하고서 살을 도려내고 뼈를 삼분(三分)쯤 긁어내어 화살의 독을 뽑아버린 다음에 기름 먹인 실로 꿰매고, 거죽에는 바르는 약을 붙이고, 내복하는 탕약을 잡수셔야 합니다. 이렇게 하여 보름이 지나면 완전히 그전대로 회복될 것입니다만, 이런 치료를 받으시기가 괴로우실 것이니 어찌하오리까? 이렇게 말씀드리니, 관공(關公)은 껄껄 웃으면서, 대장부는 생사를 겁내지 아니하거늘 하물며 팔뚝 한 개를 가지고 겁내겠소? 구리 기둥이나 쇠고리 따위도 일 없으니, 그냥 이대로 속히 살과 뼈를 도려내시오. 관공은 이렇게 말하고 아이를 불러 바둑판을 가져오라 한 후 친구와 더불어 바둑을 두면서 왼팔을 내밀고 화타로 하여금 살을 도려내고 뼈를 긁어 독을 빼내게 하는데, 이때의 관공은 얼굴빛이 털끝만큼도 변함이 없이 친구와 더불어 태연자약 웃고 이야기하고 하는 것이었습니다."

배우가 여기까지 신이 나서 지껄이고 있을 때, 구경꾼 속에 섞여 있던 흑선풍이 별안간 감격하여 고함을 질렀다.

"잘한다! 과연 관운장 제일이다!"

구경꾼들이 모두 깜짝 놀라 흑선풍을 주목하고, 무대 위의 배우도 대사를 지껄이다가 잠시 멈췄다. 그렇지만 누구보다도 놀란 사람은 연청이었다. 그는 흑선풍의 옆구리를 쿡 찌르고서,

"이형! 이거 왜 시골뜨기처럼 구경하면서 소리를 질러? 남들 보기에 창피하잖아요?"

이렇게 나무랐다. 그러나 흑선풍은 도리어 큰소리로,

"아니, 얘기가 여기까지 왔는데 어떻게 칭찬을 안 하고 견딘단 말이어?"

하고 핀잔을 하는 게 아닌가. 연청은 더 장내를 시끄럽게 할 수도 없을 뿐더러 부끄러워서 그냥 마구 흑선풍의 손을 끌고 극장 밖으로 빠져나왔다.

두 사람이 상가와 거리를 벗어나 네거리를 돌아 골목길로 들어서니까, 어떤 사나이가 벽돌과 기왓장을 마구 집어던지며 남의 집을 때려부수고 있는 모양이 보였다. 그런데 그 집 주인 같아 보이는 사람이 길가에 서서,

"이런 법이 어디 있어? 맑은 하늘 햇빛처럼 환히 밝은 이 세상에서 남의 돈을 두 차례나 둘러서 안 갚는 것도 괘씸한데, 그것도 부족해서 이렇게 남의 집을 부수다니! 대관절 이게 사람이 당할 노릇인가?"

행인들을 보고 이렇게 호소한다.

흑선풍은 이 소리를 듣더니 대뜸 그 집을 부수던 사나이를 때려주러 가려고 걸음을 떼놓는 것을 연청은 그를 힘껏 끌어안고 못 가게 했다. 그러니까 흑선풍은 그를 뿌리치려고 몸부림을 치면서 눈을 무섭게 부릅뜨고 집을 부수던 사나이를 향해 으르렁대는 것이었다.

그러니까 저쪽 사나이도 눈을 부릅뜨고 흑선풍을 마주 보면서 큰소리를 치는 것이었다.

"난 저놈한테서 받아야 할 돈이 있어 왔단 말야! 그런데 네가 무슨 상관이야! 난 오늘 장초토(張招討)를 따라 강남으로 토벌을 나가는데, 강남 가서는 내일 죽을지 모레 죽을지 모른단 말이다. 그러니 여기서 죽는다면 좋은 관(棺) 속에라도 들게 될 것이니 내게는 되레 잘됐다. 해보려거든 해보자. 너도 좋고, 저놈도 좋다. 덤벼라!"

이 소리를 듣고 흑선풍은 단박에 싸우려던 생각이 눈 녹듯 사라지고,

"뭐라고? 강남 토벌이란 무슨 소리야? 난 아직 못 들었는데."

이같이 말하면서 그 사나이 앞으로 가까이 가려 하므로, 연청은 또 싸우려고 하는 줄만 여기고, 억지로 흑선풍을 끌고 골목 밖으로 나와 옆길로 들어섰다.

마침 조그마한 찻집이 길가에 있는 것을 보고 연청은 흑선풍을 끌고 그 집으로 들어가 한쪽 탁자를 차지하고 앉아 차를 주문해다 마셨다. 그러다가 옆을 보니 어떤 노인 한 분이 앉아 차를 마시고 있으므로 두 사람은 그냥 앉았기도 심심하여 수작을 터 한담을 하다가, 연청이 아까 그 사나이한테서 들은 이야기를 물어봤다.

"영감님은 혹시 아십니까? 지금 이리로 오다가 어떤 군인 한 사람이 누구와 싸움하는 소리를 들었는데, 장초토를 따라 강남으로 간다, 오늘 중으로 간다… 하더군요. 대체 무슨 일이 생겨서 어디로 간다는 겝니까?"

"아니, 당신네들 모르는구려! 요새 강남에서는 방납(方臘)이라는 도적놈이 반란을 일으켜 팔 주(州) 이십오 현(縣)을 점령하고, 목주(睦州)에서 윤주(潤州)까지를 자칭 독립국이라 세우고, 불원간 양주(揚州)를 치러 온다는 소문이 들려오기 때문에, 조정에서는 장초토와 유도독한테 이놈을 토벌하라고 명령을 내렸단 말이오."

노인의 이 말을 들은 연청과 흑선풍은 얼른 값을 치르고 일어나 골목 밖으로 나와 급히 진교역으로 돌아와서 군사 오용에게 이런 사실을 고해바쳤다.

오용도 두 사람의 이야기를 듣고 기뻐하더니, 즉시 송강에게로 가서 이야기를 했다.

"강남 방납이란 놈이 반란을 일으켰기 때문에 조정에서는 오늘 장초토를 파견해 토벌하기로 했답니다."

오용이 이렇게 보고하니 송강은 얼굴에 생기를 띠고 반가워했다.

"마침 일이 잘됐소그려. 우리 장병들이 이렇게 아무 일도 하는 것 없이 우울하게 있으면 뭘 하겠소? 숙태위한테 얼른 사람을 보내 천자님께 아뢰어 강남 토벌에 파견하시도록 청원해봅시다."

송강은 이렇게 말한 다음 즉시 여러 장수들을 큰 방으로 불러 모으고 의논했더니, 그들은 반대하기는커녕 모두들 기뻐하면서 찬성하는 것이었다.

그래서 이튿날 송강은 새 옷으로 갈아입은 후 연청을 데리고 친히 숙태위를 찾아갔다.

숙태위는 마침 집에 있다가 송강을 맞아들였다.

송강이 들어가 두 번 절하고 그 앞에 섰으니 숙태위가 묻는 것이었다.

"장군이 무슨 일로 갑자기 새 옷을 입고 이렇게 찾아오셨나요?"

송강이 공손히 말했다.

"네, 일전에 성원에서 저희들한테 공식으로 부르는 일이 없는 이상 성내에 함부로 들어오지 말라는 명령이 내렸기에, 오늘 이렇게 사복을 입고 들어왔습니다."

"아, 그랬던가요?"

"오늘 찾아뵈러 온 것은 다름 아니라, 강남에 있는 방납이 반란을 일으켜 수많은 고을을 점령하고 건방지게 연호(年號)를 고치고, 윤주까지 침노하여 조만간 장강(長江)을 건너 양주를 뺏으러 온다는 소문입니다. 그런데 저희들 군사는 상공께서도 아시다시피 성 밖에 주둔하고서 하는 일 없이 허송세월하고 있지 않습니까. 저의 생각은, 이럴 때 군사를 거느리고 나가 역적을 토벌하는 것이 진충보국(盡忠報國)하는 일이라 생각되오니 상공께서는 폐하께 저희들의 뜻을 말씀해주시기 바랍니다."

"좋은 말씀이오! 이 사람이 내일 폐하께 극력 말씀드리리다. 그러니 안심하고 돌아가시오. 내일 아침 일찌감치 들어가 폐하께 말씀을 올리면, 폐하께서도 물론 기뻐하시고 중용하실 거요."

숙태위가 이렇게 승낙하므로 송강은 다시 인사를 드리고 진교역으로 돌아갔다.

이튿날 아침 숙태위가 일찌감치 대궐로 들어갔더니, 천자와 문무백관은 강남의 정계를 가지고 이야기하는 중이었다. 방납 역적은 8주 25현을 점거하고서 연호를 고치고 자칭 패왕(霸王)이라 일컬으며 미구에 양주를 치러 올 형편이라는 이야기를 듣다가 천자는,

"짐이 이미 장초토와 유도독에게 토벌 명령을 내렸는데도 아직 출발을 안 한 모양이야."

이렇게 말씀한다.

이때 숙태위가 반열에서 나와 아뢰었다.

"생각하옵건대 이미 이 강남의 조그만 도적놈이 국가의 큰 근심덩어리가 되었사옵니다. 폐하께서는 이미 장총병(張總兵)과 유도독을 파견하시기로 하셨사오나, 지난번 회서를 토벌하여 크게 승리하고 돌아온 송선봉을 다시 기용하시와 그 두 갈래의 군사로 전군(前軍)을 삼아 토벌하시면 반드시 큰 공을 세울 것으로 생각되옵니다."

휘종 황제는 숙태위의 말을 듣더니 기뻐하면서 즉시 사신으로 하여금 성원관한테 가 빨리 성지를 받으러 오라고 불렀다. 그때 숙태위는 장초토와 종(從)·경(耿)의 두 참모도 송강 등 전군의 선봉에 따라가 협조하도록 보충해서 아뢰었다.

잠시 후에 성원관은 성지를 받고 나가 송선봉과 노선봉을 안내하여 피향전(披香殿) 아래에 들어와 천자께 배알하도록 했다.

배무의 예가 끝나자, 천자는 칙명을 내려 송강을 평남도총관 정토방납정선봉(征討方臘正先鋒)에 임명하고, 노준의를 병마부총관 평남부선봉에 임명한 후 두 사람에게 각각 금대 한 개, 금포와 금갑 한 벌, 명마 한 필, 채단 스물다섯 필을 하사하고, 그 밖의 정부(正副) 장령들에게도 골고루 채단과 은냥을 하사한 후 공을 세운 때에는 벼슬을 내리겠다 하고,

전체 군사들의 작은 두목들한테도 골고루 은냥을 하사하면서 모두 현품은 내부(內府)에 가서 찾으라 한 후, 불일내로 출발하라고 명령했다.

송강과 노준의가 이같이 성지를 받고 물러나오려 할 때 그들에게 천자는 특히 부탁하는 것이었다.

"듣건대 경들 가운데엔 옥석에 인장을 잘 파는 김대견이라는 사람과 양마(良馬)를 잘 볼 줄 아는 황보단이란 사람이 있다는구나. 그 두 사람은 이곳에 남겨두고 가거라. 내가 좀 소용이 있다."

"네, 그리하옵겠습니다."

두 사람은 두 번 절하고 사은(謝恩)한 후 궁중에서 물러나와 말을 타고 행영으로 돌아갔다.

그런데 송강과 노준의가 말을 타고 성문 밖으로 나오다 보니, 길거리에서 어떤 사나이 하나가 손에 무엇을 들고 있는데, 자세히 보니 그것은 교묘하게 깎은 두 개의 막대기로서, 그 막대기 중간에 구멍을 뚫고 가느다란 끈을 꿰었는데 손으로 그 끈을 잡아당기기만 하면 이상한 소리가 나는 것이었다.

송강은 이렇게 이상한 물건을 처음 보았으므로 신기하다 생각하고, 군사를 시켜 그 사나이에게 물어보라 했다.

"여보, 그게 뭐라는 것이오?"

"이거요? 이건 호고(胡敲)라는 건데, 손으로 끈을 잡아당기기만 하면 소리가 나는 거죠."

송강은 그 소리를 듣고 웃으면서 노준의를 바라보며 한마디 했다.

"저게 바로 아우님이나 나와 꼭 한가지구려. 아무리 하늘에 올라가는 재주가 있다 한들, 우리를 끄집어내 써주는 사람이 없었다면 아무 소리도 못 냈을 거 아니겠소?"

"형님! 왜 그런 말씀을 하십니까? 우리의 학식이 뭐 고금의 명장한테 떨어집니까? 만일 형님이나 저나 재주가 없었더라면, 설령 뒤에서 밀어

주는 사람이 있었다 해도 아무짝에 소용없었을 겝니다."

"그렇잖아요! 만일 숙태위가 우리를 도와 천자님께 말씀드리지 아니했다면, 어떻게 천자님이 우리를 중용하셨겠소? 우리가 근본을 알아야지!"

노준의는 자기가 실언한 것을 깨닫고 아무 말 못 했다.

두 사람은 행영에 돌아와 즉시 모든 장수들을 한방에 모이도록 했다. 다만 여장군 경영은 그동안 임신 중이어서 병으로 누워 있는 고로 섭청 부부로 하여금 그와 함께 이곳에 남아 있으면서 의원한테 부탁하여 치료하도록 했을 뿐, 그 외의 모든 장령들은 전부 방납 토벌에 동원시켰다.

그랬는데 얼마 후 경영은 신병이 완쾌되고, 이내 달이 차 얼굴이 둥글넓적하고 귀가 큼직한 옥동자를 순산했다. 그래 아기의 이름을 장절(張節)이라 했지만, 그 뒤에 남편이 적장 여천윤(厲天閏)과 독송관(獨松關)에서 싸우다가 전사했다는 기별을 듣고 무한히 애통하던 끝에 섭청 부부와 함께 친히 독송관에 가 영구(靈柩)를 모시고 장청의 고향인 창덕부까지 가서 안장했다. 그러고 나서 미구에 섭청도 또 병으로 죽었기 때문에, 경영은 섭청의 아내인 늙은 안씨와 함께 아비 없는 자식을 키워가며 살아가던 중, 장절이 장성한 뒤엔 장수 오개(嗚玠)를 따라 금(金)나라의 올출(兀朮)과 화상원(和尙原)에서 크게 싸우다가 참패당했을 때, 적군이 이쪽의 장수한테는 수염이 있는 것을 목표로 하고 있으니 수염을 깎으라는 부하의 권고를 듣고서, 그는 수염을 깎아버린 후 잡병(雜兵)들 틈에 끼어 간신히 도망쳐 나왔었다. 장절이 이때 이렇게 살아 나온 뒤 나라에서 그에게 관작을 내렸기 때문에 그는 홀어머니를 모시고 잘 살았는데, 특히 그는 천자께 주청해서 자기 모친의 정절을 널리 천하에 이름나게 했다.

이야기가 딴 길로 들어갔으니 그만두기로 한다.

송강은 방납을 토벌하라는 조칙을 받은 이튿날, 내부로부터 은사(恩

賜)의 채단과 은냥을 찾아다가 여러 장수와 삼군의 두목들에게 나누어 주고 나서, 김대견과 황보단을 궁중으로 보내어 어전(御前)에서 심부름을 들도록 했다. 그런 다음 송강은 한편으론 전선(戰船)을 먼저 떠나보내기로 작정하고, 수군 두령들로 하여금 삿대와 노와 돛을 정리케 하여 양자강으로 내려가도록 한 후, 기병 두령들에게는 활, 칼, 창, 의포, 갑옷 등속을 정비하여 수륙 양군이 함께 나가도록 준비를 시켰다.

이렇게 송강이 출정할 준비를 시키고 있을 때, 채태사의 태사부에서는 말단에 있는 벼슬아치 한 명을 송강에게 보내어, 글씨 잘 쓰는 소양을 부중(府中)에 두고서 대필하는 사람으로 써야겠으니 보내달라 하고 그냥 데려가버렸다. 그다음 날엔 또 왕도위(王都尉)가 친히 송강을 찾아와, 노래 잘하는 악화를 자기 부중에 데려다두고 심심소일을 해야겠으니 달라는 것이었다.

송강은 하는 수 없이 승낙하고 악화를 딸려 보내면서 그의 뒷모양을 바라보며 전송했다.

이렇게 다섯 사람의 형제와 헤어지게 되자, 송강은 마음이 불쾌하여 도저히 이 이상 지체하고 싶지 아니해서 노준의와 상의한 후 즉시 출동하기로 했다.

그런데 한편 강남의 방납은 모반을 일으킨 지도 오래여서 모든 일이 제법 순조롭게 착착 진행되어 예상 밖으로 규모가 매우 커졌었다.

본시 이 사람은 흡주(歙州)의 산골에서 나무를 해다가 팔아먹고 살던 나무꾼이었는데, 어느 날 시냇가를 지나다가 물속에 비치는 자기의 그림자를 보았더니, 머리엔 천평관(天平冠)을 쓰고 몸에는 곤룡포를 입고 있으므로, 그 그림자를 보며 자기는 장차 천자가 될 운수를 받아 태어난 사람이라고 보는 사람마다 자랑했었다. 그랬는데 마침 그때 주면(朱勔)이 지금의 강소 지방 오중(吳中) 땅에서 화석강(花石綱)을 운반해가느라 무리한 짓을 했기 때문에 백성들이 원한을 품고 모두들 마음속으로는 반란을 일으킬 생각을 갖고 있었다.

방납은 이때를 타서 민중을 선동하고 일어났다. 그리하여 벌떼같이 일어난 백성들의 힘으로 청계현(清溪縣) 관내의 방원동(幫源洞)에다 보전(寶殿), 내원(內苑), 궁궐을 짓고, 목주와 흡주에도 행궁을 두고, 조정의 본을 떠서 문무직관·성원관료·내상외장(內相外將), 그 밖의 여러 대신들을 두었다. 목주라는 곳은 지금의 건덕(建德)으로서 송(宋)나라 때에 엄주(嚴州)라고 개명한 지방이요, 흡주는 지금의 무원(婺源)으로서 송나라 때에 휘주(徽州)라고 개명한 지방인데, 방납은 이곳서부터 쭉 내려가면서 윤주 지방까지를 모두 점령해버렸으니, 윤주란 지금의 진강(鎭江)이다. 이렇게 방납에게 점령당한 고을이 모두 8주 25현이니, 그 8주는 흡주·목주·항주·소주·상주·호주·선주·윤주를 이름이요, 25현은 모두가 이 8주의 관하에 들어 있는 지방들인 것이다.

그 당시 가흥(嘉興)·송강(松江)·숭덕(崇德)·해녕(海寧)은 모두 현청(縣廳)이 있는 곳인데, 방납은 스스로 이 모든 지방의 임금이 되어 권세를 뽐내고 있었던 것이니, 원래 그는 위로 천서(天書)의 추배도(推背圖)에 부합되어 있었다. 즉, 추배도에 기록된 것을 보면,

십천(十千)에 한 점(點)을 더하고, 겨울이 지난 뒤에 존(尊)을 칭한다. 종횡으로 절수(浙水)를 지나고, 오흥(鳴興)에 현적(顯跡)한다.

이렇게 되어 있어 이것을 풀어보면, 십천은 천이 열이라는 말로서 만(萬)이라는 글자를 가리키는 뜻이요, 위에다가 한 점을 더하면 방(方)자가 된다. 그리고 겨울이 지나서라는 말은 납월(臘月)의 납(臘)자, 즉 섣달을 뜻하는 것이고, 존을 칭한다는 말은 남쪽을 향해 앉아서 신하들의 조회를 받는 임금님이 된다는 뜻이니, 방납이란 이름 글자가 꼭 이에 들어맞는 것이 아닌가.

하여간 방납은 지금 8군(郡)을 점령하고 천연으로 된 장강(長江)의 참호를 격해 있는 고로 그전의 다른 역적 놈들의 지방과는 비교가 안 될 만큼 토벌하기가 곤란한 것만은 사실이다.

이와 같이 장강으로 가로막고 있는 역적 방납을 토벌하러 가게 된 송강은 성원에 들어가 여러 관원들에게 출발하는 인사를 했는데, 그때 숙태위와 조추밀은 송강을 따라나와 삼군을 위로하고 전송해주었다. 이때 수군 두령들은 벌써 배들을 사수로부터 회하로 내려가게 하여 양주에서 집결할 작정을 하고 회안(淮安)의 언덕을 향해 출발한 뒤였다.

송강과 노준의는 숙태위와 조추밀에게 고별 인사를 드린 후 군사를 다섯 부대로 나누어 양주를 향해 행군했다.

도중에선 별로 이야깃거리가 없었고, 송강군의 전군(前軍)이 어느덧 회안현에 다다라 주둔하게 되자 고을의 관원들은 부리나케 연회를 준비하고 있다가 송강이 도착하니 바로 성내로 모시고 들어가 극진히 대접하면서 적의 동향을 설명해주는 것이었다.

"방납의 적군 형세는 결코 얕잡아볼 수 없을 만큼 대단합니다. 앞에는 양자대강(揚子大江)이 있고, 이것은 강남에서 제일가는 요해처올시다. 강 건너 저쪽은 윤주인데, 지금 그곳을 방납의 수하에 있는 추밀 여사낭(呂師囊)과 통제관 열두 명이 지키고 있습니다. 그러니 세상없어도 윤주를 우선 점령해놓고 여기를 본거지로 삼지 않고서는 적과 대등하게 힘을 내어 싸우기 어렵습니다."

이 말을 듣고 송강은 오용을 보며 말했다.

"무슨 좋은 계책이 없을까요? 목전에 큰 강이 가로막고 있으니, 불가불 수군의 배를 사용하여 진군해야겠죠?"

오용이 잠깐 생각하더니 대답했다.

"이렇게 해보시죠. 양자강 복판에는 금(金)이라는 산과 초(焦)라는 두 개의 산이 바로 윤주의 성곽 뒤에 있습니다. 그러니 우선 형제들 중 몇 사람을 보내 강 건너 적의 형편도 정찰을 하고, 어떤 배를 사용하면 강을 건너기가 용이할까, 그런 것을 알아내 돌아오도록 하시죠."

송강은 그 말을 옳게 여기고 즉시 수군 두령들을 불렀다.

"형제들 가운데서 누가 먼저 나가 강 건너 적의 동향을 탐지하고, 또 어떤 배를 사용해야 건너가기 쉬울 것인가를 알아보고 오시겠소?"

송강이 이렇게 물으니, 그 앞에 왔던 네 사람의 두령은 일제히 자기가 가겠다고 대답하는 것이었다.

그런데 길기가 9천 3백 리나 되는 이 양자강은 멀리 삼강(三江), 즉 한양강, 심양강, 양자강이 연접해 안휘성의 사천(泗川)으로부터 똑바로 바다로 흘러 들어가는 것이지만, 중간에 수없이 많은 지방을 통과하기 때문에 만리장강이라고 부르는 것이다. 그리고 이 강은 육지를 오(嗚)와 초(楚)의 두 지방을 남북으로 갈라놓고 있으며, 강의 복판에는 두 개의 산이 있으니, 하나는 금산(金山), 하나는 초산(焦山)이다. 그리고 금산 위에는 산등성이를 돌아가 절이 하나 있으니, 이것이 사리산(寺裏山)이라 하는 것이고, 초산 위에는 산이 움푹 들어간 곳에 절 하나가 있어 세상에서는 잘 보이지 않지만, 절 이름은 산리사(山裏寺)라 하는 터이다. 그리고 이 두 개의 산은 강의 한복판에 있어 초 땅의 꼬리 근처와 오 땅의 머리쯤을 깔고 앉은 형국이니, 한쪽은 회동(淮東)의 양주, 한쪽은 절서(浙西)와 윤주, 지금의 진강(鎭江)이 그것이다.

그런데 윤주의 성곽은 방납의 수하에 있는 동청 추밀사 여사낭이 지키고 있는 터이니, 이 사람은 본시 흡주에 있는 부잣집 자식으로 방납에게 재물을 많이 바쳤기 때문에 추밀사가 되기는 했지만, 어렸을 때 병법을 읽고 전략을 배웠을 뿐 아니라 장팔사모(丈八蛇矛)를 잘 쓰는 묘기까지 있어서 그 재주는 모든 사람이 칭찬하는 터이다.

윤주성 싸움

그리고 이 방납의 수하에는 열두 명의 통제관이 있어서 사람들은 그들을 강남 십이신(十二神)이라 부르고 있는 터인데, 그들 12신이란,

경천신(警天神) 복주(福州)의 심강(沈剛)

유혁신(遊奕神) 흡주(歙州)의 반문득(潘文得)

둔갑신(遁甲神) 목주(睦州)의 응명(應明)

육정신(六丁神) 명주(明州)의 서통(徐統)

벽력신(霹靂神) 월주(越州)의 장근인(張近仁)

거령신(巨靈神) 항주(抗州)의 심택(沈澤)

태백신(太白神) 호주(湖州)의 조의(趙毅)

태세신(太歲神) 선주(宣州)의 고가립(高可立)

조객신(吊客神) 상주(常州)의 범주(范疇)

황번신(黃旛神) 윤주(潤州)의 탁만리(卓萬里)

표미신(豹尾神) 강주(江州)의 화동(和潼)

상문신(喪門神) 소주(蘇州)의 심변(沈抃)

이 사람들이었다. 그리고 추밀사 여사낭은 5만 명의 군사를 영솔하고 강기슭을 지키며, 감로정(甘露亭) 아래에는 3천여 척의 전선(戰船)이 꽉 들어서 있는 터이다. 그런데 강의 북쪽 언덕은 과주(瓜洲)의 나루터이

긴 하되 언제나 물이 가득 차 있는 까닭에, 그다지 험한 곳은 아니었다.

그런데 먼저 말한 바와 같이 송강의 군사는 수륙 두 갈래 길로 벌써 회안에 도착해 그 고을 관원들한테서 적의 동정에 대한 보고를 들은 후 송강은 부하 형제들을 보고, 누가 먼저 강 한복판에 있는 금산·초산에 가서 적의 상황을 정찰해오겠느냐고 물으니, 네 사람의 장수가 다 각기 자기가 갔다 오겠노라고 자원했으니, 그 네 사람이란 바로 소선풍 시진·낭리백도 장순·반명삼랑 석수·활염라 원소칠이었다.

송강은 그들을 보고 명령했다.

"그럼 네 분 형제는 두 패로 나뉘어서 가시오. 장순·시진 형이 한패, 소칠·석수 형이 한패, 이렇게 짝을 지어 금산과 초산에 들어가 거기서 자리를 잡고, 윤주에 있는 적의 소굴의 허실을 정탐해서 양주로 와서 보고하시오."

"예."

네 사람은 대답하고서 각기 부하 두 사람씩을 데리고, 나그네 모양으로 분장한 후, 양주를 향해 떠났다.

이때 이 근처에 살고 있던 백성들은 조정에서 대군을 파견해 방납을 토벌하러 온다는 소문을 듣고 모두 짐을 챙겨 피난 가고 한 사람도 없었다.

시진·장순 등 네 사람은 양주성 안에 들어와서 작별한 후 각각 마른 음식을 장만해 떠나는데, 석수는 원소칠과 함께 두 사람의 졸병을 데리고 초산을 향해 들어가고, 시진과 장순은 두 사람의 졸병을 데리고 건량(乾糧) 부대를 울러매고, 품속엔 단도를 넣고, 박도는 손에 들고 과주로 들어왔는데, 이때는 봄이 바야흐로 무르익은 때여서 햇볕은 따뜻하고, 꽃향기는 그윽하고, 양자강의 잔잔한 물결은 아지랑이에 싸여 있다.

시진과 장순이 북고산(北固山) 밑을 바라다보니 청백 두 빛깔로 된 기가 뼁 둘러섰고, 강가에는 수없이 많은 배들이 늘어섰으며, 강의 북쪽 언덕은 나무가 한 그루도 보이지 않는 벌거숭이다.

시진이 장순을 돌아다보고 말했다.

"과주의 길거리에 인가는 있어도 사람이라곤 하나도 없고, 게다가 강가에는 나룻배가 하나도 없으니 대관절 어떻게 해야 강 건너 소식을 알 수 있을까?"

"아무래도 어디 빈 집을 하나 찾아서 들어가 쉬십시다. 내가 저 금산 밑에까지 헤엄쳐 가서 동정을 살펴보고 돌아오죠."

"그래, 그럭합시다."

이렇게 의논을 정하고서 네 사람이 강가로 달려가서 보니, 초가집 두어 개가 보이기는 하나 문이 모두 잠겨 있어 아무리 밀어도 열리지 않았다.

장순이 옆으로 돌아가서 한쪽 벽을 깨뜨리고 들어가 보니, 머리가 파뿌리같이 하얀 노파 한 사람이 부뚜막 앞에 있다가 종종걸음으로 급히 나온다.

"할머니, 왜 문을 잠가놓고 계십니까?"

"왜라니요! 이번에 조정에서 대군을 이리로 보내 방납을 친다잖아요? 그리되면 우리 마을이 꼭 싸움하는 중간에 끼게 된단 말예요. 그래 모두들 피난을 가고, 이 늙은 것이 혼자 남아서 집이나 보고 있는 거죠."

"그렇다면 할머니 댁의 남자들은 그래 모두 어디로 갔나요?"

"촌에 있는 일가집으로 뿔뿔이 찾아갔죠."

"할머니, 우리가 모두 네 사람인데요, 강을 꼭 건너가야겠는데, 어디서 배 한 척만 구할 수 없겠어요?"

"에구, 배를 어디서 구해요? 며칠 전에 여추밀이 대군이 쳐들어온다는 소문을 듣고 배라는 배는 죄다 몰아다가 윤주에 갖다뒀는 걸요!"

"그럼 우리 일행 네 사람한테 방이나 한 칸 빌려주시구려. 방세는 두둑이 드릴게. 그리고 우리 양식은 갖고 왔으니까 그 걱정은 없어요. 떠들지도 않을게요."

"자는 거야 괜찮지만, 침상이 한 개도 없는 걸?"

"그건 우리가 알아서 어떻게 하죠."

"그렇지만, 손님들, 군사가 쏟아져 내려온다는데?"

"오면 도망가죠!"

이렇게 말하고 장순은 문을 열고서 시진과 부하 졸병들을 들어오게 했다. 그러고서 칼을 한구석에 세워두고, 짐을 내려놓고, 마른 음식과 구운 떡을 꺼내 먹었다.

음식을 먹은 뒤에 장순은 강가로 나가서 다시 강물을 살펴보고 금산사를 바라다보았다.

'필시 윤주의 여추밀은 자주 저 산에 올라갈 거야… 내가 오늘밤에 몰래 건너가서 한번 살펴보고 와야지!'

장순은 금산사를 한참 바라보다가 이같이 마음속으로 정하고, 돌아와서 시진에게 말했다.

"배라곤 한 척도 없으니, 그렇다고 가만히 있어서야 되겠어요? 오늘밤에 내가 한번 건너갔다 올랍니다."

"어떻게 작정하고 갔다 오시겠소?"

"은덩어리 두 개만 옷에다 넣어 머리 위에 이고서 오늘밤에 헤엄쳐 금산사로 곧장 건너가 그 돈을 중한테 주고는 소식을 알아가지고 돌아와 송선봉께 보고를 올리렵니다. 형님일랑 여기서 기다리고 계십쇼."

"그럼 일을 잘하고서 곧 돌아오시구려."

이날 밤 하늘은 맑게 개어 별빛이 찬란한데, 바람 또한 불지 않아 물결도 잠자고 물빛과 하늘빛이 모두 한 빛깔이었다.

장순은 옷을 벗어서 그 속에다 돈을 넣고 동여맨 후, 그것을 머리에 이고서 물속으로 들어갔다. 그의 몸에는 흰 명주로 만든 잠방이와 허리에 찬 칼 한 자루와 머리에 인 옷보따리뿐이다.

그런데 양자강의 물이 그의 겨드랑이밖에는 차지 않는다. 물이 얕아서 그런 게 아니라, 어찌나 발헤엄을 잘 치는지 그는 육지에서 달음박질하듯이 빨리 헤엄쳐 잠시 후에 금산 밑에 닿았다.

산기슭에 커다란 바위가 우뚝 서 있는데 그 곁에 배가 한 척 매여 있다. 장순은 그 배 위로 올라가서 머리 위에 이고 있던 옷을 끌러 내려놓고, 수건으로 몸의 물기를 닦아버린 다음에 의복을 입고, 배에 조용히 앉아 있었다.

이때 윤주성 안에서는 3경을 알리는 북소리가 둥 둥 둥 울렸다.

숨도 크게 안 쉬고 가만히 앉았노라니까, 저 위에서 삐걱 삐걱 노를 젓는 소리가 나면서 조그만 배 한 척이 제법 빠른 속도로 오고 있다.

장순은 이 배가 적의 탐정선인 줄 알고 즉시 쫓아가 보려고 했다. 그랬더니 누가 알았으랴. 그가 올라탄 배에는 굵다란 밧줄에 닻을 내리고 있을 뿐 아니라, 노도 없고, 삿대도 없다.

그는 하는 수 없이 옷을 벗어서 뱃간에 던져두고, 칼을 빼들고서 물속으로 뛰어들어가 그 배를 향해 헤엄을 쳐갔다.

그런데 저쪽 배 위에서 노를 젓고 있는 사나이 두 사람은 북쪽 언덕만 주의하느라고 남쪽은 돌아다보지도 아니하는 것이었다.

장순은 잘됐다 싶어서 물속으로 몸을 감추고 헤엄을 쳐서 그 배 밑바닥까지 가서, 뱃전으로 고개를 쑥 내밀고는 벼락같이 두 놈을 한칼에 요정을 내었다. 이때 두 놈이 일시에 피를 뿜으면서 물속으로 떨어지는 것을 보고 장순은 배 위로 뛰어올랐다.

그러자 선창으로부터 장성 두 놈이 부리나케 올라오는 고로, 장순이 그중 한 놈을 칼로 푹 찌르고 한 손으로 그놈의 허리춤을 번쩍 들어 물속에 집어던지니 나머지 한 놈은 기겁을 해서 선창으로 도로 들어간다.

그러는 것을 장순은 날쌔게 그놈의 덜미를 움켜잡고 호령을 했다.

"이놈! 넌 뭐하는 놈이냐? 어디서 오는 배냐? 바른대로 말하면 살려

준다!"

"예, 예, 바른대로 여쭙겠습니다. 저는 양주성 밖에 있는 정포촌(定浦村)의 진장사(陳將士) 집에서 고용살이를 하고 있는 놈이올시다."

"그래, 무슨 일로 어디를 갔다 오는 거란 말이냐?"

"예, 예, 진장사 심부름으로 윤주에 있는 여추밀한테 양곡을 바치고 오라 해서 그래 갖다드렸더니, 여추밀이 받아주시고 우후(虞候) 한 사람을 저하고 같이 가라 해서 돌아가는 길입죠. 쌀 5만 섬하고, 배 3백 척을 예물로 바치게 된 겁죠."

"그럼, 그 우후의 이름은 뭐고, 지금 어디 있니?"

"섭귀(葉貴)라고 하는 사람인뎁쇼, 조금 전에 나으리님이 죽이시어 물속에 집어던지신 그 사람입니다."

"그럼, 넌 이름이 뭐냐? 언제 여추밀한테 갔었고, 선창 안에는 어떤 물건이 들어 있느냐?"

"제 이름은 오성(嗚成)입니다. 지난 정월 초이렛날 강을 건너갔습죠. 그랬더니 여추밀께선 저를 소주로 보내시어 어제삼대왕(御弟三大王) 방모(方貌)님한테 인사를 드리게 해서, 색기(色旗) 3백 개와 주인 진장사를 양주 부윤에 봉하면서 중명대부(中明大夫)라는 명작(名爵)을 내린다는 칙서하고, 그리고 군사들의 호의(號衣) 1천 벌과 여추밀께 전해드리라는 훈령 문서 한 통을 받아가지고 왔습죠."

"너의 주인 이름은 뭐라고 하니? 그리고 주인이 가지고 있는 인마는 얼마나 되느냐?"

"주인 이름은 진관(陳觀)이고요, 아들이 두 사람 있는데, 큰아들은 진익(陳益), 둘째가 진태(陳泰)라는 사람입니다. 그리고 수하엔 장정이 1천 명, 말은 1백 수십 마리 있습니다."

"알았다, 그럼 미안하다만 잘 자거라."

장순은 한마디 하고서 번개같이 오성의 목을 칼로 베어 물속에 던지고 급히 노를 저어 과주로 돌아갔다.

이때 시진은 방 안에 있다가 노 젓는 소리가 들리므로 급히 강가로 달려가 보니, 과연 장순이 돌아오는 것이었다.

"잘 다녀왔으니 다행일세. 어떻게 됐어?"

"운수대통입니다!"

장순은 자기가 강을 건너 금산사로 갈 때부터 지금 돌아올 때까지의 일을 처음서부터 끝까지 자세히 이야기했다. 시진은 너무나 좋아서 장순의 손을 붙들고 어쩔 줄을 몰랐다.

그러다가 두 사람은 함께 선창 안으로 내려가서 보자기에 싼 문서와 붉은 비단으로 만든 깃발 3백 개와 군복을 두 뭉치로 나누어 짐을 쌌다.

"그런데 난 옷을 두고 왔으니까, 가서 입고 와야겠습니다."

장순은 그제야 자기가 벌거숭이인 것을 깨닫고 급히 배를 노 저어 금산사 밑으로 가서 옷을 주워입고, 두건과 돈을 가지고 돌아왔다.

그때 벌써 날은 밝았지만, 안개가 두터워서 사방이 겨우 희미하게 보인다.

장순은 뺏어온 배 뱃바닥에 구멍을 뚫어 그 배를 물속에 가라앉힌 다음에 집으로 돌아와서 노파한테 방세로 돈 두 냥을 주고는 데리고 왔던 두 사람의 졸병에게 짐을 지워 양주로 돌아갔다.

이때 송선봉의 군사는 모두 양주성 밖에 주둔하고 있었다. 그리고 이 고을의 관원들은 송선봉을 성내로 모셔들여 연일 연회를 베풀면서 장병들을 위로하고 있었다.

그런데 양주로 돌아온 시진과 장순은 연회가 파한 뒤에 역사(驛舍)로 송강을 찾아가서 자세한 보고를 했다.

"진관 부자가 방납과 결탁해 조만간 군사를 끌어들여 양주를 칠 계획이랍니다. 제가 강 가운데서 진관의 부하 놈을 잡아서 죄다 알아보고 왔습니다. 선봉님께선 속히 공을 세우시기 바랍니다."

송강은 대단히 만족해하면서 곧 오용을 불러 상의했다.

"자아, 좋은 계책이 없을까요?"

"그거 기회가 대단히 좋습니다. 윤주성을 빼앗는 일도 이제 쉽게 됐습니다. 먼저 진관이를 잡아버리면, 일은 다 된 거 아닙니까? 그러고서 이렇게만 하십쇼!"

하고 오용은 가만 가만히 자기의 꾀를 이야기했다.

송강은 즉시 낭자 연청을 불러 그로 하여금 장순이 손에 죽은 섭우후의 복색을 가장케 하고, 그리고 해진과 해보를 반란군의 병사로 가장시켜서 정포촌으로 데리고 가게 했다.

연청은 자세한 주의를 받고 해진과 해보한테 짐을 지워 데리고 정포촌을 향해 양주를 떠났다.

그들이 성 밖으로 나와서 40리를 걸어가니까 그곳이 정포촌이다. 진장사 진관의 집 앞에 당도해보니까, 문 앞에서 30명의 장병들이 똑같은 복색을 차리고 늘어서서 엄중히 경비하고 있다.

이 모양을 보고 연청이 절강 사람의 사투리를 쓰면서 그들한테 수작을 붙였다.

"장사님께선 지금 댁에 계십니꺼?"

"손님들은 어디서 오셨소?"

"윤주서 왔습니더. 강을 건너기는 잘 건너고서 그만 길을 잘못 들어 반나절이나 숱해 고생하고, 지금에사 오는 길이라오."

이 소리를 듣더니 하인들은 해진·해보를 객실로 인도하고 짐을 내려놓게 한 후, 다시 연청을 데리고 안으로 들어가 진장사 앞에 인도한다.

연청은 진관 앞에 무릎을 꿇고 절하면서 아뢰었다.

"섭귀가 장사님을 뵈러 왔습니더."

이 말을 듣고 주인이 묻는다.

"그대가 어디서 온 사람이오?"

연청은 역시 절강 사투리로 대답했다.

"아무도 없이 상공과 단둘이서 말씀드리고 싶습니더."

"여기 있는 사람들은 모두 내 심복들이니까 상관없소. 그냥 말하시오."

"예, 그러십니꺼. 소인은 여추밀님 밑에서 시중드는 섭귀라는 우후입니더. 정월 초이렛날 오성님한테서 밀서를 받고 추밀님은 무척 좋아하시고, 절더러 오성님을 소주로 모시고 가서 어제삼대왕님을 뵙게 하고는 장사님의 의향을 전달시키셨습니다. 그랬더니 삼대왕께서는 사자를 보내시어 폐하께 말씀드리고, 장사님을 양주 부윤에 봉하시는 칙서를 내리시게 했습니다."

"나를 양주 부윤에 임명하신다고?"

진관은 자기의 귀를 의심할 만큼 반기면서 연청을 바라보았다.

"예. 그리고 장사님의 두 분 자제님은 여추밀님께서 만나보신 다음에 또 관작을 정하실 모양입니다. 이번에 오성님이 돌아와서 말씀드린다 하더니, 감기로 병이 나서 드러누울 줄 누가 알았나요? 그래, 추밀님께선 절더러 공문서랑, 관방패면(關防牌面)이랑, 그리고 호기(號旗) 3백 기, 호의(號衣) 1천 벌을 갖다드리라 하십디다. 그리고 양곡선은 택일을 해서 윤주의 강가로 보내시면 인수하시겠다 합디다."

연청이 이같이 말하고 공문서를 꺼내어 진관에게 두 손으로 바치니까, 진관은 그것을 받아서는 입이 딱 벌어지도록 기뻐하면서 급히 향안(香案)을 내다놓더니 남쪽을 향해 절을 하고 감사의 뜻을 표하고 나서, 저와 아들 진익과 진태를 불러내다가 연청에게 인사를 시키는 것이었다.

연청은 해진과 해보를 불러 호의와 호기를 갖다바치라 했다.

해진과 해보가 패면, 호기, 호의를 마루 끝에 갖다놓자 진관은 그것을 보더니 연청을 보고 자리에 앉으라고 권한다.

"소인이야 일개 주졸(走卒)이온데, 어찌 감히 상공 곁에 앉을 수 있습니꺼!"

"아니오, 노형은 은상께서 보낸 사람이고, 이 사람한테 칙서를 갖다 전했는데, 어찌 내가 감히 경솔히 대우하겠소? 상관 마시고 어서 앉으시오."

연청은 두어 번 더 사양하는 체하고는 멀찌감치 떨어져 있는 교의에 가서 조심스럽게 가만히 앉았다.

진관은 하인을 시켜 술을 내오더니 잔을 들고,

"자아, 술이나 한 잔 드시오."

하고 연청에게 술을 권한다.

"황송합니다. 소인은 술을 천성으로 못 먹습니더."

"그럴 수 있소? 내가 주는 술이니 한 잔만 하시오."

"죄송합니다. 원체 입에두 몬 댑니더!"

연청이 끝내 사양하니까, 진관은 손수 잔에다 술을 따라 두어 잔 마시고 있을 때, 두 아들이 나와서 저의 부친한테 경하하는 축배를 드리려 하므로, 연청은 이 틈을 타서 해진과 해보를 바라보고 얼른 눈짓을 했다.

해보가 얼른 알아차리고 사람들이 못 보는 사이에 신속히 술항아리에다 독약을 감쪽같이 넣었다.

그러자 연청이 자리에서 벌떡 일어나더니,

"소인이 그만 술을 못 갖고 와서 죄송합니다만, 댁의 술을 가지고라도 축배를 드리겠습니다. 한 잔 받으십시오."

하고 큰 잔에다 술을 가득 따라 두 손으로 올리니까, 진관은 기분이 좋아서 그것을 받아 한숨에 마셔버린다. 연청은 계속해서 두 사람의 아들한테도 술을 한 잔씩 권하고, 좌우에 있는 그 집 하인들한테도 돌아가면서 한 잔씩을 권했다.

그러고 나서 연청이 또 눈짓을 하니까 해진은 바깥으로 나가서 불씨를 하나 찾아 품속에 감췄던 호기와 호포를 꺼낸 후, 그 집 마당 안에서 터뜨려버렸다.

이때 이미 그 집 근처에 와서 숨어 있던 두령들은 일제히 고함을 지르면서 정문으로 쳐들어왔는데, 안에서 술을 권하던 연청은 진관 이하 두 아들과 하인들이 하나하나 쓰러지는 것을 보고는 품속에서 단도를 꺼내 해진과 해보와 함께 그들의 목을 죄다 잘라버렸다.

그런데 이때 진관의 집 정문을 들이치는 사람들은 노지심·무송·사진·양웅·이규·항충·이곤·포욱·양림·설영 등 열 사람이었으니, 그곳을 경비하고 있던 장정들은 이들 앞에서 문제도 안 되는 것이었다. 안에서는 벌써 연청과 해진·해보가 진관 부자의 머리를 들고 나왔다.

그런데 또 계속해서 주동·삭초·장청·번서·이충·주통 등 여섯 명의 두령이 군사 1천 명을 거느리고 달려와서 진관의 집을 철통같이 에워싸고는 집안 식구들을 죄다 죽여버리고 하인 한 놈만을 끌고 강가로 가보니까, 과연 쌀을 가득 실은 배가 3, 4백 척이나 있었다. 주동 이하 여러 장수는 그 수량을 세어보고 나서 급히 송강에게 보고를 올렸다.

송강은 진관을 처치해버렸다는 보고를 받고 즉시 오용과 의논해 짐을 챙긴 다음, 총독으로 있는 장초토에게 작별 인사를 한 후, 본부의 군사를 거느리고 진관의 집으로 가서 전대(前隊)의 군사들로 하여금 진관으로부터 빼앗은 양곡선을 타고 가서 예정했던 계획을 실행하도록 하는 동시에, 사람을 보내어 전선(戰船)의 출발을 재촉하게 했다.

그런데 행동을 개시하기 전에 오용이 지시를 내렸다.

"5백 척의 쾌선을 뽑아 배마다 방납이가 보낸 기호를 꽂고, 군사 1천 명은 각기 적군의 호의를 입고, 그 밖의 3, 4천 명은 죄다 다른 의복을 입도록 하시오. 그리고 3백 척의 배 안에는 1만 명의 군사를 매복하고, 목홍은 진익을 가장하고, 이준은 진태를 가장하고서 각각 큰 배를 한 척씩 타고 그 밖의 배에는 각각 이렇게들 분승(分乘)하시오."

오용은 이렇게 말하고서 다음과 같이 세 대의 선단을 나누어 지시했다.

즉, 제1대 선단은 목홍과 이준이 영솔하는데, 목홍은 자기 신변에 항충·이곤·포욱·설영·양림·두천·송만·추연·추윤·석용 등 열 명의 편장을 대동하고, 이준은 자기 신변에 동위·동맹·공명·공량·정천수·이립·이운·시은·백승·도종왕 등 열 명의 편장을 대동한다.

그리고 제2대 선단은 장횡과 장순이 영솔하는데, 장횡의 배에는 조정·두흥·공왕·정득손 등 네 명의 편장이 동승하고, 장순의 배에는 맹강·후건·탕융·초정 등 네 명의 편장이 동승한다.

그리고 제3대 선단은 열 명의 정장(正將)이 영솔해 두 대로 나누어서 출발하는데, 그 열 명의 정장이란 사진·뇌횡·양웅·유당·채경·장청·이규·해진·해보·시진 등으로서, 이상 세 개의 선단을 42명의 두령이 영솔하는 것이었다.

이어서 송강은 전선에다 말을 싣고, 유룡(遊龍)·비경(飛鯨) 등 전선 1천 척에다 '송조 선봉사 송강'이라는 기를 꽂고 보병과 기병의 대소장령들이 모두 배를 타고 강을 건넜는데, 모든 행동은 수군 두령 원소이·원소오 두 사람이 총지휘했다.

한편, 윤주에 있는 반란군 측에서는 북고산 위에서 대안(對岸)의 포구로부터 3백여 척의 배가 일제히 나오는데, 배마다 '호송의량선봉(護送衣糧先鋒)'이라는 홍기(紅旗)가 꽂힌 것이 보였다.

초소에 있던 병정은 이것을 보고 급히 행성(行省)에다 사실을 보고했다.

급보를 받은 여추밀은 강남 십이신이라 일컫는 통제관 열두 명으로 하여금 무장을 든든히 하게 하고서, 정병을 이끌고 친히 강가로 나가서 바라보니, 과연 앞줄의 1백 척이 이쪽 기슭에 가까이 왔는데, 그 배 위에 두 사람의 두목이 서 있고, 앞뒤에서 두목을 호위하고 있는 사람들은 모두 금쇄자(金鎖子)의 호의를 입은 몸집이 크고 억세게 생긴 인물들이다.

여추밀이 한번 그들을 바라본 다음, 말 위에서 내려와 은빛 나는 교의에 앉고, 열두 명의 통제관은 여추밀 좌우에 두 줄로 늘어서서 언덕을 지키고 있었다.

이때 여추밀이 강가에 앉아 있는 것을 본 목홍과 이준은 뱃전에서 상반신을 위로 내밀고서,

"소인 문안드립니다."

하고 큰소리로 인사를 했다.

그랬더니 여추밀 좌우에 있는 우후가 호령을 하는 것이었다.

"거기서 배를 멈춰라!"

호령을 들은 목홍과 이준은 1백 척의 배를 한일자로 늘어서서 닻을 내리게 했다. 그리고 뒤에 따라오던 2백 척의 배도 순풍에 밀려와서 양쪽 가에 늘어서서 닻을 내리니, 백 척은 왼쪽에, 백 척은 오른쪽에 정박했다.

그러자 여추밀을 모시고 나왔던 객장사(客帳司)가 배 안으로 들어와서 묻는 것이었다.

"어디서 오는 배냐?"

"예, 저는 진익이란 사람이고, 이 사람은 제 동생 진태입니다. 저의 가친 진관께서 정병 5천 명과 배 5백 척과 쌀 5만 섬을 추밀님께 갖다 드리고 오라 하셔서 저의 형제가 갖고 왔습니다. 추밀님께서 제 가친을 천거해주신 은혜에 사례하는 뜻입니다."

"추밀님께선 요전에 섭우후를 심부름시켜 보내셨는데, 지금 섭우후는 어디 있나요?"

"우후님과 오성님은 요새 돌림감기에 걸리셔서 드러누우신 까닭에

못 오셨습니다. 여기 관방(關防)문서를 갖고 왔으니 보십시오."

객장사는 목홍으로부터 문서를 받아서는 언덕으로 올라가 여추밀에게 아뢰었다.

"양주 정포촌에 있는 진부윤의 자제 되는 진익과 진태 형제가 군병과 식량을 헌납하려고 왔습니다. 관방문서도 이렇게 가지고 왔습니다."

여추밀이 그것을 받아보니, 과연 전일 섭우후한테 발행했던 그 공문서이므로 여추밀은 객장사에게 명령해 두 사람을 가까이 불러오라 했다.

객장사가 진익과 진태를 내려오라고 부르므로 목홍과 이준이 배에서 내려 언덕으로 올라가니, 두 사람의 편장 20여 명도 그 뒤를 따라서 올라갔다.

그때 여추밀을 모시고 서 있는 배군(排軍)이 편장들을 향해 호령을 하는 게 아닌가.

"추밀 상공께서 지금 나와 계시니까, 다른 사람들은 모두 거기 섰어!"

그 소리에 20여 명 편장들은 일제히 걸음을 멈추었다.

목홍과 이준은 멀찌감치 서서 허리를 굽히고 두 팔을 앞으로 모아 인사를 드렸다.

이렇게 하고서 한참 있노라니까, 객장사가 두 사람 곁으로 오더니, 그중 한 사람만 데리고 여추밀 앞으로 가서 무릎을 꿇고 앉게 하는 것이었다.

그러자 여추밀이 묻는다.

"어째 자네 부친 진관이 오지 아니했단 말인가?"

"예, 소인의 아비는 양산박의 송강 일당이 대군을 거느리고 치러 온다는 소식을 들었기 때문에 만일 도적이 들어와서 친다면 큰일이라고, 그것들을 지키기 위해서 감히 나오지 못했습니다."

"자네들 두 사람 중에서 누가 형인가?"

"저 진익이가 형이 됩니다."

"자네 형제가 무예를 좀 배웠는가?"

"예, 덕택으로 조금 배워서 압니다."

"그런데 쌀을 가지고 왔다지?"

"예, 큰 배에는 3백 섬, 작은 배엔 2백 섬을 실어가지고 왔습니다."

"자네들 두 사람이 딴 마음이 있어서 온 것은 아닌가?"

"예, 저희들 부자는 오직 효순(孝順)의 마음이 있을 뿐입니다. 조금도 딴 마음은 없습니다."

"자네들 두 사람의 마음이 좋은 줄 알겠네마는, 배 위에 있는 병정들 모양이 좀 수상하단 말이야. 그러니까 자네들 두 사람은 여기 있게. 내가 통제관 네 사람더러 군사 1백 명을 데리고 배 안에 들어가 조사를 해 보도록 할 테니까. 만일 배 안에서 의외의 물건이 발각된다면 결코 용서가 없을 테니, 그런 줄 알게!"

"예, 처분대로 하십시오. 소인이 뵈오러 온 것은 은상께서 중용해주실 것을 바라고 왔으니까요, 의심하실 것은 조금도 없습니다."

여추밀이 목홍의 말을 듣고서도 네 사람의 통제관으로 하여금 배 안에 들어가서 수색을 하라고 이르는데, 이때 연락병 하나가 달려와서 보고를 올린다.

"성지(聖旨)를 가지고 지금 칙사가 남문 밖에 왔습니다. 상공께선 급히 말을 타고 나가시어 받으셔야겠습니다."

여추밀은 그 말을 듣고 급히 말 위에 올라타면서,

"강기슭을 잘들 지켜라! 그리고 진익과 진태는 나를 따라오너라!"

이같이 명령한다.

목홍은 이준을 향해 눈을 한 번 끔적했다.

여추밀이 먼저 앞서가도록 머뭇거리다가 목홍과 이준은 그 뒤를 따라서 20명의 편장을 데리고 성문으로 들어갔다.

그러자 성문을 지키는 장교가 호통을 치는 게 아닌가.

"야, 못 들어간다! 추밀 상공께서 너희들 두목 두 사람만 들이라 하셨다."

이래서 목홍과 이준 두 사람만 안으로 들어가고 편장 20명은 모두 성 밖에 정지했다.

그런데 여추밀은 남문 밖으로 가서 칙사를 마중하고는 급하게 물었다.

"대관절 무슨 일로 이렇게 급히 왔습니까?"

이 칙사는 바로 방납의 측근으로 있는 인진사(引進士) 풍희(馮喜)였다.

풍희는 여추밀의 귀에다 입을 대고 소곤소곤 말한다.

"요새 사천태감(司天太監) 포문영(浦文英)이 이렇게 주상을 했어요. 밤에 천상(天象)을 보니까, 무수한 강성(罡星)이 오(嗚)나라 땅에 들어와 있는데, 한복판의 광채가 없어지고 희미하니, 이것은 나라에 큰 화가 있을 징조라고요. 그래서 천자께서 특히 성지를 내리시어 추밀님께 강기슭을 잘 지키시라는 이야기입니다. 북쪽에서 오는 사람들에게는 엄중한 심문을 하고, 조금이라도 수상한 점이 있거든, 그런 놈은 당장 목을 베어 없애라는 말씀입니다."

여추밀은 그 소리를 듣고 놀랐다.

"아까 그놈들이 아무래도 의심스러웠는데, 어째 이런 때 하필 이런 이야기를 듣는담! 하여간 성내로 들어가서 읽어봅시다."

여추밀은 풍희와 함께 행성으로 들어가서 성지를 펼쳐놓고 읽기를 마치자, 또 연락병 하나가 말을 달려왔다.

"소주에서 사자가 어제삼대왕님의 영서(令書)를 가지고 왔습니다."

연락병이 이렇게 보고하고 문서를 올리는 것을 여추밀은 급히 펴보았다.

전일 양주의 진장사가 투항한다 했다지만, 그것은 믿을 수 없는 이야기다. 아무래도 속임수가 있는 것으로 생각된다. 근일 대왕께서 성지를 내리셨는데, 지난번 사천감(司天監)에서 강성(罡星)이 오(嗚)나라 땅의 경내에 들어오는 형상을 관측했다 하므로 강의 대안을 엄중히 수비하라는 분부이시니, 특히 조심하라. 나도 불일간 사자를 감독으로 파견할 예정이다.

영서의 내용은 대강 이런 글이었다.

"어제삼대왕님께서도 역시 이 일을 근심하고 계셨구나. 나도 방금 성지를 읽었는데!"

여추밀은 이렇게 혼잣말하고 즉시 부하들을 불러 강기슭을 엄중히 수비하는 동시에, 배에서 한 사람도 언덕에 올라오지 못하도록 하라고 명령한 후, 한편으로 크게 잔치를 베풀고 두 사람의 사자를 대접했다.

그런데 이때 저 3백 척의 배 위에 있던 사람들은 목홍과 이준이 배에서 내려간 지 반나절이 지났건만 아무 기척이 없으므로, 왼편 1백 척의 배 위에 있던 장횡과 장순은 여덟 명의 편장을 데리고 병장기를 들고서 배에서 내려 언덕으로 올라가고, 바른편 1백 척 배 위에 있던 열 명의 장수도 모두 칼과 창을 뽑아들고서 배에서 내려 언덕으로 올라가니까, 강기슭을 수비하는 반란군은 감히 그들을 가로막지 못한다.

이래서 더욱 기운을 얻은 흑선풍 이규는 해진·해보와 함께 곧장 성내로 뛰어들어가려 했다. 그럴 때 성문을 지키고 있던 방납의 반란군이 앞을 막으므로, 흑선풍은 쌍도끼로 한 번씩 찍어 두 놈의 수문관(守門官)을 죽여버렸다. 그러자 해진과 해보도 고함을 지르면서 성안으로 뛰어들어가 마구 찔러 넘어뜨리는데, 흑선풍은 성문 옆에 몸을 감추고서 적이 나오기만 하면 박살을 내려고 벼르고 있었다.

그때 먼저 성벽 근처에 와 있던 20명의 편장도 때를 놓치지 않고 합세하여 닥치는 대로 적을 거꾸러뜨리면서 안으로 들어섰다.

사태가 이같이 급하게 된 줄도 모르는 여추밀이 강변을 엄중히 수비하라고 사람을 보냈을 때는 이미 송군(宋軍)이 성안에 들어간 때였다.

이때 강남 십이신 통제관 열두 명은 성벽 근처에서 고함 소리가 요란한 것을 듣고 각기 군사를 거느리고 달려나갔는데, 이와 때를 같이해서 사진과 시진은 3백 척의 배 안에 있는 군사를 불러내어 반란군의 복색을 벗어던지게 하고서 두 사람이 선두에 서서 언덕으로 올라왔다. 전창 속에 매복했던 복병이 모두 쏟아져 나온 것이다.

그래서 반란군의 수석 통제관 심강과 반문득의 두 부대의 군사가 성문을 지키러 가기는 했으나, 심강은 사진의 칼에 맞아 말 아래 떨어져 죽고, 반문득은 장횡의 창에 찔려 거꾸러졌고, 그 외 열 사람의 통제관은 모두 저희들의 가족을 보호하려고 성내로 도망해버리고 말았다.

이때 목홍과 이준은 성내에 있다가 이 같은 정보를 듣고는 술집에서 불씨를 얻어 근처 민가에 불을 질렀다.

이렇게 되어 성내는 삽시간에 화광이 충천하게 되었는데, 여추밀이 놀라서 급히 말을 집어타니까, 세 사람의 통제관이 그를 호위하러 달려왔다.

성내에서는 하늘이라도 태울 것같이 불길은 무섭게 올라가고 있었다.

송강은 이때 과주에서 이쪽을 바라보고 있다가 급히 한 떼의 군사를 응원으로 보냈다.

성내에서는 한참 동안 혼전이 벌어졌다가 미구에 성벽 위에는 송선봉의 깃발이 펄렁거렸으니, 이때 사면팔방에서 정신을 차릴 수 없을 만큼 벌어졌던 격전을 어떻게 이루 다 기록하랴.

그런데 이때 북쪽 강변에 1백 50척의 전선이 도착하더니, 열 명의 장수가 일제히 말을 타고 무장한 채 언덕으로 올라오고 있다.

이 사람들은 관승·호연작·화영·진명·학사문·선찬·단정규·한도·팽기·위정국으로서, 이들은 2천 명의 군사를 이끌고 성내로 돌입하는 것이었다. 이때 형편없이 참패한 여추밀은 부상당한 군사를 이끌고 허둥지둥 단도현(丹徒縣)을 향해서 도망쳤다.

송강의 대군이 윤주를 이같이 빼앗고서 먼저 성내의 불을 끄고, 네 군데의 성문을 수비하는 일방, 송선봉의 배를 영접하려고 강변으로 가보니까, 때마침 유룡·비경 두 척의 배가 순풍을 타고 남쪽 강변에 와서 닿는다.

장수들은 송강을 영접하여 성내로 들어갔다.

송강은 우선 백성들을 안심시키는 방문을 붙이게 한 후, 부하 장령들 전원을 중군(中軍)에 집합시키고 각각 자기의 전공을 보고하게 했다.

그랬더니 사진은 심강의 머리를 바치고, 장횡은 반문득의 머리를 바치고, 유당은 심택의 머리를 바치는데, 이 밖에 공명·공량 형제는 탁만리를 사로잡고, 항충과 이곤은 화동을 사로잡고, 학사문은 서통을 활로 쏘아 죽인 공훈이 보고되었다. 그리고 그들이 이같이 네 사람의 통제관을 죽이고, 두 사람의 통제관을 사로잡으면서 윤주성을 점령하기까지 그들의 손에 죽음을 당한 적의 아장과 군사의 수효는 부지기수였다.

송강은 그 보고를 들은 후 장수들을 점호해보았더니, 세 사람의 편장이 안 보이는 것이었다. 혼전하는 가운데 화살을 맞고, 혹은 말에 밟히고 해서 목숨을 잃은 것이니, 그 세 사람이란 운리금강 송만·몰면목 초정·구미귀 도종왕이었다.

송강은 이 세 사람을 잃은 것을 알고서 고개를 숙이고 눈물을 흘렸다. 마음이 몹시 언짢았던 까닭이었다.

곁에서 오용이 위로했다.

"형님! 사람의 생사는 하늘에 달린 운명이 아닙니까? 우리가 형제를 세 사람이나 잃어버리긴 했습니다만, 그 대신 강남에서 제일가는 요해지를 우리 손에 넣지 아니했습니까. 그러니 너무 상심하실 건 없습니다.

몸에 해롭습니다. 국가를 위해서 앞으로 더욱 큰일을 하셔야 할 테니, 기분을 돌리십시오."

오용이 이같이 말하니까 송강은 비장한 어조로 대답하는 것이었다.

"우리들 1백 8명은 천서에 기록되어 있는, 위로 하늘의 성요(星曜)에 응한 몸들입니다. 당초에 양산박에서 발원했고, 오대산에서 서약을 하고서 동생공사(同生共死)를 원했던 것인데, 서울로 돌아갔을 때 뜻밖에 먼저 공손승이 떠나가고, 김대견과 황보단을 어전에 바치고, 또 채태사한테는 소양을 뺏기고, 왕도위한테는 악화를 두고 왔는데, 이번엔 강남에 와서 또 삼형제를 잃었으니 이 일을 어찌합니까! 지난 일을 생각하면 송만이란 사람은 별로 큰 공을 세운 일은 없습니다만, 양산박을 개창할 때엔 이 사람의 공이 컸습니다. 그런데 지금은 벌써 천하지객(泉下之客)이 되었으니!"

송강은 한숨을 쉬고 나서 즉시 군사들에게 명령을 내려 송만이 죽은 자리에다 제단을 차려놓게 하고서, 은종이로 만든 지전을 늘어놓고, 새까만 돼지와 흰 양을 잡아 제단 위에 올려놓고 무릎을 꿇고 앉아서 술을 부어놓은 다음, 사로잡은 적의 통제관 탁만리와 화동의 목을 그 자리에서 자르게 한 후, 그 피를 받아 세 사람의 위패 앞에 드리며 그들의 영혼을 위로했다.

그러고 나서 송강은 부(府)의 관소로 돌아와서 공을 세운 장수들에게 상을 주고, 승리를 보고하는 문서를 만들어 그것을 장초토에게 보내어 그로 하여금 속히 윤주성으로 나와 있기를 청했으나, 그 이야기는 그만 둔다.

이어서 송강은 한길거리에 널려 있는 시체들을 모조리 성 밖으로 끌어내다 모아놓고서 그것을 화장하게 한 후, 송만·초정·도종왕 세 사람의 유해는 윤주의 동문 밖에다 안장시켰다.

그런데 이때 군사를 태반이나 잃어버리고 간신히 여섯 명의 통제관만 데리고 단도현으로 도망간 여추밀은 다시 군사를 일으켜 복수전을 해볼 생각은 감히 못 하고, 위급을 알리는 문서를 소주로 보내어 삼대왕 방모에게 구원을 청했었는데, 그때 소주에서는 원수(元帥) 형정(邢政)이 군사를 거느리고 왔다.

여추밀은 형원수를 맞이한 후, 진장사 진관이 거짓말로 항복을 해오고, 그것이 누설되어 송강의 군사가 강을 건너오게 된 곡절을 자세히 이야기하고 나서, 이렇게 형원수가 여기까지 온 바에는 기어코 윤주성을 도로 빼앗아야겠다고 사정을 했다.

그 말을 듣고 형정이 여추밀을 위로했다.

"삼대왕님은 강성이 오나라 땅을 범한 것을 아시고, 그 때문에 저에게 군사를 주시며 가서 강기슭을 지키라 하신 것인데, 이렇게 추밀님께서 벌써 싸움에 참패하셨을 줄은 몰랐습니다. 제가 어떻게든 원수를 갚아드리겠으니, 추밀님께서는 제 뒤에서 도와주시면 좋겠습니다."

이 말을 듣고 여추밀은 감사했다. 그리고 그다음 날 형정은 군사를 거느리고 윤주를 탈환하려고 단도현에서 떠났다.

한편, 송강은 윤주의 관청에서 오용과 상의해서는 동위·동맹으로 하여금 군사 백여 명을 데리고서 초산으로 가서 석수와 원소칠을 찾아오게 하는 동시에, 관승·임충·진명·호연작·동평·화영·서녕·주동·삭초·양지 등 열 사람의 두목들로 하여금 정병 5천 명을 거느리고 나아가 단도현을 공략하게 했다.

그런데 관승 등 열 사람의 군사가 행군해오다가 뜻밖에 형정의 군사와 도중에서 만났다.

양쪽 군사는 서로 활을 쏘아 가까이 오지 못하게 하면서 진(陣)을 폈다.

먼저 반란군 측에서 진형을 정돈하고서 형정이 창을 꼬나들고 달려 나오는데, 여섯 명의 통제관이 그의 좌우를 호위해 나온다.

이 모양을 본 송군의 진에서는 관승이 청룡언월도를 휘두르며 말을 채쳐 달려나와 형정을 덮쳤다.

이래서 두 사람의 장수가 서로 맞붙어 싸우기를 14, 5합 했을 때 어느 틈에 관승의 칼이 번개같이 형정의 옆구리를 베어 말 아래 떨어뜨렸다. 이때 호연작은 군사를 휘몰아 적진으로 돌진했다. 이 바람에 적의 통제관 여섯 명은 혼비백산하여 남쪽을 향해 도망쳐버렸다.

여추밀은 저희 군사가 완전히 패전한 것을 보고는 단도현에도 머무를 생각이 없어 패잔병을 이끌고 상주를 향해 달아났다.

관승 등 열 사람의 대장은 쉽사리 고을을 점령하고서 즉시 송선봉에게 승리를 보고했다.

송강은 보고를 받고서 본부의 군사를 거느리고 단도현으로 들어가 삼군을 상 주어 위로하고, 장초토에게 사람을 보내어 군사를 이곳으로 옮겨 지켜달라고 청했다. 그랬더니 다음날 장초토의 중군 참모·종(從)·경(耿) 두 사람이 상사품(賞賜品)을 수레에 잔뜩 싣고서 단도현으로 왔다.

송강은 그 상사품을 받아 여러 장수들에게 나누어준 후, 노준의를 불러 다시 적을 칠 방침을 의논했다.

"지금 선주와 호주의 두 고을도 방납의 수중에 있지 않습니까? 내 생각엔 노장군과 내가 길을 나누어 쳐들어가는 게 좋을까 싶은데, 그렇게 할까요? 심지를 두 개 만들어 그것을 뽑아서 각각 그 지방을 맡기로 할까요?"

"좋습니다."

이래서 두 개의 심지에다 공격할 지방의 이름을 써서 두 사람이 뽑아보니, 송강은 상주·소주가 잡히고, 노준의는 선주·호주가 잡혔다.

비릉군 공략

송강은 즉시 철면공목 배선을 불러 여러 장수들을 균등하게 나누는데, 양지만은 신병으로 누워 있기 때문에 같이 갈 수 없을 것이니 단도현에 남아 있도록 하고, 그 밖의 장수들은 두 갈래의 길로 나누게 했다. 그래서 송강이 상주·소주 두 고을을 치기 위해 거느리고 갈 장수는 정장·편장 합쳐서 42명인데 정장은,

송강·오용·이응·관승·화영·진명·서녕·주동·노지심·무송·사진·이규·대종, 이상 13명이요, 편장은,

황신·손립·학사문·선찬·한도·팽기·번서·마린·연순·항충·이곤·포욱·왕영·호삼랑·양림·시은·두흥·공명·공량·능진·채복·채경·단경주·후건·장경·안도전·욱보사·송청·배선, 이상 29명이다.

이같이 42명의 장수가 정병 3만 명을 이끌고 가는데 송선봉이 전체를 통솔하는 것이고, 부선봉 노준의가 선주·호주를 치기 위해 거느리고 갈 장수는 주무를 군사(軍師)로 하고서 정장에,

노준의·주무·시진·임충·동평·호연작·삭초·목홍·양웅·뇌횡·해진·해보·장청·유당·연청, 이상 15명이요, 편장으로는,

단정규·위정국·여방·곽성·구붕·등비·이충·주통·진달·양춘·설영·두천·목춘·추연·추윤·이립·이운·석용·주귀·주부·손신·고대수·장청·손이

랑·정천수·탕융·조정·백승·공왕·정득손·왕정륙·시천,

이상 32명으로서 모두 47명의 장수가 정병 3만 명을 이끌고 가는데, 부선봉 노준의가 전체를 통솔하는 것은 물론이다. 그리고 이 외에 수군 두령들은 따로 한 떼를 이루었는데, 전번에 송강의 명령을 받고 초산에 갔던 동위와 동맹이 석수와 원소칠을 만나고 와서 보고를 하는 것이었다.

"석수하고 원소칠은 강가에 가서 어떤 집 식구를 죄다 죽이고서 배 한 척을 뺏어가지고 초산사로 갔었다고 합니다. 그랬는데 마침 절의 주지가 두 사람이 양산박의 호걸인 줄 알고서 절에 있도록 했답니다. 그러다가 장순이 전공을 세웠다는 소식을 알고, 초산에서 내려와 배를 타고 가서 묘항(茆港)을 빼앗고서 다시 강음(江陰)·태창(太倉) 등 바닷가의 고을을 토벌하기 위해서 무기와 배를 수군 두령들이 갖고 왔으면 좋겠다고 청하는 문서를 보내왔습니다."

송강은 이 말을 듣고 즉시 이준 등 여덟 명에게 5천 명의 수군을 주고서 원소칠과 석수를 따라서 수로(水路)를 가게 했다. 그래서 수로로 가는 장수는,

석수·이준·장횡·장순·원소이·원소오·원소칠·동위·동맹·맹강, 이상 열 명으로서 그중 정장이 일곱 명, 편장이 세 명, 정병이 천 명, 전선이 백 척이다.

이렇게 단도현에서 송강이 군사를 세 갈래 길로 나누어 진군했을 때의 장령 수효는 백 명에서 하나가 부족한 99명인데, 큰 배는 모두 두령들에게 주고서 강음·태창을 치게 하고, 작은 배는 모두 단도현의 항구 뒤에 모아두었다가 육군과 함께 상주를 치게 했다.

한편, 통제관 여섯 명을 데리고 단도현에서 도망간 여추밀은 이때 상주 비릉군(毘陵郡)을 지키고 있었다. 그런데 이 상주에는 수성 통제관 전진붕(錢振鵬)이 수하에 두 사람의 부장(副將)을 데리고 있었으니, 한 사람은 진릉현(晋陵縣)의 상호(上濠) 출신으로 이름을 김절(金節)이라 하고,

한 사람은 전진붕의 심복 허정(許定)이란 사람이었다. 그리고 전진붕은 본시 청계현 도두였었지만, 방납이 청계현을 공격했을 때 그에게 협조하여 성을 함락시키는 데 공을 세웠기 때문에 방납으로부터 상주를 다스리는 제치사(制置使)에 임명된 사람이었다.

그런데 여추밀이 싸움에 지고 윤주를 뺏긴 후 상주로 퇴각해왔다는 소식을 들은 전진붕은 즉시 김절과 허정을 데리고 성문 밖에 나가 여추밀을 맞아들이고 장차 송군과 싸울 계책을 상의했다.

이때 여추밀이 송강의 군사가 강대해서 자기가 무참히 패전했다는 이야기를 했더니 전진붕은 큰소리를 했다.

"추밀님은 염려 마십시오. 제가 부족한 인물이올시다마는 송강의 군사를 무찔러 장강 건너로 내몰고, 윤주를 도로 빼앗아놓을 테니, 안심하십시오!"

"고맙소이다. 그렇게만 해주신다면 나라에 무슨 걱정이 있겠습니까. 그렇게 공을 세워주시면 내가 극력 천거해서 지금보다 훨씬 높은 지위에 앉으시도록 해드리겠습니다."

"감사합니다. 하여간 염려 마십시오."

전진붕과 여추밀은 술을 나누면서 이같이 낙관하고 있었다.

그런데 송선봉은 이때 기병을 앞장세워 상주와 소주를 치기 위해서 먼저 비릉군으로 달려갔는데, 우두머리 정장(正將)은 관승으로서 그 밑에 진명·서녕·황신·손립·학사문·선찬·한도·팽기·마린·연순 등 열 사람의 장수가 기병 3천 명을 이끌고 상주성 아래까지 육박해가서, 기를 흔들고 북을 치면서 싸움을 돋우었다.

여추밀이 이 모양을 보고,

"누가 나가서 적을 물리칠 사람은 없는가?"

하고 소리쳤다.

그러자 아까부터 말을 준비해놓고 있던 전진붕이 앞으로 나왔다.

"제가 힘을 합해 싸우죠!"

여추밀은 즉시 자기를 따라온 여섯 사람의 통제관에게 전진붕을 지원하도록 명령했다. 그런데 이 여섯 사람이란 누구냐 하면, 응명·장근인·조의·심변·고가립·범주 등인데, 전진붕은 이 사람들과 함께 5천 명의 군사를 이끌고 성문을 열고서 뛰어나갔다.

이같이 전진붕이 적토마를 타고 발풍도(潑風刀)를 휘두르면서 뛰어나오는 모양을 본 관승은 자기 군사를 약간 후퇴시키고서 전진붕으로 하여금 진형을 꾸미도록 여유를 주는 것이었다.

전진붕이 진형을 펴는데, 통제관 여섯 명은 전진붕의 좌우에 갈라섰다.

이렇게 적에게 여유를 주고 기다리고 있던 관승은 칼을 비껴들고 말을 뚜벅뚜벅 걸어 앞으로 나서면서 큰소리로 호령을 했다.

"역적 놈들아! 잘 듣거라! 네놈들이 어디서 걸레 같은 놈을 도와 모반을 일으키고 인명을 손상시키고 있으니, 이것은 하늘과 사람이 한가지로 분노를 금치 못하는 일이다! 지금 천병(天兵)이 왔는데도 네놈들은 살아날 생각이 있어서 감히 대항한단 말이냐? 어림도 없다! 내가 너희들 역적 놈들을 죄다 죽여버리기 전엔 맹세코 군사를 거둬가지고 돌아가지 않겠다!"

관승의 호령을 듣고 전진붕도 성난 목소리로 마주 호령하는 것이었다.

"이놈아, 닥쳐라! 네놈들 양산박의 도적놈들이 천시(天時)를 모르고 바보 같은 천자한테 붙어 감히 우리 대국에 항거하려 드느냐? 당장 내가 네놈들을 죄다 죽여 없애고서 갑옷 한 개도 남겨두지 않겠다!"

이 소리를 듣고서 관승이 대단히 노해 청룡도를 휘두르며 말을 채쳐 달려나가니까 전진붕은 발풍도를 휘두르며 관승을 맞아 싸운다.

이리해서 두 사람이 맞붙어 싸우기를 30여 합 했는데, 이때부터 전진붕은 기운이 차차 줄어들기 시작해서 관승을 막아내는 데 죽을힘을 다 쏟는다.

문기(門旗) 밑에서 전진붕의 기색을 살핀 두 사람의 통제관이 일제히 말을 채쳐 달려나오면서 관승을 협공하는데, 왼쪽의 장수는 조의요, 오른쪽 장수는 범주다.

그러나 이때 송강군의 문기 밑에서도 두 사람의 장수가 뛰어나오는데, 한 사람은 상문검을 휘두르고, 한 사람은 호안편을 휘두르며 나오고 있으니, 이 사람들 중의 하나는 황신이요, 하나는 손립이다.

이렇게 되어서 장수 여섯 명이 세 패로 나뉘어 백열전을 하는데, 여추밀은 이 모양을 보고서 급히 허정과 김절로 하여금 성 밖으로 나가서 싸움을 도우라고 명령했다.

명령을 받은 두 장수가 각각 무기를 들고서 말을 채쳐 달려나와 보니까 조의는 황신과 붙어서 싸우고, 범주는 손립과 붙어서 싸우는데, 각기 좋은 적수같이 보였다.

그러나 그들의 싸움이 절정에 달하자 조의와 범주가 점점 기운이 떨어진다.

허정과 김절은 커다란 칼을 휘저으면서 뛰어나갔다.

이때 송강의 진에서는 한도·팽기 두 장수가 달려나오더니, 한도는 김절과 맞붙고 팽기는 허정과 맞붙어 싸우기 시작했다.

그런데 김절은 원래 송조(宋朝)에 귀순할 생각을 가지고 있는 사람이었는지라, 일부러 자기의 진을 혼란하게 만들려고 싸움을 불과 두어 번 겨누어보다가 말머리를 돌려 자기의 본진으로 내빼기 시작했다.

한도는 더욱 기운이 나서 그 뒤를 추격했다.

이때 반란군 진에 있던 고가립은 김절이 한도한테 추격당하는 것을 보고 급히 활을 쏘아 한도의 볼따구니를 맞히어 말 위에서 떨어뜨렸다.

이 모양을 보고 송강군의 진명이 급히 말을 채쳐 낭아곤을 휘두르며 한도를 구하러 나갔으나, 미처 그의 손이 닿기도 전에 한도는 장근인의 창에 목을 찔려 숨을 거두고 말았다.

팽기와 한도는 본시 형제 사이인지라, 한도가 죽은 것을 보고 팽기는 기어코 복수를 하려고 허정을 내버리고 고가립을 향해 달려갔다.

이때 허정이 팽기를 추격하므로 진명이 그를 가로막고 싸웠다.

한편 고가립은 팽기가 자기를 쫓아오는 것을 보고 몸을 돌려 창을 맞대고 싸울 자세를 취하는데, 어느새 비호같이 장근인이 옆에서 나타나면서 창으로 팽기를 찔러 말 아래 떨어뜨린다.

관승은 이 모양으로 한꺼번에 두 장수를 잃고서 너무도 분할 뿐 아니라, 이놈들을 죽여서 없애지 않고서는 상주에 못 가겠다는 생각으로 정신을 가다듬어 신위(神威)를 일으켜서 한칼에 전진붕을 베어 말 아래 떨어뜨렸다. 그러고서 그는 전진붕이 타고 있는 적토마를 뺏으려고 했는데, 뜻밖에도 자기가 타고 있던 적토마가 한쪽 발을 굽히는 바람에, 관승은 말 등에서 미끄러져서 땅바닥에 떨어지고 말았다.

이 모양을 보고 반란군의 고가립·장근인 두 장수는 관승을 찌르려고 뛰어갔으나, 송강군의 서녕·선찬·학사문 세 장수가 날쌔게 달려들어 관승을 구해 본진으로 돌아갔다.

이때 여추밀이 군사를 휘몰고 나왔기 때문에 관승 이하 여러 장수들은 형세가 이롭지 못함을 알고 급히 북쪽을 향해 도망쳤다. 그러나 여추밀은 그 뒤를 20여 리나 추격했다.

관승은 이날 군사를 적지 아니 잃은 후 패잔병을 이끌고 송강 있는 곳으로 돌아가, 한도와 팽기를 잃은 사실을 보고했다. 그랬더니 송강은 대성통곡을 하면서 슬퍼하는 것이었다.

"슬프다! 장강을 건너와서 벌써 형제를 다섯 사람이나 잃어버릴 줄 누가 생각이나 했었나! 황천이 노하시어 송강으로 하여금 방납을 토벌하지 못하도록 군사만 없애고, 장수만 잃게 하신단 말인가? 아, 이 일을 어찌하면 좋은고!"

옆에서 오용이 자기도 눈물을 닦으면서 송강을 위로했다.

"형님, 그렇게 슬퍼하지 마십쇼. 승패는 병가의 상사가 아닙니까. 조금도 괴이한 일이 아닙니다. 두 장군이 죽은 것은 명이 다해서 죽은 것이지 무슨 황천이 노하신 까닭입니까? 지금 형님 앞에는 더 중대한 일이 있으니, 슬퍼만 마시고 일을 처리하셔야 합니다."

오용이 이렇게 말하고 있을 때, 흑선풍 이규가 두 사람 앞으로 나타나더니,

"형님!"

하고 부른다. 바라보니, 그도 두 눈에 눈물이 가득하다.

"형님! 우리 형제를 죽인 그놈의 적을 우리 장령들 중에 본 사람이 있을 게니까, 그 사람을 제게 붙여주십시오. 그러면 제가 가서 원수를 갚을랍니다!"

그러나 송강은 흑선풍의 말엔 대답도 않고, 여러 장수들을 불러모은 다음에 영을 내렸다.

"내일은 모두 백기를 달아놓고 내가 직접 여러 장수들과 함께 성 아래로 가서 적과 싸워 승패를 결판낼 작정이니 그렇게들 아시오!"

백기를 단다 함은 팽기와 한도 두 사람이 전사한 것을 조상하는 뜻이다. 모든 장수들은 영을 받은 후에 물러갔다.

다음날, 송강은 본부의 군사를 출동시켜 수륙 양로로 진격하는데, 이때 벌써 흑선풍 이규는 포욱·항충·이곤과 함께 가장 뛰어나게 용맹한 보병 5백 명을 이끌고 먼저 적의 형세를 정찰하기 위해 상주성 아래에 갔었다.

한편 여추밀은 전진봉을 잃고 마음이 괴로워서 연달아 세 통이나 급한 문서를 소주로 보내어 삼대왕 방모한테 구원을 청하는 동시에, 한편으론 상주문을 지어 방납에게 올렸다.

그런데 마침 이때 여추밀한테 급보가 올라왔다.

"지금 성 아래 5백 명의 적병이 쳐들어왔습니다. 깃발에 쓰여 있는 것을 보니까, 적의 두목은 흑선풍 이규라는 놈이올시다."

여추밀은 그 말을 듣고 눈을 둥그렇게 떴다. 매우 놀란 표정이었다.

"그놈은 양산박에 있는 악당 가운데서도 제일가는 흉한이다. 사람을 죽이는 데는 괴수 같은 놈이야. 누가 먼저 나가 그놈을 잡지 못할까?"

여추밀의 입에서 이 말이 떨어지자 일전에 공을 세웠대서 아주 의기양양한 통제관 고가립과 장근인이 앞으로 나와서 자원했다.

"저희 두 사람이 가겠습니다."

"좋아! 자네들 두 사람이 그놈을 잡기만 하면 내가 극력 조정에 천거해서 벼슬을 올리고 상을 내리시도록 하지!"

장가와 고가 두 통제관은 여추밀의 칭찬을 받으면서 창을 들고 말을 타고는 보병과 기병 1천 명을 거느리고 성 밖으로 풍우같이 몰고 나갔다.

이때 흑선풍은 적군이 성 밖으로 나오는 것을 보더니 즉시 보병 5백 명을 한일자로 벌여 세운 후, 두 손에 도끼를 하나씩 쥐고는 진문(陣門) 앞에 버티고 섰다. 그리고 포욱은 볼이 넙죽한 칼을 쥐고서 그 옆에 서고, 항충과 이곤은 왼손에 만패(蠻牌)를 잡고, 바른손에는 철표(鐵標)를 쥐고 섰다.

이렇게 네 사람이 각기 쇠로 지은 갑옷을 입고 진문 앞에 서 있는데, 여추밀의 통제관 고가립·장근인 두 놈은 저희가 강하기나 한 것처럼 오만한 태도로 기세등등하게 군사를 이끌고 나와서는 성벽을 등지고 진세(陣勢)를 펴는 것이었다.

이때 송강군 가운데 병정 하나가 고가립과 장근인이 한도와 팽기를 죽인 놈인 것을 알아보고, 손가락으로 가리키면서 흑선풍에게 알렸다.

"저기 저 군사를 끌고 나온 저 두 놈이 바로 우리의 한도, 팽기 두 장군님을 죽인 원수올시다."

흑선풍은 이 소리를 듣고는 뭐라고 말을 남겨둘 새도 없이 두 자루의 도끼를 춤추면서 적진을 향해 말을 달렸다.

포욱은 흑선풍이 적진을 향해 달려가는 것을 보고 급히 항충과 이곤을 불러 만패를 휘두르며 달려나갔다.

이렇게 네 장수가 일시에 함성을 지르면서 달려오는 것을 보고 장근인·고가립은 약간 겁이 나서 말머리를 돌려 달아나려고 했는데, 어느새 만패를 들고 있던 항충과 이곤이 그 말 밑으로 들어갔다.

말 위에 앉았던 고가립과 장근인은 낭패해 말 위에서 창으로 내리찌르는 것이었지만, 항충과 이곤은 번번이 만패로 창을 받아내고, 그때를 타서 흑선풍은 날쌔게 도끼를 휘둘러 고가립이 타고 앉은 말의 다리를 찍었기 때문에 고가립은 말 위에서 굴러떨어졌다.

이때 항충이 소리를 질렀다.

"살려가지고 잡으시오!"

그러나 사람과 싸우다가 죽이지 않고서는 직성이 풀리지 않는 흑선풍이 어찌 이놈을 죽이지 않고 견디어 배기랴. 도끼가 한번 내리치는가 했더니 어느새 고가립의 머리가 땅바닥에 떨어졌다.

이때 장근인이 혼비백산해 있는 것을 포욱이 말 위에서 그를 끌어내려 이놈도 한칼로 모가지를 도려버렸다. 그러고서 네 사람은 적진으로 내달으면서 닥치는 대로 베어버리는데, 흑선풍은 사냥꾼처럼 고가립의 대가리를 허리춤에 매어달고 쌍도끼로 춤추면서 적의 보병과 기병 1천여 명이 성내로 쫓겨가도록 동에 번쩍, 서에 번쩍 하는 동안, 그의 손에 죽은 놈이 3, 4백 명이다.

이렇게 성내로 달아나는 적병을 추격해서 조교(吊橋)에 이르렀을 때, 흑선풍과 포욱은 그길로 성안까지 쫓아들어가려 하는 것을 항충과 이곤이 한사코 말려 그냥 돌아섰는데, 이때 성벽 위에서는 나무토막과 큰 돌멩이를 쉴 새 없이 내려뜨리면서 얼씬도 못 하게 하는 것이었다.

흑선풍 등 네 사람이 돌아와보니 5백 명의 군사는 한일자로 벌여 선 채 조금도 자리를 움직이지 않고 그대로 있다. 실상인즉 그들 5백 명 군사들도 처음에는 한바탕 적과 혼전을 해볼 생각이었지만, 흑선풍이 너무도 무섭게 날뛰는 통에 그들은 기가 질려서 가만히 있었던 것이다.

그런데 이때 뒤에서 먼지를 뽀얗게 일으키면서 한 떼의 군사가 닥쳐오니, 이는 다른 군사가 아니라 송강의 중군이었다.

흑선풍과 포욱은 송강 앞에 나가 적장의 머리를 바쳤다.

모든 장수들은 그것이 고가립과 장근인의 머리인 것을 알고 놀랐다.

"이 원수 놈의 머리를 어떻게 얻었죠?"

"도적놈들을 마구 죽이면서 나오다가 이 두 놈을 만났기에 처음엔 살려가지고 잡으려 했지만, 팔뚝이 근질근질해서 어디 참을 수가 있어야죠? 그래 할 수 없이 모가지를 끊어왔소."

"원수 놈의 머리를 베어왔으니, 백기 밑에서 제사를 올려야지."

송강은 다시 한 번 방성통곡한 후, 백기를 뽑아 치우고, 흑선풍·포욱·항충·이곤 네 사람에게 상을 주고 나서, 상주성 아래로 군사를 몰고 갔다.

한편, 여추밀은 이때 성내에서 불안한 마음에 가슴을 졸이면서 김절·허정과 통제관 네 사람에게 송강을 격퇴시킬 계책을 세우라고 재촉했으나, 모든 부하가 흑선풍의 무시무시한 용맹에 간담이 서늘해졌던 뒤라, 아무도 제가 나가서 싸우겠노라고 대답을 하지 못한다. 그래도 여추밀은 두 번 세 번 큰소리로 재촉을 했다. 그랬건만 모두들 꿀 먹은 벙어리가 되고 말았다.

여추밀은 가슴이 타는 것 같아서, 성벽 위에 올라가서 적의 동향을 보고 오라고 사람을 보내봤더니, 송강의 군사가 성을 삼면으로 포위하고서는 성 아래서 일제히 북을 두드리며 기를 흔들고 함성을 지르면서 싸움을 돋우고 있다는 것이었다. 이 같은 보고를 듣고서 그는 여러 장수들에게 우선 성벽 위에 올라가 수비하라고 명령했다.

명령을 받고 장수들이 나간 뒤에 여추밀은 후당에 혼자 앉아서 이리 생각 저리 생각해봤지만 도무지 신통한 계책이 나지 아니하므로, 좌우 심복만 불러 그들과 함께 성을 버리고 도망가자는 의논을 해봤다.

　　그런데 이때 김절은 여추밀 앞에서 물러나와 성벽 위로 올라가지 않고 바로 자기 집에 돌아와서 자기 부인 진옥란(秦玉蘭)을 보고 말했다.

　　"지금 적의 송선봉이 성을 삼면으로 포위하고 공격하는데, 우리 성 안에는 양식이 부족해서 오래 견디지 못하겠단 말이오. 만일 성이 깨지는 날이면 우리가 모두 적의 칼날 아래 귀신이 될 것 같소."

　　이 말을 듣고 그의 아내 진옥란이 말하는 것이었다.

　　"당신은 본래부터 충효하는 마음과 귀순할 생각을 가지고 있지 않았어요? 그럴 뿐만 아니라, 원래 송조의 관리였고, 조정에서도 당신한테 벌을 준 일이 없었으니까, 이 기회에 사(邪)를 버리고 정도(正道)를 찾아가는 것이 옳은 일이죠. 여사낭을 잡아 송선봉한테 바쳐서 출신(出身)이나 하시는 게 좋지 않아요?"

　　이 소리를 듣고 김절이 또 말했다.

　　"그렇지만 여추밀 밑에는 네 명의 통제관이 제각기 군사를 데리고 있지 않소? 그런 데다 허정이란 놈은 나하고 사이가 나쁜 놈일 뿐만 아니라, 여추밀의 심복이구려. 일이 성취되기 전에 까딱 잘못하다간 먼저 화를 당할까봐 그게 걱정이오."

　　"그렇다면 이렇게 하시구려. 먼동이 트기 전에 몰래 편지 한 통을 화살 끝에 매달아 성 밖으로 쏜단 말예요. 이렇게 해서 송선봉한테 먼저 의향을 전한 다음 안팎에서 손을 맞추면 성을 떨어뜨리는 일은 쉽게 될 것 아녜요? 내일 싸움을 하러 나가서 당신은 일부러 지는 체하고 송군을 성내로 끌어들이기만 하구려. 그렇게만 하시면 그게 당신의 공이 되는 거죠."

　　"당신 말이 그럴듯하오!"

다음날,

송강은 아침부터 성을 맹렬히 공격하기 시작했다.

여추밀은 성내의 장수를 모두 모아놓고 송강군을 물리칠 계책을 물었다.

그때 김절이 의견을 말했다.

"상주의 성은 높고 또 넓어서 수비하기엔 좋지만, 공격하기엔 아주 어려운 곳입니다. 그러니까 여러 장수들은 수비만 단단히 하고 있다가, 소주에서 원군이 도착하거든 그때 합력해서 물리쳐야 할 것 같습니다."

"그래, 그 말이 지당한 말이다."

여추밀은 김절의 말을 옳게 듣고서 즉시 여러 장수한테 각각 책임을 맡기는데, 응명과 조의한테는 동문을 지키라 하고, 심변과 범주한테는 북문을 지키라 하고, 김절에게는 서문을 지키라 하고, 허정에게는 남문을 지키라 하는 것이었다. 장수들은 이같이 책임을 맡고서는 각각 군사를 끌고 나갔다.

이날 저녁 때 김절은 편지 한 장을 써서 화살 끝에 매어두었다가 밤이 깊어 사람들이 죄다 잠들었을 때, 성벽 위에 올라가서 문밖에 있는 송강군의 초소를 향해 쏘아 보냈다.

그때 송강군의 초소에서는 뜻밖에 화살 떨어지는 것을 보고 달려나와 그것을 집어 즉시 진중에 보고했다.

이때 서쪽 진을 지키고 있던 정장 노지심과 무송이 그것을 받아 읽어보더니, 편장 두흥한테 그것을 주고서 즉시 동북문에 있는 본진에 갖다 올리라고 했다.

송강과 오용은 이때 불을 밝혀놓고 앉아서 전략을 의논하고 있었는데, 두흥이 김절의 편지를 가지고 온 고로 송강은 그것을 받아 급히 떼어보았다. 그리고 그 편지를 읽고 나서 송강은 대단히 기뻐하고 즉시 영을 내려, 세 곳 진에다 이 사실을 알리게 했다.

그 이튿날 세 곳 진의 두령들은 삼면으로 성을 들이쳤다.

여추밀이 망루 위에서 바라보고 있을 때 송강의 진에서는 능진이 포가(砲架)를 걸어놓고서 풍화포(風火砲)를 터뜨렸는데, 그 포탄이 일직선으로 날아오더니, 망루의 한쪽 모퉁이를 들이쳐 와르르 소리와 함께 망루는 절반이나 무너져버리는 게 아닌가.

여추밀은 간신히 목숨을 부지하고는 얼이 빠진 채 아래로 내려가, 네 군데 성문을 지키는 장수들에게 빨리 나가서 싸움을 돋우라고 명령을 내리는 동시에, 북을 세 번 크게 친 후 성문을 활짝 열어젖혔다.

북문의 심변과 범주가 군사를 끌고 쳐나가니까, 송강군에서는 관승이 전진붕의 적토마를 타고 달려나와 범주와 싸운다. 두 사람이 서로 이같이 싸울 때, 서문을 지키고 있던 김절이 한 떼의 군사를 끌고 와서 싸움을 돋우는 것이었다.

송강의 진에서는 손립이 달려나가 김절과 맞붙었는데, 두 사람은 싸우기 불과 3합에 김절은 도저히 못 당하는 것처럼 말머리를 돌려 내빼버린다.

이때 손립을 선두로 연순·마린이 함께 김절을 쫓아가니까, 노지심·무송·공량·시은·두흥이 또 그 뒤를 따라서 군사를 몰고 추격한다. 김절은 허겁지겁 성문 안으로 도망쳐 들어갔다.

이때 쫓아오던 손립도 어느새 따라 들어와 성문을 점령했다.

별안간 이렇게 되고 보니, 성내는 가마솥 물이 끓는 것같이 들끓었다.

그러나 그동안 방납의 포악한 정치에 시달려온 백성들은 평소에 앙심을 품고 있던 터라 송군이 서문에 입성했다는 소문을 듣기가 무섭게 죄다 나와서 송강군에 협력을 아끼지 않았다.

그럴 때 어느 틈에 성벽 위에는 송선봉의 표기(標旗)가 펄펄 나부끼었다.

이때 범주와 심변은 성내에서 큰 사변이 터진 것을 알고 급히 성내로 들어가 자기 집 가족들을 보호하려 했지만, 그때 왼쪽으로부터 왕영과 호삼랑이 뛰어나오는 바람에 범주는 그만 사로잡히고, 바른편에서는 선찬과 학사문이 뛰어나와 창으로 찌르는 바람에 심변은 말에서 떨어져 그 역시 사로잡히고 말았다.

송강과 오용은 때를 놓치지 않고 군사를 몰아 성내로 들어가며 이 골목 저 골목에 숨어 있는 적군을 모조리 잡아 죽였다.

이때 여추밀은 허정을 데리고 남문으로 빠져나와 죽을 둥 살 둥 정신 없이 도망쳤는데, 송강군의 사병들은 그 뒤를 한참 추격하다가 어디까지나 무작정 쫓아갈 수도 없으므로 상주로 돌아와서 논공행상을 받고, 영을 기다렸다.

조의는 민가에 숨어 있다가 동네 사람한테 붙들려서 잡혀왔다. 응명은 난전(亂戰) 중에 죽은 것을 그 모가지를 베어왔다.

송강은 고을의 관아로 들어가서 방문을 내붙이고 백성을 안심시켰다.

이때 김절이 관아로 찾아와서 인사를 드리므로 송강은 친히 뜰아래 내려가서 그의 손을 붙들고 올라와 자리에 앉게 했다. 김절은 송강이 자기를 이같이 대접하는 데 감격해 다시 송조(宋朝)에 충성을 다하는 신하가 되었으니, 그가 이렇게 된 데는 그의 부인 진옥란의 공이 있던 것을 잊어서는 안 된다.

송강은 그날로 범주·심변·조의 세 명을 함거에 싣고, 공문서를 만들어 김절에게 주고서 그로 하여금 윤주에 있는 장초토한테로 그놈들을 호송하게 했다. 그래서 김절은 포로 세 명을 윤주로 압송하러 떠났는데, 이보다 먼저 송강은 김절을 천거하는 문서를 만들어 대종으로 하여금 그것을 중군에 전하도록 했었기 때문에, 장초토는 김절이란 사람이 충의에 뛰어난 사람인 것을 미리 알고 있었다.

이렇게 된 뒤에 김절이 도착했다.

장초토는 대단히 기뻐하면서 김절에게 금과 은과 비단과 말과 술을 상으로 주고, 부도독 유광세(劉光世)는 김절을 그대로 눌러앉히고자 행군도통(行軍都統)으로 임명하여 중군에서 복무하도록 했다. 그런데 후일 김절은 유광세를 따라서 금(金)나라의 올출 사태자(兀朮 四太子)와 싸워 크게 이기고 많은 공훈을 세워 나중엔 친군지휘사(親軍指揮使)까지 되었었지만, 그 후 중산(中山) 전투에서 전몰하고 말았다.

　　그날 장초토와 유도독은 김절에게 상을 준 뒤에 세 명의 포로를 죽인 후 머리를 베어 높이 매달고, 또 사람을 상주로 보내어 송선봉의 군사를 위로해주었다.

　　그런데 송강은 군사를 상주에 주둔시킨 채 선주·호주를 치러 간 노선봉한테로 대종을 보내어 소식을 알아오도록 했는데, 그때 척후병 하나가 달려와서 급히 보고를 올리는 것이었다.

　　"지금 여추밀이 무석현(無錫縣)에 도망가 있답니다. 그리고 소주에서 구원병이 오기만 하면 합세해서 우리를 공격할 준비를 하고 있답니다."

　　이 소리를 듣고 송강은 즉시 보병과 기병의 정장·편장 열 사람에게 군사 1만 명을 주고서 남쪽으로 진격하여 여추밀을 무찌르라 명령했다. 그 열 사람의 장수는 관승·진명·주동·이응·노지심·무송·이규·포욱·항충·이곤 등이었는데, 이때 관승은 군사를 이끌고 여러 장수와 함께 송선봉에게 출발 인사를 한 다음 성을 떠났다.

　　한편, 대종은 노선봉에게 가서 선주·호주에 군사를 진격시키는 소식을 알아내고는, 시진을 데리고 돌아와 송강에게 보고했다.

　　"부선봉 노준의님은 선주를 점령하고서 시대관인을 특사로 승리를 보고하러 보내셨습니다."

　　송강은 대단히 기뻐서 시진을 맞아들여 접풍주를 대접한 후 그의 손을 붙들고 후당으로 들어가서 노선봉이 선주를 함락시킨 전투 경과를 물어봤다.

시진은 품속에서 전투 기록을 꺼내 바치면서 설명을 더 자세히 했다.

"방납의 부하에 경략사(經略使)로 있는 가여경(家餘慶)이란 자가 수하에 통제관 여섯 명을 거느리고 선주 땅을 다스리고 있는데, 그것들이 모두 흡주와 목주 출신이랍니다. 그 여섯 명이란 이소(李韶)·한명(韓明)·두경신(杜敬臣)·노안(魯安)·반준(潘浚)·정승조(程勝祖)들이죠. 그런데 그날 가여경은 통제관 여섯 명을 세 갈래로 나눠 성 밖에다 대진(對陣)시켰더랬습니다. 그러니까 노선봉도 군사를 세 갈래로 나눠 이것을 들이쳤는데, 중앙에서는 호연작이 이소와 맞붙고, 동평은 한명과 싸웠는데, 싸움이 불과 10합에 이르렀을 때 한명은 동평의 창에 찔려서 죽고, 이소는 말머리를 돌려 도망을 쳤기 때문에 적 중앙의 군사는 그만 참패하고 말았죠. 그리고 좌익군에서는 임충이 두경신과 싸우고, 삭초가 노안과 싸우는데, 임충은 두경신을 창으로 찔러 죽여버렸고, 삭초는 노안을 도끼로 쪼개 죽였죠. 그리고 우익군에서는 장청이 돌멩이를 던져 반준을 말 위에서 떨어뜨렸는데, 그때 타호장 이충이가 달려가서 모가지를 베고, 정승조는 말을 버리고서 내빼버렸습니다.

그래서 이날 네 명의 적장이 우리한테 목숨을 바치고 적군이 성내로 도망치자, 때를 놓치지 않고 노선봉이 급히 여러 장수들과 함께 성 밑에까지 쫓아갔었는데, 별안간 적병이 성 위에서 마선(磨扇)을 날려 떨어뜨려 우리 쪽 편장 한 사람이 맞아 죽고, 또 화살이 빗발같이 쏟아졌는데, 그 화살에는 모조리 독약이 발라 있지 않겠어요? 그래서 우리 쪽 편장 두 사람이 화살을 맞고 진으로 돌아왔을 땐 벌써 목숨이 끊어졌습니다. 노선봉은 이렇게 장수 세 사람을 잃었지만, 밤을 새워 성을 쳤는데, 마침 동문을 지키고 있던 적장이 잠깐 마음을 놓고 있을 때, 그 틈을 타서 선주성을 빼앗았습니다. 그날 난전 중에 이소를 베어 죽였는데, 가여경은 약간 남은 패잔병을 이끌고 호주로 도망간 것은 압니다만, 정승조는 난전 끝에 행방을 모르고 말았습니다. 우리 편에서 적의 마선에 맞아 죽은 장수는 정천수요, 독약 바른 화살에 희생된 두 사람은 조정과 왕정륙입니다."

송강은 아까부터 얼굴빛이 좋지 않게 끝까지 듣고 앉았더니, 시진의 말이 끝나자,

"아하!"

한소리 슬피 부르짖고 엉엉 울음을 울다가, 그만 기절해버리는 게 아닌가. 그도 그럴 것이 이번에 강남으로 토벌을 나온 후 먼젓번엔 송만·초정·도종왕 등 세 사람을 잃었고, 이번엔 한도·팽기까지 합쳐서 다섯 명을 잃은 뒤였으니, 송강의 마음이 어찌 아프지 아니하랴.

송강이 이렇게 되자, 여러 장수가 달려들어 그의 사지를 주무르고, 약을 입 속에 흘려넣고 했더니 한참 만에 송강은 겨우 깨어났다.

그는 일어나 앉아서 오용을 보고 말하는 것이었다.

"우리가 이제부터는 방납을 토벌하지 못하게 될는지도 모르겠군! 세상에 이럴 수가 있나? 장강을 건너온 뒤 이렇게 연속해 운수가 나빠서 여덟 사람이나 형제를 잃어버리다니!"

"형님, 그런 말씀 아예 입 밖에 내지 마시기 바랍니다. 군심에 혹시 영향이 있을까 두렵습니다."

오용은 이렇게 송강의 말을 중단시키고서 다시 말을 계속했다.

"형님, 우리가 요나라를 정벌할 땐 아무런 불행한 일 없이 처음부터 끝까지 승리했던 것은 그게 모두 천운이었습니다. 이번에 여덟 사람이나 형제를 잃어버린 것도 그 형제들의 천수(天壽)죠. 그리고 우리가 장강을 건너온 뒤로 연속해서 큰 고을 세 개, 윤주·상주·선주를 손아귀에 넣은 것은 이것이 모두 천자님의 홍복(洪福)과 주장이신 형님의 위광(威光)으로 이루어진 것입니다. 그런데 무엇이 우리한테 불리한 게 있단 말씀입니까? 형님은 공연히 비관하지 마십시오."

오용이 이같이 위로하건만 송강은 여전히 비관하는 것이었다.

"글쎄, 그 사람들의 천수가 다해서 그렇다 하지만, 우리 백팔 형제는 위로 열수(列宿)에 응하고, 또 천서(天書)에 부합되어 있어서, 형제들끼리 참말 수족같이 서로 우애를 이어왔는데, 그런데 오늘 이런 흉보를 받았으니 어찌 맘이 상하지 않고 배기겠소?"

"형님은 너무 상심 마시고 몸이나 돌보십시오. 그리고 군사를 내어서 무석현이나 칠 준비를 하시는 것이 좋겠습니다."

"그럽시다. 그러면 시대관인은 여기에 남아서 나하고 같이 있도록 하고, 따로 군첩을 떼어 대원장더러 노선봉한테 갖다 전하도록 합시다. 그래서 호주를 빨리 공략하고서 항주로 와서 우리하고 합류하자고 합시다."

오용은 즉시 배선으로 하여금 군첩을 쓰게 하여 그것을 대종에게 주어 선주로 가져가게 했다.

한편, 이때 여사낭은 허정을 데리고 무석현으로 도망갔었는데, 거기서 때마침 소주의 삼대왕이 보낸 구원병을 만났다. 그런데 구원병의 우두머리 되는 장수는 육군지휘사로 있는 위충(衛忠)이란 사람인데, 그는 수십 명의 아장과 함께 군사 1만 명을 이끌고 상주로 구원을 오는 길에 여사낭을 만나게 된 것으로, 그들은 거기서 합세해서는 무석현을 지키게 된 것이다.

여사낭이 상주서 데리고 있던 김절이 적과 내통해 성을 고스란히 뺏기게 만들었던 경과를 이야기하니까, 위충은 아주 장담을 하는 것이었다.

"추밀님, 염려 마십시오. 제가 상주를 도로 찾아드리죠."

그가 이렇게 흰소리를 하고 있을 때 연락병이 달려와서,

"송강의 군사가 지금 가까이 왔습니다. 급히 손을 써야지, 큰일 나겠습니다!"

이렇게 보고를 했다.

이 소리를 듣고 위충은 즉시 군사를 끌고 말을 달려 북문 밖으로 나

갔다.

이때 송강군은 흑선풍을 선두로 포욱·항충·이곤이 앞장서서 무섭게 달려드는 바람에 위충이 쩔쩔매고 진을 벌이지도 못하자, 그의 부하 군사들은 모두 도망쳐버리는 게 아닌가.

위충이 하는 수 없이 성내로 도망쳐 들어왔을 때는 벌써 송강군의 장수 네 사람이 무석현 관아 안에까지 뛰어들어온 때였다. 여추밀은 정신을 못 차리고 허둥지둥 남문을 향해 도망쳤다.

이러는 사이에 관승은 군사를 거느리고 들어와 힘 안 들이고 무석현을 점령해버렸는데, 위충과 허정도 여추밀처럼 남문으로 빠져나가 모두 소주를 향해 내빼버렸다.

관승은 무석현을 완전 점령한 뒤에 곧 송선봉에게 승리를 보고하는 사자를 보냈다.

소주성 탈환

송강은 관승의 보고를 받고 즉시 무석현으로 와서 방문을 써붙이고 백성들을 안심시켰다. 그리고 본대 군사를 성내에 주둔케 하고서, 사자를 장(張)·유(劉) 두 사람의 총병(總兵)한테 보내고 상주를 그들더러 지켜달라고 청했다.

한편, 여추밀은 위충·허정과 함께 소주(蘇州)로 도망쳐 들어와서 삼대왕(三大王)에게 구원을 청했다. 송강군의 세력이 너무도 강대해서 권토중래하는 바람에 성을 뺏기지 않을 도리가 없었다고 고하자, 삼대왕은 금방 낯빛을 붉히면서 큰소리로 호통을 치는 것이었다.

"여봐라! 이놈, 여추밀을 당장 내다가 베어라!"

그러자 여추밀 곁에 있던 위충이 땅바닥에 엎드려 아뢰었다.

"대왕께서는 잠시 고정하시기 바랍니다. 송강의 부하 장령들은 싸움에 이력이 많은 데다가 모두 용맹무쌍한 위인들이고, 병정 놈들도 모두 양산박에서 졸개 노릇하던 것들로 싸움에 익숙한 백전노졸(百戰老卒)입니다. 그래서 우리 측 군사도 힘을 다했습니다만, 당해내지 못했던 것입니다. 사정을 참작해주시기 바랍니다."

삼대왕은 이 말을 듣더니 억지로 마음을 돌려 여사낭보고 호령을 했다.

"당장 네놈을 죽일 것이로되 잠시 유예를 준다! 그 대신 너한테 5천 명 군사를 줄 테니 먼저 나가서 정찰을 해라. 난 여기서 대장들과 손을 나눠 곧 뒤를 따라나가 책응(策應)하겠다!"

여추밀은 감사해서 삼대왕한테 절을 하고 그 앞을 물러나와 무장을 단단히 하고, 손에 장팔사모(丈八蛇矛)를 쥐고 말 위에 올라앉아 군사를 끌고 먼저 성 밖으로 나갔다.

삼대왕 방모(方貌)는 이때 부하에 있는 여덟 명의 장수를 불렀는데, 그들의 명칭은 팔표기(八驃騎)로서 모두 키가 크고, 기운이 세고, 무예가 뛰어난 장수들이었다. 그들의 이름은 다음과 같았다.

비룡대장군 유빈(飛龍大將軍 劉濱)

비호대장군 장위(飛虎大將軍 張威)

비웅대장군 서방(飛熊大將軍 徐方)

비표대장군 곽세광(飛豹大將軍 郭世廣)

비천대장군 오복(飛天大將軍 鄔福)

비운대장군 구정(飛雲大將軍 苟正)

비산대장군 견성(飛山大將軍 甄誠)

비수대장군 창성(飛水大將軍 昌盛)

삼대왕 방모는 단단히 무장을 하고 손에는 방천화극을 쥐고, 중군의 인마를 거느리고 나가는데, 앞에다 여덟 명의 대장을 늘어세우고, 배후에는 또 용맹스런 2, 30명의 부장(副將)을 세우고, 5만 명의 군사를 영솔하고서 창합문(閶闔門)을 나가 송강군을 맞아 싸우려 하는 것이었다.

그런데 선발대로 먼저 나온 추밀 여사낭은 위충과 허정을 데리고 벌써 한산사(寒山寺)를 지나 무석현을 향해 나아가고 있었다.

그러나 송강은 벌써 이 정보를 알고 있었기 때문에 정·부 장령들을 데리고 무석현에서 10리나 나와서 더 행군하고 있었다.

양쪽 군사가 서로 마주보게 되자, 각각 전진하기를 멈추고 진을 벌였다. 추밀 여사낭이 먼저 창을 비껴들고 눈을 부릅뜨고 말을 채쳐 나오면서 송강과 싸워보려고 달려들었다.

송강은 문기 밑에서 그 모양을 보고 있다가 뒤를 돌아다보고 말했다.

"누가 이 사람을 잡지 못할까?"

이 말이 채 떨어지기도 전에 곁에서 금창수 서녕이 손에 금창을 꼬나쥐고 뛰어나가 여사낭을 향해 창을 겨눈다.

이리해서 두 장수가 서로 창을 휘저으며 싸우기 시작하니까 양쪽 군사들은 일제히 고함을 지르며 저희 편 장수의 기운을 돋운다.

싸움이 20여 합쯤 되었을 때 여사낭이 잠깐 실수한 틈을 타서 서녕의 창이 그의 옆구리를 찌른 까닭에 그는 말 아래로 떨어졌다.

양쪽 군사가 와아 소리를 치고 소란해지자, 흑선풍 이규는 쌍도끼를 휘두르며, 상문신 포욱은 비도(飛刀)를 휘저으며, 항충과 이곤은 각각 창을 들고 뛰어들어 마구 죽여대기 때문에 반란군은 일대 혼란에 빠졌다.

이때 송강이 군사를 휘몰아 들이치다가 삼대왕 방모가 거느리고 나오는 본대 군사와 만났다. 양쪽 군사는 서로 활을 쏘아 상대편의 발을 멈추게 하고 각각 진을 벌였다.

반란군 진에서는 여덟 명의 장수를 한일자로 늘어세웠는데, 방모는 여추밀이 전사했다는 소식을 듣고 크게 노해 창을 비껴들고서 쫓아나오더니 송강에게 욕을 퍼붓는 것이었다.

"이놈, 양산박의 도둑놈아! 망해빠진 송조(宋朝)가 너 따위를 선봉으로 내세워 우리나라를 침범한다마는, 네놈들을 죄다 죽여버리기 전에는 내가 군사를 거두지 않을 테니까 그런 줄 알아라!"

이 소리를 듣고 송강은 손가락으로 방모를 가리키며 호령을 했다.

"목주의 촌놈아! 네가 분수를 알고 촌구석에 엎드려 있을 것이지, 어쩌자고 감히 왕노릇을 하겠다고 꺼떡대는 거냐? 지금 당장 항복한다면 목숨만은 살려주겠다마는, 천병(天兵) 앞에서 주둥아리만 까가지고 대들면, 네놈들을 씨도 안 남기고 죄다 죽여버리겠다!"

"이놈아, 주둥아리만 놀리지 말고, 내 밑에 여덟 명의 맹장이 있으니, 네가 능히 여덟 명의 장수를 내보내 한번 싸워볼 용기가 있느냐?"

송강은 웃었다.

"오냐, 그래라! 그런데 네가 내 말대로 하겠느냐?"

"무얼 말이냐?"

"네가 여덟 명을 내보내면 나도 여덟 명을 내보낼 텐데, 승부를 겨루다가 말에서 떨어지는 경우엔 각각 자기 진으로 메어다주기로 하잔 말이다. 그리고 몰래 활을 쏘아 상대방을 해치는 일은 못 한다. 또, 상대방의 시체를 뺏는 짓도 못 한다. 만일 승패가 나지 않을 경우엔 혼전을 하지 않고 다음날 싸우기로 하잔 말이다."

"그래, 좋다! 그럭하자."

방모는 즉시 송강의 말대로 할 것을 승낙하고 여덟 명의 장수를 부르니 그들은 각기 칼과 창을 들고 말을 채쳐 나온다.

송강은 이때 진문 안에 있는 기병 두령 여덟 명을 나오게 하니, 그들은 관승·화영·서녕·진명·주동·황신·손립·학사문 등의 맹장들이다.

양쪽 진(陣)에서는 일제히 북을 울리고, 울긋불긋한 기를 흔들고, 호포를 한 방 탕 터뜨리더니, 일제히 함성을 올린다.

이때 열여섯 명의 장수가 일시에 달려나와 서로 서로 상대를 고르는데, 관승은 유빈을, 진명은 장위를, 화영은 서방을, 서녕은 오복을, 주동은 구정을, 황신은 곽세광을, 손립은 견성을, 학사문은 창성을 각각 상대해서 싸움이 벌어졌으니, 열여섯 사람의 서른두 개의 팔은 춤을 추는 듯, 예순네 개의 말굽에서는 바람을 일으키고, 청황적백(青黃赤白)의 대기(隊旗)는 서로 엇갈리어 분간을 할 수 없는데, 창과 칼날의 번득이는 광채는 흡사 주마등(走馬燈)을 보는 것같이 현란했다.

이같이 싸우기를 30여 합 했을 때 열여섯 사람의 장수 중에서 한 사람이 별안간 두 다리를 뻗고 말 아래 떨어지니, 이 사람이 누구냐 하면 미염공 주동의 창에 찔린 반란군의 장수 구정이었다.

그러자 이때 한쪽 진에서 징을 울리니까 또 한쪽 진에서도 징을 울리어 쌍방 일곱 패의 장수는 싸움을 멈추고 각각 본진으로 돌아갔다.

삼대왕 방모는 대장 한 사람을 잃고 약간 풀이 죽어서 군사를 거둬 소주성 안으로 물러갔다.

송강은 그날 군사를 이끌고 한산사 아래로 가서 숙영을 차리고 주동에게는 상을 주고, 배선에게는 보고서를 작성케 하여 장초토에게 보냈다.

그런데 삼대왕 방모는 소주성 안으로 들어가 여러 장수들로 하여금 사방의 성문을 단단히 지키고 있도록 하고, 성 밑에 녹각(鹿角)을 흩어 놓고, 성 위에다는 활·통나무·돌멩이·재, 심지어 똥물까지 잔뜩 준비해 두고서 송강의 군사를 기다리고 있었다.

다음날, 송강은 삼대왕의 군사가 나오지 않는 것을 보고, 화영·서녕·황신·손립과 함께 30명의 기병을 데리고 주위를 정찰하러 나왔다.

성곽을 한 바퀴 돌아보니까 성곽 가장자리엔 삥 둘러 호수가 있고, 성벽도 대단히 견고해 보여 좀체로 성을 깨뜨리기 어렵게 생겼다.

그는 진으로 돌아와서 오용과 상의했다.

"성이 대단히 견고해서 일이 어렵겠는데, 이 노릇을 어찌할꼬?"

그럴 때 연락병이 들어와서,

"수군 두령 이준 장군이 지금 강음(江陰)서 선봉님을 뵈오러 왔답니다."

하고 알린다.

송강은 이준을 맞아들인 후 그에게 연해(沿海) 지방의 소식을 물었다.

"어느 지방까지 갔다 오셨소? 여러 곳 형세가 어떻습디까?"

"이번에 석수 등과 함께 수군을 이끌고 강음·태창과 연해 지방을 밀고 들어가봤더니, 그곳의 수장(守將) 엄용(嚴勇)과 부장(副將) 이옥(李玉)

이 수군을 끌고서 싸우러 나오더군요. 그래서 원소이가 엄용을 창으로 찔러 물속에 떨어뜨리고, 그보다 먼저 이옥은 화살에 맞아 죽었기 때문에 별로 큰 힘 안 들이고 강음·태창 두 고을을 빼앗았습니다. 그래서 당일로 석수·장횡·장순은 가정(嘉定)을 치러 나갔고, 원씨 삼형제는 상숙(常熟)을 치러 나갔습니다. 저는 우선 승리를 보고하러 왔습니다."

송강은 보고를 듣고 대단히 기뻐하면서 이준에게 상을 주고, 그길로 상주로 가서 장초토와 유도독에게 보고서를 올리라고 부탁했다. 그래서 이준은 상주로 가서 장초토와 유도독에게 강음·태창 두 고을을 빼앗아 수복하고, 적장 엄용과 이옥을 죽여버린 일을 보고했더니, 장초토는 대단히 기뻐하면서 이준에게 많은 상을 주고는 즉시 송선봉한테로 돌아가 명령을 받아 행동하라고 했다.

이준이 장초토에게 하직을 고하고 상주를 떠나 한산사에 있는 송강의 진지로 돌아오니까 송강은 이준을 보고 말하는 것이었다.

"내가 소주성을 바깥으로 둘러보니까, 성 주위에 물이 넓어서 아무래도 수군의 배가 아니고서는 안 되겠습니다."

이준은 기운을 내서 말했다.

"걱정하실 것 없습니다. 제가 배를 모두 정돈시켜 놓고, 수면의 넓이와 깊이를 재어보고 나서 용병(用兵)을 어떻게 할까 형편을 보고 오겠습니다."

"그럼, 수고를 좀 하시오."

이준이 송강의 앞을 떠났다가 이틀 만에 돌아와 보고를 했다.

"이 성의 정남쪽은 바로 태호(太湖)에서 가까운 곳이더군요. 제가 배 한 척을 집어타고 의흥(宜興) 어귀로 가서 몰래 태호로 들어가 오강(嗚江)으로 빠져나간 다음, 거기서 적의 소식을 염탐해본 연후에 군사를 사면으로 몰고 나가 협공하면 성을 뺏을 수 있을 것 같습니다."

"옳은 말이오. 그렇지만 혼자 가서는 어렵지. 몇 사람이 같이 가야 할 거요."

송강은 그의 의견에 찬동하고서 즉시 이응에게 공명·공량·시은·두흥 등 네 사람을 붙여 강음·태창·곤산·상숙·가정 등지로 가서 수군의 도움을 받으면서 연해 지방의 고을을 모조리 빼앗는 동시에, 동위와 동맹은 돌아와서 이준을 돕도록 하라 했다.

그 후 이틀이 지나서 동위와 동맹이 돌아왔다.

송강은 두 사람을 위로해준 다음에 곧 이준과 함께 배를 타고 나가 적의 정세를 알아오도록 했다. 이리해서 이준은 동위·동맹을 데리고 일엽편주에 몸을 싣고 노 젓는 사람 둘과 함께 모두 다섯 사람이 의흥의 강어귀를 지나서 바로 태호로 들어가니, 과연 태호는 가없이 넓고 푸른 물결이 하늘 끝에 닿았는데, 물 위에 보이는 것은 여기저기 돛단배요, 쌍쌍이 나는 백로와 수없이 많은 갈매기떼뿐이다.

다섯 사람이 탄 배가 태호를 건너서 점점 오강으로 가까이 가자, 멀리 4, 50척의 어선이 물 위에 떠 있는 것이 보였다.

"우리가 고기를 사는 체하고 저기 가서 좀 염탐을 해볼까?"

이준이 이렇게 말하고, 배를 어선이 몰려 있는 곳으로 가까이 댔다.

어선 옆에 가서 이준이 먼저 물었다.

"여보시오. 잉어 큰 거 있소?"

이 소리를 듣고 배에서 한 사람이 대답했다.

"큰 잉어를 쓰시려거든 우리 집까지 가십시다. 내 집에 있는 걸 팔아 올리죠."

이준은 좋다 하고 배를 돌려 그 몇 척의 어선을 따라갔다.

한참 동안 가니까, 물가의 버드나무 수풀 속에 인가가 20호쯤 있는 조그마한 촌락이 보였다.

어부는 자기 배를 먼저 언덕에 매어놓고, 이준·동위·동맹 세 사람을 데리고 언덕 위로 올라가더니, 어느 장원 뒤에 있는 초당의 일각문으로 들어가면서 기침을 한 번 컹 하는 것이었다. 그러자 일각문 좌우에서 별안간 범강장달이 같은 놈이 7, 8명 뛰어나오더니 저마다 손에 들고 있던 갈고리로 이준 일행 세 사람을 걸어당겨 안으로 끌고 들어가 불문 곡직하고 붙들어매는 게 아닌가.

이준이 눈을 크게 뜨고 사방을 둘러보니, 초당 위에는 네 사람의 남자가 앉아 있는데, 두목인 듯싶어 보이는 사나이는 붉은 수염에다 머리 빛깔은 누런데 옷은 푸른 옷을 입었고, 둘째 사나이는 바짝 마른 것이 수염은 짧고 키는 홀쭉하고 옷은 시커먼 옷을 입었으며, 세 번째 사나이는 검은 얼굴에 수염은 길고, 네 번째 사나이는 광대뼈가 툭 불거진 데다 아래턱 수염이 새까만데, 두 놈이 똑같이 푸른 옷을 입고 있다. 그리고 네 놈이 다 건립을 쓰고, 손에는 병장기를 쥐고 있는데, 두목인 듯싶은 놈이 이준을 보고 큰소리로 묻는 것이었다.

"네놈들은 도대체 어디서 온 놈들이냐? 우리 호수엔 뭘 하러 왔느냐?"

"우린 양주에 사는 사람인데 고기를 사러 예까지 왔소."

이준이 이렇게 대답하니까, 광대뼈가 나온 네 번째 사나이가 이준의 얼굴을 한번 쏘아보더니 고개를 돌이켜 저희 두목을 바라보고 한마디 한다.

"형님, 물어볼 것도 없쉬다. 척 보아하니 틀림없이 정탐꾼인데, 어서 간이나 꺼내서 술안주나 합시다."

이준은 이 소리를 듣고 놀랍기도 했지만 탄식이 저절로 나왔다.

'내가 심양강에서 소금장사 하느라고 여러 해를 살았고, 또 양산박에서도 몇 해나 좋은 호걸들과 지냈는데, 이제 여기 와서 이 모양으로 개죽음을 당할 줄 누가 알았나! 기가 막혀!'

그는 속으로 이같이 뇌까리고 나서 한숨을 쉰 뒤 동위와 동맹을 바라다보고 말했다.

"나 때문에 공연히 두 아우님이 횡액을 당하는구려! 할 수 없는 일이니, 죽더라도 귀신이나 한군데로 갑시다!"

"형님도, 그게 무슨 말씀입니까? 우리야 죽어도 여한이 없습니다만, 이렇게 명색 없이 죽어 형님의 그 이름이 아까울 뿐입니다!"

동위와 동맹이 이준을 보고 이렇게 말하자, 이 소리를 듣고 있던 네 명의 사나이가 저희들끼리 서로 얼굴을 바라보면서,

"아무래도 저 두목같이 보이는 놈이 보통 사내가 아닌 모양인데?"

하더니, 두목 되는 놈이 이준을 보고 큰소리로 묻는 것이었다.

"너희들 세 놈은 뭘 하는 사람이냐? 이름을 대봐라."

이준은 거칠게 대답했다.

"이놈들아, 죽이려거든 빨리 죽이기나 해라. 우리 이름은 죽어도 네 까짓 놈들한텐 안 댄다. 세상 사람들한테 웃음거리가 될 테니까 댈 수 없다."

두목 놈이 이 소리를 듣더니 벌떡 일어나서 칼을 들고 내려와 세 사람의 결박 지은 밧줄을 끊고, 네 명의 사나이는 세 사람을 방 안으로 데리고 들어가 교의에 앉히더니, 먼저 두목 되는 놈이 이준의 발 앞에 엎드려 말하는 것이다.

"저희들은 강도질이나 하고 세상을 살아가는 놈들이올시다마는, 이때까지 당신네들같이 훌륭한 의기를 가지고 있는 사람은 못 봤습니다. 세 분 형씨들은 정말 어디 사시는 어른이십니까? 성함을 가르쳐주십시오."

이준이 대답했다.

"내가 보아하니, 당신네들 네 분도 여간 아닌 호한(好漢) 같습니다. 그럼 우리 이름을 댈 테니, 맘대로 처치하시오. 우리 세 사람은 양산박의 송공명 수하에 있는 부장(副將)이오. 나는 혼강룡 이준이고, 이 두 사람의 형제 중 한 사람은 출동교 동위, 한 사람은 번강신 동맹이오. 이번에 조정의 초안을 받고, 요국을 정벌하고서 서울로 개선해 돌아갔더니, 또

방납을 토벌하라는 칙명이 내렸습니다. 그래 칙명을 받들고 여기 온 것인데, 만일 당신네들이 방납의 수하에 있는 사람이거든, 우리 세 사람을 묶어가서 상이나 타시오. 우리는 조금도 항거하지 않을 테니까!"

네 명의 사나이는 이 소리를 듣더니 일제히 넙죽 엎드려 절하고 꿇어 앉았다.

"저희들이 눈깔은 있으면서도 태산을 못 알아봤으니 그 죄를 용서하십시오. 저희들 네 사람은 방납의 부하가 아닙니다. 본래는 산속에 숨어다니면서 의식(衣食)을 구하고 지내다가 얼마 전에 이곳으로 왔습니다. 이곳 이름은 유류장(楡柳莊)이라고 하는데, 사방이 강물이기 때문에 배가 아니고서는 다닐 수 없어서 저희들은 어부 모양을 하고 태호에 나가 먹을 것, 입을 것을 벌었죠. 한 1년 이렇게 지내니까, 이곳 수세(水勢)도 잘 알고 하여, 오늘까지 무사히 지내왔습니다. 그런데 저희들도 오래전부터 양산박의 송공명이 천하호걸들을 불러들인단 말도 듣고, 또 형장들의 존함이라든지, 낭리백도 장순이란 이름도 듣고 압니다만, 오늘 이렇게 만나뵐 줄은 몰랐습니다."

"장순은 내 의동생으로 역시 수군 두령으로 있고, 지금은 강음 지방에서 역적 놈을 소탕하는 중입니다만, 후일 그 사람이 오면 서로 만나보게 해드리죠. 그런데 형장들 네 분의 이름은 누구시오?"

이준이 이렇게 물으니, 두목 되는 놈이 한 번 히죽 웃으면서 대답했다.

"저희들은 본래 산적패였기 때문에 모두 별명으로 부르죠. 저는 적수룡 비보(赤鬚龍 費保)이고, 저 사람은 권모호 예운(捲毛虎 倪雲), 저 사람은 태호교 상청(太湖蛟 上靑), 또 저 사람은 수검웅 적성(瘦臉熊 狄成)이라고 합니다. 웃지 마십시오."

"그러고 보니 여러분은 의심할 것도 없이 우리하고 한집안 사람입니다그려. 그런데 우리 송공명 형님은 방납 토벌의 정선봉(正先鋒)이 되셔서 지금 소주를 치려 하시는 중인데, 어디로 해서 어떻게 쳐야 좋을지 몰라, 우리 세 사람더러 그것을 알아가지고 오라 보낸 것이랍니다. 우리가 오늘 여러분과 만난 것도 연분이니, 한번 우리 선봉님을 만나주십시오. 그러면 여러분을 방납 토벌이 끝나면 조정에 천거하여 벼슬자리에 나가도록 하실 겁니다."

비보가 이 말을 듣더니 정색을 하고 이준을 바라보면서 말한다.

"그 말씀 덮어둡쇼! 우리 네 사람이 벼슬에 맘이 있었다면, 벌써 방납의 배하에 들어가 통제관이 됐을 겁니다. 관리 되기를 원치 않고, 우리는 이렇게 마음 편히 돌아다니는 걸 좋아합니다. 만일 형님이 저희들의 힘을 필요로 하신다면, 저희들은 물속에든지, 불속에든지 뛰어들겠습니다만, 다시 또 그런 말씀을 하신다면 그땐 우리들과 인연이 끊어지는 겁니다. 그런 줄 아십시오."

"그런 줄 몰랐습니다. 그렇다면 우리 이 자리에서 의형제를 맺읍시다."

"그건 좋은 말씀입니다!"

네 사람은 무척 기뻐하면서 당장에 양 한 마리와 돼지 한 마리를 잡아 잔치를 열고, 이준을 형으로 받들기로 하고, 동위와 동맹도 그들과 함께 형제의 차례를 정한 후, 그들 일곱 사람은 유류장에 앉아서 송공명을 도와줄 방책을 의논하기 시작했다.

먼저 이준이 소주성을 칠 꾀를 물어봤다.

"방모란 놈이 두 번 다시 치러 나오지 않는단 말이야. 성은 사방이 물이고, 쳐들어갈 길도 없고, 강어귀가 좁기 때문에 배를 들이밀 수도 없고, 이걸 어떻게 하면 깨쳐버릴지 알 수 없단 말이야."

그러니 비보가 말한다.

"형님, 그런 것 걱정 마시고 2, 3일 여기서 푹 쉬십쇼. 며칠 안에 항주서 방납의 배하에 있는 것들이 공용으로 소주에 가는 기회가 있으니, 그때 틈을 타서 꾀로 뺏으면 됩니다. 제가 어부 몇 사람을 정탐으로 보냈다가 방납의 배하에 있는 것들이 온다면 그때 계책을 정하죠!"

"그거 좋은 꾀요!"

비보는 즉시 어부 몇 사람을 보내놓고 나서 자기는 이준과 함께 매일 술만 마시고 지냈다.

2, 3일 후에 어부가 돌아와 이야기를 했다.

"평망진(平望鎭) 근처에서 십 수 척의 수송선이 보이는데, 배꼬리에는 모두 누런 기를 꽂았고, 거기엔 '승조왕부의갑(承造王府衣甲)'이란 글자가 쓰여 있어요. 왕부에서 쓸 의복이란 뜻이죠? 틀림없이 항주에서 수송되어 오는 모양인데, 배마다 6, 7명씩 타고 있습니다."

이 소리를 듣고 이준이 먼저 입을 뗐다.

"기회가 왔군! 이제 여러분 형제들의 힘을 입어야겠소."

비보가 곧 찬성했다.

"그럼, 지금 곧 가십시다."

"그런데 우리만 가지고 저놈들과 대적하기엔 형세가 너무 기울지 않나?"

"형님은 걱정 마십쇼. 모든 일을 우리한테 맡겨두십쇼."

이준이 걱정하는 것을 비보는 이같이 장담하고, 즉시 6, 70척의 어선을 모아 한 배에 한 사람씩 일곱 척에 일곱 사람이 타고, 그 나머지 배에는 어부들이 탔다.

그들은 모두 품속에 무기를 감추고 강어귀로부터 한복판으로 여기저기 흩어져서 나갔다.

이날 밤 달이 밝은데, 별까지 하늘에 가득했다.

그런데 이때 바라보니, 적의 관선(官船)은 모두 강동의 용왕묘(龍王廟) 앞에 닻을 내리고 있었다.

이것을 보고 맨 먼저 비보의 배가 그리로 가까이 가면서 휘파람으로 군호를 하니까, 어선 6, 70척이 일제히 번개같이 노를 저어 가서 적의 관선들을 뺑 둘러 에워쌌다.

뜻밖에 이 모양을 당한 적측의 관원들이 선실 밖으로 뛰어나오는 것을 이쪽에서 갈고리로 끌어당겨 세 사람, 네 사람씩 비웃 엮듯이 결박을 짓고, 물속으로 뛰어드는 놈들도 갈고리로 끌어올려 한 놈 남기지 않고 모두 묶어버렸다.

이렇게 해서 그놈들을 모두 잡은 뒤에 어선들을 관선에 매달아 유류장에 돌아온 때는 밤이 이미 4경이 지난 때였다.

잡아온 관원들 중 잡동사니들은 큰 돌멩이를 매달아 물속에 집어던져 수장(水葬)을 하고 난 뒤에, 두목같이 보이는 두 놈은 살려놓고 문초를 하니까, 이놈이 바로 항주를 수비하고 있는 방납의 아들, 말하자면 화태자 남안왕 방천정(南安王 方天定)의 배하에 있는 창고를 맡은 관원으로서, 그들은 명령을 받아 새로 만든 철갑 3천 벌을 소주에 있는 삼대왕한테로 수송해가는 도중이었다.

이준은 그들의 성명을 묻고, 관방문서 전부를 뺏고서, 이 두 놈도 죽여버렸다. 그러고서 말했다.

"내가 직접 가서 송강 형님과 상의하여 이 일을 처리해야겠는데…"

"그럭하십쇼. 제가 부하를 시켜 형님을 모셔다드리도록 하죠. 작은 강어귀로 해서 군전(軍前)으로 가시는 게 빠르겠습니다."

비보가 이렇게 말하고, 어부 두 사람으로 하여금 쾌선을 저어오게 하여 이준을 모시도록 했다.

이준은 떠나면서 동위·동맹과 비보에게 주의를 주었다.

"군복 철갑을 실은 배는 죄다 남의 눈에 띄지 않게 으슥한 곳에 감춰두시오."

"걱정 마세요. 배는 제가 맡고 있을 테니."

비보는 또 이렇게 장담했다.

쾌선으로 유류장을 떠난 이준과 두 사람의 어부는 강어귀로 해서 바로 한산사 언덕 아래 육지로 올라가 진중에 들어가서 송선봉한테 인사를 드리고 그동안의 경과를 자세히 이야기했다.

그러자 송강 곁에서 오용이 듣고 있다가 기쁜 얼굴로 말하는 것이었다.

"일이 그쯤 됐다면 소주를 빼앗는 일은 다된 일입니다. 주장(主將)께선 곧 명령을 내리십쇼. 이규·포욱·항충·이곤에게 패수(牌手) 2백 명을 데리고 이준형을 따라 태호의 유류장으로 돌아가게 하십쇼. 그리고서 비보 등 네 사람의 호걸들과 함께 이렇게 이렇게… 일을 하라 하시고, 그다음 이틀 후에 우리가 떠나가도록 하십시다."

이준은 그 자리에서 송강의 군령을 받아 급히 어부를 데리고 태호의 기슭으로 저어갔다가 호수를 건너서 흑선풍 일행을 영접하여 유류장으로 돌아온 후 그들을 비보가 있는 곳으로 안내했다.

그랬더니 비보 등은 흑선풍같이 괴상하고 험상궂게 생겨먹은 얼굴을 생전 처음 보았는지라 모두 깜짝 놀라더니만, 분주히 음식을 준비시켜 일행 2백여 명의 손님을 대접하는 큰 잔치를 열었다.

이틀이 지나고 사흘째 되는 날, 그들은 회의를 열고 의논한 끝에, 비보는 적의 관선에 탔던 정사(正使)의 관인으로 복색을 차리고, 예운은 부사(副使)의 복색을 하고서 공문서류를 휴대하기로 하고, 어부들은 모두 관선의 사공과 수부의 복색을 했다. 그리고 흑선풍 등 2백 명의 장병들은 선창 속에 숨겨놓고, 상청과 적성은 불을 지르는 데 필요한 도구를 실은 배들을 이끌고 뒤에서 따라가기로 했다.

이렇게 방침을 정한 다음 막 행동을 개시하려고 할 때, 어부 한 사람이 급히 들어와 알리는 것이었다.

"호수 위에 배 한 척이 공연히 이쪽으로 갔다 또 저쪽으로 갔다 하고 있습니다."

"그것 참 괴상하구나!"

이준이 혼자 나가 보니, 뱃머리에 두 명의 사나이가 서 있는데, 자세히 보니 그것은 신행태보 대종과 굉천뢰 능진이 아닌가.

이준은 휘파람으로 신호를 했다.

그랬더니 그 배는 나는 듯이 유류장 앞으로 와, 두 사람이 언덕 위로 올라왔다.

"아니, 두 분이 웬일이시오? 무슨 일로 오셨소?"

이준이 인사도 할 사이 없이 물으니, 대종이 말한다.

"송공명 형님이 너무도 급히 흑선풍을 보내시느라고 정작 큰일을 한 가지 잊으셨다오. 그래 나하고 능진형더러 호포 백 개를 싣고 가라 해서 가지고 왔소만, 호수 위에다 내려놓을 수도 없고, 또 여기서는 언덕에다 배를 대기도 어렵고 해서, 그러고 있었던 거요. 내일 아침 묘시(卯時)에 성내에 들어가 이 1백 대의 포를 터뜨려 신호를 하라는 거요."

"그거 잘됐군!"

이준은 즉시 사람들을 데리고 배에 가서 포체(砲體)와 포가(砲架)를 메어다가 의갑을 실은 수송선 속에 전부 감춰두었다.

비보 등은 대종이 온 것을 알고 좋아하면서 주석을 벌여 대접했다. 그리고 능진이 데려온 포수 열 명은 세 척의 배 안에 복병처럼 숨어 있게 했다.

이렇게 하고서 이날 밤 4경에 유류장을 떠난 일행은 5경이 지나서야 소주성 밑에 도착했다.

이때 성문을 지키고 있던 적의 군사가 성벽 위에서 저희 나라의 깃발을 보고는 즉시 문을 지키는 대장한테 보고를 했다.

대장이란 비표대장군 곽세광이란 사람인데, 그는 자기가 직접 성벽 위에 올라가 내려다보고 부하 군졸로 하여금 자세한 것을 물어보고 공문서를 받아올리라 해서, 그것을 성 위로 달아올려 세밀히 검토해본 후 그 공문서를 삼대왕한테로 보냈다. 그랬더니 삼대왕은 공문서를 보고서도 감시할 사람을 보내 다시 한 번 확인한 다음 성문을 열게 했다.

곽세광은 수문(水門) 옆으로 가서 지키고 있으면서 부하 군졸을 시켜 배 안에 들어가 조사를 하게 했다. 그랬더니 배 안에는 철갑과 호의(號衣)가 하나 가득 쌓여 있다는 보고였으므로, 곽세광은 한 척씩 한 척씩 모두 열 척이 성안에 들어오자, 이내 수문을 닫아버렸다.

이때 삼대왕이 파견한 감시관들은 5백 명의 군사를 이끌고 와서 기슭에 정박시키고 있었는데, 수문 안에 들어온 관선 속에 흑선풍·포욱·항충·이곤 등이 나타나는 것을 보고, 우선 그 괴상망측한 흑선풍의 형상에 놀랐다.

"누구냐? 너희들이 누구냔 말이야?"

감시관 한 사람이 소리를 질렀건만, 어느새 항충과 이곤은 언덕 위로 뛰어올라와 단패 속에서 단도를 뽑아 감시관의 옆구리를 찔러서 말 아래로 떨어뜨렸다. 이럴 때 감시관이 인솔하고 온 병정들은 배 안으로 뛰어들어가려 했지만, 그보다 먼저 흑선풍이 뛰어나와 쌍도끼를 휘둘러 마구 찍고 쪼개는 바람에 한꺼번에 십 수 명이 거꾸러지니 나머지 군사들은 모두 달아나버리는 것이었다.

배 안에 있던 패수(牌手)들은 일제히 언덕으로 올라가서 불을 질렀다.

능진은 언덕 위에다 호포를 장치하고 연속하여 십 수 방의 포를 터뜨렸다.

성루는 흔들리는데 사방에서는 송강군이 쳐들어온다. 이때 삼대왕 방모는 마침 회의실에 앉아 의논을 하고 있다가 포 소리가 계속해 들리는 바람에 혼이 빠져버렸다.

각처에서 문을 지키던 수장들은 성내에서 포 소리가 나는 것을 듣고 군사를 끌고 성내로 달려갔으나, 그때는 이미 송군의 화살에 반란군이 많이 죽고, 송군이 성을 점령했다는 급보가 사방에 전파된 때여서, 소주 성 안의 형편은 가마솥의 끓는 물과 같이 소란하기만 할 뿐, 도대체 송군이 얼마나 많이 들어와 있는지 그것조차 모르는 형편이었다.

흑선풍과 포욱은 항충과 이곤 두 사람 패수를 데리고 성내로 들어가 이리 뛰고 저리 뛰며 반란군을 죽이는 판인데, 이준과 대종은 비보 등 네 사람을 이끌고 능진을 도와 포를 연속해 쏘아댄다.

송강은 이미 군사를 삼면으로 몰고 성내에 들어와 요소요소를 점령 했기 때문에 반란군은 풍비박산해버렸는데, 이때 삼대왕 방모는 6, 7백 명의 철갑병을 끌고 남문으로 빠져 도망가려 했다. 그러나 뜻밖에 흑선 풍 이규가 튀어나와 동에 번쩍 서에 번쩍 마구 죽이는 통에 철갑병도 뿔뿔이 달아나는 판인데, 또 좁다란 길에서 노지심이 뛰어나오더니 철 선장을 휘두르며 닥치는 대로 깨강정을 만들어버린다.

방모는 어찌할 도리가 없어 혼자서 다시 부중(府中)을 향해 달려갔는 데, 누가 알았으랴, 오작교 다리 아래서 무송이 뛰어나오더니 칼로 말의 다리를 쳐 방모를 떨어뜨린 후 그가 일어나기도 전에 모가지를 잘라 그 것을 들고 중군으로 달려갔다.

이때 송강은 이미 왕부(王府)에 들어가 앉아서 모든 장수들로 하여금 구석구석을 샅샅이 뒤져 숨어 있는 적장을 있는 대로 죄다 잡아오라는 영을 내리고 있었다. 그리하여 그놈들은 모조리 잡혔는데, 단 한 사람 유빈만은 패잔병 몇 명을 이끌고 수주(秀州)로 달아나버렸다.

송강은 곧 영을 내려 선량한 백성을 살해하지 못하게 금하는 동시에, 사방으로 번지고 있는 화재를 진화시키는 일방, 백성들로 하여금 안심 하라는 방문을 거리에 붙이게 했다.

그러고서 모든 장수를 집합시킨 후 송강은 그들의 전공을 들었다. 무 송이 방모를 죽인 것은 이미 알고 있는 사실이지만, 그 밖에 주동은 서 방을 사로잡았고, 사진은 견성을 사로잡았고, 손립은 철편으로 장위를 때려 죽였고, 이준은 창으로 창성을 찔러 죽였고, 번서는 오복을 베어 죽였는데, 불행하게도 선찬은 곽세광과 맹렬히 싸우다가 피차에 치명

상을 입고 음마교 아래서 전사했고, 다른 장수들도 적의 아장들을 사로잡았기 때문에 송강은 일동에게 상을 내렸다.

그런 일을 끝마친 후 송강은 추군마 선찬을 잃은 것을 슬퍼하고 즉시 사람을 시켜 그의 시체를 채관화곽(彩棺花槨)에 넣어 호구산(虎丘山) 아래 양지에 안장하게 했다.

그러고서 방모의 머리와 사로잡은 서방과 견성은 상주에 있는 장초토의 군전으로 보내어 처분토록 했더니, 장초토는 서방과 견성을 거리에 내다가 베어 죽이고, 방모의 머리는 서울로 보내 상을 소주로 많이 보내오게 하여 모든 장수들에게 나눠주었다.

그리고 장초토는 조정에 상주하여 유광세로 하여금 소주를 지키도록 청하고, 송선봉에게는 자유로이 소탕 작전을 하도록 명령을 내렸다.

이렇게 하고 있을 때, 하루는 연락병이 들어와 보고를 한다.

"유도독과 경(耿)참모가 소주를 지키러 오셨습니다."

송강은 보고를 받고 즉시 여러 장수들과 함께 나아가 유광세 일행을 영접하여 왕부로 인도해 들였다.

왕부에서 유도독과 인사를 마친 후 송강은 여러 장수들과 함께 관소로 돌아와 의논을 하고, 사람을 연해 지방으로 보내어 수군 두령들의 소식을 알아오게 했다.

그러자 마침 연해 지방에서 보고가 왔다.

"연안 각지의 고을에서는 소주가 함락됐다는 소문을 듣고 적들이 제물로 모두 도망쳐버렸기 때문에 해변에 있는 고을들은 전부 수복되었습니다."

이 보고를 받고 송강은 대단히 기뻐했다. 그러고서 곧 문서를 중군으로 올려 승리를 보고하고, 그동안 적에게 부역하며 지내던 구관들은 단단히 훈계한 후에 원직에 복귀시키도록 장초토에게 청했다. 그리고 종군의 통제관을 각지에 파견하여 방비를 하게 하는 동시에 백성들을 안심시키고, 그들 통제관과 교체해서 수군 장령들을 소주로 돌아오게 하여 자기 지휘 하에 있게 해주기를 장초토에게 청했다.

이리해서 며칠 동안에 통제관들이 각기 임지로 떠난 후 그들과 교제하여 소주로 돌아온 수군 두령들은 송강에게 또 슬픈 소식을 전해주었다. 즉 원씨 삼형제가 상숙을 공격할 때 시은을 잃었고, 계속해서 곤산(崑山)을 칠 땐 공량을 잃었는데, 석수와 이응의 말에 따르면, 시은과 공량은 본시 물에 익숙지 못한 사람이었기 때문에 물에 빠지기가 무섭게 그대로 죽어버렸다는 이야기였다.

송강은 가슴이 아파 눈물을 흘리는데, 무송도 전일의 은의(恩義)를 생각하고 목을 놓아 엉엉 우는 것이었다.

이러고 있을 때 마침 비보 등 네 사람이 자기 집으로 돌아가겠다고 송강에게 인사를 하러 들어왔다.

송강은 그들을 더 있으라고 붙들었건만 그들은 듣지 않고 기어이 떠나겠다 하므로, 그는 네 사람에게 상을 후히 주고, 이준으로 하여금 유류장까지 그들을 보내주고 돌아오라 했다.

이준은 송강의 명령대로 동위·동맹과 함께 비보 등 네 사람을 유류장까지 전송했다. 그랬더니 비보는 이준 등을 그대로 돌려보내기가 섭섭하여 떡 벌어지게 상을 차려놓고 술을 대접하는 것이었다. 이래서 그들은 술을 한참 마셨는데, 술기운이 어지간히 돌았을 때 비보는 일어나 술잔을 이준에게 권하면서 말하는 것이었다.

"형님! 저는 일개 어리석은 놈입니다마는, 전에 들은 말이 있습니다. 세상에는 한 번 흥하는 때가 있으면 또 한 번 망하는 때가 있다 합니다. 그런데 형님은 양산박에서부터 오늘에 이르기까지 백전백승해서 굉장한 공을 세웠습니다. 그러나 요국을 칠 적에는 한 사람도 형제를 잃지 않았는데, 이번 방납을 토벌하면서부터는 아무래도 운수가 나빠진 것 같습니다."

장순의 죽음

비보는 잠시 숨을 돌리더니 또 말을 계속했다.

"형님은 우리들더러 벼슬을 하라 했지만, 저는 꿈에도 벼슬을 할 생각이 없습니다. 두고 보십시오! 세상이 태평해지면 반드시 간신들한테 모함에 걸려 목숨을 뺏길 겝니다. 옛날부터 말이 있지 않습니까? 태평세월은 장군이 이룩해놓지만, 장군은 태평세월을 못 보는 거라고! 참, 명담입니다. 여기 있는 우리 네 사람은 형님하고 의형제를 맺은 사람들입니다. 그러기 때문에 형님한테 여쭙는 말씀이니, 아직 운이 끊어지기 전에 미리 앞날을 내다보고 화를 피해야 합니다. 약간 주머니를 털어서 큰 배 한 척을 사서 수부(水夫) 몇 사람과 함께 바다 위로 떠다니다가 어디 정결한 곳을 찾아 여생을 편안히 지내시는 것이 그 얼마나 좋겠습니까!"

이준은 그 말을 듣고 그만 머리를 수그리고 탄복했다.

"아우님! 참 고맙소. 정말 옳은 말이오. 그렇지만 아직 우리가 방납을 평정하지 못하고 있을 뿐 아니라, 송공명 형님의 은혜도 저버릴 수가 없는 형편이라, 지금 당장 아우님 말대로 하기가 어렵소그려. 만일 아우님들이 나를 기다려주기만 한다면, 방납을 평정한 뒤에 이 두 사람을 데리고 와서 함께 살겠소이다. 만일에 내가 약속을 어긴다면, 저 하늘이

나를 용서치 않을 것이요, 또 나도 사내자식이 아니라고 맹세하겠소!"

"염려 마십쇼! 우리가 배를 준비해놓고 형님이 돌아올 때까지 기다리고 있을 테니, 언약이나 꼭 지켜주십시오."

"지키고말고!"

이준과 비보 등 다섯 사람은 이같이 단단히 약속하고 술을 더 마시다가 각각 잠자리에 들어갔다.

이튿날, 이준은 비보 등 네 사람과 작별하고서 동위·동맹과 함께 송강한테 돌아가 보고했다.

"비보 등 네 사람은 도무지 벼슬에 생각이 없다고 끝내 사절하더군요. 그저 고기나 잡아먹으면서 아무 데도 매인 데 없이 편안히 지내는 게 소원이랍니다."

송강은 듣고 또 한 번 탄식했다. 그러고는 즉시 명령을 내려 수군과 육군을 동시에 출발하도록 했다.

그런데 오강현(鳴江縣)에는 이미 적이 없어졌기 때문에 바로 평망진(平望鎭)을 수복시키고 그길로 곧장 수주(秀州)를 향해서 진격했다.

그때 그 고을의 수장 단개(段愷)는 이미 소주에서 삼대왕 방모가 전사했다는 소식을 알고 있었는지라, 도망칠 준비를 하고서 사람을 시켜 염탐을 하고 있는 중이었는데, 송강의 군사가 수륙 양로로 조수같이 밀려오고 있다는 정보를 듣고 간담이 서늘했다.

그런데 벌써 송군의 전대(前隊) 대장 관승과 진명은 성 아래까지 와서 서문을 포위하는 게 아닌가.

단개는 간이 콩쪽만 해서 곧 성문 위로 올라가 아래를 보고 소리쳤다.

"공격할 거 없소! 지금 성을 고스란히 바치렵니다."

그러고서 그는 성문을 열게 하는 동시에, 송군을 영접하여 향화등촉을 밝히고 크게 주석을 베풀었다.

송강은 입성하여 단개를 보고 종전대로 충량한 신하가 되라 부탁한 후 거리에 방문을 써붙이고, 백성들의 마음을 안심시키라 했다.

그러자 단개는 송강 앞에 엎드려 항복하는 것이었다.

"저희들은 본시 목주의 양민이었습니다만, 여러 번 방납의 박해를 당했기 때문에 어쩔 수 없이 방납에게 붙었던 것입니다. 그런데 지금 천병이 오셨으니 어떻게 감히 항복드리지 않고 가만있겠습니까. 불쌍히 보시고 용서해주시기 바랍니다."

송강은 단개에게 물어봤다.

"그런데 지금 항주 영해군(寧海軍)의 성은 누가 지키고 있으며, 군사의 수효는 얼마나 되고, 또 쓸 만한 장수는 몇 명이나 있는가?"

"네, 항주의 성곽은 크고 넓은 데다가 인가도 대단히 조밀하게 들어앉아 있습니다. 그리고 동북은 탄탄대로요, 남쪽은 큰 강이요, 서쪽엔 호수가 있는데, 이 고을을 지키고 있는 사람은 방납의 태자 남안왕 방천정입니다. 그리고 그 배하에는 7만여 명의 군사와 스물네 명의 장수 외에 원수(元帥)가 네 사람 있어서 모두 스물여덟 명이 있습니다. 그런데 그중 두목 되는 두 사람은 수완이 대단한 놈인데, 한 놈은 흡주의 중으로 보광여래(寶光如來)라고 부르는 사람이죠. 그놈의 속성(俗姓)은 등(鄧)가요, 법명은 원각(元覺)이라고 하는데, 50근짜리 철선장을 잘 쓰기로 유명한 놈입니다. 사람들이 이자를 그냥 국사(國師)라고 부르죠. 그리고 또 한 놈은 복주 출신인데, 성명은 석보(石寶)고, 이자는 한 자루의 유성추(流星鎚)를 잘 써서 백발백중할 뿐 아니라, 한 자루의 보도를 잘 쓰는데, 이것은 벽풍도(劈風刀)라는 것으로 구리거나, 쇠거나, 무엇이든지 썽둥썽둥 끊어낸답니다. 놀라운 건, 세 겹으로 된 철갑도 베헝겊을 베듯이 쪼개버린다니까요! 그리고 이밖에 스물여섯 명 모두 수완이 뛰어난 명장들이기 때문에 결코 섣불리 보고 대적해서는 안 됩니다."

송강은 그 말을 듣고 단개에게 상을 준 후, 그에게 장초토의 군전으로 가 자세히 보고하라고 명령했다. 그 후에 단개는 장초토의 군사가 이동함에 따라서 소주를 지키게 되었다.

한편, 수주는 부도독 유광세에게 수비하는 책임을 맡기고, 송강은 군사를 취리정(檇李亭)으로 옮겨 진을 친 다음 여러 장수들과 더불어 장차 항주 공략의 계책을 토의하기 시작했다.

그랬더니 이때 소선풍 시진이 자리에서 일어나 한마디 하는 것이었다.

"나는 형님 덕택으로 고당주에서 목숨이 살아난 이후 오늘날까지 형님의 덕만 입었지, 한 번도 은혜를 갚아드리지 못했습니다. 이번에 방납의 근거지로 몰래 들어가 탐정을 해보겠습니다. 그래서 공을 세우면 조정을 위해 충성을 다하는 것이 되겠고, 형님한테도 은혜를 갚는 것이 되겠으니, 그렇게 하도록 허락해주십시오."

이 말을 듣고 송강은 기뻐했다. 시진이 전일 흑선풍과 함께 고당주에 갔던 일과, 그 후 시진이 고렴에게 붙들려 옥에서 죽게 된 것을 송강이 구원했던 일이 생각나, 그는 웃으면서 시진을 보고 말했다.

"적의 본거지로 들어갈 수만 있다면 좋고말고요! 몰래 들어가서 지형을 잘 알아가지고 방납이란 놈을 사로잡아 서울로 호송하게만 된다면 얼마나 좋겠습니까. 그렇지만 몰래 뚫고 들어간다는 것이 극히 어려운 일입니다."

"목숨을 내놓고 한번 가보겠습니다. 연청이가 있으면 꼭 동행하고 싶은데… 이 사람은 각 지방 사투리 흉내를 잘 낼 뿐 아니라, 임기응변을 잘해서 정말 필요합니다."

"그야 어렵지 않지요! 연청이 지금 노선봉한테 있으니까, 공문을 보내서 불러오면 되죠."

이렇게 말하고 있을 때 밖에서 연락병이 들어와, 지금 노선봉의 첩보를 가진 연청이 왔다고 보고를 하는 게 아닌가.

"아우님의 이번 길은 틀림없이 성공이오! 이렇게 때를 맞춰서 연청이 오다니, 이것이 길조 아니고 무엇이겠습니까!"

"정말, 신통하게도 잘 왔습니다!"

시진도 대단히 기뻐했다.

조금 있다 연청이 들어와 인사를 드리므로 송강은 술을 내오게 하여 잔을 권하면서 물었다.

"그런데 자네 올 때 어느 길로 왔나? 육로로 왔나 수로로 왔나?"

"말을 타고 왔는데요."

송강은 또 물었다.

"대종이 돌아와 하는 말이, 노선봉은 벌써 군사를 내보내 호주(湖州)를 치고 있다 하던데, 그쪽 형세는 어떤가?"

"네, 선주에서 떠날 때부터 노선봉께선 군사를 두 갈래로 나누어 그 중 절반을 노선봉 자신이 친히 이끌고 호주를 쳤습니다. 그래 그곳 유수라고 자칭하는 궁온(弓溫)이란 자와 그 배하에 있는 부장(副將) 다섯 명을 죽이고, 호주를 완전 수복한 다음 즉시 문서를 작성해서 장초토한테 올리고, 통제관을 보내 호주의 성을 지키게 해주십사 청했죠. 그리고 저더러는 승리를 보고하라고 이리로 보내구요. 그런데 노선봉께서 나눠주신 반쪽 군사는 임충 장군이 영솔하고서 독송관을 수복한 뒤에 항주로 와서 모두 거기서 만나기로 했습니다. 그런데 제가 이곳으로 떠날 적엔 독송관에선 연일 싸움만 벌어지고, 아직 관소를 점령하진 못했습니다. 그래, 노선봉께선 주무 형님과 함께 그쪽으로 가시면서 호연 장군한테 군사를 주고 호주를 지켜달라고 부탁하셨는데, 미구에 장초토의 중군으로부터 통제관이 와, 치안이 확보되면 바로 호주를 떠나 군사를 진격시켜 덕청현(德淸縣)을 수복하고, 항주로 나와 거기서 모두 만나자고 명령하시더군요."

"그러면 호주를 지키고 덕청을 치는 사람과 독송관으로 내보내 싸우는 사람과 그 두 갈래로 나누어 나간 장령들은 누구누구인가? 모두 몇 사람이 나가 있고, 또 호연작을 따라 나간 사람은 몇 명인가?"

"네, 여기 적어둔 게 있습니다."

연청이 품속에서 꺼내놓는 기록을 보니, 독송관으로 나가 싸우는 정편(正偏)의 장령은 모두 스물세 명이니,

선봉 노준의·주무·임충·동평·장청·해진·해보·여방·곽성·구붕·등비·이충·주통·추연·추윤·손신·고대수·이립·백승·탕융·주귀·주부·시천 등이요,

그리고 현재 호주를 지키고 있기는 하지만, 미구에 덕청현으로 진격할 정편의 장령 열아홉 명은,

호연작·삭초·목홍·뇌횡·양웅·유당·단정규·위정국·진달·양춘·설영·두천·목춘·이운·석용·공왕·정득손·장청·손이랑 등이다.

"이렇게 두 군데로 나가는 장령들이 모두 합쳐서 마흔두 명입니다. 그런데 제가 떠나올 적에 벌써 거기서는 준비가 끝나 모두 행군을 하더군요."

"잘됐어! 그렇게 짜였다면 편성이 잘된 거야. 그런데 시대관인이 지금 자네하고 동행하여 방납의 소굴로 탐정하러 가려 하는데, 자네가 같이 가겠나?"

"주수(主帥)의 명령이신데, 무슨 딴 소리가 있겠습니까! 시대관인님과 함께 갔다 오겠습니다."

이 말을 이때까지 곁에서 듣고 있던 시진은 자기 뜻대로 일이 되었으므로 대단히 기뻐하며 말했다.

"나는 그럼 백의수재(白衣秀才)로 변장을 할 테니, 자네는 내 뒤를 따르는 하인같이 꾸미게. 그래 주종(主從) 두 사람이 거문고와 칼과 책상자를 짊어지고 간다면, 아무도 의심하지 않을 걸세. 그래, 곧장 해안으로 나가 배를 구해 월주(越州)를 지나 작은 길로 들어서 제기현(諸暨縣)으로 가 거기서 산길로 빠져나간다면, 벌써 목주는 다 간 것이니까 말

이야!"

이와 같이 결정하여 시진과 연청은 택일한 날 송강에게 인사를 드린 후 거문고와 칼과 책상자를 짊어지고 배를 타고 해변으로 길을 찾아 떠났다.

그런데 두 사람이 이렇게 떠난 뒤에 군사(軍師) 오용은 송강을 보고 의견을 말했다.

"항주의 남반부에는 전당강(錢塘江)이 흐르고, 그것이 바다로 빠지는 사이에 여러 개의 섬으로 지나가지 않습니까? 그러니 몇 사람이 배를 타고 해안에서 자산문(赭山門)을 빠져나가 남문 밖에 있는 장강의 기슭으로 가서, 거기서 호포를 터뜨리고, 호기(號旗)를 꽂아놓으면, 적은 성중에서 겁을 집어먹고 대혼란을 일으킬 거란 말씀입니다. 누가 수군 두령들 중에 이 일을 해줬으면 좋겠는데….."

오용의 말이 끝나자마자 장횡과 원씨 삼형제가 한꺼번에,

"제가 가겠습니다!"

이렇게 자원하는 것이었다.

송강은 그들을 보고 말했다.

"그렇게 모두들 한 군데로 가면 어떻게 하나? 항주의 서쪽에도 호수가 있어 수군의 할 일이 중요한데!"

그러자 오용이 말했다.

"그럼 이렇게 합시다! 장횡은 원소칠·후건·단경주, 이렇게 세 사람만 동행해 가시구려."

송강도 이에는 반대하지 않았다. 그래서 결국 네 사람은 30여 명의 수부를 데리고 화포 십여 개를 배에 실은 다음, 호기도 수십 개나 가지고 전당강을 향해 저어갔다.

송강은 장수들을 각각 이같이 배치한 후에 수주로 돌아와 항주를 공략할 계책을 꾸미고 있었는데, 뜻밖에 서울로부터 칙사가 어주와 상사

품을 가지고 도착했다 하므로, 그는 즉시 장령들을 대동하고 나가 칙사를 영접하여 성내로 모신 후, 연회를 베풀고 사은을 했다.

그랬더니 칙사는 술을 마시다가, 태의원(太醫院)에서 안도전을 데려가게 된 이야기를 하는 것이었다.

"폐하께서 옥체가 미령하시기 때문에 일전에 태의원에서는 신의(神醫) 안도전을 서울로 불러올려 궐하(闕下)에 두고 시약(侍藥)케 하십사고 상주했었는데, 폐하께서는 곧 그렇게 하라 합시는 성지를 내리셨습니다. 내가 데리고 가겠습니다."

황제의 칙명이라니, 송강이 무어라 말하랴. 속으론 대단히 섭섭하지만 황공한 표정을 하고, 다음날 칙사를 따라 안도전을 서울로 보내기로 했다. 이래서 송강 등 여러 장령들은 10리 밖에 있는 역까지 칙사와 안도전을 전송한 것이다.

칙사를 전송하고 돌아온 뒤에 송강은 칙사로부터 하사받은 상품을 장수들에게 분배했다. 그러고서 유도독과 경참모에게 고별인사를 드리고는 수륙 양로로 숭덕현(崇德縣)을 향해 진군했다.

이때 숭덕현을 지키고 있던 적의 수장은 미리부터 겁을 집어먹고 송강군이 성 아래 가까이 오기도 전에 항주로 도망을 쳤다.

그런데 이때 방납의 태자 방천정은 여러 장수들을 행궁에 모아놓고서 회의를 하고 있었다. 지금 용상궁(龍翔宮)의 고적이 바로 옛날의 그 행궁이다. 그리고 방천정의 배하에는 네 사람의 대장이 있었으니,

보광여래 국사 등원각(寶光如來 國師 鄧元覺)
남리대장군 원수 석보(南離大將軍 元帥 石寶)
진국대장군 여천윤(鎭國大將軍 厲天潤)
호국대장군 사행방(護國大將軍 司行方)

이상 네 사람으로서 이들은 모두 원수 아니면 대장군이라는 칭호를 갖고 있는데 이것은 방납이 임명한 직위였다.

그리고 이 밖에 또 스물 네 명의 편장이 있으니 그들은,

여천우(厲天祐)·오치(嗚値)·조의(趙毅)·황애(黃愛)·조중(晁中)·탕봉사(湯逢士)·왕적(王勣)·설두남(薛斗南)·냉공(冷恭)·장검(張儉)·원흥(元興)·요의(姚義)·온극양(溫克讓)·모적(茅迪)·왕인(王仁)·최욱(崔彧)·염명(廉明)·서백(徐白)·장도원(張道原)·봉의(鳳儀)·장도(張韜)·소경(蘇涇)·미천(米泉)·패응기(貝應夔),

이 사람들로서, 이들도 모두 장군으로 임명된 사람들이다. 그리고 앞서 말한 네 사람과 함께 모두 스물여덟 명이 지금 방천정의 행궁에 모여 군사회의를 열었는데, 먼저 방천정이 입을 열었다.

"지금 송강은 수륙 양로로 해서 장강을 건너 남하하고 있는데, 우리 군사는 벌써 고을 세 군데를 빼앗겼단 말이다. 이제 겨우 남은 곳은 항주뿐인데, 항주는 우리 남국(南國)의 방벽이란 말이야. 만일 이곳까지 뺏긴다면 목주도 자연 지탱하지 못하게 된단 말이지! 전자에 사천태감 포문영이, 강성이 오나라에 침입해서 내부에 큰 화를 일으키고 있다고 말하더니, 그게 바로 이놈들을 가리킨 말이었던 모양이야! 어쨌거나 이번에 놈들이 우리 영토를 침범했으니, 귀관들은 중작을 받고 있는 사람들로서 더욱 충성을 다해야겠소."

방천정의 말이 끝나자, 스물여덟 명의 장수들은 일제히 아뢰었다.

"주상께서는 아무 염려 마시옵소서. 지금 우리나라 정병들은 송강과 대전을 않고 있습니다. 현재 몇 군데 고을을 잃어버리긴 했습니다만, 모두가 적당한 인물이 없었기 때문입니다. 이번에 송강과 노준의는 군사를 세 갈래로 나눠서 항주를 에워싸고 오는 모양입니다만, 전하와 국사(國師)께서는 이 항주의 성곽을 굳게 지키시고 아무쪼록 국가 백년의 터전을 튼튼히 하시기만 바랍니다. 그러면 저희들은 각각 군사를 이끌고 나가 적을 맞아 싸우겠습니다."

이 말을 듣고 태자 방천정은 기뻐하면서 곧 명령을 내렸다. 그래서

그들로 송강군과 상대하기 위해 군사를 세 갈래로 나누어 나가기로 하고, 국사 등원각만은 남아 성을 지키기로 했다. 그런데 세 갈래 길로 나가게 된 원수 세 사람은,

호국원수 사행방이 설두남·황애·서백·미천 등 네 명의 장수를 데리고 나아가 덕청을 구원하기로 하고,

진국원수 여천윤은 여천우·장검·장도·요의 등 네 명의 장수를 데리고 나아가 독송관을 탈환하고,

남리원수 석보는 온극양·조의·냉공·왕인·장도원·오치·염명·봉의 등 여덟 명의 장수를 데리고 나아가 적의 본대 군사를 맞아 싸우기로 한 것인데, 그들은 각각 군사 3만 명을 이끌고 나간다는 것이다.

이렇게 부대 편성이 끝난 뒤에 태자 방천정은 장수들에게 돈과 비단을 하사한 후 그들의 출발을 재촉했는데, 원수 사행방은 먼저 자기 부대를 인솔하고 덕청주를 구원하러 여항주(餘杭州)를 향해 나갔다. 그리고 다른 두 갈래의 길로 나갈 부대도 이와 마찬가지로 출발했다.

한편, 송강이 거느린 본대 군사는 이때 전진해오다가 임평산(臨平山)까지 당도했었는데, 별안간 산꼭대기에 홍기(紅旗) 한 개가 펄럭거리고 있는 것이 보이므로 송강은 곧 화영과 진명 두 사람의 정장(正將)을 보내어 정찰을 시키고, 이어서 전선(戰船)과 차량을 재촉하여 장안파를 건너오게 했다. 그래서 화영과 진명이 1천 명의 군사를 이끌고 산모퉁이를 돌아가 보니, 그것은 석보가 거느린 적군의 부대였다.

그때 적군의 선두에 오고 있던 두 사람의 장수는 이쪽에서 화영과 진명이 오는 것을 보더니, 날쌔게 말 위에 뛰어오르면서 창을 꼬나쥐고 번개같이 달려오는데, 한 사람은 봉의요, 한 사람은 왕인이다.

화영과 진명은 군사들을 급히 벌여 세운 후, 진명은 낭아곤을 휘두르며 달려나가 왕인과 맞붙어 10여 합을 싸웠건만 승부가 결판나지 아니했다. 이때 진명과 화영은 적의 후방에 원군이 있는 것을 보고 잠시 쉬

었다가 다시 싸우자고 소리를 질렀다.

그래서 네 명의 장수가 각각 본진으로 돌아갔다.

본진으로 돌아와서 화영이 진명을 보고 의견을 말했다.

"우리가 지금 싸우고만 있을 게 아니라, 속히 형님한테 보고를 하는 게 옳지 않을까요?"

"그렇게 합시다."

두 사람은 이렇게 말하고 급히 후군으로 하여금 중군에 보고를 올리게 했더니, 송강은 주동·서녕·황신·손립 등 네 사람의 장수를 데리고 진전(陣前)으로 달려왔다.

이럴 때 적군의 왕인과 봉의가 다시 말을 달려 나오더니, 또 싸움을 걸면서 욕을 퍼붓는 게 아닌가.

"이놈들아! 개떡 같은 장수들아! 또 한 번 나와 싸워볼 용기가 있느냐?"

진명은 이 소리를 듣고 성이 나서 이를 악물고 낭아곤을 휘두르며 쫓아나가 다시 봉의와 싸우기 시작했다. 그러자 왕인은 화영에게 달려들었다.

이때 서녕은 혼자서 말을 채쳐 뛰어나가니, 이 두 사람 화영과 서녕은 세상에서 드문 한 쌍의 훌륭한 금창수와 은창수였다.

화영은 즉시 말을 달려 서녕의 뒤를 따르면서 활과 화살을 손에 들고, 서녕과 왕인이 서로 창을 맞대기도 전에, 화살 한 대를 탕 쏘아 왕인을 보기 좋게 말 아래 굴러 떨어뜨렸다. 실로 눈 한 번 깜짝하는 사이였다.

봉의는 이 순간, 왕인이 화살에 맞아 떨어지는 것을 보고 금시에 정신이 아찔해졌는데, 어느새 진명의 낭아곤은 봉의의 머리를 때려 말 아래 떨어뜨리는 게 아닌가.

삽시간에 두 장수가 죽는 꼴을 본 반란군은 모두들 질겁을 해서 달아나기 시작했다.

송군은 마구 들이쳤다.

석보는 도저히 당할 수가 없어 고정산(皐亭山)으로 도망하여 동신교(東新橋) 근처에다 진지를 차리려 했지만, 이날은 벌써 날이 저물었으므로 그들은 성내로 돌아갔다.

그러나 다음날 송강은 고정산을 지나 동신교까지 와서 진을 치고, 휘하의 군사들로 하여금 세 갈래의 길로 항주를 협격하라는 명령을 내렸다. 그런데 그 세 갈래 길로 나가는 부대는 다음과 같다.

한 갈래의 길을 분담한 보병 두령의 정장과 편장은 탕진로(湯鎭路)로부터 나아가 동문을 치는 것이니, 이에는 주동·사진·노지심·무송·왕영·호삼랑이요,

또 한 갈래의 길을 분담한 수군 두령의 정장과 편장은 북신교(北新橋)로 나가서 고당을 치고, 서로(西路)를 끊어 호주 쪽의 성문을 치는 것이니, 이에는 이준·장순·원소이·원소오·맹강이요,

가운데 길을 분담한 보병·기병·수병의 삼군은 3대로 나아가 북관문(北關門)과 간산문(艮山門)을 치는 것이니, 그 전대(前隊)의 정장과 편장은 관승·화영·진명·서녕·학사문·능진이다.

그리고 제2대는 총지휘자인 주장(主將) 송선봉과 군사(軍師) 오용이 통솔하는 부대로서, 정장과 편장은, 대종·이규·석수·황신·손립·번서·포욱·항충·이곤·마린·배선·장경·연순·송청·채복·채경·욱보사 등이요,

제3대는 수로와 육로 두 갈래 길에서 싸움을 돕는데, 그 정장과 편장은 이응·공명·두흥·양림·동위·동맹이다.

이렇게 세 갈래 길로 각각 분담이 끝난 후 각 군은 즉시 출발했다. 그런데 관승은 가운데 길로 나가는 전위부대를 이끌고 정찰을 해가며 동신교까지 가는 동안 반란군이라고는 한 놈도 발견하지 못했는지라, 마음에 의심스러워 다리 이쪽으로 되돌아와서 송선봉에게 사람을 보내

보고를 했다.

송강은 그 보고를 받고 즉시 대종을 전령으로 보내어 명령을 내렸다.

"경솔히 전진하지 마시오. 날마다 두령 두 사람씩이 번갈아 나가서 정찰을 하시오."

관승은 이 같은 명령을 받고 맨 처음 날은 화영과 진명을, 그다음 날은 서녕과 학사문을, 이런 식으로 며칠 동안 계속하여 정찰을 시켰다. 그랬으나 적군은 나와서 싸우려고 하는 기색이 보이지 아니했다.

이날은 마침 서녕과 학사문이 정찰을 나갈 차례였다.

그래서 두 사람은 수십 명의 기병을 데리고 북관문까지 정찰을 나갔더니, 성문이 활짝 열린 채 그대로 있는 게 아닌가.

별일이다 싶어 조교 앞까지 가까이 갔더니, 별안간 성벽 위에서 북소리가 요란하게 울리며 성문 안으로부터 한 떼의 군사가 비호같이 달려나온다.

이때 서녕과 학사문이 급히 말머리를 돌리려니까 성의 서쪽에서도 고함 소리가 요란하게 일면서 백여 명의 기병이 전면으로부터 달려나온다.

서녕은 죽을힘을 다하여 적 틈을 빠져나와 돌아다보니 학사문이 안보인다.

다시 뒤로 돌아 적측으로 가까이 가면서 바라다보니 어느 틈에 그렇게 되었는지 적장 여러 놈이 학사문을 사로잡아 성안으로 끌고 가는 게 아닌가.

서녕은 가슴이 덜컥 내려앉아서 급히 말머리를 돌려 내빼려고 했는데, 그 순간 화살이 날아와서 모가지에 꽉 꽂힌다.

그는 화살을 뽑고 어쩌고 할 여유가 없어 그냥 말을 채쳐 도망을 가는데, 뒤에서는 어느새 적장 여섯 명이 쫓아오고 있다.

다행히 도중에서 관승을 만나 간신히 진지로 돌아오기는 했으나, 피를 많이 흘렸던 까닭으로 돌아오자마자 그는 혼절하고 말았다. 그러나 그를 추격하던 적장 여섯 명은 관승이 모두 격퇴시켰다.

진지로 돌아온 관승은 이 사실을 송강에게 보고했다.

송강은 보고를 받기가 무섭게 즉시 달려와 보니, 서녕은 벌써 죽은 사람같이 되어 있고, 눈·코·입·귀 할 것 없이 모든 구멍에서 피를 흘리고 있는 게 아닌가.

송강은 눈물을 흘리면서 군의로 하여금 서녕의 모가지에 꽂힌 화살을 빼낸 자리에 금창약을 붙이고 치료를 해주도록 한 후, 서녕을 전선(戰船) 안으로 옮겨다 뉘고 친히 그를 간호했다. 그러나 그날 밤에 서녕은 세 번이나 의식을 잃고 죽은 것같이 뻣뻣해지는 것이었다.

송강은 비로소 그가 독시(毒矢)를 맞은 것을 알고 앙천탄식했다.

"황천이시여! 신의(神醫) 안도전은 대궐에서 데려가셨고, 여기서는 목숨을 구해줄 명의가 없으니, 제가 또 한 사람의 형제를 잃어야 합니까?"

송강이 이렇게 슬퍼하고 있을 때, 오용이 찾아와 청하는 것이었다.

"진지로 돌아가 군사의 일을 보살피십시오. 형제간의 정리로 이렇게 슬퍼하시다가 국가 대사를 그르치시면, 그 아니 걱정입니까!"

오용의 말을 듣고 송강은 정신을 차린 다음 병정들을 시켜 서녕을 수주로 보내어 충분히 치료하고 있도록 했다. 그랬으나 원체 독이 전신에 퍼진 뒤였기 때문에 끝내 서녕의 목숨은 위태로웠다.

송강은 또 한편으로 학사문의 소식을 알아오게 했더니, 다음날 탐색병이 들어와서 보고하는 소리는 끔찍한 소식이었다.

"항주 북관문 성벽 위에 학사문의 머리가 대나무 장대 끝에 매달려 있습니다!"

이것은 방천정이 저희들의 위엄을 보이기 위해 한 짓임이 분명하다.

송강은 이 소식을 듣고 또 가슴이 아팠다. 그랬는데 그 후 반달쯤 지나 수주에서는 서녕이 죽었다는 기별이 왔다.

이같이 연속해서 형제를 잃은 송강은 기운이 떨어져 싸울 생각도 안 하고, 그저 도로(道路)만 수비하고 있었다.

그런데 이때 한쪽 길을 분담했던 이준 등은 군사를 이끌고 북신교(北新橋)까지 가서 진을 치고 있었다. 그러고서 그들은 군사를 나눠 고당의 산속 깊숙이 정찰하러 들어갔었는데, 그곳에서 학사문과 서녕이 화살에 맞아 죽어버렸다는 소식을 들었다.

이준은 전사한 동지들의 명복을 빌고 난 뒤에 장순과 의논했다.

"가만히 생각하니까, 우리가 있는 이 길이 제일가는 요로(要路)란 말이야. 독송관과 호주 덕청 두 군데로 통하는 입구가 아닌가? 적병은 모두 이 길로 출입을 하는 터이니, 말하자면 우리가 적의 모가지를 밟고 앉은 셈이지만, 그런 만큼 적에게 양면으로 협격을 당한다면, 우리는 병력이 적으니 곤란하거든! 그러니 여기 이러고 있을 게 아니라, 차라리 서산(西山) 깊숙이 들어가 진을 치고 있는 게 낫겠단 말이야. 서호(西湖)의 물은 우리한테 좋은 전장(戰場)이 될 거고, 산 저쪽, 그 너머는 바로 서계(西溪)로 통하는 터이니까, 퇴각할 경우에도 대단히 편리할 게 아닌가?"

"나도 똑같은 생각이오!"

두 사람은 이같이 의논하고 즉시 송강에게 사람을 보내 명령을 받은 다음, 군사를 이끌고 도원령(桃源嶺)의 서쪽 산을 지나서 지금의 영은사(靈隱寺)에다 진을 쳤다. 그리고 산 북쪽에 있는 서계의 산 문턱에다가도 조그만 집을 만들었는데, 거기는 현재의 고당의 안쪽이 되는 곳이다.

이렇게 하고서 전군(前軍)은 당가와(唐家瓦)로 정찰을 나갔다.

어느 날 장순이 이준을 보고 이런 말을 했다.

"그동안 우리가 반달 동안이나 이렇게 도사리고 있는데도 적군은 항주 성내에 엎드려 있을 뿐, 싸울 뜻이 없는 것 같단 말예요. 이러다가는 공을 세워볼 기회가 없을 것이니, 나는 호수 물속으로 기어들어갈랍니다. 그래서 수문(水門)을 통해 성내로 들어가 불을 질러 신호를 할 테니, 형님은 밖에서 기다리고 있다가 곧 군사를 몰고 와서 놈들의 수문을 빼앗고, 송선봉께 빨리 기별하여 삼면으로부터 일제히 성을 쳐달란 말씀입니다.”

“글쎄, 듣고 보니 계략은 그럴듯한 계략이오만, 아우님이 혼자서 어렵지 않겠소?”

“일이 뜻대로 안 돼서 죽는다 해도 나 혼자 죽는 거요. 또 송선봉 형님의 은혜를 갚는 셈인데요. 아무 걱정 마십쇼!”

“그렇긴 하지만, 조금 더 기다려보고 나중에 그렇게 해도 좋지 않겠소? 내가 우선 형님한테 기별을 해놓고, 모든 준비를 하고 난 뒤에 계획대로 해보시구려.”

“기다려본대도 결과는 마찬가지죠. 난 먼저 행동을 할 테니, 형님이 사람을 보내 송선봉 형님한테 연락만 하십쇼. 그러면 내가 성내에 들어가 있을 때쯤 송선봉 형님은 벌써 연락을 받아 알고 계시게 되겠죠.”

장순은 이같이 말하고 그날 밤 술과 밥을 배불리 먹은 다음, 단도 한 자루만 가지고 서호(西湖)가로 갔다.

바라다보니, 삼면에 푸른 산이 둘러 있고, 호수는 하늘빛과 한빛인데, 멀리 건너다보이는 성곽에는 네 개의 금문(禁門)이 보이니, 그 문들은 호수의 언덕가로 바싹 나와 있는 전당문(錢塘門)·용금문(湧金門)·청파문(淸波門)·전호문(錢湖門)이다.

그런데 원래 이 항주란 곳은 그 옛날 송(宋)나라 이전에는 청하진(淸河鎭)이라 부르던 곳으로, 오대(五代) 때 오월(鳴越)의 개국왕 전류(錢鏐)에 의해 항주 영해군이라 이름을 고치고 열 개의 성문을 내었으니, 동쪽에는 채시문(菜市門)·천교문(薦橋門), 남쪽에는 후조문(候潮門)·가회문(嘉會門), 서쪽에는 전호문·청파문·용금문·전당문, 북쪽에는 북관문·간

산문이 그것이다. 그리고 후일 금(金)나라 군사들에게 휘종 황제와 흠종(欽宗)이 붙들려간 다음, 흠종의 아우 강왕(康王)이 양자강 남쪽으로 건너와서는 이곳에 도읍을 정하고, 항주를 화화임안부(花花臨安府)라 부르고, 성문도 세 개를 더 내었다는 것이다.

그건 하여간 지금 방납이 점령하고 있으면서도 성은 옛날이나 조금도 변함이 없어, 전왕(錢王) 때의 모양으로 그대로 있으니 주위가 80리요, 산천이 아름답고 인물이 잘들 생겼을 뿐 아니라, 거리가 번화한 까닭에 모두들 말하기를 위에는 천국이요, 아래에는 소주·항주라고 일컫는 터이다.

이때 장순은 서릉교(西陵橋) 근처에 서서 사방을 자세히 바라보았다.

때는 늦은 봄,

서호의 물빛은 푸르다 못해 남빛이요, 사방의 산은 비취덩어리를 그대로 세워놓은 것 같아 그 아름다운 경치란 무어라 형용해서 말할 수가 없다.

장순은 탄식했다.

'내가 심양강가에 태어나 모진 바람과 사나운 물결만 겪어봤지, 언제 한번 이렇게 잔잔한 호수를 본 일이 있어야지? 이런 데서라면 그까짓거 죽어버린대도 상쾌한 귀신이 될 거 아닌가!'

그는 이렇게 입속으로 중얼거리며 웃옷을 벗어 다리 아래에 놓고, 붉은 수건으로 머리를 질끈 동여매고, 아랫도리에는 배를 휘감는 허리띠를 두르고 잠방이만 입은 뒤, 단도를 허리띠에 꽂고 맨발로 물속에 들어갔다.

이때는 벌써 초경 때였다. 달빛이 희미하게 비치는데, 그는 용금문 가까이까지 엉금엉금 기어가 물 위로 머리를 들고 내다보았다.

숨소리를 죽인 채 귀를 기울이고 있으려니 성벽 위에서 시고(時鼓) 치는 소리가 일경 사점을 알린다. 이를테면 밤이 아홉시 반쯤 되었다는 말이다.

시고 소리가 끝나니 세상은 다시 죽은 듯 고요해지고 성벽 아래엔 사람의 그림자가 하나도 없는데, 성벽 위에는 4, 5명의 군사가 왔다 갔다 하며 망을 보고 있는 형상이 보인다.

장순은 다시 머리를 물속으로 푹 잠그고 있다가 한참 만에야 또 한 번 머리를 쳐들고 내다보았다.

이번에는 성벽 위에 있던 아까 그 병정들도 안 보인다.

장순은 안심하고 천천히 수문(水門) 앞에까지 헤엄쳐 가서 살펴봤다. 굵다란 쇠창살이 수문을 가로막고 있다. 창살 사이로 장순이 손을 넣어 안쪽을 더듬어보니, 안쪽에는 발을 드리웠는데, 그 발 위에는 방울이 매달려 있다. 그리고 쇠창살은 너무도 튼튼하여 비집고 들어갈 수가 없다. 장순은 한쪽 손을 창살 틈으로 넣어 그 발을 잡아당겨 봤더니, 아니나 다를까 딸랑딸랑 방울 소리가 났다.

그때 성벽 위에서는 방울 소리를 듣고 사람들이 고함을 지른다.

장순은 얼른 물속으로 모가지를 감추고 가만히 놈들의 동정을 살폈다. 그랬더니, 성벽 위에 있던 병정 몇 놈이 내려와서는 수문 안쪽에 드리워 있는 발을 조사해보고는 아무것도 없으니까 도로 성벽 위로 올라가면서,

"아무것도 없잖아? 아마 큰 생선이 헤엄쳐 다니다가 발을 떠받았던 모양이지?"

"그랬겠지!"

이렇게 지껄이더니, 놈들은 성벽 위에 올라가 한참 동안 망을 보다가 아무것도 보이는 것이 없으니까 다들 자러 들어갔다.

장순은 다시 물 위로 모가지를 내놓고 귀를 세워봤다.

성루에서 3경을 알리는 시고 소리가 들린다.

벌써 자정이 되었으니까, 병정들은 모두 네 활개를 펴고 쓰러졌겠다

싶어서 장순은 다시 물속으로 숨어 성벽 쪽을 향해 자맥질하여 가다가 아무래도 쇠창살 때문에 성내로 들어가기는 어려울 것 같아서 방향을 돌려 언덕 위로 올라갔다. 그리고 자세히 보니 성벽 위에는 망을 보고 있는 놈이 한 놈도 없다.

그는 성벽 위로 올라갈까 생각하다가, 만일 적의 눈에 띄기만 하면 개죽음을 당할 것이라 생각하고, 한번 시험 삼아 흙을 한 주먹 성벽 위로 집어던져 봤다.

그랬더니, 마침 잠을 안 자고 있던 병정이 있었던지, 고함을 지르며 성 아래로 쫓아내려와서는 수문을 또 한 번 조사해보고, 별일 없으니까 도로 성벽 위로 올라가버렸다.

망루 위로 올라온 병정들은 또 수면을 내려다보았으나, 배는 한 척도 안 보였다. 그도 그럴 것이, 서호의 배는 이미 방천정의 명령으로 모두 청파문 바깥의 정자항(淨慈港) 안에 몰아넣어 두게 되었기 때문에 다른 문 바깥에는 배를 정박시킬 수 없었던 까닭이다.

"거, 정말 이상한데?"

"정말 알 수 없는 노릇인데! 귀신의 장난일까?"

"귀신일 게야! 그렇지만 귀신이면 어떻다는 거야? 걱정 없으니 가서 잠이나 자라구!"

그들은 입으로는 이렇게 지껄이면서도 아무도 들어가 자려고 하지 않고 성벽에 붙어 있기만 했다.

장순은 다시 한참 동안 숨소리를 죽이고 귀를 세워봤으나 아무런 기척이 없으므로 그는 물 밑으로 성벽 가까운 곳까지 기어가 또 한참 동안 주의해보았다.

그러나 아무런 기척이 없다.

그는 성벽 위로 올라갈 생각을 했지만, 그래도 혹시 잠들지 않고 있는 놈이 있을지도 모르는 일이어서, 또 한 번 모래를 한 주먹 집어 성 위로 던져봤다.

역시 아무런 기척이 없다.

'시각이 벌써 4경 때는 됐으니까, 다들 자겠지! 조금만 있으면 날이 샐 것이니 날이 새기 전에 올라가야지!'

그는 이렇게 생각하고 몸을 성벽에 납작 붙여 조심조심 올라가기 시작했는데, 성벽을 반쯤 올라갔을 때 별안간 머리 위에서 딱딱이 소리가 울리면서 병정들이 일시에 모두 일어났다.

장순은 간이 콩만 해져서 급히 호수 물 위로 뛰어내렸다. 그랬으나, 그의 몸이 물속으로 감추어지기도 전에 성 위로부터 빗발처럼 쏟아지는 돌멩이와 죽창과 화살은 그의 목숨을 빼앗았다. 가련하게도 장순은 용금문 밖에서 벌거벗은 몸으로 죽어버린 것이다.

한편, 송강은 이미 장순이 물속으로 서호를 건너 성내에 들어가 불을 질러 신호를 하겠다는 이준의 연락 보고를 받고서 즉시 주동이 거느리고 있는 동문 쪽의 군사에 지령을 내렸다. 그러고서 그날 밤, 송강은 오용과 함께 군사 의논을 하다가 밤이 깊어 4경이 되었을 때는 너무도 피곤하여 좌우 사람들을 내보내고, 잠시 책상에 엎드려 눈을 붙였었다.

그랬는데, 조금 있다 별안간 찬바람이 방 안으로 들어오므로 송강이 눈을 번쩍 뜨고 일어나 보니 불빛이 까물까물 어두워지면서 뼛골이 싸늘할 만큼 찬 기운이 스며든다. 그러고서는 눈앞이 뿌예지면서 사람인지 귀신인지 알 수 없는 무엇이 싸늘한 방 안에 우뚝 서 있는 모양이 보인다. 분명히 그 사나이는 전신이 피투성이가 되어 있는데, 그는 가만히 입을 여는 것이었다.

"제가 형님을 따라다니면서 오랫동안 너무도 은혜를 많이 받았습니다. 이번엔 제가 제 몸을 가지고 은혜에 보답하려고 용금문 아래서 죽었습니다. 지금 작별 인사를 드리러 온 것입니다."

"이거, 자네가 장순이 아닌가?"

송강은 깜짝 놀라 이렇게 말하고 그의 좌우를 살펴봤더니, 그의 옆에도 전신이 피투성이 된 사람이 3, 4명이나 서 있는데, 그들이 누구인지 알아볼 수 없을 정도로 처참한 형상이다. 송강은 가슴이 빠개지는 것 같아서 그만 목을 놓고 울다가 깜짝 놀라 눈을 떠보니 꿈이었다.

이때 방문 밖에서 파수 보던 병사가 울음소리를 듣고 방 안으로 달려와 보니, 송강이 비창한 표정을 하고 앉았다가,

"괴상도 하다!"

하면서 군사 오용을 청해오라 하는 것이었다.

오용이 들어와 무슨 일이냐고 물으니 송강은,

"그거 참 괴상한 꿈인데?"

하고 조금 전 꿈에 본 이야기를 자세히 하는 것이었다.

그 이야기를 듣고 오용이 말했다.

"형님이 너무 피곤해서 그런 꿈을 꾸신 거지, 뭐 괴상할 거 없습니다. 아침나절 이준으로부터 오늘 밤에 장순이 호수를 건너 성내로 들어가 불을 질러 신호를 하기로 했다는 기별이 있었으니, 형님은 그걸 머릿속에 잔뜩 집어넣고 여러 가지 모양으로 생각했기 때문에 그런 악몽을 꾸신 거랍니다."

"아니오! 장순은 심령(心靈)이 강한 사람이라, 아마도 처참히 죽었기 때문에, 그래서 그 영혼이 나타난 게 아닌가 싶은데….'

"글쎄요, 서호에서 성벽까지 가려면 중간에 위험한 곳이 여러 군데 있으니, 혹시 참변을 당했기 때문에 장순의 영혼이 형님의 꿈에 나타났던 것인지도 모르긴 하겠습니다만….'

"만일 그렇다면, 장순 옆에 서 있던 3, 4명의 사나이들은 누구일까?"

"글쎄올시다."

두 사람은 서로 짐작대로 이야기를 했지만, 끝이 나지 아니했다. 가슴이 무겁고 긴장될 뿐이었다.

송강과 오용이 이같이 불안한 마음으로 그 밤을 밝히고 날이 샌 뒤에도, 한방 안에 앉아 기다리고 있노라니까, 점심때가 지나서 이준으로부터 급히 사람이 왔다.

"장순이 용금문으로 가서 성벽을 넘어 들어가려 하다가 화살에 맞아 물에 떨어져 죽었습니다. 그래 그의 머리는 지금 서호의 성벽 위 장대 끝에 매달려 있습니다."

송강은 이 소리를 듣고 그만 그 자리에 쓰러져 의식을 잃고 말았다.

이때 오용 등 여러 장수들도 모두 소리를 내어 울었다. 원래 장순은 성격이 서글서글하고 다정해서 모든 형제들 간에 정의가 유별했던 까닭이다.

조금 있다가 의식을 회복한 송강은 주먹으로 책상을 치며 울음을 터뜨렸다.

"부모님이 돌아가신대도 내가 이렇게 가슴이 뼈개질까! 어째서 나를 그냥 살려두고 형제들이 먼저들 떠난단 말인고!"

송강이 이렇게 슬퍼하므로 오용 등 장수는 울음을 그치고 그를 위로했다.

"형님! 이러지 마십시오. 나라의 큰일이 아직 남아 있지 않습니까? 아무쪼록 몸을 조심하셔야 합니다. 병환이나 나시면 어쩌려고 그러십니까?"

얼마 동안 송강은 흐느껴가며 울다가 억지로 참으면서,

"내가 서호로 가서 그의 영혼을 위로해야 해!"

하고 길게 한숨을 쉬었다.

"형님이 친히 위험한 지점에 가시는 것은 불가합니다. 만일 적병이 형님이 오신 것을 알아보십시오. 가만있겠습니까?"

오용이 옆에서 이렇게 말리었건만, 송강은 듣지 아니했다.

"붙들지 마시오! 나도 생각이 있어 가려는 것이니 염려 마시오."

송강은 이렇게 말하고 즉시 흑선풍 이규와 포욱·항충·이곤으로 하여금 보병 5백 명을 인솔하고 나가게 하는 동시에, 자기는 석수·대종·번서·마린 등과 함께 군사 5백 명을 인솔하고, 가만히 산 서쪽에 있는 사이 길로 해서 이준의 진지를 향해 나아갔다.

얼마 후 이준은 송강을 영접해 들어와서 영은사의 방장(方丈)으로 그를 모셨다.

송강은 또 한 번 울고 나서, 그 절의 중들한테 부탁해서 그날 밤엔 장순을 위해 재를 올렸다.

이튿날 저녁때,

송강은 군사들로 하여금 호숫가에 가서 '망제정장 장순지혼(亡弟正將張順之魂)'이라 쓴 백기를 서릉교 근처에다 세워놓고, 그 밑에다 제물을 많이 차려놓도록 했다.

이렇게 하고 나서 송강은 흑선풍을 가까이 불러 산의 북쪽 어귀에 가서 매복해 있으라 하고, 번서·마린·석수는 그 좌우로 가서 매복하라 하고, 대종은 자기 곁에서 떠나지 말라고 일렀다.

이렇게 한 후 송강은 시각이 초경쯤 되기를 기다려, 몸에 흰 도포를 입고, 머리엔 금 투구 위에 깁으로 만든 상표(喪票)를 감고, 대종과 영은사의 중 6, 7명과 함께 일부러 소행산(小行山) 쪽으로 돌아서 서릉교로 갔다.

그런데 군사들은 이미 흰 양과 검은 돼지와 금은지전 등을 제상 위에 차려놓고, 등촉을 밝히고, 향을 피워놓고 기다리고 있었다.

송강은 그 앞으로 나가 중앙에 서서 맹세를 드린 후, 용금문을 향해 곡례(哭禮)를 드리는데, 대종은 두 손을 모아 합장을 한 채 그 옆에 서 있고, 중들은 방울을 흔들며 경문을 외우면서 장순의 혼백을 불러 신번(神幡)에 청해 내렸다.

이어서 대종이 제문을 읽고, 송강은 친히 술을 따라 상 위에 올려놓고 하늘을 우러러 동방을 향해 곡을 했다.

이렇게 송강이 한참 곡을 하고 있을 때, 별안간 다리 아래 양쪽으로부터 고함을 지르는 소리가 일어나고, 남쪽과 북쪽의 산모퉁이에서 북소리가 요란하게 들리면서, 두 떼의 군사가 송강을 잡으러 비호같이 달려왔다. 대체 이것이 어떻게 된 일이냐 하면, 서릉교에서 송강이 장순의 제사를 지내고 있다는 사실을 재빠르게 방천정에게 알린 사람이 있어, 방천정은 성안으로부터 대장 열 명을 두 갈래 길로 내보내 송강을 잡게 한 것이다.

(8권 계속)

강남 십이신

방납 수하에 있는 열두 명의 통제관으로, 심강·반문득·옹명·서통·장근인·심택·조의·고가립·범주·탁만리·화동·심변이 그들이다.

공단·공정

서경의 신안현 관하 공가촌 주인 형제들로, 귀양 가는 왕경을 봉술의 스승으로 모신다.

구혈

요화(妖火)의 전술로 적을 태워 죽이는 재주가 있는 왕경의 장수. 화상이 추악하게 생겨 독염귀왕이라는 별명으로 불린다.

김절·허정

전진붕 수하의 두 부장(副將)으로, 김절은 송조에 귀순한다.

나전

무학유를 강의하는 인물로, 왕경을 토벌하는 일에 나선다.

단삼랑

범의 소굴이란 뜻으로 사람들이 대충와(大蟲窩)라 부르는 집안의 딸. 왕경과 혼인한다.

단이·단오

단삼랑의 형제들로, 왕경의 세력이 된다.

동교수

추밀사 동관의 친동생 딸이자 양전의 외손녀. 태사 채경의 손부(孫婦)가 될 처지이나 왕경과 간통한다.

마령

요술도 부리고 축지법으로 하루에 천리 길을 나는 듯 걸어가므로 '신구자(神駒子)'라고 불리며, 돌멩이를 던지는 무술의 일종인 금전법(金磚法)도 잘하는 인물이다. 휘하의 정병들로는 무능·서근·삭현·당세용·능ма·단인·묘성·진선이 있다.

방납

반란을 일으켜 8주 25현을 점거하고서 연호를 고치고 자칭 패왕이라 칭하는 역적이다.

방천정

방납의 태자로, 배하에는 네 사람의 대장 등원각·석보·여천윤·사행방이 있다.

범전

왕경 모친의 사촌. 감옥 안에서 원장의 직책을 보던 인물로, 왕경과 함께 반란세력이 된다.

변상

전호 아래 있는 우승상 태사. 휘하의 장수들로 번옥명·어득원·부상·고개·구침·관염·풍익·여진·길문병·안사용이 있다.

소가수

형남의 자사(刺史)로 이름 높았던 소담의 후손. 뜻이 높고, 도량이 넓고, 무예가 출중하여 송강군을 진심으로 돕는 인물이다.

양영

반란군의 수장으로, 유수관이라는 직함을 가진 인물이다.

여사낭

방납 수하에 있는 추밀이다.

유민

완주를 지키는 적장으로, 지식 있고 꾀가 많대서 유지백(劉智伯)이라는 별명을 듣는 인물이다.

왕경

원래 개봉부 부배군으로 있던 건달이었으나, 반란을 도모한 지 불과 4년 만에 송나라 여섯 개 군을 점령한 반란군의 왕이 된다. 휘하의 장수들로 하길·미생·곽안·진반·분인세숭·이용·필선·유원·반충·구상·방한 등이 있다.

유광세

방납을 토벌하러 송나라 조정에서 내려보낸 부도독이다.

유이경·상관의

왕경 반란군의 병마도감이다.

이조

왕경의 점을 봐준 점쟁이. 왕경과 함께 반란세력의 주역이 된다.

이회

점쟁이 이조의 생질로서 왕경이 선무사로 임명해서 기산을 지키고 있는 인물이다. 휘하의 장수들로 마강·마경·원랑·등규·등감이 있다.

장세개

귀양 온 왕경을 괴롭히는 섬주 감옥의 관영이다.

장초토

방납을 토벌하라고 조정에서 내려보낸 장수다.

적수룡 비보·권모호 예운·태호교 상청·수검웅 적성

이준과 의형제를 맺고 송강군을 도와준 네 명의 호한들이다.

전진붕

상주 비릉군 수성 통제관이다.

전표·전규

전호의 동생들이다.

전호의 장수들

여학도·이천석·정지서·설시·임혼·호영·당헌.

진관

왕경을 토벌하는 장수다.

팔표기

삼대왕 방모 휘하의 여덟 명의 장수로서, 유빈·장위·서방·곽세광·오복·구정·견성·창성이 그들이다.

호준·호현

왕경 반란군의 형제 장수로, 둘 다 송강군에 귀순한다.

황달

공단 형제를 괴롭히는 공가촌 건달이다.

후몽

박주 태수. 정토군 참모가 되어 왕경을 토벌하게 된다.